KB0230037

블러디맨

블러디맨

펴 낸 날 | 2014년 7월 21일 초판 1쇄

지 은 이 | 슈 에지마
옮 긴 이 | 양윤옥
펴 낸 이 | 이태권
책임편집 | 김은경
책임미술 | 정혜미
펴 낸 곳 | (주)태일소담
　　　　　서울시 성북구 성북동 178-2 (우)136-020
　　　　　전화 | 745-8566~7　팩스 | 747-3238
　　　　　e-mail | sodam@dreamsodam.co.kr
　　　　　등록번호 | 제2-42호(1979년 11월 14일)
　　　　　홈페이지 | www.dreamsodam.co.kr

ISBN　978-89-7381-051-2　03830

이 도서의 국립중앙도서관 출판시도서목록(CIP)은 서지정보유통지원시스템 홈페이지
(http://seoji.nl.go.kr)와 국가자료공동목록시스템(http://www.nl.go.kr/kolisnet)에서
이용하실 수 있습니다.(CIP제어번호: CIP2014019662)

· 책값은 뒤표지에 있습니다.
· 잘못된 책은 구입하신 곳에서 교환해드립니다.

BLOODYMAN

블러디맨

슈 에지마 지음
양윤옥 옮김

소담출판사

소년은 어둠 속에서 한없이 기다린다.

눈을 감고, 빛이 차단된 것보다 더 진한 어둠 속에서.

아무것도 들리지 않고 아무것도 느껴지지 않는 무無 속에서.

내 가족에게 쏟아진 비업非業을 저주하고 슬픔에 오열하고

끓어오르는 은원恩怨을 그 팔에 끌어안은 채.

그의 버팀목은 단 한 가지뿐.

이 세상 어느 누구보다 빨리 뽑을 수 있다는 것.

차례

제1장

킬킬거리는 소년

"아악, 이게 대체 뭐야!"

핸들을 움켜쥔 채 부치는 소리를 질렀다. 한껏 내뱉은 험한 말이 차 안을 빙 돌아 조수석 차창 밖으로 튀어 나갔다. 하지만 소리를 지른다고 상황이 개선되는 건 아니다. 크라이슬러 닷지 어벤저의 수온계는 여전히 쭉쭉 올라간다. 기관부에 숨어 있는 심술 사나운 마귀들이 깔깔거리며 비웃는 것 같다. 결국 빨간 램프까지 깜빡이기 시작했다.

신호등이든 뭐든 빨간색이 급하게 깜빡거리는 건 일단 위험하다는 표시다. 부치는 위험을 깨달았지만 원인이 무엇인지 알 수가 없다. 대부분의 여자가 그렇듯이 그녀도 핸들 너머 계기판의 의미를 해독하지 못했기 때문이다. 숫자와 도안으로 표시된 그것들은 속도와 연료계 말고는 모두 다 알아먹을 수 없는 에스페란토 어나 마찬가지다. 빨간 램프가 연신 신경질적으로 깜빡거렸지만 어떻게 대처해야 할지 도통 감이 잡히지 않았다. 실은 당장 차를 저쪽 그늘 밑으로 끌고 가 엔진을 식혀주기만 하면 해결되는 문제인데.

"진짜 미치겠네!"

부치는 혼자 투덜거렸다. 엔진 소리가 바뀐 것이 생생하게 느껴졌다. 흉포한 복서견의 으르렁거림처럼 나지막하고 조용한 소리가 서서히 날카로운 여운을 품기 시작했다. 이제는 한창 으르렁거리던 중에 목이 졸려 고통과 공포에 휩싸여버린 개의 비명처럼 들렸다. 그게 본격적인 경고라는 건 기계에 젬병인 그녀도 충분히 짐작할 수 있었다. 이대로 계속 달렸다가는 만화영화 〈얏타맨〉의 악역 메카처럼 각종 나사들이 뿔뿔이 흩어지면서 차가 산산조각 날 것이다.

잠시 망설이던 끝에 결단을 내렸다. 액셀에서 발을 떼고 차를 슬슬 길가로 몰고 갔다. 그것은 마치 운명에 대한 투항 같은 행위였다. 부치의 머릿속은 고장 난 이 차를 어떻게 할 것이냐는 걱정만으로 가득 차 있었다. 하지만 유감스럽게도 무엇을 어떻게 해야 할지 그녀는 알지 못했다. 일본에 있을 때는 거의 운전을 하지 않았기 때문이다.

도로 양옆으로는 마치 화성처럼 황야가 한없이 이어졌다. 타성에 따라 차를 굴리던 부치는 철제 물탱크를 발견하고 그 옆에 바짝 차를 댄 뒤에 엔진을 껐다.

"이 빌어먹을 고물 차!"

투덜거리며 차에서 내려서던 부치는 왈칵 덮치는 사막의 뜨거운 바람에 저도 모르게 얼굴을 가렸다. 파마와 염색으로 부스스해진 머리칼이 바람에 휘날렸다. 상상도 할 수 없을 만큼 강한 햇빛이 쨍쨍 내리쬐면서 도로에 또렷한 그림자를 찍어냈다. 긴 팔다리가 한층 더 늘어나 마치 화가 조르조 데 키리코의 그림 속 그림자 같은 꼴이었다.

땀이 줄줄 흘렀다. 하지만 탱크톱 위에 걸친 셔츠를 벗어 던질 수는 없었다. 쨍쨍 내리쬐는 태양이 살갗을 단 몇 분 만에 지글지글 태워버릴 것이다. 그렇잖아도 20대 후반에 접어들면서부터 자외선에 한층 민감해졌다. 손으로 차양을 만들고 별 의미도 없이 태양 쪽을 노려보았다. 그러면 태양이 얌전해져서 자취를 감추기라도 한다는 듯이.

데스밸리 국립공원. 캘리포니아 주에 자리 잡은, 미국 전역에서도 가장 넓은 면적을 자랑하는 국립공원이다. 지상에 나타난 지옥의 모델하우스 같은 곳이다. 공원이라는 이름이 붙어 있지만 풍부한 녹음이나 진기한 동물들이 눈에 띄는 것도 아니다. 나가노 현과 비슷한 넓이의 광대한 대지가 대부분 바위와 메마른 벌판이고 여름철에는 섭씨 50도를 넘어서는 일이 있을 만큼 끔찍한 작열 지옥이자 생명을 거부하는 가혹한 땅이다. 공원 전체가 거대한 분지인 데다 그 원의 중심부에 미국의 최저점인 해발 마이너스 86미터의 계곡이 깊숙이 파여 있다.

부치는 주위를 둘러보았다. 말라빠진 대지를 관통하듯이 금이 간 아스팔트 도로가 곧게 뻗어나갔다. 그 주위에 바짝 마른 빛깔의 풀이 가까스로 대지에 달라붙어 있고 그 밖에는 거친 땅덩이만 한없이 펼

처진다. 먼지 풀풀 날리는 흙더미와 투박하기 짝이 없는 바위들이 듬성듬성 놓인, 눈곱만큼의 물기도 없는 세계다. 좀 더 저 멀리에는 내장의 주름을 연상시키는 기괴한 형상의 바위산이 이어져 그야말로 황야 한복판이라는 것을 지겨울 만큼 실감하게 해준다. 하늘만 압도적으로 파랗다.

대학생 때 로스앤젤레스에서 유학한 경험이 있지만 데스밸리를 찾아온 건 이번이 처음이라서 부치는 정신이 아득해질 정도로 광대한 황야의 스케일에 당황하고 있었다. 건물이라고는 단 하나도 눈에 띄지 않았다. 길가에 철제 물탱크가 옆으로 기울어져 있는 것 말고는 도로 표지판이며 공중화장실, 쓰레기통 등 대략 인간이 만들어낸 구조물이라고는 전혀 없었다. 그보다 지난 한 시간여 동안 다른 차량도 본 기억이 없다. 마지막으로 자동차를 목격한 건 공원에 들어서기 직전에 맞은편에서 달려와 휘익 지나가버린 UPS의 배송 차량뿐이었다.

입을 헤벌리고 멍하니 서 있으려니 문득 바람이 고요해지는 게 느껴졌다.

정적이 부치를 휘감았다.

진짜배기 정적이었다. 문명의 소음은 물론, 새의 날갯짓 소리, 벌레 우는 소리, 나무 잎사귀 스치는 소리며 강물 흐르는 소리조차 들리지 않았다. 그것이 부치에게 죽음을 떠올리게 했다. 죽음이란 아마도 무無를 가리키는 것이리라. 이곳은 한없이 무에 가까웠다.

부치는 차 트렁크를 열고 짐을 뒤적였다. 이번 여행의 안내인 역할을 한 워터먼이 휴대전화를 넣어줬을 터였다. 짐은 두 개였다. 검정 샘소나이트 캐리어와 제로할리버튼제임스 본드의 007가방으로 유명한 미국의 가방 제조사─옮긴이의 서류 가방. 부치는 제로할리버튼 쪽부터 살펴보았다. 검정 캐리어에는 지금의 자신에게 도움이 될 만한 물건이 들어 있지 않다는 건 분명하다.

제로할리버튼 서류 가방 안에 수첩, 낡은 지도, 제법 큰 패스 케이스가 있다. 그 케이스에 신분증과 신용카드, 얼마 안 되는 현금이 있을 터였다. 좀 더 뒤적거리자 그 안쪽에서 모토로라 휴대전화가 나타났다. 반가움에 덥석 집어 든 부치는 좀 더 아래쪽에서 눈에 익숙하지 않은 물건을 보았다. 워터먼은 그 물건에 대해 자세히 설명해주지 않았지만 자동 권총이라는 건 틀림없었다.

부치는 어처구니가 없어 한숨을 내쉬었다. 나름대로 친절을 베푼 것이겠지만 이건 오지랖 넓은 친절이다. 워터먼 같은 남자라면 호신을 위해 당연히 무기를 소지해야 하지만 부치에게 그런 건 필요 없었다. 무기를 지니고 다녔다가는 공연히 트러블만 생길 뿐이다. 패스 케이스로 총을 덮어 대충 가려놓고 제로할리버튼 가방의 뚜껑을 닫았다.

지금은 이 작열 지옥에서 탈출하는 게 가장 시급한 일이다. 휴대전화를 열고 통화 버튼을 눌렀다. 하지만 화면은 켜지지 않았다. 워터먼은 애써 비합법적인 루트를 통해 신원이 분명치 않은 휴대전화를 준비했으면서 막상 충전은 깜빡한 모양이다. 다시 한 번 제로할리버튼 가방을 열고 충전기를 찾아보았다. 그러다가 문득 손을 멈추고 큰 한숨을 내쉬며 하늘을 올려다보았다. 충전기를 찾아낸들 뭘 어쩌겠다는 것인가? 바위 밑에서 콘센트를 찾아보려고?

제로할리버튼 가방을 뒷좌석에 던져버렸다. 그만 넌덜머리가 나서 땅바닥에 털썩 주저앉으려던 참이었다.

"거기 앉으면 화상 입을 텐데?"

목소리가 들렸다. 흠칫 놀라 돌아보니 물탱크 옆에 한 소년이 서 있었다.

"햇볕에 달궈진 땅은 달걀 프라이도 할 수 있을 만큼 뜨거워. 거기 주저앉으면 엉덩이에 화상을 입을 거야."

소년이 어디서 나타났는지는 수수께끼였다. 마치 처음부터 그곳에 있었던 것처럼 우뚝 서 있었다. 하지만 그런 거라면 아까 차를 세웠을 때 못 봤을 리 없다. 한없이 이어지는 황야, 소년이 몸을 감출 만한 그늘 따위는 어디에도 없었다.

부치는 천천히 고개를 저었다. 아무래도 이건 환각인 것 같다. 하지만 소년은 분명 눈앞에 서 있고 결코 환각이 아니었다. 적어도 부치가 아는 환각은 이런 것이 아니다.

소년은 미소를 지으며 비꼬는 듯한 투로 말했다.

"왜 그래, 너무 더워서 정신이 나갔어?"

평소의 부치라면 이런 말을 듣고 가만있지 않겠지만 일일이 대꾸하기에는 체력 소모가 너무 컸다. 그저 어정쩡한 웃음을 던지며 소년에게 말했다.

"그래, 내가 정신이 나간 거 같아."

소년은 길가에 세워둔 자동차 쪽을 바라보았다. 닷지 어벤저, 숫양의 로고가 걸린 스포츠 세단이다.

"차도 정신이 나간 모양이지?"

"그런가 봐."

"미국 차는 믿을 수가 없다니까."

소년은 킬킬 웃으며 말했다. 부치는 그런 소년을 찬찬히 바라보았다. 열세 살쯤 되었을까? 호리호리한 체격에 하얀 피부와 검은 머리. 체크무늬 셔츠에 검정 면바지와 너덜너덜한 엔지니어 부츠. 기묘한 것은 소년이 일본어로 말했다는 점이다. 이곳은 미국 캘리포니아의 데스 밸리, 미국의 최저점에서 약 20킬로미터밖에 떨어지지 않은 곳이다.

"혼자 여행하는 거야?"

"응, 그래."

길쭉한 외까풀의 눈이 가느스름해지더니 소년은 도톰한 입술을 삐뚜름하게 틀며 피식 웃었다.

"여자 혼자 여행하는 건 위험할 텐데?"

너 같은 꼬맹이가 혼자 여행하는 것도 위험하지, 라는 말이 목까지 튀어나왔지만 어른스러운 분별력으로 그 말을 꿀꺽 삼켰다. 소년은 눈을 반짝이며 말을 이었다.

"어디까지 가는데?"

"이 지긋지긋한 공원을 지나서 리오라이트라는 도시까지."

"나도 차 좀 태워줄래?"

"안됐지만 여행 친구는 모집하지 않아. 게다가……."

부치는 다시 자신의 차를 보았다.

"어차피 이 차, 굴러가지도 않을 거 같아."

소년은 슬쩍 눈을 치켜뜨며 부치를 쳐다보았다.

"내가 고쳐주면 태워줄 거야?"

부치는 잠시 생각해보다가 동의한다는 뜻으로 조용히 고개를 끄덕였다.

답을 알고 나니 너무도 간단한 일이었다. 순식간에 문제가 해결되어 차는 다시 굴러가기 시작했다. 하지만 콜럼버스가 달걀로 군중을 설득했던 먼 옛날과 마찬가지로 이런 단순한 방식의 해결은 서로의 감정에 응어리를 남기게 마련이다. 두뇌가 명석한 누군가의 멋진 행동이 다른 한편의 어리석은 자에게는 영 달갑지 않은 것이다. 부치는 어딘가 석연치 않은 마음을 품은 채 무사히 부활한 차의 운전대를 잡았다.

"단순한 엔진 과열이었어. 정비 불량이야."

조수석에 앉은 소년이 부치의 마음을 읽은 듯이 중얼거렸다. 부치는 한마디 쏘아붙이려고 입을 벌린 순간, 머릿속에 떠오른 말을 지워버렸다. 기껏해야 중학생쯤 되어 보이는 어린애를 상대로 내뱉을 말이 아니었다.

"내가 정비한 게 아냐."

부드럽게 바꿔 대답하면서 부치는 마음속으로 워터먼을 떠올렸다. 그 덩치 큰 흑인은 상당히 친절하지만 번번이 가장 중요한 사항을 빠뜨린다. 라디에이터에 냉각수를 제대로 보충하기만 했다면 이런 일은 일어나지 않았을 것이다.

"게다가 급수탑 옆에 정차했으면서 그 사용법도 몰랐어?"

"그래, 이런 곳을 드라이브하는 게 처음이거든. 그 탱크 안에 물이 있는 줄도 몰랐어."

"엔진 과열 차량에 냉각수를 보충하라고 만들어둔 물탱크야."

"제법 잘 아는데?"

"응, 『지구를 걷는 법』일본의 유명한 여행 안내서 – 옮긴이에 실려 있었어."

소년이 웃었다. 어디까지가 진짜인지 알 수 없어서 부치는 어깨를 으쓱 치켜들었다. 어딘가 세상과 격리된 듯한 인상이어서 대화를 해봐도 확실하게 잡히는 게 없었다. 기묘할 만큼 스스럼없는 태도여서 방금 만난 아이 같지 않았다. 백미러 너머로 뒷좌석을 바라보았다. 소년의 유일한 짐인 기타 케이스가 비스듬히 누워 있었다.

"저건 기타?"

"응, 그렇다고 할 수 있지."

"아까 거기서 뭐 하고 있었어?"

"나를 태워줄 차를 찾고 있었어."

"이런 황량한 곳에서?"

"응, 사정이 좀 있어서."

이런 어린 소년이 혼자서 여행을 한다고? 설마, 그럴 리는 없다.

여행 중에 가족에게 쫓겨났거나 아니면 제 발로 뛰쳐나왔을 것이다. 어느 쪽이건 순순히 설명해줄 것 같지 않았고, 부치도 사실 별 관심 없었다. 제 입으로 사정이 있다고 하니 뭔가 말 못 할 이유가 있을 것이다. 그런 것보다 부치 자신이 훨씬 더 복잡한 일에 얽혀든 상황이었다.

"이름은?"

"사오토메."

그건 사극에나 나올 법한 옛날 이름이잖아, 라는 말이 저절로 튀어나오려고 했지만 참았다.

"그건 성씨일 거고, 이름은?"

"이름?"

"사오토메라니, 너무 거창한 성씨라서 부르기 힘들어. 다음 이름은 뭐야?"

"……몬도."

"몬도? 그게 본명이야?"

부치는 웃음이 터졌다. 그런 걸 가짜 이름이랍시고 내미는 건가. 역사에는 문외한인 부치라도 하타모토 다이쿠쓰오토코작가 사사키 미쓰조의 역사소설에 등장하는 주인공의 별명. 본명은 사오토메 몬도노스케. 삼십여 편에 달하는 시리즈 영화와 드라마로 제작되었다 ─ 옮긴이쯤은 알고 있었다.

"역사 드라마에 단골로 등장하는 이름이구나."

"누나는?"

"나는 유코. 하지만 친구들은 부치라고 불러."

"왜?"

"가와부치라는 성씨 때문이야. 중학교 때부터 그렇게 통했어."

이번에는 몬도가 웃을 차례였다.

"너무 빤한 별명이잖아."

"네 이름이 더 우스워."

톡 쏘아붙이면서 부치는 그 별명을 지어준 친구를 떠올렸다.

오랜만에 만난 사나에는 하나도 변한 데가 없었다. 미국 서해안 쪽에서 살다 보면 나이를 잊는다, 라는 게 사나에의 설명이다. 분명 로스앤젤레스에는 뭔가 있는 것이리라. 이번 일을 맡기 전날, 사나에가 운영하는 바에서 10대 때처럼 수다를 떨며 모히토를 마셨다. 예전에 부치가 로스앤젤레스 유학 시절에 즐겨 마시던 칵테일이다.

사나에와 친자매 간이었으면 좋겠다고 이따금 생각했다. 그러기를 간절히 원했다는 게 정확한 표현인지도 모른다. 피를 나눈 가족이나 친척보다 그녀가 오히려 부치를 더 이해하고 받아주었다. 세상의 시선으로 보자면 사나에는 낙오자에 속하겠지만 절대로 친구를 내팽개치지는 않는다. 이번 일거리도 일본에서 궁지에 빠진 부치를 염려해 사나에가 일부러 소개해준 것이다. 리스크는 크지만 이번 일을 무사히 해내기만 하면 지금까지의 수많은 어려움을 극복하고 새 인생을 설계할 수 있는 소중한 자금이 들어온다.

죽음의 계곡을 질주하며 부치는 그런 것들을 생각하고 있었다.

* * *

그것은 마치 페인트를 마구 흩뿌려놓은 전위예술 작품 같았다. 하지만 널찍한 거실 곳곳에 흩어져 있는 건 분명 인간의 피와 살 조각이었다. 게다가 그 양이 엄청나서 얼핏 보기에도 한 사람분의 사체가 아니라는 건 분명했다. 하지만 날카로운 칼 따위로 조각조각 절단된 탓에 피해자의 숫자를 정확히 파악하기도 어려웠다.

로스앤젤레스 시경 마약반의 브라이언 요시다는 참혹한 살인 현장 앞에서 저도 모르게 우두커니 서버렸다. 로스앤젤레스 시경에서 20년 가까이 근무했고 마약반으로 이동하기 전에는 강력반에서 꽤 오랫동안 일했지만 이토록 처참한 사건 현장은 본 적이 없다. 피와 사체도 엄청나지만 살해 당시의 광경을 상상하니 오싹 한기가 돌았다. 범인은 예리한 칼 같은 것으로 여러 명의 사람을 토막 낸 것이다. 이건 총의 방아쇠를 당기는 것보다 훨씬 더 체력이 필요한 일이다. 결코 충동적으로 일어날 수 있는 사건이 아니다. 여기저기 흔하게 널린 원한에 의한 사건과 비교해도 이건 광기의 차원이 다르다.

브라이언 형사는 자신이 땀을 흘리고 있다는 것을 깨달았다. 아프리카 계의 피를 물려받았다는 것을 보여주는 그의 갈색 피부에 써늘한 땀방울이 흘렀다.

하필 이런 시기에 이 집에서 사건이 터지다니. 최악의 기분이다.

널찍한 거실은 이미 사건 현장으로 확보되어 여러 명의 형사와 경관이 바삐 움직이고 있었다. 브라이언의 발치에는 파란 점프슈트를 입은 과학수사관이 쪼그리고 앉아 피 웅덩이 안에서 범인의 단서를 찾고 있었다.

"이건 뭐지?"

과학수사관 한 명이 파트너에게 살덩어리 하나를 들어 보였다. 그것은 슈퍼마켓에서 파는 등심 정도의 크기로, 피에 젖은 탓에 인체의 어느 부분인지 판단하기가 어려웠다. 곁에 쪼그리고 앉아 있던 파트너는 그쪽을 바라보더니 감정이 담기지 않은 목소리로 말했다.

"허벅지야, 어린애 다리의. 어디 봐, 이건 대퇴골이지. 여기 굵은 동맥이 있잖아."

처음 질문한 수사관은 고개를 끄덕이더니 작은 플라스틱판에 뭔가 써넣기 시작했다. 그것은 연속 번호의 숫자와 사체 부위명을 조합한 것이었다.

대퇴 13번.

13번?

그 숫자에 브라이언은 가벼운 전율을 느꼈다. 그것은 살덩어리의 수를 가리키는 것이고, 그렇다면 그 이상으로 사체가 토막 났다는 뜻이기 때문이다. 그들은 저 넘버를 최종적으로 몇까지 헤아리게 될까?

거실 중앙에는 비닐 시트가 깔려서 예전에 피해자의 몸을 구성하고 있던 다양한 살덩어리가 플라스틱 숫자판과 함께 차례대로 늘어섰다. 그것을 마주하고 백발의 흑인과 머리가 벗어진 백인이 잔뜩 찌푸린 얼굴로 말을 나누고 있었다. 흑인 쪽이 과학수사과에서 나온 사람이고 백인 쪽이 검시관이다. 검시관은 낯이 익었다. 강력반에서 일하던 시절에 몇 차례 현장에서 충돌한 적이 있었기 때문이다. 사체와 증거를 다루는 팀원들은 모두 꼭두새벽부터 호출을 받고 도살장 같은 사건 현장으로 불려 나온다. 지긋지긋한 마음을 굳이 감추려고도 하지 않고 부루퉁한 얼굴로 움직이고 있다. 토막 난 피해자의 파편을 조합하는 '퍼즐', 그야말로 정신이 아득해지는 작업이다. 대략 3인의 인체를 구성하기 시작했는데 완성되려면 한참 더 걸릴 것 같았다.

현장을 어슬렁거리는 강력반 형사와 제복을 입은 경관들은 모두 눈빛이 흐릿하다. 새벽 사건 현장에는 으레 따라다니게 마련인 피로감과 잔학한 범죄에 대한 답답한 심정 탓이다. 부정적인 감정이 주변에 가득한 것을 피부로 감지하며 브라이언은 한 차례 한숨을 내쉬고 짧게 깎은 머리를 긁적였다. 일이 진짜로 귀찮아졌다.

"브라이언 형사님."

파트너의 목소리가 들렸다. 먼저 현장에 도착해 있던 제프 애덤스다. 근처에 몰려 있는 강력반 형사들 사이를 뚫고 그가 브라이언 쪽으로 다가왔다.

"제프, 이게 대체 무슨 일이야?"

젊은 파트너는 얼굴을 찌푸리며 면바지 주머니에서 손수건을 찾고 있었다. 제프는 아직 신입이라서 잔학한 살해 현장을 맞닥뜨린 경험이 별로 없다. 제발 좀 살려달라는 표정이 얼굴에 그대로 드러나 있었다. 섬세한 성품에 멋쟁이고 자신의 시간을 소중히 여기는 요즘 젊은이다. 타인의 불행에 고개를 들이밀고 땀을 흘리며 일해야 하는 형사직에 과연 적합한지, 적잖이 의문스러운 타입이다. 하지만 로스앤젤레스 시경은 만성적으로 경관이 부족한 상황이라서 법의 파수꾼들이 언제 어디서나 최상의 상태에서 일하고 있다고 하기는 어려웠다. 뉴욕에서는 시민 약 230명당 한 명의 경관이 직무에 임하고 있지만 이곳 로스앤젤레스에서는 420명당 한 명꼴밖에 안 된다. 따라서 설령 경찰 배지에 자신의 인생을 걸 마음이 없는 어중간한 자세의 형사라도 그나마 없는 것보다는 낫다는 게 현재의 실태다.

"보시다시피 일가족 살해예요. 어휴, 진짜 악몽을 꿀 것 같아요."

"야마오카는?"

"물론 사망했죠. 확인했어요, 사체가 잘 냉동돼 있었다던데요."

"제기랄."

제프는 그제야 겨우 손수건을 찾아 입가에 댔다.

그 모습을 흘끔 노려보며 강력반의 베테랑 형사가 날카롭게 내뱉었다.

"토할 거면 밖으로 나가."

그 말에 반응하여 발치에서 바쁘게 오락가락하던 과학수사관 한 명이 고개를 들었다. 아무 말도 없었지만 눈 깊숙이 눌러쓴 모자의 차양 밑으로 날카로운 경고의 시선을 보냈다. 제프는 얼굴 앞에서 손사래를 쳤다. 방해는 하지 않겠다는 의사 표시다.

같은 시경 소속이면서 이렇게 배타적인 태도를 보이는 게 신경질이 났지만 이 자리에서는 자신들이 오히려 문외한이라는 것은 분명한 사실이다. 이곳은 살인 사건의 현장이지, 마약 단속 현장이 아니다.

브라이언은 손짓으로 파트너를 거실 밖으로 불러냈다. 제프는 머쓱한 표정이었다.

"저 친구들, 이 사건이 한 블록 건너에서 일어났으면 얼마나 좋았을까 하는 얼굴들이에요."

사건의 무대가 된 이 저택은 베벌리힐스 옆의 언덕에 자리 잡고 있다. 실제로는 선셋 대로를 건너 바로 코앞이라고 해도 무방하다. 만일 사건이 선셋 대로 건너편에서 일어났다면 로스앤젤레스 시경이 아니라 베벌리힐스 경찰서 관할이 된다. 베벌리힐스는 로스앤젤레스 시 중앙에 자리 잡고 있으면서도 자체적인 소방이나 경찰을 가진 특별 구역으로, 말하자면 바티칸 같은 존재이기 때문이다. 하지만 사건은 이쪽 관할에서 일어나버렸고, 브라이언도 제프도 이곳을 누구보다 잘 알고 있다.

"하긴 신문 배달원과 똑같은 시간에 일어나는 건 누구에게나 괴로운 일이지."

말을 하면서 브라이언은 먼저 도착한 제프 쪽이 훨씬 더 멀끔한 차림새라는 것을 알았다. 제프는 항상 바니스 백화점에서 쇼핑을 한다.

심플하지만 값이 비싼 면바지와 폴로셔츠를 몸에 걸치고 머리는 단정하게 빗질을 했다. 하지만 그와 마주 선 브라이언은 3년 전부터 마르고 닳도록 입어온 GAP의 싸구려 바지 차림이다.

"애초에 이 사건, 어떻게 알려졌어?"

"오늘 새벽에 야마오카를 만나러 온 친구가 신고했어요. 남자들끼리 낚시하러 가기로 약속이 잡혀 있었다는군요."

손목시계를 보았다. 이제 곧 아침 7시다.

"범행 시각은?"

"어젯밤일 거예요, 집 안의 조명이 켜져 있었으니까."

"물론 우연히 지나가던 강도의 소행은 아니겠지?"

"이건 뭐, 수법이 심상치 않은 걸 보면 당연히 그렇겠죠."

제프는 파트너에게 다시 한 번 현장을 둘러보라고 권했다. 노련한 수사관 브라이언은 눈이 가느스름해졌다.

"아주 요란하게 해치웠군. 흉기는 뭐야? 전기톱인가?"

"흉기는 아직 발견하지 못했지만, 그야 잭나이프 따위로는 인체를 토막 내지 못하겠지요."

"피살자는 일가족 모두?"

"지금 조사하는 중이에요. 너무 여러 조각이라 어떤 게 누구 팔이고 다리인지 도무지 구분이 안 되는 상태라서."

"그 물건은 발견됐어?"

"아직 가택수색은 안 했어요. 우선 살인 사건으로 수사가 시작되었으니까."

"그런 태평한 소리를 할 때가 아냐. 여기 책임자는 누구지?"

말을 하면서 브라이언은 몸을 돌려 거실 안으로 다시 들어갔다. 수사관들의 신경질적인 시선이 일제히 그에게 쏟아졌다. 브라이언은 자타가 인정하는 트러블 메이커다. 기가 세고 배려 없고 자기중심적인 형사. 끈질긴 데다 고집불통이어서 상대가 누구건 자기주장을 밀어붙인다. 그 비뚤어진 성격은 아프리카 계와 일본계의 혼혈아로 성장해온 복잡한 환경에서 비롯되었다. 아버지가 일찌감치 세상을 떠나는 바람에 흑인의 모습으로 어머니 쪽인 일본계 커뮤니티에서 살아야 했기 때문이다.

로스앤젤레스 시경에서 브라이언을 컨트롤할 수 있는 사람은 없다. 다양한 부서를 전전하면서 그는 독자적인 일 처리 방식으로 이 도시의 다양한 곳에 비공식적인 그만의 인맥을 구축했다. 그것은 사회의 이면에 축적된 '때' 같은 것으로, 좋든 싫든 그는 큰 영향력이 있었다. 경찰 상층부가 본격적으로 배제하지 않는 한, 브라이언 같은 타입은 조직 내부에서 자체적으로 해고되는 일은 없다.

그런 브라이언이 얼굴을 내밀었으니 자칫 자신들의 영역에서 트러블이 생길까 봐 지레 경계하는 것이다. 현장 지휘관인 경위가 자진해서 브라이언 곁으로 다가왔다. 브라이언과 경위는 잠시 이야기를 나누었다. 이윽고 서로 동의하는 표정을 보이더니 브라이언은 제복을 입은 큰 몸집의 순경을 데리고 제프에게로 돌아왔다.

"어이, 제프, 가자고. 일단 거실 이외의 장소를 둘러봐야겠어."

그리고 등 뒤에 붙어 선 경관, 실제로는 브라이언과 제프가 마음대로 사건 현장을 휘젓고 다니지 않도록 경위가 감시 역할로 딸려 보낸 순경 쪽을 턱짓으로 가리켰다.

"저 친구가 혹시 모를 불상사로부터 우리를 보호해줄 거야."

그게 비아냥거리는 말이라는 게 순경에게는 전해졌을까? 두 사람은 순경을 뒤에 달고 거실을 떠나 침실로 향했다.

처참한 살육의 현장이 된 이 저택은 베벌리힐스에 늘어선 다른 저택에 비하면 그저 평범한 정도지만 전국적인 규모에서 생각한다면 호화 저택이라고 하기에 충분했다. 네 개의 침실과 널찍한 거실, 두 개의 게스트 룸, 그리고 안마당에는 수영장도 있다.

이 저택의 주인 제임스 야마오카는 젊은 나이에 퇴역한 육군 장교로, 걸프전의 영웅이었다. 90년대 중반에 콜롬비아에 부임해 비밀 작전을 수행했다. 공식적으로는 그린베레로 알려진 부대의 작전으로, 그건 아무나 해낼 수 있는 임무가 아니었다. 그곳에서 몇 년을 보낸 야마오카는 남미의 암흑가에 포섭되는 바람에 자신의 경력에 먹칠을 하게 되었다. 콜롬비아의 치부, 즉 마약 지대의 인물들과 지나치게 가깝게 지낸다는 지적을 받은 것이다. 하지만 그것은 그의 임무에서 동전의 양면과도 같은 일이었기 때문에 육군성의 범죄수사부에서도 차마 진실을 파헤칠 수 없어 그를 레벤워스 연방교도소에 처넣는 데는 실패했다.

몇 년 전에 고향 로스앤젤레스로 돌아온 야마오카는 시내에서 사설 경비 컨설턴트 회사를 설립했다. 같은 퇴역 군인들을 끌어들여 영화 관계자의 경호 임무를 중심으로 시작한 그 비즈니스는 그리 잘되지 않았다고 한다. 그러면서도 이런 호사를 누리며 사는 것은 누가 보건 분수에 맞지 않는 일이었다. 그가 지금의 생활을 유지하기 위해 케빈 코스트너 흉내 말고도 뒤꽁무니로 뭔가 다른 일을 하고 있다는 건 확실했다.

침실로 향하는 도중에 브라이언은 제프에게 물었다.

"범행 상황은 어땠어?"

"흉기는 발견하지 못했고 외부에서 침입한 흔적도 없는데 일가족이 거실에서 살해됐어요. 한마디로 프로 급의 소행이죠."

"경비 시스템은?"

"작동하긴 했는데 출입이 잦은 현관 경보 장치는 해제되어 있었어요. 이건 야마오카가 직접 해제한 것으로 봐야 할 거예요."

"대체 야마오카는 왜 살해된 거야?"

"그 코카인을 강탈하기 위해서……일까요?"

브라이언이 어깨를 으쓱 쳐들며 대꾸했다.

"물론 그 코카인은 양이 엄청났어. 하지만 그게 목적이었다고 하기에는 살해 수법이 너무 엽기적이야."

브라이언은 침실 문을 열었다. 안으로 들어서면서 순경이 약간 떨어진 곳에 서 있는 것을 확인하고는 지겹다는 투로 제프에게 속닥였다.

"코카인은 여기에 없어. 거래는 이미 끝났고 빅 고든의 손에 넘어 갔단 말이야."

빅 고든은 로스앤젤레스 뒷골목 사회의 간판 마담 같은 인물이다.

제프가 미간을 찌푸렸다.

"왜 그렇게 생각하시는데요?"

브라이언은 한쪽 눈썹을 치켜들며 말했다.

"집 안에 중요한 물건이 있을 때는 누구라도 평소보다 더 주의를 기울이는 법이야. 경비 시스템을 해제해둘 리가 없다고."

침실은 현대적인 인테리어와 적절히 자제된 간접조명으로 매우 세련된 모습이다. 거실도 그렇지만, 이건 전문 인테리어 디자이너의 솜씨다.

브라이언은 침대 옆 테이블에 놓인 몇 개의 사진 액자를 발견했다. 이 저택의 정원에서 찍은 가족 전원의 사진이었다. 군복을 입고 중앙에 선 사람이 제임스 야마오카다. 동양계치고는 키가 크고 체격도 탄탄해서 실제 나이는 50세지만 30대 후반쯤으로 보였다. 그 오른편에는 남편보다 한층 더 젊어 보이는 아내가 나란히 서서 제임스 본드 영화에 나오는 여배우처럼 요염한 미소를 짓고 있었다. 두 사람을 둘러싸듯이 딸과 아들이 서 있다.

"어이, 이봐."

브라이언은 순경을 손짓해 불러서 사진 액자를 쥐여주었다.

"당신 보스에게 보여주고 와."

무슨 말인가 하고 순경은 잠시 당혹스러운 표정이었지만 브라이언의 손짓에 떨떠름하게 방을 나갔다.

"왜 그래요?"

제프 역시 무슨 영문인지 알지 못하는 눈치였지만 브라이언은 대답하지 않고 어깨만 으쓱 쳐들어 보였다. 그리고 액자 하나가 엎어져 있는 것을 발견하고 그것을 집어 들었다. 하지만 그건 사진 액자가 아니라 브로치나 배지 등의 액세서리를 장식품 삼아 넣어놓는 용도였다. 거기에 넣어둔 장식품은 누군가 꺼내 갔는지 그저 두 개의 구멍이 뚫려 있을 뿐이었다.

"뭐죠, 이거?"

"장식품을 넣어둔 액자 같은데……. 안에 든 것을 꺼내 갔어."

"훈장을 넣었던 거 아닌가요?"

야마오카는 남미에서 비밀 작전을 수행한 우수한 장교 출신이다. 수많은 훈장을 받았고 그런 훈장이 거실에 장식된 것도 이미 보았다. 그렇다면 왜 군이 그중 두 개만 침실에 가져와 따로 장식했을까? 더구나 침실에 훈장을 장식해둔다는 것은 전직 군인으로서는 어딘지 지나치게 여성스러운 감이 들었다. 군이 따지자면 이건 여자들의 발상이다. 나아가 액자 속의 장식물이 사라졌다는 사실은 대체 어떤 의미를 갖고 있는가? 브라이언은 고개를 갸웃거리며 그것을 침대 옆 테이블에 다시 내려놓고 중얼거렸다.

"이 사람의 인생에는 수수께끼가 너무 많군."

두 사람은 침실을 나와 맞은편 작은 방으로 들어갔다. 그곳은 취미 활동을 위한 방으로, 간단한 피트니스 기구와 함께 다섯 개의 일렉트릭 기타, 키보드, 다양한 종류의 앰프, 이펙터 등이 놓여 있었다. 안쪽에는 책상이 있고 그 위에 노트북컴퓨터가 보였다. 브라이언은 가장 앞쪽의 기타를 만져보았다. 악기에 대해서는 잘 모르지만 빈티지 제품이라는 건 알 수 있었다. 꽤 값이 나가는 물건일 터였다. 이 저택을 비롯하여 야마오카가 과분한 호사를 누렸다는 증거가 곳곳에서 눈에 띄었다. 아무리 사업가로서 재능이 있었다고 해도 겨우 몇 년 사이에 이런 부는 축적할 수 없을 터였다.

"거, 이상하네."

브라이언은 다시금 중얼거렸다. 제프는 자신의 파트너가 어떤 의심을 품었는지 짐작하지 못한 채 말없이 그의 얼굴을 바라보았다. 브라이언은 한쪽 눈썹을 치켜들며 말했다.

"기타 케이스가 없어. 기타는 몇 개씩이나 되는데 말이야. 이거, 들고 다닐 때는 어떻게 하지?"

"집 안에서만 연주했던 거 아닐까요?"

"뭘 모르는군. 악기란 남에게 들려주기 위해 연주하는 것이야."

"흠, 역시 머디 워터스의 친구는 다르시네."

오래전 블루스 가수의 이름을 들먹이는 제프의 농담에 브라이언은 쓴웃음을 지었다. 실제로는 흑인음악이건 레이디 가가건 그는 음악이라는 것에 별 흥미가 없기 때문이다. 그것은 사춘기 때 자신이 참여할 만한 커뮤니티를 찾지 못한 영향 때문이었다. 10대 때는 어떤 음악을 듣고 어떤 패션을 선호하는지에 따라 계층이 나뉘고, 비슷한 취향을 가진 아이들끼리 저절로 모이게 된다. 하지만 어머니 쪽의 일본계 커뮤니티에서는 브라이언과 똑같은 취향을 가진 아이라고는 찾아볼 수 없었다. 열세 살 때, 주크박스에서 흘러나오는 〈테이크 온 미〉가 멋있다고 생각했지만 그 뒤로는 브라이언이 좋아하는 음악은 이 세상에 존재하지 않았다.

"깁슨의 레스폴 모델, 그것도 빈티지."

제프가 혼자 중얼거리며 기타를 살펴보고 있었다. 브라이언은 파트너를 놔둔 채 안쪽 책상으로 다가갔다. 그곳에 아마도 음악 편집에 사용되었을 터인 매킨토시 노트북이 있었다. 무심코 키보드를 더듬어 보던 브라이언은 매킨토시가 절전 모드로 되어 있는 것을 알았다. 모니터가 한순간 깜빡이더니 화면이 켜졌다. 떠오른 검색어가 무엇인지 알아보고 브라이언의 눈이 번뜩였다.

"어이, 제프."

파트너가 몸을 돌려 컴퓨터 화면을 들여다보았다.

"누군가 인터넷 사이트를 검색했군요."

표시된 것은 검색 엔진 페이지로 다양한 사이트가 검색 결과로 나와 있었다. 검색어는 '아피아이'와 '가타나劍', 두 개의 단어에 의한 복합 검색이었다. 특히 아피아이가 두 사람의 관심을 끌었다. 아피아이는 콜롬비아 국내에 미군이 설치한 군사 거점의 명칭이다. 공표된 적은 없지만 예전에 야마오카가 근무한 것으로 추정되는 곳이다.

"아피아이, 그리고 가타나? 가타나라는 건 오토바이 이름인가요?"

"아니, 일본어로 도검刀劍을 뜻하는 말이야."

화면을 지그시 노려보며 브라이언은 말했다.

"제프, 이걸 검색한 자가 그 밖에 또 어떤 사이트를 봤는지 알아낼 방법은 없을까?"

제프가 마우스를 잡더니 브라우저 상단 윈도 옆에 있는 버튼을 클릭했다. 풀다운 식의 리스트가 열리고 과거의 검색 키워드 이력이 표시되었다.

"준 군사 조직, 보복, 암살, 유괴, 인질, 무력행사, 남미……."

험악한 키워드가 줄줄이 이어진다. 그리고 그 단어들 모두가 가타나라는 단어와 복합 검색으로 되어 있었다.

"대체 무슨 생각을 한 거죠?"

"글쎄. 위험한 단어를 집중적으로 검색해서 에셜론미국을 중심으로 구축된 군사 목적의 통신 수집 시스템. 미국 정부에서는 공식적으로 인정한 바 없으나, 국가안전보장국(NSA) 주체로 운영된다는 의혹을 받고 있다─옮긴이을 자극하려는 장난질도 아닐 거고."

"가타나라는 말에 뭔가 의미가 있을 것 같은데요?"

그리고 누가 이런 것을 검색했는지도 알아봐야 한다, 라고 브라이언이 말하려는데 방문이 열리면서 조금 전의 경위가 급한 걸음으로 뛰어왔다. 손에는 조금 전 브라이언이 순경에게 건네준 사진 액자를 들고 있었다. 경위는 비난하는 눈빛으로 말했다.

"다 알면서 왜 이런 얘기를 미리 하지 않았어?"

"무슨 말이야?"

브라이언이 되묻자 경위는 두 명의 마약반 형사의 얼굴을 번갈아 바라보며 말했다.

"사체의 수가 부족하단 말이야."

제프는 미간을 찌푸렸고 브라이언은 말없이 어깨를 으쓱 치켜들었다. 경위가 말을 이었다.

"사체는 세 구밖에 없어. 여기 이 아들의 행방이 묘연하다고."

그는 사진 속의 소년을 가리키고 있었다.

* * *

"여기가 리오라이트?"

차에서 내리면서 부치는 혼잣말처럼 중얼거렸다.

석조 건물이 무너져 내린 폐허에 강한 햇볕이 내리쬐고 있었다. 예전에 창틀이었던 부분에 햇빛이 그대로 관통하면서 일그러진 그림자를 땅바닥에 찍어냈다. 그 폐허 옆으로 눈을 돌리자 무너진 돌담이 건물의 흔적으로 남아 있었다.

"완전 유령도시잖아."

중간 규모의 마을을 예상했던 부치는 곳곳에 폐허만 점재하는 마을 한가운데서 그만 머리가 멍해져버렸다. 사람이 살고 있다는 느낌은 일절 남아 있지 않았다. 모두에게서 내버려진 채 오랜 세월이 흘렀다는 게 실감 났을 뿐이다. 아쉬운 마음에 주변을 빙 둘러보던 부치는 어디에도 K마트나 맥도날드 간판이 없는 것을 확인하고는 저절로 한숨이 터졌다.

"그런 줄 몰랐어?"

뒤따라 차에서 내린 몬도가 건방진 한마디를 날린다. 부치는 소년이 또다시 "『지구를 걷는 법』에 실려 있는데"라는 말을 꺼내기 전에 한차례 눈을 흘겨주고 다시 한 번 리오라이트 마을을 바라보았다. 이곳은 데스밸리 북동쪽 변두리, 374번 주도로를 오른쪽으로 꺾어 비포장도로를 조금 올라온 곳이다. 이 마을에의 안내는 주도로에 세워진 간판 하나가 전부다. 그것도 애써 찾지 않으면 자칫 놓쳐버릴 만큼 퉁명스러운 안내판이었다.

마을 입구 근처에 여행자 센터를 대신해주는 듯한 작은 창고가 보여서 그쪽으로 다가갔다. 문 옆에 관광객을 위한 안내판이 서 있었기 때문이다. 거기에는 리오라이트의 역사가 간단히 적혀 있었다. 20세기 초의 골드러시 덕분에 인구가 8000명에 달할 만큼 발전해서 한때는 네바다 주 제3의 도시라고 불리기도 했다. 하지만 광산 폐쇄와 함께 쇠락하여 현재는 유령도시가 되었다는 것이다.

예전의 역 건물 등 몇몇 건축물을 그대로 보존하여 관광자원으로 활용하고 있었지만 주민은 물론 모텔이나 주유소도 없었다.

"어휴, 그렇구나……."

태연한 척 팔짱을 끼고 서 있었지만 부치는 마음속이 부글부글 끓어올랐다. 오늘 밤에 여기서 묵을 예정이었던 것이다. 지도 상에는 꽤 그럴듯한 도시로 적혀 있었는데 완전히 낡여버렸다. 무엇보다 워터먼은 이런 상황을 부치에게 미리 경고해줄 의무가 있는 거 아닌가? 이제 와서 어쩔 수도 없는 일이지만 역시 신경질이 났다.

뒤에서 몬도가 킬킬거리며 웃었다.

"뭐야, 너!"

"이런 데서 하룻밤 자고 갈 생각이었어?"

대답 대신 힘껏 흘겨보았다. 남자들이란 대부분 무신경한 몇 마디 말로 여자를 화나게 한다. 이렇게 어린 꼬맹이 녀석도 그런 소질이 유전자에 분명하게 새겨져 있는 모양이다. 몬도는 여전히 웃음을 참지 못하는 얼굴로 말을 이었다.

"여기서 자는 것도 나쁘지는 않은데, 저것 때문에 안 될 거야."

소년이 손끝으로 가리키는 쪽을 바라보니 길가의 작은 나무 간판에 '방울뱀 주의!'라고 적혀 있었다. 부치는 한숨을 내쉬며 시선을 홱 돌리고 머리를 움켜쥐었다. 정말 어떻게 해야 할지 모르겠다. 워터먼이 준비해준 자동차에는 내비게이션이 없다. 이쪽 지리를 전혀 알지 못하는 부치로서는 당장 오늘 밤에 잠잘 곳을 찾기가 어려운 형편이다. 차를 몰고 사방을 헤매다 어딘가의 목장에 돌진해 애먼 말들을 들판에 풀어놓게 될지도 모른다.

하늘을 올려다보니 해는 아직 높직했다. 하지만 그 해가 떨어지면 가로등도 없는 이 변두리 지역은 급속히 어두워진다는 것을 부치도 알고 있었다. 밤은 위험하다. 특히 이 나라의 밤은.

물건을 건네주기로 약속한 건 내일이다. 어떻게든 오늘 밤을 보낼 장소를 찾지 않으면 안 된다. 일단 지도를 살펴보려고 차로 돌아가던 부치는 자신들이 지나온 비포장도로를 타고 쉐보레 픽업트럭이 달려오는 것을 발견했다. 거친 자갈길이라 타이어가 구르면 자갈이 튀고 엄청난 모래 먼지가 피어오른다. 그 때문에 본격적인 오프로드 차량이 아닌 한 속도를 낮춰서 달릴 수밖에 없지만, 그 트럭은 굵은 타이어가 끼워져서 거친 노면도 전혀 아랑곳하지 않는 것 같았다.

비포장도로를 두려움 없이 마구 내달리는 차량은 렌터카가 아니다. 미국의 렌터카는 비포장도로를 달리다가 문제가 생길 경우에는 보험 적용에서 제외되기 때문이다.

트럭은 부치의 차에서 넉넉히 십여 미터쯤 떨어져 멈춰 섰다. 어딘지 마음에 들지 않는 정차 위치였다. 아마도 관광객일 테지만 누군가 차에서 내리는 기척도 없었다. 엔진을 켜둔 채 리오라이트 입구에 멀뚱하니 서 있다.

이쪽을 살펴보는 것 같았다.

부치는 그쪽을 똑바로 바라보지 않도록 조심하며 차로 돌아갔다. 대시보드에 쑤셔 넣어둔 지도를 꺼내 현재 위치를 파악한 뒤에 이제부터 가야 할 방향을 찾아내는 난감한 작업에 들어갔다. 여자에게 이런 작업을 요구하는 것은 남자에게 스웨터를 짜라는 것과 똑같은 만큼 무모한 짓이다.

"부치, 〈대결〉이라는 영화 알아?"

느닷없이 몬도가 엉뚱한 이야기를 꺼낸다. 부치는 그런 영화 따위는 들어본 적도 없다는 뜻으로 어깨를 으쓱 쳐들었다.

"도로 위에서 만난 트레일러가 한없이 쫓아오는 거야."

앞에 멈춰 선 트럭이 으스스한 분위기였기 때문에 하는 말일 터였다. 몬도의 말을 진지하게 받아들인 것은 아니지만 부치는 지도를 보는 척하면서 그쪽을 유심히 관찰했다. 핸들을 잡고 있는 사람은 야구 모자를 쓴 남자였다. 조수석에는 그와 비슷한 차림새의 남자가 앉아 있다. 뒷좌석은 부치가 있는 위치에서는 잘 보이지 않았다.

10대 후반을 로스앤젤레스에서 보낸 경험을 통해 부치는 이 나라의 위험성을 충분히 이해하고 있었다. 그녀의 지인 중에서도 상해나 성폭행을 당한 사람이 적지 않았다. 부치의 생각으로는, 피부색이나 종교가 다른 인간들이 한곳에 모여 사는 것은 아무래도 무리가 따르는 것이다. 인간은 자신과 인연이 희박한 상대에게는 얼마든지 잔혹해진다. 로스앤젤레스의 어느 술집 여주인은 동양에서 온 이민자인데, 가게 앞에서 흑인 소녀와 싸움이 벌어지자 상대의 머리를 권총으로 날려버렸다. 핼러윈 축제 분장으로 남의 집 현관 앞에 섰던 일본인 유학생은 그를 보고 공포에 휩싸인 백인에게 사살되었다. 이 나라에서는 일본에서는 생각지도 못할 일들이 일어난다. 그렇다면 이곳 네바다 한 귀퉁이의 사막에서는 어떤 괴상한 일이 벌어져도 이상할 게 없다.

트럭은 다시 출렁출렁 달리기 시작해 부치 일행 쪽으로 다가왔다.

부치는 손바닥을 응시하고 있었다. 위험의 양을 가늠해볼 때의 버릇이다. 그 손은 가늘기는 하지만 보통 여자들과는 달리 위기에 대처하는 기술을 알고 있었다. 3년 전, 가정이 붕괴한 뒤에 처음으로 근처 유도 도장에 다니기 시작해 당당히 검은 띠까지 딴 실력이다. 도장에서는 자신보다 몸집이 큰 남자들을 상대로 호각을 다투기도 했다. 상대의 균형을 무너뜨려 넘겨버릴 수도 있고 관절을 공격해 기절시킬 수도 있다. 하지만 그건 어디까지나 도장 안에서의 얘기다. 그곳에서는 상대가 주먹을 휘두르며 덤비지도 않고 무기를 소지하지도 않는다. 두 명 이상이 한꺼번에 공격해오는 일도 없고 땅에 떨어진 돌덩어리를 집어 머리통을 깨려고 하지도 않는다.

"『손자병법』에서는 삼십육계 줄행랑을 최고의 수라고 한다지?"

몬도의 말에 부치는 얼굴을 들었다. 이 소년은 마치 상대의 마음속을 훤히 들여다보는 것 같다.

"그래, 맞아."

부치는 대충 대꾸하고 차 문을 열었다. 이런 한적한 곳에서 트러블에 휘말리느니 얼른 내빼는 게 상책이다. 무엇보다 자신이 운반 중인 물건이 있다. 트러블은 어떻게든 피해야만 한다.

"가볼까?"

그렇게 말을 건넸을 때, 트럭이 옆을 느릿느릿 지나쳐갔다. 물론 비포장도로는 모래 먼지와 자갈을 튕겨 올리기 때문에 속도를 죽여서 달릴 필요가 있다. 하지만 지금 이 트럭의 속도는 지나치게 느리다. 마치 이쪽을 품평해보는 듯한 느낌이다. 부치는 등줄기가 써늘해졌다. 트럭 안의 두 남자가 마치 돼지를 도살할까 말까 궁리하는 듯한 눈빛이었기 때문이다.

부치는 시선이 마주치지 않도록 조심하면서 시야 끝으로 남자들의 동향을 지켜보았다. 손은 차 문의 손잡이를 잡은 채, 미동도 하지 않았다. 섣불리 움직였다가는 남자들이 덤벼들 것 같았기 때문이다. 하지만 트럭은 아무 일 없이 리오라이트의 좀 더 안쪽으로 달려갔다. 그제야 안도의 한숨이 흘러나왔다.

차에 타려는 부치의 옷소매를 몬도가 잡아당겼다.

"저기 가까운 곳에 동네가 있어."

"그것도 『지구를 걷는 법』에 실려 있었어?"

몬도는 말없이 웃을 뿐이었다. 부치는 어깨를 으쓱 쳐들고는 차를 출발시켰다.

"그래, 네 말을 한번 믿어보자. 한시라도 빨리 문명이 있는 곳에 가고 싶어."

가능하면 날이 어두워지기 전에.

＊ ＊ ＊

"그건 좀 곤란한데."

브라이언은 대답하면서 휴대전화를 든 손에 땀이 축축하게 배는 것을 느꼈다. 하지만 자신의 동요를 상대에게 들키지 않으려고 애써 아무렇지도 않은 척했다.

"제기랄, 지금 나하고 장난해? 장난하느냐고!"

전화기 너머에서 패트리엇이 절규하듯이 똑같은 말을 두 번 되풀이했다. 그의 배후에서는 엄청난 음량으로 '블랙아이드피스'의 음악이 흐르고 있었다. 볼륨을 줄이면 통화하기가 훨씬 쉬울 테지만 패트리엇은 결코 그런 짓은 하지 않는다. 음악에 못지않게 제 목청을 높일 뿐이다.

"이봐, 이건 비즈니스야. 잘 들어, 당신은 당신이 아니면 할 수 없는 일을 해야 해. 그러지 않으면 우린 거래가 성립되지 않아. 나는 알을 낳지 않는 닭에게는 볼일이 없단 말이야!"

리듬에 맞춘 억양으로 패트리엇은 내뱉었다. 그가 그토록 자랑하는 제너럴모터스의 대형 SUV 허머 안에서 한껏 버티고 앉아 있는 패트리엇의 모습이 눈에 선하게 떠오르는 듯했다. 오른쪽 뺨에 별 문신을 새긴 근육질의 흑인이다. 소문에 의하면 그의 온몸에는 그것 말고도 마흔아홉 군데, 즉 성조기와 똑같은 숫자의 별이 새겨져 있다고 한다.

"아니, 안 하겠다는 얘기가 아냐. 시간이 필요하다는 것뿐이야."

"오, 그러셔? 하지만 시간은 돈과 똑같은 말이야. 무한히 줄 수는 없단 말이야, 이 얼간이 형사야!"

"나도 상황이 좀 달라졌어."

"당신 상황에 따라서 이 세상이 돌아가는 줄 알아?"

그가 하는 말의 의미를 잘 이해하고 있는 브라이언은 한 차례 긴 한숨을 내쉬고 말을 이었다.

"그쪽에 피해가 가지 않게 처리해줄 대안이 있어, 패트리엇."

"그야 물론이지. 당신은 신뢰라는 말의 의미를 아는 사람이고, 나도 당신을 신뢰할 수 있어. 좋아, 오후에 다시 연락하지, 형제."

전화가 끊겼다.

그가 자신을 '형제'라고 부른 것에서 브라이언은 상당한 야유를 느꼈다. 패트리엇의 선조는 아프리카에서 끌려온 남부의 노예다. 그에게는 이 나라에서 학대받아온 똑같은 뿌리의 동포들이 많다. 하지만 그 중에 브라이언은 포함되지 않는다. 브라이언은 생김새는 거의 흑인이지만 어린 시절 일본계 커뮤니티 안에서 자랐다. 흑인 사회에는 어떤 연줄도 없다. 그래서 패트리엇이 본질적으로 자신을 동포로 간주하지 않는다는 것도 충분히 이해하고 있다.

"당신이 신뢰하는 건 내 경찰 배지겠지, 형제."

혼잣말을 중얼거리고 브라이언은 휴대전화의 액정 화면을 들여다보았다. 꽤 오래전부터 쓰고 있는 이 휴대전화는 배터리가 약해져서 아직 아침인데도 벌써 잔량이 떨어져가고 있었다. 패트리엇은 조울증 기미가 있어서 조증 상태일 때에는 아낌없이 시간과 말을 들여가며 자신을 몰아붙인다.

손에 밴 땀을 닦으며 브라이언은 혹시라도 낯익은 얼굴이 없는지 주위를 둘러보았다. 아침의 러시아워는 끝났지만 로스앤젤레스 시내는 여전히 교통량이 많아서 설령 누군가 아는 사람이 있었다고 해도 브라이언에게 딱히 주의를 기울이지는 않았을 것이다. 그렇게 자신을 다독이며 브라이언은 차를 출발시켜 로스앤젤레스 시경 본부로 향했다. 차 안에서 패트리엇과 통화하는 것을 동료에게 들키고 싶지는 않았다. 특히 이런 짜증 나는 아침에는.

어수선하고 너저분한 형사실에 들어서면서 브라이언은 제프의 모습을 찾아봤지만 눈에 띄지 않았다. 그 대신 자신의 책상에 웨스트레이크 경감이 걸터앉아 있는 게 보였다. 이건 좋지 않은 징조다. 자신보다 네 살 많은 이 경감은 브라이언에게는 천적이다. 강이 거꾸로 흐르더라도 서로 어울릴 수 없는 인물이다. 웨스트레이크는 인간미가 부족한 진짜 감시관이자, 출세만을 삶의 보람으로 여기는 인물이다. 융통성이라고는 눈곱만큼도 없는 그의 됨됨이 때문에 시경 본부 내에서도 '캡틴 아메리카'라는 별명으로 손가락질을 받고 있다. 하지만 그가 순조롭게 출세 코스를 달리고 있는 것도 사실이었다. 웨스트레이크는 브라이언보다 네 살이 많을 뿐이지만 브라이언보다 벌써 3계급이나 위로 치고 올라갔다.

"안녕하신가, 요시다 형사."

웨스트레이크는 브라이언의 일본 이름을 똑똑히 한 음절씩 끊어서 발음했다. 브라이언은 그 이름으로 불리는 것이 싫었다. 자신의 굴절된 뿌리를 떠오르게 하는 데다 미국 최고 유명 바비큐 소스와 똑같은 이름이라서 어렸을 때부터 단골 놀림감이 되었기 때문이다.

테 없는 안경 너머로 완벽한 푸른색 눈동자가 이쪽을 쳐다보고 있었다. 항상 하던 대로 패션 잡지를 참고한 완벽한 차림새였다. 정장 바지에는 깡통 따개로 대신 써도 될 만큼 샤프한 주름이 잡혀 있다. 콧수염은 자신만의 템플레이트라도 갖고 있는지 날마다 완전히 똑같은 모양으로 다듬는다. 로스앤젤레스 시경의 규정에 맞춰, 입 가장자리로 삐져나오는 일은 결코 없다. 웨스트레이크가 정의 다음으로 사랑하는 것이 질서였다. 귀가했을 때, 벗은 웃옷은 반드시 솔질해서 행거에 걸어두는 타입의 인간이다. 그와 반대로 브라이언은 그저 가까운 의자 등받이에 휙 던져두는 타입이었다.

"오, 안녕하쇼, 경감님."

브라이언은 일부러 장난스러운 태도로 응하며 자신의 책상으로 다가갔다. 서랍 안에 넣어둔 초콜릿이 필요했다. 책상에 걸터앉은 '미스터 패션쇼'는 오늘 아침에도 헬시 플랜에 따라 플레이크 같은 걸 먹고 나왔겠지만 브라이언은 새벽 5시에 일어나 후다닥 뛰쳐나온 뒤로 아침은커녕 잠시 눈도 못 붙였다. 허시초콜릿을 한입 가득 베어 먹고 블랙커피를 마시지 않으면 털썩 쓰러질 것 같은 기분이었다.

"야마오카 살해 현장에 갔었다면서?"

"예, 분명 그자가 죽어 있기는 했죠. 경감님 말씀대로라면, 살해된 모양이죠?"

팔짱을 끼며 바라보자 웨스트레이크는 과장스럽게 한숨을 내쉬었다. 그 숨에서 기름진 베이컨 냄새가 났다. 아침 식사에 관한 한, 브라이언의 추리는 빗나간 것 같다. 웨스트레이크의 아내는 시경 본부장의 딸로, 남편을 쥐고 흔든다는 소문이 파다했다. 하지만 아침 식사에 관해서는 빈틈이 없는 모양이다. 하긴 웨스트레이크가 제 손으로 아침을 챙겼을 가능성도 배제할 수는 없지만.

"살인 사건 현장에 왜 마약반의 자네가 달려 나갔지?"

"왜냐니, 살해된 자가 내가 쫓던 용의자 중 한 명이었어요."

"흠, 그래? 하지만 이건 살인 사건이고, 그렇다면 꼭두새벽에 자네에게 굳이 연락을 해줬을 리가 없을 텐데 말이야. 대체 누가 연락했어?"

브라이언은 어깨를 으쓱 치켜들었다. 이번 사건을 알려준 사람은 그동안 자신에게 이런저런 신세를 진 서부 로스앤젤레스 경찰서의 형사였다. 하지만 그 이름을 여기서 실토할 생각은 전혀 없었다. 브라이언에게는 지금 자신의 말에 쫑긋 귀를 세우고 있는 시경 본부 내의 모든 동료가 돈의 광맥이다. 그 이름을 경감에게 불어서 뻔히 눈 뜨고 당하는 짓은 하고 싶지 않았다.

"형사의 직감이라고나 할까요?"

그때 시야 끝에 제프의 모습이 들어왔다. 자신이 부탁했던 커피숍 종이봉투를 들고 있었다. 제프는 파트너가 상사와 대치 중인 것을 눈치채고, 자신의 책상으로 가는 대신 웨스트레이크 쪽에서는 보이지 않는 곳으로 들어가 멀찌감치 상황을 살피고 있었다. 공연히 자기까지 끌어들이지 말아달라는 신호다. 오늘 새벽에 여자 친구와 함께 침대에 누워 있던 제프를 두들겨 깨워 현장으로 출동하게 한 것은 브라이언이었다. 제프의 아파트가 현장에서 더 가까웠기 때문이다. 꼭두새벽부터 그에게 신세를 졌으니 제프에게 괜한 불똥이 튀지 않도록 하자고 브라이언은 마음을 정했다.

"아무튼 내 말 잘 들어."

웨스트레이크는 팔짱을 낀 채 한 박자 뜸을 들였다. 강조하고 싶은 뭔가가 있을 때의 버릇이다.

"이 사건은 FBI연방수사국에서 담당하기로 했으니까 자네는 손을 떼도록 해."

"예에?"

그 말에 브라이언은 진심으로 놀랐다. 간밤의 살인은 누가 보더라도 FBI 쪽의 일은 아니었기 때문이다. 물론 범행 수법이 너무도 엽기적이어서 화제가 될 만한 사건이기는 하다. 하지만, 최근 들어 극적인 치안 개선이 이루어진 로스앤젤레스라고 해도 아직 연간 400건이나 되는 살인 사건이 일어나고, 그 반수 가까이가 미해결인 채로 남는다. 강력반 형사들은 여러 건의 수사를 한꺼번에 담당하면서 노스쇼어의 파도처럼 줄줄이 밀려드는 살인 사건과 분투하고 있다. 아무리 쇼킹한 사건도 반년 후에는 좀 더 선정적인 사건에 자리를 내준다. 이 사건만 특별 취급을 받을 이유는 없었다.

"무슨 일 있었습니까?"

"본부장과 FBI 로스앤젤레스 지국에서 그렇게 하기로 했어."

그건 대답이라고 할 수 없었지만, 자세한 얘기는 하고 싶지 않다는 웨스트레이크의 의지의 표명이기도 했다. 하긴 실제로는 그 역시 뭐가 어떻게 된 것인지 알지 못하는지도 모른다. 아무리 장인이라고 해도 상대는 시경 본부장이다. 어쨌든 한 가지 분명한 것은 이번 사건을 FBI가 나서서 담당하게 되면 브라이언은 매우 불리한 상황에 처하게 된다는 것이다.

"하지만 경감님, 그 집에서 코카인은 발견되지 않았는데요?"

"그 얘긴 나도 들었어."

"제가 판단하기에는 순도 100퍼센트의 그 코카인 100파운드는 빅 고든의 손에 넘어갔어요."

"요시다 형사, 너절한 갱단 두목에게 '빅'이라는 존칭은 붙이지 않아도 돼."

"FBI가 얼마나 우수한지는 저도 잘 알지만 그자들은 마약 단속은 철저히 할 수 없어요. 야마오카를 살해한 범인은 잡아낼 수 있겠지만 그 일을 하는 동안 코카인은 시내에 속속 뿌려질 거라고요."

"그렇게 하게 내버려두지는 않아."

웨스트레이크는 손가락 하나를 곧추세워 브라이언 앞에 내보였다. 팔짱을 끼거나 손가락을 쳐들어 보이는 몸짓은 본질적으로 겁이 많은 자가 하는 방어 행위라는 말을 들은 적이 있다. 캡틴 아메리카는 표정을 전혀 무너뜨리지 않았지만, 노련한 자칼 같은 형사를 굴복시키기 위해 그 나름의 희생을 치르고 있는 모양이다. 생각해보면 이 어울리지 않는 콧수염도 그 비슷한 것일 터였다. 내면에 없는 마초성을 연출하기 위한 소도구인 것이다.

"마약 건에 관한 수사도 FBI의 지휘에 따라서 하게 될 거야."

"로스앤젤레스 시경을 제 앞가림도 못 하는 어린애로 취급하는 건가요?"

불쑥 튀어나온 그 말소리가 너무 컸다. 복도를 지나가던 몇몇 형사가 브라이언 쪽을 돌아보았다. 현명한 말은 아니었던 것 같다. 서 내에서 다시 브라이언의 평판이 떨어질 것이다.

"요시다 형사, 합리적으로 생각하는 게 좋아. 우리는 만성적인 일손 부족에 시달리고 있어. 게다가 제막식은 일주일 앞으로 바짝 다가와 있잖아. 그때는 수사팀 요원들까지 경비에 나서지 않으면 안 돼. 이런 상황에서 FBI와 영역 다툼을 할 여유는 없어."

캡틴 아메리카가 무엇보다 신경을 쓰고 있는 그 제막식이란 할리우드 대로에 있는 로스앤젤레스 관광의 노른자위 '차이니스시어터'에서 거행될 행사를 가리키는 것이다. 1927년에 설립된 이래, 몇 차례에 걸쳐 소유주가 바뀐 이 극장은 이번 봄에 일본 기업이 매입하여 리뉴얼 공사가 한창 진행 중이었다.

"아, 그렇군요. 그 제막식을 무사히 성공시켜 시장님 눈에 들면 우리 본부장님의 미래가 쫘악 열리시겠네."

그 본부장에게 굵은 빨대를 대고 있는 당신도, 라고 덧붙여 말하려다가 관뒀다. 잔뜩 심통이 난 눈빛으로 상대를 노려보는 선에서 마무리했다.

"요시다 형사, FBI는 이미 범인의 윤곽을 파악했어."

"거참, 대단하군요. 그 참에 행방불명된 코카인의 소재도 좀 알려달라고 하시죠?"

"내 말 잘 들어, 요시다 형사."

웬일로 감정적인 표정을 드러내며 웨스트레이크가 손가락 끝으로 쿡쿡 쑤시는 듯한 몸짓을 했다. 하지만 그 한순간 뒤에 다시 원래의 평온한 표정으로 돌아가 주위에 들리지 않을 만큼 작은 소리로 속닥거렸다.

"자네가 아무리 떠들어도 상황은 달라지지 않아. 이건 단순한 살인 사건과는 차원이 다르단 말이야."

잠깐 틈을 두었다가 웨스트레이크는 자리를 떴다. 형사실에 있던 이들 모두가 왜 그런지 그의 등을 눈빛으로 따라가고 있었다. 브라이언은 웨스트레이크가 마지막에 한 말의 의미를 생각해보았다. 아마도 그것이 FBI가 굳이 이곳까지 출장을 나온 이유일 것이다.

하지만 그것보다도 지금 브라이언에게 가장 큰일은 코카인의 행방에서 자신이 배제될 가능성이 크다는 점이었다. 그 100파운드의 마약이 어디로 갔는지 반드시 알아내야만 한다. 그걸 놓친다면 오늘 오전의 통화에서 거짓말을 한 셈이 된다. 패트리엇은 무능한 형사를 결코 용서하지 않을 것이다.

"FBI가 출동한다는 거예요?"

식은 커피 봉투를 들고 제프가 다가왔다. 그 종이봉투에서 말없이 커피 컵을 꺼내 크림도 넣지 않은 채 블랙으로 후루룩 마셨다. 분노 때문에 차갑게 얼어버린 기분을 카페인으로 풀어보려는 것이다. 입가를 닦은 브라이언은 짜증을 고스란히 드러내며 말했다.

"그래, 그 빌어먹을 펫즈Feds가 또 우리 영역을 휘젓고 다니겠다는 거야."

제프는 고개를 끄덕이며 심각한 얼굴로 커피를 마시다가 잠시 뒤에 입을 열었다.

"펫즈가 뭐예요?"

브라이언은 한숨을 내쉬었다.

"연방수사국Federal 놈들이란 뜻이야."

그리고 그뿐, 두 사람은 말없이 커피를 마셨다.

* * *

잭 워터먼은 전직 프로야구 선수로, 현역 시절에는 힘껏 방망이를 휘두르는 파워 히터였다. 그가 멋지게 공을 때리면 주위에는 타는 듯한 냄새가 피어오르고 타구는 불을 뿜듯이 외야 스탠드로 날았다고 한다. 수비를 조금만 더, 최소한 중학생 정도만 했어도 충분히 메이저

리그에 올라갈 수 있었다고 다들 아쉬워했던 외야수다. 그 가장 큰 원인은 그가 극도의 근시였다는 데 있었다. 이상하게도 그는 투수가 던져주는 공에 타이밍을 맞추는 건 가능했지만, 높이 날아올랐다 떨어지는 하얀 공을 눈으로 따라잡는 것이 안 되었다.

현역에서 은퇴한 지 이십여 년이 지난 지금, 워터먼은 다시 한 번 자신의 시력이 좋지 않다는 것을 실감하고 있었다. 사무실에 나타난 젊은 남자는 스코티와 체격이 매우 비슷해서 그자가 자신에게 바짝 다가와 대구경大口徑 리볼버를 옆구리에 들이댈 때까지 워터먼은 자신의 위기를 전혀 감지하지 못했다. 이봐, 스코티, 웬 장난질이야, 라면서 껄껄 웃은 순간에 그자는 말했다.

"나는 스코티가 아냐, 이 깜둥이야."

이어서 몇 명의 남자가 사무실 안으로 뛰어들었다. 위험을 좀 더 빨리 눈치챘더라면 책상 뒤에 숨겨둔 짤막한 개조 산탄총을 꺼내 도주를 시도할 수도 있었을 것이다. 이 바닥에서 20년 넘게 뒷골목 사회의 심부름꾼 노릇을 해왔으니 그 정도 통법은 굴릴 줄 아는 사람이다. 하지만 실제로는 저항할 틈도 없이 의자 쪽으로 떠밀려 쓰러졌고, 사람의 힘으로는 결코 끊을 수 없는 굵은 수지 밧줄에 몸의 자유를 빼앗겼다.

워터먼의 젊은 파트너, 항상 놀랄 만큼 대량의 소다수를 마셔대는 스코티는 훨씬 비참했다. 사무실에 들어선 순간, 반동을 넣어 내리친 경봉이 그를 덮쳤다. 둔탁한 소리와 함께 스코티는 기절했다.

옆으로 쓰러진 스코티를 꽁꽁 묶더니 침입자들은 워터먼 주위를 에워쌌다. 옷차림은 제각각이었지만 이렇게 한곳에 모이고 보니 어딘가의 정규 집단이 일반 시민으로 위장했다는 게 분명하게 드러났다.

그중에서 키가 크고 마른 남자가 워터먼 앞으로 나섰다. 그는 몸에 달라붙는 바지에 검은 재킷, 그리고 검은 타이를 매고 있었다.

"너희가 무슨 짓을 했는지 알고 있나, 이 깡패 끄나풀 새끼."

워터먼을 향해 그렇게 내뱉은 남자는 병적일 만큼 하얀 피부여서 색소 결핍증이 아닌지 의심스러울 정도였다. 마찬가지로 색이 옅은 금발을 올백으로 깨끗이 빗어 넘긴 모습이었다. 웃으면 색깔이 좋지 않은 잇몸이 내보였다.

"당신, 누구야?"

"나? 찰스야. 찰스 I. 앤드루스."

워터먼은 그것이 CIA와 이니셜이 똑같다는 것을 깨달았다. 수준 낮은 말장난이어서 그게 가짜 이름이라는 건 확실했다. 워터먼은 남자들의 모습을 다시 한 번 관찰했다. 입에 올리는 말과는 전혀 딴판으로 그들이 나름대로 고도의 훈련을 받은 대원들이라는 건 분명했다. 사무실을 점거한 이자들은 틀림없이 법 집행기관에 소속된 요원일 터였다. 그리고 뭔지는 모르겠으나 워터먼 일행이 행한 최근의 어떤 일이 그 기관의 역린을 거스른 것이다.

"주류담배화기단속국ATF에서 나온 거야?"

워터먼은 대충 어림짐작으로 말해보았다. 불법으로 개조한 자동 권총을 대량으로 팔아치우는 일을 소개한 적이 있다. 하지만 그건 잠시 잠깐 관여한 정도고 그리 큰 비즈니스도 아니었다. 아니나 다를까 앤드루스는 섭섭하다는 듯 고개를 저었다.

"그럼 연방수사국?"

마음에 짚이는 것이라면 몇 주 전에 열다섯 살도 안 된 여자애를 데리고 온 젊은이를 네바다 주로 도망치게 해준 일뿐이다. 둘이 사랑의 도피를 하는 것처럼 보였지만 그 부모가 유괴 사건으로 신고했다면 FBI가 출동했다고 해도 이상할 건 없다. 하지만 이번에도 미스터 앤드루스는 고개를 끄덕이지 않았다. 그 대신 얼음처럼 차가운 목소리로 속닥였다.

"리오라이트의 거래를 주선했지? 운반책이 누구야?"

워터먼은 이를 악물었다. 그건 최근 몇 달 동안에 가장 큰 일거리였다.

"잭, 말하면 안 돼! 빅 고든에게 죽어!"

쓰러져 있던 스코티가 부르짖었다. 워터먼은 미간을 찌푸리며 앤드루스의 얼굴을 보았다.

"마약단속국DEA이었어?"

앤드루스는 다시 고개를 가로젓더니 색깔이 좋지 않은 잇몸을 드러내며 피식 웃었다.

"퀴즈 놀이는 이쯤에서 끝내지. 우리는 이미 운반책의 이름 말고는 모두 알고 있어. 100파운드의 코카인이지. 출처가 지나치게 위험한 루트여서 아무도 손을 대려고 하지 않았어. 그러던 참에 이 거리의 얼굴마담인 고든이 일리노이 주의 아는 놈을 통해 시카고에 가져가 팔아 치우기로 한 거야."

워터먼도 스코티도 입을 꾹 다물었다. 상대의 정체가 무엇이든 이렇게까지 수사가 진행되었다면 웬만해서는 발뺌하기가 어렵다. 각오하는 수밖에 없다. 오랜 세월에 걸쳐 뒷골목 사회에서 살아온 워터먼은 이런 때 어떻게 대처해야 하는지 잘 알고 있다. 법 집행기관의 인간들은 법정에서 자신의 생각대로 일을 끌어가기 위해 거래에 응할 것이다. 자신이 살아남을 정도로만 그들에게 정보를 던져주고, 고든에게 보복당하지 않을 정도로만 끝까지 시치미를 떼야 하는 것이다. 어느 한쪽 편에 지나치게 기울어서는 안 된다. 절묘한 균형이 필요한 순간이다.

워터먼은 애써 평정을 가장하며 입을 열었다.

"나와 파트너는 어떤 조치를 받게 되지?"

"뭐야, 거래를 하자는 건가?"

앤드루스가 한쪽 눈썹을 치켜들었다.

"좋아, 거래를 하자고. 네가 어떻게 나오느냐에 달렸어. 얼마나 솔직하게 이야기하느냐에 따라 달라진다는 얘기야."

"우리도 요구 사항이 있어. 우선 그쪽의 정체를 밝혀. 그러지 않으면 이 수사 자체가 위법이 돼."

세 번째, 앤드루스는 색깔이 좋지 않은 잇몸을 드러냈다.

"수사라고? 내가 언제 이걸 수사라고 했지?"

그렇게 말하더니 앤드루스는 등 뒤에 버티고 선 흑인 남자에게 지시를 내려 워터먼의 입에 재갈을 물렸다. 그것이 고문의 시작이라고 이해하기까지 그리 오래 걸리지 않았다. 범죄 조직의 심부름꾼인 워터먼 역시 집단으로 누군가를 괴롭히는 수법에 대해서는 누구보다 잘 알고 있었기 때문이다.

검지의 손톱이 뽑혀 나갔을 때, 워터먼은 이 정도라면 재갈까지는 필요 없다고 생각했다. 이 정도 고통이라면 이를 악물고 견뎌낼 수도 있다. 하지만 중지의 손톱이 뽑혀 나갔을 때쯤에는 재갈만으로는 안 되겠다는 것을 깨닫기 시작했다. 이 정도의 고통을 견뎌내는 데는 모르핀이 필요하다.

"체포된 자에게 신체적인 학대, 모욕적인 취급을 하는 일은 더 이상 없다. 그것이 도덕적으로 나쁘기 때문이 아니라 역사적으로 효과가 없다는 것이 증명되었기 때문이다……."

노래라도 하듯이 앤드루스가 문구를 읊었다.

"80년대에 어느 바보가 그런 말을 했다더군. 그자는 아무래도 현장에서 일해본 적이 없을 거야."

워터먼의 왼손에 남겨진 마지막 손톱을 뽑아낸 앤드루스는 그 파편을 꼼꼼히 쇼핑용 비닐봉지에 넣었다. 다음은 오른손일까? 워터먼이 생각을 굴리고 있으려니, 앤드루스가 피투성이의 펜치를 얼굴 앞에 대고 흔들며 천천히 스코티 쪽을 돌아보았다. 워터먼에게 가해진 행위를 바로 앞에서 지켜본 젊은이는 악마에게 홀린 수도승 같은 표정으로 부들부들 떨고 있었다.

"다음은 네 차례야."

스코티의 얼굴에 공포가 가득 번지는 것이 또렷하게 보였다. 워터먼은 그 젊은 녀석이 모든 것을 불어버릴 것이라고 직감했다. 그리고 자신들이 결코 살아남을 수 없다는 것도.

* * *

수사본부의 지휘관은 FBI 로스앤젤레스 지국에서 나온 사람이었다. 그자의 얼굴은 브라이언도 잘 알고 있었다. 홍보지나 텔레비전에서 자주 본 얼굴이었기 때문이다. 아무리 봐도 30대 후반쯤으로밖에는 보이지 않지만 실제로는 그보다 한 세대 위인 모양이다. 말솜씨가 뛰어나고 에너지가 넘치는, 그야말로 청렴한 법의 지킴이라는 풍모였다. 브라이언이 끔찍하게 싫어하는 타입이다. 시경 본부 빌딩 안 회의실에 설치된 수사본부에 소집된 수사원들은 말없이 그 지휘관의 자기소개와 그다음에 이어진 브리핑에 귀를 기울였다.

맨 뒷자리에 따분한 기색으로 앉아 있던 브라이언은 지휘관 옆에 서 있는 여자가 아까부터 신경 쓰였다. 나이는 30대 중반쯤, 그야말로 법률가다운 용모다. 화장기 없는 얼굴에 아름다운 금발도 어깨선에 맞춰 투박하게 잘랐을 뿐이다. 키는 조금 작아서 150센티보다 약간 큰 정도였지만 자세가 반듯하고 잘 단련된 운동선수처럼 탄탄한 몸매의 소유자여서 몸집 큰 남자 형사들에 둘러싸여 있어도 전혀 뒤떨어지지 않는 박력이 있었다. 그런데 그 여자가 지휘관의 말에 전혀 주의를 기울이지 않는 것이 마음에 걸렸다.

"우리는 이 사건을 세 가지 방향에서 접근해나갈 것이다."

지휘관의 목소리는 우렁우렁해서 마이크를 쓰지 않아도 회의실 뒤편까지 잘 들렸다.

"차례대로 설명하자면, 피해자가 살해된 동기, 살해된 수법, 행방불명된 아들이다."

회의실 앞쪽에 설치된 프로젝터가 정면 스크린에 야마오카 일가의 정보를 영상으로 보여주고 있었다. 오전 짧은 시간 동안 누군가 이걸 정리한 것이다. 회의실에 모여 앉은 이십여 명의 형사가 그 정보를 집중적으로 주시하는 게 느껴졌다.

"우선 동기에 대해 알아보기로 한다. 일가의 가장인 제임스 야마오카는 퇴역한 육군 장교로서, 로스앤젤레스 시내에서 경비 컨설턴트 회사를 경영하고 있었다. 우선 그에 대해 다양한 요소를 추적해볼 필요가 있다. 다만 강력한 동기가 될 만한 단서를 시경 쪽에서 이미 잡았다고 하는데 그 점에 대해, 거기, 요시다 형사, 설명해줄 수 있겠나?"

일동의 시선이 브라이언 쪽으로 쏟아졌다. 브라이언은 돌연한 지명에 내심 크게 당황했다. 보통 이런 발언을 청할 때는 사전에 내용을 정리해두라는 귀띔을 해주기 때문이다. 고개를 돌려 흘끗 웨스트레이크 쪽을 쳐다보았다. 오늘 아침에 그를 화나게 한 것이 좋지 않았는지도 모른다.

"요시다 형사?"

지휘관의 재촉하는 듯한 한마디에 브라이언은 자리에서 일어섰다. 마이크가 그에게로 건너왔다. 벌거벗은 채 호텔 방에서 내쫓긴 듯한 기분이다.

"아, 음, 야마오카가 마약 거래에 관여하고 있다는 혐의에 따라 최근 한동안 우리는 그를 마크하던 중이었습니다."

"최근 한동안, 이라면?"

"약 석 달 전부터였습니다."

"그 수사 결과로 알게 된 것, 즉 그의 저택에서 발견되지 않은 헤로인에 관해 설명해줘."

"헤로인이 아니라 코카인입니다."

브라이언이 정정해주었다. 지휘관이 슬쩍 헛기침한다.

"그렇군, 코카인이었지."

"아시는 바와 같이 야마오카가 코카인을 유통한 상대는 빅 고든이라는 이름으로 알려진 인물이라고 우리는 생각하고 있습니다. 야마오카가 코카인을 입수한 루트는……, 그가 군사 고문으로서 콜롬비아에 주재하는 동안에 그 지역 마약 조직과 커넥션을 만들었다는 설이 유력합니다."

지휘관의 미간이 꿈틀 올라갔다. 자신이 주의를 기울여 듣고 있다는 사인이었지만, 척 보기에도 서투른 연극이었다. 브라이언이 지금 이야기하는 내용쯤은 어딘가의 시점에서 이미 얻어들어서 머릿속에 다 있을 터였다. 지휘관 나리께서는 뻔한 사실을 들으면서도 연극적인 연출을 원하시는 모양이다.

"그게 사실이라면 마약 거래상의 문제로 고든에 의해 살해되었을 가능성도 있다는 얘기로군."

브라이언은 어깨를 으쓱 쳐들었다.

"설령 그렇다고 해도 아마 고든은 최대한 눈에 띄지 않는 방식으로 처리했을 겁니다."

지휘관의 의견을 정면으로 거스른 것은 딱히 다른 뜻이 있어서가 아니라 직감적인 말대꾸였다. 하지만 지휘관은 다시 한 번 눈썹을 꿈틀 치켜들었다.

"살해 수법이 지나치게 눈에 띈다는 얘기인가?"

그 지적을 받고 브라이언은 야마오카의 저택에서 본 것이 생각났다. 전원이 켜진 채였던 매킨토시. 그 안에서 집요하게 검색된 여러 개의 단어. 연기처럼 흐릿한 추측들이 둥둥 떠 있는 상태라 확실하게 정리되지 않은 것들이 있어서 브라이언은 그저 떠오르는 대로 말해버렸다.

"고든 쪽은 물론이고 야마오카가 또 다른 방향에서 위협을 당하지 않았는지 다각도로 수사해볼 필요가 있습니다."

말을 해놓고 나서야 매우 애매한 발언이라고 생각했다. 어딘지 모르게 회의실이 술렁거리는 분위기였다. 시시한 반발심으로 언뜻 생각난 것을 입 밖에 냈다고 생각한 것이리라. 몇몇 낯익은 형사가 비웃는 듯한 시선을 던졌다.

그때 브라이언은 지휘관이 여자 쪽으로 슬쩍 눈짓을 보내는 것을 보았다. 아주 잠깐의 순간적인 동작이어서 주의하지 않았다면 미처 알아차리지 못했을 것이다. 그리고 여자 쪽도 마찬가지로 무심한 척하는 몸짓으로 지휘관을 향해 뭔가 재촉하듯이 슬쩍 고개를 끄덕였다. 그것이 뜻하는 바는 FBI 측에서는 브라이언의 발언을 그리 달가워하지 않는다는 것이었다. 또 한 가지 중요한 점은 이 자리를 주도하는 사람이 지휘관인 척하는 그 남자가 아니라는 것이었다. 지휘관에게 뭔가를 재촉한 것은 그 여자였기 때문이다. 과연 이 자리에 모인 자들 중에서 몇 명이나 그것을 눈치챘을까?

"고맙네, 요시다 형사."

사태를 수습하듯이 지휘관이 말했다. 그것을 신호로 자리에 앉은 브라이언은 지휘관이 다시 여자 쪽을 흘끔 쳐다보는 것을 알았다. 여자는 주위에서 알아차리지 못할 정도의 제스처로 어깨를 슬쩍 쳐들었다.

"이어서 범행 수법에 대해⋯⋯."

지휘관이 브리핑을 계속 진행하자 브라이언을 대신해 강력반 형사가 현시점에서 알고 있는 것을 보고하기 시작했다.

회의가 끝난 뒤, 브라이언은 한참 늦은 점심에 제프를 청했다. 이따금 찾아가는 식당이 근처에 있었고, 그곳은 자동차로 가는 것보다 도보 쪽이 편리했기 때문에 둘이 나란히 시경에서 나와 걸음을 옮겼다.

"탈리스 할머니 식당에서는 진짜 요크셔푸딩을 해주거든."

브라이언이 말하자 제프는 깜빡 잘못해서 삼켜버린 이물질을 토해내는 듯한 몸짓을 보였다.

"영국 요리예요? 굳이 그런 걸 먹을 필요는 없잖아요. 여기는 자유의 나라라고요."

"흑인은 프라이드치킨 아니면 검보 스튜나 먹으라는 거야?"

"닌텐도와 소니에 둘러싸여 커온 주제에 이제 와서 흑인인 척하는 건 관두시죠."

제프의 그 말에는 피식 웃기만 하고 대꾸하지 않았다.

실은 수사 회의의 내용도, 그 뒤에 내려온 지시도 영 받아들이기 어려운 것이었다. 브라이언과 제프에게는 고든에 관한 자료를 재조사하고, 그의 주변에서 일어난 숙청으로 보이는 살인 사건을 샅샅이 훑어보라는 임무가 주어졌다. 그 수법을 검토해보는 것으로 고든을 멀리 에둘러 포위해 급소를 찌르자는 것이었다. 하지만 예전의 강력반 근무 경험에서 그런 일이 아무 도움도 되지 않는다는 것을 브라이언은 잘 알고 있었다. 살인 사건을 해결할 수 있는 확률은 사건 발생으로부터 시간이 경과할수록 급속히 낮아진다. 자료실에 들어가 썩어가는 과거의 자료를 샅샅이 뒤적여봤자 새로운 사실이 발견될 가능성은 거의 없는 것이나 마찬가지다. 이번 사건에서 자신을 멀리 떼어놓으려 한다는 것이 실감으로 다가왔다. 이건 웨스트레이크의 농간일까?

눈앞의 신호가 빨간불로 바뀌어서 발을 멈추는데 옆에 웬 여자가 와서 섰다. 무심코 그쪽을 돌아보던 브라이언의 얼굴에서 웃음기가 싹 사라졌다. 수사본부에서 본 여자였다. 여자는 브라이언을 마주 보며 미소를 지었다. 햇살 아래서 본 여자는 웃는 얼굴이라서 그런지 회의실에서보다 20퍼센트쯤 더 매력적으로 보였다.

"이 근처는 잘 몰라서 그러는데, 식사를 함께해도 될까요, 요시다 형사?"

여자는 그 이름을 비교적 정확히 발음했다.

브라이언은 말의 의미를 곱씹으며 대답을 망설였다. 마음에 걸리는 말이었다. 여자는 이 근처의 가게에 대해 잘 알지 못한다. 즉 UCLA 근처의 연방 빌딩 내에 있는 FBI 로스앤젤레스 지국 사람이 아니라는 이야기다. 정말로 뭔가 수상쩍은 느낌이 들었다. 잽싸게 생각을 정리한 브라이언은 이 회담에는 우선 파트너를 함께 섞지 않는 편이 득책이라고 판단했다.

"제프, 점심이 조금 길어질지도 모르니까 자네가 먼저 들어가면 우리 예정표를 다시 기재해줘."

파트너의 의도를 알아차리지 못할 만큼 이 젊은이는 우둔하지 않다. 제프는 어깨를 으쓱 처들더니 영국 요리에서 해방된 안도감에 휩싸여 버거킹 방향으로 사라졌다. 브라이언은 여자와 둘이서만 이야기하는 것을 통해 이 개운치 않은 사건에 조금이라도 햇빛이 비치기를 기대하며 몇 블록을 걸어갔다.

탈리스 할머니의 식당은 항상 그렇듯이 휑하니 비어 있었다. 시경 본부에서 그리 멀지 않은 곳이고 오래된 영국식 퍼브의 풍정을 간직하고 있다. 로스앤젤레스 시경 경관들 사이에서는 할인을 해주지 않는 것으로 유명한 식당이기도 하다. 대도시의 개인 경영 레스토랑은 대부분 경관에게 5퍼센트 정도의 할인 서비스를 해주는 관례가 있다. 식당에 경관이 자주 출입하면 방범상의 메리트가 되기 때문이다. 하지만 이 식당의 여주인은 달랐다. 탈리스 할머니의 주요한 관심사는 자신의 아이들은 쳐다보지도 않게 된 고향의 맛을 로스앤젤레스 젊은이들에게 지속적으로 제공하는 것이었다. 하긴 그녀의 영국 요리를 먹으러 오는 손님들의 대부분은 밀랍 인형 박물관에 품는 것과 동일한 종류의 호기심으로 찾아오는 자들이었다.

브라이언은 이곳을 진심으로 사랑하는 몇 안 되는 고객 중의 하나였다. 왜냐하면 경관 할인이 없는 이 식당에는 경관이 오지 않기 때문이다. 동료의 눈을 피해 누군가와 이야기를 나누고 싶을 때, 이 식당은 최상의 장소였다. 브라이언에게는 동료들에게 비밀로 해야 할 많은 일이 있고, 많은 사람에게 수없이 거짓말을 되풀이하고 있었다. 때로는 수사를 위한 거짓말이기도 하고 때로는 자신의 이익을 위한 비밀이기도 했다. 감춰야 할 일이 너무 많아서 이따금 누구에게 어떤 거짓말을 했는지 스스로 알지 못할 때도 있었다.

이런 종류의 거짓말이나 비밀은 브라이언이 어렸을 때부터 갖게 된 습성이다. 흑인 아버지가 세상을 떠나자마자 어머니까지 행방이 묘연해지는 바람에 브라이언은 어린 시절을 외할머니와 함께 보내야 했다. 20대의 나이에 미국에 건너온 외할머니는 순수 일본인이다. 흑인의 얼굴을 가진 손자를 몹시 싫어했다. 그런 외할머니의 마음에 들기 위해 브라이언은 수없이 많은 거짓말을 지어냈고, 그것이 이윽고 습성으로 자리를 잡았다.

식당 테이블 석에 자리를 잡자 여자는 자신의 이름을 밝혔다. 엔필드 수사관. 그제야 브라이언은 여자가 조금 전 회의 석상에서는 이름을 밝히지 않았다는 것을 알았다.

"아까 회의에서 당신이 알고 있는 것을 모두 말하지 않았죠?"

먼저 입을 연 것은 엔필드였다. 브라이언은 메뉴판을 보는 척하며 어떻게 대답해야 할지 망설였지만 이윽고 그것을 테이블에 내려놓고 입을 열었다.

"그쪽도 속였잖아요."

엔필드는 미소를 지었다. 차가운 웃음이었다.

"내가 고든 일파의 범행설을 부정한 것이 지휘관님의 마음에 들지 않았던 것 같던데요? 하지만 그것보다 마음에 들지 않았던 것은 야마오카가 또 다른 방향에서 위협을 당하고 있었는지도 모른다고 지적했기 때문이겠지요."

"또 다른 방향의 위협이라……. 이봐요, 요시다 형사. 근거 없는 추리에 귀중한 시간과 인원을 나눠줄 여유는 없어요."

"그게 아니겠지."

브라이언은 손끝으로 톡톡 테이블 위를 두드리기 시작했다. 직감적으로 자신이 기만의 벽에 둘러싸였다는 것을 알았기 때문이다. 웨스트레이크가 FBI의 관여를 알렸을 때부터 그 조짐이 보였다. 그리고 조금 전의 브리핑에서 지휘관이 코카인과 헤로인을 착각했을 때, 그 조짐은 확신으로 변했다. FBI 쪽 요원들이 100파운드나 되는 마약에는 거의 주의를 기울이지 않고 있다는 증거였기 때문이다. 그보다 더 그들의 관심을 끄는 뭔가가 이 사건에 감춰져 있는 것이다.

브라이언은 그것을 파헤칠 필요가 있었다. 핵심을 거머쥐고 그것을 뒤흔들어 주도권을 잡는 것이다. 그렇게 하지 않는 한, 이자들은 코카인이 온 시내에 흩뿌려져도 태연한 얼굴을 보일 것이다. 얼굴이 새파래지는 건 브라이언뿐이라는 이야기다. 그리고 상대를 뒤흔드는 심리전이야말로 브라이언의 특기였다.

"그쪽은 이미 정보를 잡고 있어요. 하지만 그것을 감추려고 하고 있지요."

"무엇에 대해서?"

말투로 보아하니 유도신문이었다. 브라이언은 대답하지 않고 그것을 질문으로 바꾸었다.

"왜 이 사건에 FBI가 나서게 됐죠?"

"애초에 협력을 청해온 건 그쪽 본부장이에요."

두 사람은 입을 다물었다. 서로의 탐색전이 길항하는 선까지 나아갔기 때문이다. 침묵을 깨듯이 웨이터가 주문을 받으러 왔다. 브라이언은 요크셔푸딩을, 엔필드는 미트 파이를 주문했다.

브라이언은 타이밍을 노리고 있었다. 상대보다 자신이 가진 패가 압도적으로 적다는 것은 명백한 일이고, 그것을 무너뜨릴 기회는 단 한 번밖에 없다는 것을 알고 있었기 때문이다. 그래서 일부러 상대가 방심하고 있는 순간을 골랐다. 즉 엔필드가 파이를 한입 베어 무는 순간이다. 음식을 입에 떠 넣는 참에는 설령 헤라클레스라도 빈틈이 생긴다.

"가타나 때문인가요?"

아주 작은 변화였지만 여자의 회색빛 눈동자가 강하게 반짝인 것처럼 보였다. 그리 봐서 그런 것 같기도 했지만 브라이언은 그것이 동요의 신호라는 쪽에 걸었다.

"감추려고 해도 소용없어요. 어차피 다 알게 될 텐데."

그 말은 사실을 포함하고 있었다. 조사가 진행되고 수사원 중 누군가가 그 컴퓨터에 관심을 갖는다면 즉시 브라이언과 제프가 얻어낸 것과 똑같은 정보를 얻을 수 있다. 짐짓 허풍을 떨 때는 몇 퍼센트쯤의 진실을 포함해야 한다. 그렇게 하면 연극에 신빙성이 생긴다.

"어디까지 알고 있죠?"

엔필드의 기만의 벽이 무너졌다.

"무엇에 대해서?"

조금 전 엔필드가 했던 말을 그대로 흉내 내며 역습한 뒤에 브라이언은 푸딩을 듬뿍 퍼서 입에 넣었다. 이번에는 그쪽이 이야기할 차례라는 무언의 신호다. FBI 수사관은 긴 한숨을 내쉬었다. 장난이 심한 개구쟁이 아이 때문에 쩔쩔매는 젊은 엄마의 몸짓이었다. 이 여자에게 아이가 있을까? 브라이언은 문득 궁금해졌다. 손가락에 반지는 끼고 있지 않았다.

"뭔가 많이 아는 척하지만 기껏해야 단편적인 정보만 쥐고 있는 것 같군요."

"하지만 당신은 내가 그것을 어떻게 알아냈는지, 몹시 궁금해하고 있군요. 솔직히 말하죠. 가타나가 뭔지, 나는 알지도 못해요. 하지만 당신은 내가 그걸 알고 있는 것 자체가 별로 달갑지 않은 거 아닌가요?"

"맞는 말씀."

"그러지 말고 말해봐요. 내가 로스앤젤레스 타임스의 친구에게 죄다 털어놓고 가타나가 무엇인지 자세히 알아보라고 하기 전에."

"오호, 놀랍군요."

엔필드는 다시금 차가운 미소를 보였다. 그것은 정글의 나뭇가지 위에서 사냥감을 관찰하는 포식 동물 같은 웃음이었다. 느긋하게 스트레칭을 하다가 불과 몇 초 뒤에는 무시무시한 순발력으로 상대를 덮쳐 갈가리 찢어놓는 육식동물. 브라이언은 은근히 등줄기가 오싹해졌다.

"소문 그대로군요. 자신의 생각대로 하기 위해 수단 방법을 가리지 않는 무법자 형사님. 여기저기 부서에서 다양한 사람들과 충돌해서 원망을 사고 있다고 들었어요."

"콜롬보 형사처럼 늘 겸손하게 허리를 숙이는 건 질색이라서요."

대꾸하면서 브라이언은 상대가 자신의 신상 조사를 이미 마쳤다는 것에 내심 놀랐다. 아마 어제저녁 식사가 판다익스프레스미국의 퓨전 중국 요리 프랜차이즈 — 옮긴이였다는 것도, 지금 입고 있는 면바지를 이틀 전부터 갈아입지 않았다는 것도 모두 알고 있을 것이다.

"더티 해리 같은 외로운 늑대도 좋지만 조직 안에서 그런 식으로 처신하면 좀 힘들지 않나요?"

"어차피 내가 서 내에서 출세할 가망이 없거든요."

"로스앤젤레스 시경은 소수민족과 여성을 관리직에 등용하는 데 적극적이에요. 이미지를 개선하는 게 최우선 사항이니까요."

"그렇긴 하죠. 하지만 유리해지는 쪽은 흑인 여성이지, 흑인과 일본인의 혼혈은 아니라는 게 문제예요. 내 신상 이야기는 이쯤에서 접기로 합시다. 점심 휴식에 쓸 수 있는 시간이 그리 많지 않아요."

"알았어요."

엔필드는 냅킨으로 입가를 닦았다.

"가타나라는 건 남미에서 활동했던 어떤 인물의 코드 네임이에요."

"역시 그렇군."

브라이언은 고개를 끄덕였다.

"테러리스트?"

엔필드는 고개를 끄덕이지는 않았지만 부정하지도 않았다.

"그자는 국무부가 지정한 테러 조직의 일원인가요?"

브라이언도 남미의 마약 판도와 관련하여 그들의 테러 조직에 대해 웬만큼 지식을 갖고 있었다.

콜롬비아에는 다양한 무장 세력과 민병 조직이 있고 그 대부분이 비인도적인 활동에 손을 대고 있었다. 그들은 서로 패권을 다투는 과정에서 거침없이 살인과 약탈 및 유괴 등의 범죄를 저질렀다. 그들 중의 어떤 조직을 테러리스트라고 규정해야 하는지는 매우 어려운 문제다. 미국 국무부가 국제 테러리스트로 지정한 곳은 좌파 게릴라 집단인 콜롬비아 혁명군FARC, 국민해방군ELN과 그들에 대항하는 극우 조직 콜롬비아 자경군연합AUC 등이다.

엔필드는 고개를 저었다.

"가타나는 아마 콜롬비아 인은 아닐 거예요. 국적은커녕 정확한 실체는 아무에게도 알려지지 않았으니까요. 인종을 비롯해 성별, 나이, 용모 등 모든 프로필에 대해 갖가지 설이 난무할 뿐, 정확한 정보는 전혀 없는 상태예요."

"하지만 그 가타나와 야마오카 사이에 뭔가 접점이 있었군요."

"현재로서는 그렇게 파악하고 있어요. 아피아이, 즉 야마오카의 예전 부임지에서 관계가 있었던 것으로."

브라이언은 고개를 끄덕였다. 어찌 됐건 마약 밀수의 루트를 구축한 야마오카가 애초에 그런 자들과 관련이 없을 리는 없다. 콜롬비아의 마약 비즈니스는 한마디로 군사 활동의 자금 조달이 그 목적이기 때문이다. 거의 모든 무장 세력이 어떤 형태로든 마약 비즈니스에 손을 대고 있었다.

브라이언은 이제야 뻥 뚫린 구멍 하나가 채워진 느낌이 들었다. 야마오카가 두려워했던 가타나라는 테러리스트, 갑작스럽게 이번 수사에 끼어든 FBI. 그렇다면…….

"FBI는 이번 사건을 그 가타나에 의한 범행으로 생각하고 있군요. 그 테러리스트가 미국 내에서 살인을 범했다고."

그렇게 생각하니 자신들의 영역에 FBI를 흔쾌히 받아들인 시경 본부장의 의도가 이해가 되었다. 사건의 주도권을 FBI에게 쥐여주는 것으로 이번 사건을 로스앤젤레스 시경의 안건이 아니라 연방정부의 문제로 바꿔버리려는 것이다.

본부장이 가장 염려하는 것은 로스앤젤레스 시경의 이미지였다. 지난 십여 년 동안 로스앤젤레스 시경은 경관에 의한 인종차별, 오직汚職 사건과 증거 날조 및 위법 수사 등, 다양한 마이너스 이미지로 덧칠되어 있었다. 그 마이너스 이미지를 씻어내기 위해 자전거 경관을 배치하고 시민에게 블로그를 공개하는 등의 노력을 거듭해왔지만 여전히 예전의 오명에서 완전히 회복하는 단계에는 이르지 못했다. 그런 상황에서 다시 테러리스트가 활보하는 도시라는 이미지가 심어지는 것은 도저히 용납할 수 없는 일일 것이다. 특히 다음 주에 차이니스시어터의 제막식 식전 행사를 앞둔 시기다. 각국에서, 그리고 전국 각지에서 재계의 거물들이 속속 모여들 터였다. 가까운 장래에 청렴하고 유능한 전직 시경 본부장으로 정계에 진출하려는 야심을 가진 자로서는 어떻게든 그 비난의 창끝을 피하고 싶을 터였다.

"로스앤젤레스 시내에서 공공연히 테러 활동이 벌어졌다는 이미지를 숨기기 위해 FBI를 앞세워 자신들의 영역을 대신 지켜달라고 할 속셈이군요."

"우리를 집 지키는 개로 취급하지 말아줘요. 게다가 당신의 그 견해에 대해서는 더는 코멘트하고 싶지 않아요. 긍정도 부정도 하지 않는 것으로 해두죠."

"거래를 해볼까요?"

"무슨 거래?"

"당신들이 누구를 추적하건 나와는 관계없어요. 우리 마약반에 중요한 건 코카인의 행방이죠. 나는 가타나에 대해 어떻게 알게 되었는지 당신에게 얘기하고, 그 대신 나와 제프는 그 지랄 같은 서류 업무에서 해방되어 코카인의 행방을 쫓는다, 어때요?"

엔필드는 잠시 생각에 잠긴 표정이었다. 미간에 자잘한 주름을 잡고 손끝을 노려보고 있었다. 그런 표정을 짓자 깜짝 놀랄 만큼 젊은 여자의 얼굴이 되었다.

"네, 좋아요."

이윽고 고개를 들더니 엔필드 수사관은 말했다.

"당신이 가타나의 정보를 어디에서 알았는지 말해봐요."

브라이언은 어깨를 으쓱해 보인 뒤, 자신들이 컴퓨터에서 검색 이력을 살펴보게 된 경위를 이야기했다.

"당신들이 이 건을 비밀에 부치고 싶다면 지금 당장 야마오카의 저택에 가서 그 기록을 삭제하는 게 좋을 겁니다."

"고마워요. 참고하죠."

엔필드는 다시 한 번 생각을 정리하는 기색이었다. 그 속내를 간파하려고 지그시 지켜보던 브라이언은 다음 단계를 확인하듯이 입을 열었다.

"이것으로 나와 제프는 그 지랄 같은 서류 업무에서 해방되는 건가요?"

"아, 잠깐만요."

그 건에 대해 즉답할 생각이 없는지 엔필드는 커피를 주문하자고 제안했다. 두 사람 모두 식사를 반절쯤밖에 하지 않았지만 브라이언은 그 제안에 동의했다. 긴장과 흥분으로 배가 그득해져서 뭔가를 먹을 기분이 아니었다. 이 식당의 커피가 지독한 맛이라는 건 잘 알지만, 그 대신 기네스 맥주를 주문하자고 말할 만한 분위기도 아니었다.

"당신은 코카인의 행방을 어느 선에서부터 추적할 생각이죠?"

엔필드가 던진 질문을 브라이언은 커피를 입에 머금는 것으로 잠시 보류했다. 생각을 정리해야 하기 때문이기도 했고, 엔필드가 일방적으로 질문을 거듭하는 것에 약간 화가 난 것도 있었다. 커피 잔을 천천히 내려놓고서야 브라이언은 입을 열었다.

"나는 그 코카인이 이미 고든의 조직 쪽으로 건너갔다고 보고 있어요."

"그 근거는?"

"야마오카의 저택 경비 시스템 때문이죠. 만일 내 집 안에 500만 달러 상당의 물건이 있다면 좀 더 철저히 경비했을 겁니다."

"그것뿐인가요?"

"없어진 기타 케이스, 사라진 아들."

"……그게 어쨌다는 거죠?"

"고든의 영향력이 미치는 주점에 야마오카의 아들이 드나들었다는 건 이미 알려졌어요. 몇 달에 한 번꼴로 거기에서 사적인 파티가 있었고 야마오카의 아들은 밴드로 참가했습니다."

엔필드는 커피 잔을 내려놓더니 팔짱을 꼈다.

"거기서 거래가 이루어졌다는 건가요? 야마오카의 아들이 기타 케이스에 코카인을 넣어 운반했다는?"

"기타 케이스가 집 안에 없다는 건 그것이 가 있을 만한 장소에 가 있다는 얘기겠지요."

"그 주점이 어디죠?"

"로버트슨 가에 디아블로라는 술집이 있어요. 경영자는 사나에라는 일본 여자, 고든의 애인입니다."

다시 커피 잔에 손을 내밀어 한 모금 마시더니 엔필드는 말했다.

"알았어요. 당신과 제프를 감시팀의 일원으로 넣어드리죠. 단, 조건이 있어요."

그 말에 브라이언은 다시 한 번 놀랐다. 이름밖에 모르는 이 여자의 정체를 얼핏 엿본 순간이었다. 역시 이 여성 수사관은 특수수사팀에서 단독으로 의사 결정을 내릴 수 있는 위치에 있는 사람이다. 브라이언은 커피를 마시는 척하며 새삼 엔필드를 찬찬히 관찰했다.

"조건이라면?"

"기본적으로 우리의 수사 방침에 따를 것. 가타나에 대해서는 절대 기밀 사항으로 취급할 것. 공식적으로는 고든의 마약 조직의 동향을 살핀다는 명목으로 활동하도록 하세요. 그리고 당신의 파트너는 이 건에 대해 어디까지 알고 있죠?"

"제프 말인가요? 그때 나하고 같이 컴퓨터 화면을 봤죠. 하지만 그 친구는 거기서 다른 추론을 만들어낼 생각도 없고, 그런 추리를 할 만한 능력도 없어요. 그 풋내기라면 내가 충분히 통제할 수 있어요."

"알았어요. 아 참, 요시다 형사, 실제로 그 코카인에 대해서는 어디까지 수사가 진척되었어요?"

질문의 의미를 알 수 없어서 브라이언은 눈짓으로 되물었다.

"고든의 조직에 대한 정보가 필요해요. 야마오카가 조달한 코카인이 어떤 루트를 통해 뿌려지는지."

"아하."

질문의 의미를 알아듣고 브라이언은 머릿속을 정리하며 이야기하기 시작했다.

"고든에게는 다양한 커넥션이 있어요. 마약뿐 아니라 불법 도박, 무기 밀매, 매춘부터 위법 포르노까지 비합법적으로 돈이 될 만한 일이라면 거의 다 손을 대고 있죠. 이 도시의 흑인과 중국인 이외의 조직 폭력배는 모두 그자의 영향력 아래 있다고 봐도 됩니다."

거기까지 이야기한 브라이언의 뇌리에 패트리엇의 얼굴이 떠올랐다. 방금 말한 빅 고든이 백인 쪽 보스라면 로스앤젤레스 흑인 사회에서의 두목은 바로 패트리엇이다. 하지만 그건 지금으로서는 관계없는 일이다.

"당신도 알고 있겠지만 고든은 공식적으로는 사업가 행세를 하고 어떻게든 그 얼굴을 유지하려고 합니다. 그래서 실제 손을 더럽히는 일거리는 믿을 만한 조직원들이 담당하고 있어요. 마약 거래에 관해서는 현재 마이켈스라는 자의 활약이 가장 큰 것 같더군요."

그런 정보들은 술술 흘러나왔다. 벌써 몇 년 전부터 연구해온 내용이기 때문이다. 그 말을 들은 엔필드의 표정이 미묘하게 달라진 듯한 느낌이 들었다. 희미한 변화지만 일종의 동요처럼도 보였다.

"마이켈스라는 자는 어떤 사람이죠?"

"백인이고 40세 전후. 상세한 프로필은 알 수 없어요. 원래 사립 탐정이었다는 소문도 있는데, 이 도시에 나타나기 5년 전까지의 경력은 밝혀지지 않았습니다."

"이 도시 사람이 아니군요."

"그런 경우가 많아요. 예전의 패밀리 비즈니스는 꼬리를 감추고 범죄 조직도 대기업처럼 변모했거든요. 타지에서 들어온 떠돌이라도 지혜와 실력만 있으면 치고 올라갈 수 있단 얘기죠."

"그래서, 당신은 그자를 감시하고 있나요?"

"아니, 그자를 쫓기보다는 코카인 자체의 행방을 찾아내는 쪽이 먼저예요."

"어떻게?"

"내가 눈독을 들이고 있는 건 디아블로 주점, 그리고 사나에라는 여자의 동향."

브라이언은 테이블에 놓인 계산서를 집어 들며 말했다.

"그 술집이 마약 거래의 거점이라는 확신이 있거든요."

"알았어요."

엔필드가 브라이언의 손에서 계산서를 빼앗아 갔다. 손가락과 손가락이 마주친 순간, 브라이언은 여자의 손끝이 지독히 차갑다는 것을 알았다.

"당신과 그 제프라는 풋내기 형사의 재배치에 대해 지휘관과 얘기하도록 하죠."

계산은 엔필드가 해주었다. 브라이언은 각자 부담하자고 주장하지는 않았다. 그 비용이 그녀의 지갑에서 나오는 것이 아니라 국고에서 나올 거라는 생각이 들었기 때문이다.

* * *

'BUD Light'라는 간판의 U와 D자 네온 판이 떨어져 'Blight황폐'라는 단어로 변해버렸다. 상징적인 그 네온사인이 바 카운터 안에 걸렸고 그 앞에서 햇볕에 검게 그을린 가게 주인이 고개를 숙인 채 유리잔을 닦고 있다.

부치는 고개를 돌려 다이닝 바 안을 둘러보았다.

어슴푸레한 조명과 빛바랜 벽지, 선반에 늘어선 술병은 이가 빠졌고 카운터 옆으로 이어진 다섯 테이블의 소파는 하나같이 군데군데 찢어져 있었다. 주점이 아니라 어딘가 남의 집에 들어온 듯한 느낌이 드는 건 카운터 옆 냉장 케이스 안에 가게 주인이 먹다가 넣어놓은 듯한 파이가 보였기 때문일까? 가게 안은 괴괴한 가운데 카운터 끝에 올려놓은 텔레비전 소리만 울리고 있었다. 앞의 간판에 '유선방송, 스포츠 중계 있음'이라고 적혀 있었던 것은 저 텔레비전을 말하는 건가? 가게 한 귀퉁이에는 뜻밖에도 새로 사들인 듯한 슬롯머신 세 대가 있었지만 물론 게임을 하는 사람은 없었다. 아니, 그보다 테이블 석에 앉은 부치 외에 손님이라고는 보이지 않았다. 이런 시골 마을에서는 해가 지면 아무도 돌아다니지 않는 것이리라.

리오라이트를 지나 몇 킬로미터쯤 달리자 몬도가 말한 대로 작은 마을이 나타났다. 달랑 두 채뿐인 모텔. 체크인을 마치고 부치는 단 한 곳뿐인 다이닝 바에서 저녁을 먹기로 한 것이다.

'비티'라는 지명의 초라한 마을. 부치에게 익숙한 로스앤젤레스 같은 대도시와는 딴판이었다. 가로등이 없어 해가 떨어지는 즉시 어둠에 휩싸이는 그런 마을이다. 여름철에는 데스밸리를 찾는 사람이 특히 적어서 더욱 한산해진다고 한다. 그 이유를 부치는 오늘 몸으로 실감하는 중이었다. 살아 있는 것이 제대로 목숨을 부지할 수 없는 작열 지옥으로 변하기 때문이다. 역시나 이번 거래 장소로 리오라이트를 선택한 이유를 알 만했다. 한여름에 이런 곳을 어슬렁거리는 괴팍한 취미의 인간은 거의 없다.

장식으로 곁들인 브로콜리를 포크로 쿡쿡 찍으며 부치는 멍하니 그런 생각들을 하고 있었다. 부치가 선택한 치킨 스테이크는 유난히 양이 많고 브로콜리는 한 송이를 통째로 얹어주었다. 과연 이걸 모두 먹어치울 사람이 있을지 궁금하다. 부치는 깨작깨작 몇 번 떠먹고는 내내 맥주만 홀짝홀짝 마셨다. 미국의 시골 지역을 여행할 때는 그곳에 대해 잘 아는 사람의 안내가 없는 한 제대로 된 요리를 기대하기가 어렵다. 어느 곳에 가든 소금과 후추, 케첩과 치즈와 고기의 조합만 지겹도록 먹어야 한다는 말을 누군가에게서 들은 적이 있는데, 정말 딱 맞는 말이었다.

미국에 온 지 겨우 이틀 만에 고향의 평범한 식사가 간절히 그리워졌다. 평소에는 그다지 내 나라 밥상을 고집하는 편도 아니었는데 일단 해외에 나오면 그것이 얼마나 좋은 밥상이었는지 새삼 확인하게 된다. 부치는 그것이 우스꽝스럽게 느껴졌다. 그녀에게는 이 여행 자체가 일상을 되찾기 위한 것이었기 때문이다.

화장실에서 몬도가 돌아왔다. 소년은 부치의 맞은편 자리에 예의 바른 자세로 앉더니 조용히 한쪽 눈썹을 치켜들고 일본어로 말했다.

"이 가게 화장실은 개점 때부터 지금까지 청소를 한 번도 안 한 것 같아."

"진짜 냄새 지독하지?"

"메탄가스가 가득 찼어. 이러다 파앙 폭발하지 않을지 심히 걱정스러울 정도야."

부치는 저도 모르게 소리 내 웃었다. 몬도의 진지하기 짝이 없는 표정이 우스웠다. 흘끔 카운터 쪽을 훔쳐보니 일본어를 알아듣지 못할 텐데도 가게 주인이 이쪽을 주시하고 있었다. 겸연쩍어진 부치는 급히 표정을 수습했다. 때맞춰 등 뒤에서 소리가 나고 누군가 가게 안에 들어왔다. 가게 주인이 다시 한 번 이쪽을 노려본 뒤에 새로 온 손님 쪽으로 얼굴을 돌렸다.

앉음새를 바로잡은 부치는 테이블에 기대놓은 기타 케이스를 바라보았다. 몬도가 가게 안에까지 들고 온 것이다. 문득 마음에 걸려 몬도에게 물어보았다.

"넌 짐이 이 기타뿐이야?"

"응."

"갈아입을 옷도 없고?"

"대충 입으면 돼."

"어휴."

부치는 두 손을 포개고 그 위에 턱을 얹은 채 소년의 눈을 빤히 들여다보았다. 그렇게 하면 정체불명의 이 소년에게서 뭔가 찾아낼 수 있을 것 같았기 때문이다. 하지만 몬도의 길쭉한 눈에서는 아무것도 읽어낼 수 없었다. 그 눈동자에는 어떤 감정의 흔들림도 담겨 있지 않았다.

그때 기타 케이스 손잡이에 걸린 천 주머니가 눈에 들어왔다. 검은 하드 케이스와는 어딘지 어울리지 않는 전통 문양의 염낭이었다. 부치의 시선을 알아본 몬도가 옅은 웃음을 보였다.

"이게 뭔지 궁금해?"

"응. 뭐야?"

"부적이야."

몬도가 염낭을 떼어내 테이블 위에 올려놓았다. 금속이 서로 마주치며 잘랑거리는 소리가 났다.

"부처님이야."

염낭 안에서 꺼낸 그것은 불상을 본뜬 작은 금속 장식이었다. 손바닥에 쏙 들어갈 정도의 크기에 세공이 정교한 물건이었다.

"와아, 예쁘다."

"솜씨 좋은 장인이 만들었거든."

"그렇겠네. 일본의 장인이겠지?"

"이쪽 나라 사람들은 이런 세공은 못해."

두 사람은 동의의 표시로 작게 웃었다.

문득 몬도가 부치의 얼굴을 가리켰다.

"그 흉터……."

몬도가 가리킨 것은 부치의 왼쪽 눈 밑에 그어진 작은 흉터였다. 소년의 손끝이 가리키는 바람에 그 상처가 다시 욱신거리는 것 같아 부치는 흉터를 슬쩍 쓰다듬었다. 3년 전의 상처인데도 흉터는 아직 사라지지 않았다.

"주먹으로 맞은 거지?"

"그래. 눈썰미가 좋구나."

전 남편의 주먹이 만들어낸 상처다. 화제가 그런 쪽으로 흐르면서 부치는 가슴속 응어리가 새삼 아렸다. 잘못해서 은박지를 힘껏 깨물었을 때처럼 불쾌감이 수반되면서 무의식중에 얼굴이 일그러졌다.

"나도 잘 알아, 그런 상처라면."

그 말에 부치는 소년의 얼굴을 지그시 바라보았다. 처음 만났을 때는 열세 살쯤이라고 생각했는데 새삼 찬찬히 바라보니 나이를 가늠할 수 없는 얼굴이었다. 생김새는 어리지만 그 눈동자에는 세상 물정을 훤히 아는 듯한 지혜로운 광채가 있었다. 하지만 하얀 피부의 질감으로 보면 아직 소년이라고 할 수밖에 없다.

"나도 집안에서 항상 상처투성이였으니까."

그 고백에 부치는 가슴이 철렁했다. 이 소년도 가정 폭력이나 학대에 시달린 걸까? 그런 거라면 그녀가 누구보다 잘 알고 있다. 이건 남의 일이라고 넘겨버릴 수 없는 말이다. 부치는 사적인 질문은 싫어하지만 저절로 입 밖으로 말이 튀어나왔다.

"몬도, 불쾌하게 생각하지 말고 대답해줬으면 좋겠어. 그런 곳에서, 데스밸리에서 대체 뭘 하고 있었어?"

이 질문에 대한 소년의 반응을 부치는 예상할 수 있었다. 침묵 아니면 반발, 혹은 피식 웃어버릴 것이다. 자신도 그랬기 때문이다. 부치의 인생은 반 이상이 고통과 고뇌의 연속이었지만, 그것을 견뎌내는 것보다 남들이 던지는 무심한 질문이 더 견딜 수 없었다.

하지만 몬도는 스스럼없이 대답했다.

"여행을 하고 있어, 계속."

"가족은?"

"없어졌어."

그 표현이 다시금 부치의 마음을 아프게 했다. 최근 10년 동안 부치에게 가장 큰 고통과 죄책감을 가져다준 사건이 바로 가족의 상실이었기 때문이다. 몬도 스스로는 별다른 자각이 없는 것 같지만 그는 다양한 의미에서 부치의 마음속 응어리를 뒤흔들고 있었다.

"그래, 없어졌구나……."

그 말을 곱씹으면서 부치는 침착성을 되찾아 그 의미에 대해 생각했다. 몇 가지로 해석이 가능했기 때문이다. 그 표현에는 가족이 떠나버렸다는 의미가 담겨 있었다. 어쩌면 사별했을 수도 있고 혹은 행방불명되었는지도 모른다. 어느 쪽이건 소년은 더는 말해주려고 하지 않았다.

부치는 소년의 이야기에 자신을 비교해보았다. 그 나이 때쯤에는 오로지 집에서 탈출해야겠다는 바람뿐이었다. 나름대로 넉넉한 환경이었지만 새아버지와 너무도 성격이 맞지 않았고 그런 사람을 반려자로 선택한 엄마도 사랑할 수 없었다. 하루하루가 방송 종료 후의 텔레비전 화면처럼 공허했다. 단 1초라도 더 집 밖에서 보낼 궁리만 했다. 부치에게 그곳은 안주의 땅이 아니었다. 언젠가 갖게 될 자신의 가정만이 마지막 희망이었다.

"그건 무엇보다 힘든 일이지……."

입 밖에 내기는 했지만 전혀 마음이 담기지 않은 말이라는 것을 부치는 스스로 깨닫고 있었다. 그것이 자신의 경험에서 나온 본심이 아니었기 때문이다. 몬도는 뭔가를 꿰뚫어 보는 듯한 눈빛으로 부치를 바라보았다.

"그렇지도 않아. 가족과 헤어진 것 자체는."

부치는 침묵한 채로 소년을 바라보았다. 소년의 눈빛이 유난히 어른스러워서 예전의 자기 자신이 떠올랐다. 그렇다, 10대가 끝나갈 무렵에 부치는 기꺼이 집을 뛰쳐나왔다. 하지만 운명처럼 만난 연인과 기도하는 심정으로 시작한 결혼 생활은 파탄이 나고, 그와 동시에 자신이 결코 가정을 가질 수 없다는 것을 깨달아야 했다. 첫 유산 뒤, 아이를 낳지 못하는 몸이 되었다는 것을 알았기 때문이다.

"정말 힘든 건 따로 있어."

그 말이 아득한 나락에서 울려오는 소리 같아서 부치는 저도 모르게 손에 든 포크를 툭 떨어뜨렸다. 포크는 기름기로 번들거리는 타일 바닥에 떨어져 얼빠진 낙하 음을 울렸다. 부치가 흠칫 놀란 것은 몬도의 그 말이 다른 누군가의 목소리로 들렸기 때문이다.

영겁 같은 순간이 지나고, 부치는 애써 마음을 추슬렀다. 방금 그 소리는 다른 누구의 목소리도 아니고 내 앞에 있는 소년의 목소리일 뿐이다. 떨어뜨린 포크를 천천히 집어 올렸다. 그렇다, 몬도 이외의 다른 누군가가 내게 그런 말을 속닥거릴 리 없다.

부치는 포크를 테이블 위에 내려놓다가 가게 주인이 이쪽을 쳐다본다는 것을 알았다. 눈이 마주치자 그는 헛기침하며 다시 유리잔을 닦기 시작했다. 행주가 너무 지저분해서 아무리 닦아도 유리잔의 더러움이 가시지 않을 것 같은 쓸모없는 작업이었다.

부치는 여행의 동반자에게로 시선을 돌렸다. 소년은 따분한 표정으로 텔레비전 뉴스를 보고 있었다. 조금 전에 나눈 이야기 따위, 이제는 관심이 없는 기색이었다. 부치는 화제를 바꿔보기로 했다.

"계속 혼자 여행하는 거, 무섭지 않아?"

그 말에 몬도는 조용히 고개를 저으며 씨익 웃었다. 허세를 부리는 웃음은 아니었지만, 동시에 내면의 강함에서 우러나온 웃음이 아니라는 것도 느껴졌다. 부치는 그런 표정을 보이는 남자를 알고 있었다. 종류는 전혀 다르지만 부치의 전 남편도 그랬다. 일에 전념하는 것으로 강한 자신을 연출하고, 그런 자신의 모습에 취해 있었다. 그의 버팀목은 일이었다. 좀 더 정확히 말하자면 일에 홀린 사람이었다.

"부치는?"

돌연한 물음에 부치는 가슴이 덜컥했다.

"뭐가?"

"리오라이트에서 뭘 하려는 거야?"

부치는 선뜻 대답하지 못했다. 소년의 속사정을 알아보려고 했는데 원이 회전하듯이 부치 쪽으로 질문의 화살이 날아왔다. 부치가 이번에 미국에 건너온 것은 소년은 물론이고 누구에게도 공개할 만한 이야기가 아니었다. 그러고 보니 내일 하게 될 거래에는 소년을 데려갈 수 없다는 게 생각났다.

"그건…… 비밀이야."

말을 얼버무리고 얼른 테이블 위의 계산서를 집어 들었다. 몬도는 감정 없는 눈빛으로 흘끔 바라볼 뿐 더 캐묻지 않았다. 잠깐이나마 두 사람의 마음의 거리가 가까워진 것 같았는데 다시 멀어져버렸다. 거리를 둔 것은 부치 쪽이었다.

자리에서 일어나 출구로 향하려다가 부치는 불길한 것을 보았다. 출구 바로 옆 테이블 석에 두 명의 남자가 앉아 있었다. 부치 쪽을 향하고 앉은 남자가 손 밑의 요리에는 눈길도 주지 않고 지그시 이쪽을 보고 있었다. 남자가 머리에 쓰고 있는 야구 모자가 눈에 익었다.

리오라이트에서 옆을 지나쳐간 트럭의 두 남자.

부치는 등줄기가 오싹하는 것을 느꼈지만 그런 속마음을 들키지 않으려고 애써 태연한 척 계산을 마쳤다.

우리를 뒤따라온 것일까?

사소한 불쾌함도 두 번이나 계속되면 우연이라고 하기 어렵다. 부

치는 심장이 두근거리고 머리가 후끈해지는 것을 느꼈다. 정말 뒤따라
온 것인지 직접 물어볼까도 생각해봤지만 역시 위험한 일이다. 그보다
는 즉시 밖으로 나가 차에 타는 편이 안전할 것이다. 그래도 따라온다
면 인적이 많은 장소를 찾아 도망치는 수밖에 없다.

"여기서 나가자마자 차에 타."

몬도를 향해 몰래 속삭이자 소년은 말없이 고개를 끄덕였다.

건물 앞으로 나왔다. 차는 다이닝 바 정면 주차장에 세워두었다.
하지만 그 바로 코앞에 픽업트럭이 있었다. 정확히 운전석을 가로막는
위치였다. 문 옆의 아슬아슬한 선에 주차한 것은 의도적이라고 할 수
밖에 없다. 아니나 다를까 부치와 몬도의 등 뒤에서 다이닝 바의 문이
벌컥 열렸다. 돌아보지는 않았지만 남자들이 따라 나온 게 틀림없었
다. 하지만 트럭에 막혀 곧장 차에 탈 수가 없었다. 빙 돌아 조수석 쪽
을 통해 타야 할 것 같다.

등 뒤에서 남자가 뭔가 말을 걸어왔다. 부치는 못 들은 척하고 걸
음을 옮겼다. 몬도도 보폭을 맞춰 따라왔다.

"아가씨, 잠깐 얘기나 하자니까."

남자의 말투에 부치의 경계심이 약간 풀렸다. 단순한 헌팅이라는
느낌이 들었기 때문이다. 자신이 지나치게 겁을 낸 것인지도 모른다.
이곳은 리오라이트 바로 옆 동네이고, 유령도시에서 만난 관광객과 재
회하는 건 이상한 일이 아니다. 그렇게 생각하니 지나치게 경계하는
것도 오히려 좋지 않을 것 같아서 부치는 발을 멈췄다. 몬도는 먼저 차

조수석 쪽으로 돌아갔다.

"무슨 일이죠?"

일부러 퉁명스럽게 대꾸했다. 부치가 돌아보자 야구 모자의 남자가 짧게 휘파람을 불었다. 남자들은 둘 다 턱수염을 기른 백인으로, 체격이 좋아서 육체 노동자처럼 보였다.

"아니, 잠깐 얘기 좀 하자는 것뿐이야. 아무튼 이런 시골구석이잖아. 해 저물면 시간 때울 곳도 없다니까."

주로 야구 모자의 남자가 말을 하고 또 한 명, 긴 머리를 포니테일로 묶은 남자는 말없이 빤히 쳐다보기만 했다. 포니테일은 이따금 긴혀를 내밀어 아랫입술을 재빨리 핥았다. 생리적으로 혐오감을 불러일으키는 몸짓이었다.

"어디서 왔어? 우린 리노에서 왔는데."

"로스앤젤레스."

부치는 대답하면서 두 사람이 슬금슬금 다가오는 것을 알았다. 걸음이 부자연스러울 만큼 느리다. 조심해서라기보다 사냥감을 슬슬 몰아붙일 때의 신중함이다. 뭔가 속셈이 있는 인간 특유의 행동이었다.

"로스앤젤레스? 와아, 진짜 좋은 곳이지. 맥주라도 마시면서 로스앤젤레스 얘기 좀 들어볼까?"

"고맙긴 한데, 난 이제 그만 돌아가서 샤워해야겠어."

부치도 뒤로 주춤주춤 물러섰다. 양쪽 모두 지금 나누는 말 이외의 것을 탐색하고 있다는 건 분명했다.

"그건 문제 될 거 없잖아? 샤워실은 8시에 문을 닫지는 않아."

야구 모자의 남자가 웃으면서 어깨를 으쓱 쳐들었다. 그리고 천천히 다이닝 바 쪽을 돌아보며 말했다.

"여기서 한밤중까지 문을 열어놓는 건 이 다이닝 바뿐이라던데?"

그 순간, 몸을 돌리는 겨를에 남자의 셔츠 자락 사이로 언뜻 총 같은 것이 보였다. 짧은 순간이었고 총에 대해 잘 알지 못하기 때문에 확실한 건 모르겠지만, 단숨에 공포감이 덮쳐들었다.

"가까이 오지 마!"

저절로 튀어나온 그 한마디에 남자들의 얼굴빛이 확 변했다.

"아가씨, 뭔가 거슬렸다면 미안하네."

말과는 딴판으로 그 표정은 차가웠다. 그리고 발을 멈추는 일도 없었다.

부치는 몸을 돌려 몬도를, 그리고 뒷좌석의 제로할리버튼 가방을 차례로 바라보았다. 저 가방 속에 총이 있다. 거기까지 가서 가방을 열고 총을 꺼낼 틈이 과연 있을까? 어쩌면 몬도에게 총을 꺼내달라고 하는 게 좋을지도 모른다.

"우린 그냥 사이좋게 놀고 싶은 것뿐이라니까."

남자의 목소리는 기묘할 만큼 침착했다.

부치는 등줄기가 써늘해지는 것을 느꼈다. 남자가 폭력을 휘두르기 전의 조짐에 대해서는 지겨울 만큼 잘 알고 있었다. 지금까지 사귄 남자들 모두가 그랬기 때문이다. 충동적인 구타는 그리 대단할 것도 없다. 심각한 것은 상대가 진짜로 이쪽을 괴롭히려고 할 경우다. 그런 때의 남자일수록 침착함을 가장하는 경향이 있다.

"거기 서! 농담 아냐."

강한 어조로 쏘아붙이며 부치는 두 사람의 발치를 가리켰다. 마치 그곳에 보이지 않는 라인이라도 있는 것처럼. 하지만 남자들은 그 라인을 태연히 넘어서서 한 걸음 한 걸음 다가왔다. 이제 야구 모자의 남자는 가벼운 입을 놀리지도 않았다. 서로 간의 거리가 3미터쯤으로 바짝 좁혀졌다.

부치는 손안에서 자동차 키를 눌렀다. 등 뒤에서 짧게 클랙슨이 울려 도어 록이 해제된 것을 알렸다.

남자들이 흠칫했다.

그것이 신호였다. 부치는 습격당한 여성이 곧잘 하듯이 몸을 웅크리고 주저앉지 않았다. 느닷없이 몸을 날려 상대의 옆구리를 빠져나갔다. 그리고 뒤로 돌아서서 야구 모자 남자의 무릎 뒤를 걷어찼다. 갑작스럽게 허를 찔린 남자는 앞으로 고꾸라졌다. 일대일이라면 승패가 결정되었을 멋진 동작이었다. 하지만 상대는 두 명이다.

포니테일은 파트너가 당하는 모습에 험상궂게 눈을 부릅뜨더니 거리를 재며 복싱 자세를 취했다. 자연스러운 자세여서 경험이 풍부하다는 게 보였다. 부치도 주먹을 움켜쥐고 스텝을 밟으며 두세 번 잽을 시도했다. 하지만 포니테일은 번개처럼 오른쪽 스트레이트를 부치의 배에 날렸다. 내장이 뒤집히는 듯한 충격과 함께 조금 전에 먹은 치킨

이 목구멍까지 치미는 것을 느꼈다. 눈앞의 경치가 회색빛으로 변하고 허리가 반으로 꺾인 채 움직일 수 없었다. 뇌 한 귀퉁이의 냉정한 부분이 위험신호를 알려왔다. 시야 끝에서는 포니테일이 필살의 왼손 훅을 쳐드는 게 보였다.

순간적으로 몸을 뒤로 굴렸다. 다리가 꼬여 쓰러지는 듯한 움직임이었지만 가까스로 방어 자세를 취하며 풀쩍 뒤로 물러설 수 있었다. 스스로 쓰러지는 것은 유도의 기본적인 전술의 하나다. 거리를 확보한 부치는 손을 짚고 일어서는 순간에 땅바닥의 모래를 한 움큼 움켜쥐었다. 이제는 실력을 시험해볼 때가 아니다. 즉각 도망칠 생각도 잠깐 했지만 몬도가 아직 자동차 조수석 쪽에 있었다.

부치는 몸을 날렸다. 포니테일의 정면으로 파고들어 아슬아슬한 참에 잽싸게 옆구리 밑을 빠져나갔다. 중학교 때, 농구를 열심히 해두기를 잘했다. 어떻게든 어벤저 조수석 쪽으로 돌아가 뒷좌석의 총을 꺼내 오고 싶었다. 포니테일이 뒤에서 달려들었다. 차 보닛에 손을 짚고 급히 멈춰 선 부치는 돌아보는 참에 그자의 눈을 멀게 하려고 모래를 휙 뿌렸다. 포니테일이 두 손으로 눈을 가리며 비틀거렸다. 그 틈에 부치는 몬도를 밀쳐내고 차 뒷문을 열어 제로할리버튼 가방을 꺼냈다.

그 순간, 신의 손인지 뭔지 모를 것이 부치의 목덜미를 낚아챘다. 몸이 문자 그대로 허공을 날고, 완전히 똑같은 궤도로 제로할리버튼 가방도 땅바닥에 내동댕이쳐졌다. 야구 모자가 최초의 굴욕을 털고 일어나 차 반대편으로 접근해온 것이다. 뒤로 벌렁 나동그라진 부치는 배 위에 올라타듯이 우뚝 선 야구 모자의 분노에 불타는 눈을 보았다.

"죽여버리겠어!"

부치는 그자가 위협하는 소리를 듣지 않았다. 그보다는 절호의 위치에 자리한 표적을 노렸다. 유도 도장에서는 바닥에 누운 상태에서 상대를 걸어차는 연습을 자주 한다. 반동을 얻기 힘든 자세에서 얼마나 강하게 차올리느냐, 바닥과 두 손을 얼마나 효과적으로 사용하느냐가 포인트다. 부치는 온몸을 이용해 남자의 급소를 걸어찼다.

적이 아파서 쩔쩔매며 무력화된 것을 본 부치는 벌떡 일어나 제로할리버튼 가방으로 달려들었다. 패스 케이스를 찾아야 한다. 총은 그 밑에 감춰두었다.

그것은 겨우 몇 초 만의 일이었다.

태세를 정비한 포니테일이 덮쳐들기 직전에 부치는 가방 안에서 총을 발견했다. 덥석 그 총을 잡고 돌아선 부치는 총구를 포니테일에게로 향하고 망설임 없이 방아쇠를 당겼다.

하지만 안전장치가 걸려 있었다.

워터먼은 일을 제법 잘하는 사람이다. 트렁크 안에서 어느 순간 총이 폭발하여 운전하는 부치를 꿰뚫어버리지 않게 안전 조치를 해둔 것이다. 문제는 안전장치를 어떻게 푸는지, 그 방법을 부치에게 알려주지 않았다는 것이었다.

남자가 해머 같은 주먹을 쳐들어 부치의 얼굴에 힘껏 내리쳤다. 퍽하는 잔혹한 소리가 났다.

콧속에 쇠붙이가 내는 듯한 냄새가, 그 친숙한 냄새가 퍼졌다.

부치의 시야는 빛을 잃고 동시에 의식도 잃었다.

* * *

워터먼이 사무실로 사용하는 곳은 다운타운 변두리의 자동차 수리 공장 2층이다. 공장은 스코티의 친형이 경영하고 있는데 최근에는 불경기 때문인지 셔터를 내려놓는 시간이 더 많았다. 행인도 별로 없어서 무슨 짓을 하건 남의 눈에 거의 띄지 않는 곳이기는 했다.

빅 고든의 오른팔 마이켈스는 워터먼에게 빈번하게 일거리를 의뢰하곤 했다. 빅 고든에게 오랫동안 신세를 진 전직 프로야구 선수는 위법적인 도구의 조달이나 사람을 숨겨주는 일을 처리하는 등, 자잘한 심부름을 항상 싹싹하게 해치웠다. 성격이 꼼꼼한 탓일 것이다. 그래서 그런지 그의 사무실은 항상 깔끔하게 정돈되어 있었다.

하지만 지금 마이켈스가 바라보는 그의 사무실은 너무도 끔찍해서 누군가 실내에서 소형 허리케인 발생 장치의 실험을 했던 게 아닌가 싶을 정도였다. 책상 서랍, 금고, 간이 캐비닛까지 온갖 수납 장소가 모조리 뒤집혀 안에 든 것이 죄다 바닥에 흩어져 있었다.

"대체 어떤 놈이 이런 짓을······."

혼잣말을 중얼거리며 마이켈스는 해마다 두툼해지는 턱을 쓰다듬었다. 뭔가 생각할 때의 버릇이다. 신기하게도 복근은 단련하면 의도

한 대로 단단해지는데 턱 쪽은 마음먹은 대로 되지 않는다. 그 바람에 원래부터 그리 작다고 하기 어려웠던 얼굴이 점점 더 큼지막해졌다. 젊은 시절에는 미남 축에 끼었는데 마흔을 넘긴 지금은 기묘하게 언밸런스한 얼굴이 되어버렸다.

멋진 갈색으로 그을린 얼굴을 찡그리며 마이켈스는 욕실을 살펴보는 키모를 불렀다. 바닥에 흩어진 물건들을 조심스럽게 피해가며 키가 작고 어깨 폭이 넓은 사모아 인이 모습을 드러냈다.

"두 사람, 거기 있어?"

마이켈스의 물음에 키모는 손을 씻으며 어깨를 으쓱 쳐들었다. 이 작은 근육 맨은 역도가 취미여서 시판되는 다양한 보조 식품들을 빠삭하게 꿰고 있다. 그래서 그런지 피부에는 주름살 하나 없고 깨끗이 밀어버린 머리까지 반들반들하다.

"여기에 없거나 아니면 조각내서 저쪽 배수구에 처박았거나, 둘 중하나야."

"다시 잘 찾아봐."

마이켈스는 검은 눈동자로 키모를 노려보았다.

"빅 고든이 지금 기분이 별로야."

손을 다 씻더니 키모는 밀어버린 머리통을 쓰다듬으며 말했다.

"집에서 케이블 프로그램이나 보고 있는 거 아니야?"

마이켈스는 품에서 휴대전화를 꺼내 그것이 마치 마법의 지팡이라도 된다는 듯 키모를 향해 쓰윽 내밀었다.

"그 친구 집에는 벌써 연락해봤어. 휴대전화에도 해봤고. 근데 응답이 없어. 다른 사람도 아니고 내가 호출했는데."

키모는 어깨를 으쓱 쳐들며 말했다.

"이런 심부름센터 업자의 행방에 왜 그렇게 신경을 써?"

"그자가 중요한 안건과 관련되어 있거든."

"리오라이트 건?"

"그거 말고 또 뭐가 있겠냐?"

"그 코카인의 출처가 마린이었던가?"

"그린베레야. 포트블랙의 특수부대."

"꼬리가 밟혔는지도 모르겠네. 그렇다면 G맨의 짓일 수도 있어."

키모는 눈에 보이지 않는 범인에게 항의하듯이 두 팔을 펼쳐 사무실의 참상을 가리켰다.

"그건 아니야. DEA나 FBI라면 정식 수속을 밟아서 수사하겠지. 이건 명백히 위법이야. 영장도 없이 사무실을 엉망으로 만들어놨잖아. 이런 방식으로 수사했다가는 법정에 섰을 때 전혀 승산이 없어. 이런 짓거리를 하는 건 범죄 조직뿐이야."

자신의 입에서 범죄 조직이라는 말이 튀어나온 게 재미있어서 마이켈스는 피식 웃었다.

"그렇다면 이거, 일이 귀찮아지겠네."

짜증스럽다는 표정으로 키모가 한숨을 쉬었다.

바닥에 흩어진 서류 중에서 데스밸리 국립공원의 지도를 집어내 마이켈스는 그것을 찬찬히 들여다보았다. 공원 외곽, 북동쪽에 리오라이트가 자리 잡고 있다. 그곳에 빨간 펜으로 동그라미가 표시되어 있었다.

"하지만 중요한 건 코카인이 아니야……."

혼잣말처럼 중얼거리는 마이켈스의 속마음을 미처 파악하지 못해서 키모가 미간을 찌푸렸다.

"무슨 일 있었어?"

키모의 물음에 고개를 저으며 애매하게 얼버무리더니 마이켈스는 지도를 툭 내던졌다.

"아무튼 우리 거래를 방해하려고 했을 가능성이 커."

"운반책이 누구였더라?"

"일본에서 온 여자."

키모는 미간을 좁혔다.

"일본인? 게다가 여자? 자칫 잘못하면 500만 달러의 물건이 날아간다고."

"사나에의 오래된 친구라던데?"

마이켈스는 보스 애인의 이름을 입에 올리며 다시 휴대전화를 꺼냈다. 워터먼이 알려준 전화번호는 이미 등록해두었다.

"나도 본 적이 있어. 사정이 있는 여자라서 섣부른 짓은 안 할 거야. 게다가 일본에서 온 관광객이 마약을 운반하리라고는 아무도 생각을 못 해."

부치라는 그 일본인 여자에게 지급했을 휴대전화의 번호를 눌러봤지만 전원이 꺼져 있는 것을 알았을 뿐이다. 그 모습을 보고 키모가 어깨를 으쓱 쳐들었다.

"믿었던 토끼가 토낀 게 아니라면 좋겠는데."

시시한 농담이었지만 마이켈스는 상대를 흘끗 노려보았다.

* * *

태어나서 처음으로 의식을 잃었던 것은 약물 때문이 아니었다. 남편에게 얻어맞았기 때문이었다. 의식이 날아가는 순간은 잠들 때와 마찬가지여서 결코 스스로 지각할 수가 없다. 배 위에 올라타 계속 두들겨 패는 바람에 제발 어서 끝나기만을 기도했던 것까지는 기억나는데 그다음이 전혀 생각나지 않는다.

약물로 의식을 잃었을 때는 조금 더 자각적이었다. 이대로 계속하면 뿅 가겠구나, 라는 의식이 있었지만 다른 것이 이내 그 의식을 덮어씌워서 결국 뿅 가버린다.

부치에게 폭력과 약물은 항상 표리일체였다.

10대 후반, 집에는 도저히 있기가 싫어서 바깥을 떠돌며 자신의 장소를 찾았다. 그 끝에는 약이 기다리고 있었다. 약에 취해버린 사내에게 얻어맞기도 했고, 약을 구할 돈을 위해 원조 교제를 거듭하던 시기에는 남자 손님에게 의식을 잃기 직전까지 목을 졸린 적도 있었다. 그

때는 그자의 얼굴을 광대뼈가 으스러지도록 마구 밟아주었다.

약을 끊을 수 있었던 것은 그러고자 하는 의지가 강하기도 했고, 한편으로 금단증상에 대한 내성이 있었기 때문인지도 모른다. 젖먹이 때부터 악몽이라면 수없이 꾸었으니까.

수없이 꾸었던 그 악몽은 잊을 수가 없다. 침대 옆에 우뚝 선 회색 귀신의 모습. 나중에야 그것이 갓난아이 때 자신을 학대한 새아버지였다는 것을 알았다.

어둠 저 너머에서 사람들의 말소리가 들렸다.

말소리가 들리는 걸 보니 내가 아직 살아 있는 건가, 하고 부치는 생각했다. 주변이 온통 깜깜한 암흑이어서 자신의 모습까지 포함하여 뭐가 뭔지 전혀 보이지 않았지만, 이윽고 살아 있다는 것만은 확신할 수 있었다. 몸 여기저기가 막연히 아팠다. 어쩌면 성폭행을 당했는지도 모른다. 어딘가에 중상을 입었는지도 모른다. 하지만 이런 암흑 속에서는 아무런 판단도 내릴 수 없다.

서서히 의식이 또렷해지면서 그 말소리가 무슨 이야기를 하는지 알 수 있었다.

영어였다.

"왜 때렸어?"

"총을 갖고 있었어요. 손을 쓰지 않았으면 당했을 거라고요."

누군가가 누군가를 나무라고 있었다. 목소리 톤으로 알 수 있다.

여기가 어디일까? 자신이 누워 있다는 건 알았다. 뺨의 감촉으로 보면 이건 돌바닥이다. 손을 짚고 일어서보려고 했다. 하지만 몸을 움직이자마자 머리가 지끈거려서 일어서는 건 포기하고 그 자리에 몸을 웅크리고 앉았다.

"고든하고 자칫 트러블이라도 나면 어떻게 할 거냐고!"

나무라던 사람이 그 이름을 입에 올리는 바람에 부치는 흠칫 놀랐다. 귀에 익은 이름이다. 사나에의 애인, 마피아의 보스.

"너희가 할 일은 그냥 감시였잖아."

"어쩌다 보니 이렇게 됐어요. 바에서 만난 여자가 설마 우리 거래 상대인 줄은 생각도 못 했죠. 게다가 먼저 덤벼든 건 저 여자 쪽이에요."

그 목소리를 듣고 기억이 되살아났다. 항변하고 있는 건 분명히 야구 모자를 쓴 그 남자다. 다이닝 바 앞에서 그 두 사람에게 얻어맞아 정신을 잃었고 그 뒤에 이곳에 갇힌 것이리라. 둘이 나누는 이야기로 봐서는 저들은 이번 거래 상대와 한 패거리다. 사전에 거래할 장소를 살펴보러 나왔다가 부치의 정체를 알지 못한 채 잠깐 집적거렸다는 건가?

"이봐, 난 모르겠어. 아무튼 미스터 버건데일이 이쪽에 도착하면 너희를 어떻게 처리할지 결정할 거야."

그자가 거기까지 말했을 때, 멀리서 자동차 소리가 들렸다. 그 순간, 부치는 타이어의 음향으로 비포장도로를 달리는 차라는 것을 알았다. 앞에서 떠들던 두 남자의 목소리가 일순 조용해졌다. 차가 도착하기를 생침을 삼키며 기다리는 분위기였다. 아무래도 두목이 등장하는 모양이다.

문이 열리고 누군가 차에서 내렸다. 아무도 말을 하는 기척이 없다. 잘은 모르겠지만 뭔가 불길한 긴장감이 주위를 지배하는 것 같았다. 이윽고 새로운 목소리가 들려왔다.

"우리 비즈니스 파트너는 어디 있나?"

나지막하고 컬컬한 목소리였다. 그렇잖아도 우렁찬 목소리인데 화까지 나 있는 것 같았다. 조금 전까지 떠들어대던 두 남자 중 하나가 대답했다.

"감옥에 있습니다."

부치는 그 말을 듣고 다시 한 번 좌우를 둘러보았다. 이 암흑이 감옥이라는 것인가? 몸을 일으켜 어느 정도의 넓이인지 더듬어보려던 순간, 부치는 소스라치게 놀랐다.

"섣불리 움직였다가는 천장에 머리를 쫳을 거야."

바로 옆에서 들려오는 귀에 익은 목소리.

"너, 몬도?"

"응, 뒤에 있어."

돌아보니 어둠 속에 소년의 창백한 얼굴이 동그랗게 떠올랐다.

"무사했구나."

"난 저항하지 않았거든."

조용히 웃고 있었다.

앞에 있는 자들은 잠시 뭔가 웅얼웅얼 보고하는 것 같았다. 목소리가 엇갈려서 알아듣기 어려웠다. 하지만 드문드문 들려오는 말소리로 보아, 부치에게 폭행을 가하고 여기까지 데려오게 된 경위를 이야기하는 모양이었다.

"알았어. 우선 감옥 문부터 열어봐."

나중에 나타난 인물이 이야기할 때만 모두가 조용해졌다.

발소리가 이쪽을 향해 다가왔다. 이윽고 덜걱거리는 금속음이 들렸다. 누군가 감옥의 자물쇠를 열기 시작한 것이다.

"저 사람들, 우리를 어떻게 하려는 걸까?"

"글쎄, 난 어떻게 된 일인지 모르잖아."

"내가 정신을 잃고 있는 동안에 뭔가 듣지 못했어?"

"고든과 트러블이 일어나면 부치를 죽일 거라고 했어. 아마 내가 영어를 모른다고 생각했나 봐."

어둠 속에서 부치는 자신의 얼굴이 굳어버리는 것을 느꼈다.

문이 열렸다.

갑작스럽게 비쳐든 강한 햇빛에 부치는 눈이 침침해졌다. 아무래도 의식을 잃고 있는 동안에 날이 밝은 모양이다. 그 빛을 등지고 화려한 무늬의 셔츠를 입은 50대 남자가 이쪽을 들여다보았다. 염색한 것을 한눈에 알아볼 만큼 머리칼이 까맣고, 군데군데 얽은 얼굴은 햇볕에 그을려 가무잡잡했다. 목에 굵은 금목걸이가 길게 늘어져 있었다. 아무리 봐도 평범한 시민으로는 보이지 않는 차림새다.

"고든이 보낸 여자가 너야?"

목소리로 보아 이 남자가 버건데일인 모양이다. 눈동자는 검정에 가까운 회색이었다. 그 색채 없는 눈빛에서는 그가 어떤 생각을 하는지 전혀 읽히지 않았다. 자신의 차림새를 빤히 쳐다보는 부치의 시선을 알아차리고 그가 말을 이었다.

"아, 라스베이거스에서 휴가를 보내고 온 참이야."

하지만 웃음은 없었다.

부치가 대꾸하지 않자 남자는 몸을 돌려 자신의 차 쪽으로 갔다. 좁은 입구를 통해 보이는 것은 레인지로버였다. 남자들이 밖에서 뭔가 상의하는 기색이었다.

"몬도, 우리가 어떻게 여기까지 오게 됐어?"

"부치가 기절한 뒤에 두 남자가 우리 차 트렁크 안을 확인했어. 그리고 우리를 여기까지 실어왔어, 우리 차도 함께."

"여기가 어딘지 알아?"

"여기? 리오라이트의 감옥 안이잖아."

부치는 급히 머리를 굴렸다. 이곳은 등 뒤에 작은 쇠 격자창이 있을 뿐이어서 분명 감옥 같은 구조였다. 이런 데가 있는 줄은 어제 지나갔을 때는 알지 못했다. 데스밸리 외곽의 인적 없는 관광지다. 여행자 안내 센터조차 무인 시스템이었다. 오프시즌인 이런 한여름에 이곳을 찾아올 사람이라고는 있을 것 같지 않았다.

"몬도, 우리가 여기서 살해되어도 아무도 모르겠지?"

"응, 그럴 거야."

부치는 몸을 파르르 떨었다. 위험한 일인 줄은 알았지만 이렇게까지 험악할 줄은 생각도 못 했다. 흘끔 몬도를 바라보았다. 애꿎게도 남의 일에 휘말린 가엾은 소년이다. 하지만 몬도는 태연한 기색으로 바닥에 엉덩이를 대고 앉아 있었다.

"넌 무섭지 않아? 우릴 죽일지도 모르는데."

몬도는 무릎을 대고 북북 기어 부치 옆으로 다가왔다. 나란히 바깥의 상황을 살펴보았다.

"우릴 죽인다고? 저자들이?"

어딘가 비웃는 듯한 말투였다.

"저 사람들, 총을 갖고 있잖아."

어둠 속에서 몬도가 입술을 깨무는 게 보였다.

"얼마나 빨리 뽑을 수 있을까, 저자들이?"

목소리가 작아서 중얼거림이라기보다 속삭임에 가까웠기 때문에 분명하게 들리지는 않았다.

그때, 밖에 서 있는 남자들이 감옥 안에서는 보이지 않는 어딘가를 주시하는 게 느껴졌다. 일제히 입을 꾹 다물었다. 묘한 긴장감이 감돌았다. 무슨 일인가 하고 얼굴을 내밀었는데 부치의 눈앞을 야구 모자의 남자가 가로막고 섰다.

"들어가 있어. 웬 괴상한 놈이 여기까지 관광을 온 모양이야."

멀리서 다가오는 자동차 소리. 야구 모자의 남자가 앞을 가리고

서 있어서 어떤 상황인지는 알 수 없었지만 부치는 그들이 공원을 감시하는 순찰차이기를 내심 기도했다.

엔진 소리가 점점 다가오더니 이윽고 앞에서 멈췄다. 문이 열리고 누군가 차에서 내리는 소리가 들렸다. 누군지는 모르지만 이곳에 사람들이 몰려 있는 것을 보고 찾아온 것이다. 부치는 작은 희망의 불씨를 본 것만 같았다.

"잠깐 말 좀 물어봅시다."

느릿느릿한 남자 목소리였다.

"길을 잃었어요. 이 근처에 스코티캐슬이라는 관광지가 있다던데, 어딘지 알아요?"

그 말소리는 부치의 귀에도 들어왔다. 아무래도 길을 잃은 관광객인 모양이다. 한껏 부풀었던 기대가 꺼지면서 낙담이 밀려들었다.

"거기라면 이쪽 길로 돌아서……."

마피아 중 누군가가 귀찮다는 투로 대충 길을 알려주었다. 괜히 일이 복잡해지지 않도록 얼른 알려줘서 보내버리려는 것이다. 부치는 어둠 속에서 필사적으로 생각을 쥐어짰다. 어떻게든 이 위기를 전할 방법은 없을까? 하지만 스코티캐슬에 가는 길은 너무나 간단하고 그 관광객은 이해력이 뛰어난 사람이었다. 설명은 순식간에 끝나버렸다.

"다행이네. 고마워요."

느릿느릿한 목소리가 말했다. 부치는 고개를 떨구었고, 주위에 서 있던 남자들은 금세 긴장이 풀렸다. 그때, 그 남자의 목소리가 이어졌다.

"근데 당신들, 이런 데서 뭐 하고 있어?"

잠깐 정적이 흘렀다.

마피아들은, 쓸데없는 소리 말고 어서 꺼지라고 생각했을 게 틀림
없다. 그들 역시 이런 폐촌 한복판에서 언제까지고 쨍쨍 내리쬐는 햇볕
아래 관광객의 호기심에 응해주고 싶지는 않을 것이다. 하지만 적당히
대꾸해주지 않으면 사소한 일이 큰 시빗거리로 발전할 수도 있다.

누군가 그 질문에 대해 적당히 대꾸하려고 입을 벌린 순간.

총성이 울렸다.

부치는 처음에 무슨 소리인지 알지 못했다. 하지만 눈앞에서 붉은
페인트를 흩뿌린 듯 강한 색깔이 번지는 것을 목격하고 가까스로 상
황을 파악했다. 앞을 가로막고 있던 야구 모자의 머리통이 날아간 것
이다. 누군가 그를 쏘았다. 엄청난 위력의 총으로.

이어서 고함 소리와 총성이 뒤섞이는 일대 혼란이 소용돌이쳤다.
부치가 앉은 곳에서는 잘 보이지 않았지만, 관광객을 위장하여 찾아온
남자의 자동차 문이 열리고 여러 명의 남자가 뛰어내렸다. 이어서 연
속적인 발포 음이 울렸다. 권총이 아니라 기관총이었다.

"죽여라!"

낯선 누군가의 외침이 또렷하게 들렸다. 부치는 머리가 윙윙 울리
는 것을 느꼈다. 바로 눈앞에서 터진 피와 폭력의 냄새에 저도 모르게
흥분하고 있었다. 눈이 휘둥그레진 채 멍하니 서 있는 부치의 손을 몬

도가 움켜잡았다. 돌아보니 소년이 말없이 고개를 끄덕였다. 소년은 망가져버린 사내의 사체를 타 넘고 재빨리 감옥 밖으로 나섰다.

그것은 참으로 기묘한 광경이었다. 오렌지색 햇살 때문에 필터를 씌운 카메라로 촬영한 듯한 풍경 속에서 다양한 모습의 남자들이 총격전을 펼치고 있었다.

감옥에서 뛰쳐나온 부치와 몬도의 맞은편 오른쪽에서는 조금 전에 본 마피아 두목이 레인지로버 뒤에 몸을 숨기고 손에 든 권총을 난사하고 있었다. 그 차를 끼고 반대편에는 하얀 쉐보레 서버번이 서 있고 그 차를 방패 삼아 검은 옷차림의 남자들이 기관총으로 응사하고 있었다.

주변에 피투성이 사체가 대체 몇 구인가? 양쪽 다 총격전에 정신이 팔려 아직 부치와 몬도를 눈치채지 못하고 있었다. 이건 영락없이 영화 촬영장 같은 장면이다. 몬도가 다시 손을 잡아끌지 않았더라면 너무도 현실감이 없어 부치는 그 자리에 계속 우두커니 서 있었을지도 모른다.

"이쪽이야, 빨리!"

소년이 날카롭게 속삭였다. 감옥 쪽을 돌아보니 그 앞에 쉐보레 픽업트럭과 어벤저가 있었다. 자신의 차를 향해 달려간 부치는 운전석 문을 잡았다. 하지만 그 순간, 키가 없다는 것을 깨달았다.

"부치, 빨리!"

"키가 없어!"

저도 모르게 절규하고 있었다. 그와 동시에 뭔가 고속으로 귓가를 스치는 기적이 있었다. 총알이 공기를 찢는다는, 바로 그것이다. 부치는 반사적으로 짧은 비명을 올리며 주저앉았다. 온몸이 부들부들 떨리는 것을 느끼며 뒤를 돌아보았다. 하지만 부치를 향해 총질하는 자는 없었다.

사방에서 무수한 사신死神이 높직한 웃음소리를 내며 춤추는 것만 같았다. 주위에 온통 죽음의 냄새가 가득해서 슬쩍 스치기만 해도 목숨을 앗아가버릴 터였다. 다리가 움츠러들고 식은땀이 솟구쳤다. 어딘지는 모르지만 바로 가까운 곳에 총알이 퍽퍽 박힌다. 자신의 관에 못질하는 소리 같았다.

그냥 유탄일 뿐이야.

자신에게 되뇌면서 부치는 다시 한 번 차 안을 들여다보았다. 뒷좌석에 제로할리버튼 가방과 몬도의 기타 케이스가 있었다. 몬도가 부치의 귓가에 대고 속삭이듯이 말했다.

"뒷좌석이야."

"응?"

"저 기타 케이스 밑에 차 키가 있어."

돌아본 소년이 다시 한 번 고개를 끄덕였다. 이 엄청난 아수라장 속에서도 소년은 전혀 동요하는 기색이 없었다. 그 침착한 모습에 힘을 얻은 부치는 뒷좌석 문을 열었다.

그때였다.

"어이, 거기!"

이번에야말로 등 뒤에서 누군가 다가왔다. 돌아본 부치의 눈에 검은 옷의 남자가 들어왔다. 부치가 해를 등지고 있어서 그는 눈이 부신 표정으로 이쪽을 살피고 있었다. 나뭇가지처럼 깡마른 남자다. 병적일 만큼 하얀 피부에 은빛이 도는 금발을 올백으로 빗어 넘겼다.

"그 차에서 떨어져."

잔혹한 눈빛을 내쏘며 그가 조용히 말했다. 남자는 손에 든 것이 없어서 이 총격전에 가담한 것 같지는 않았다. 총알이 사방으로 날아다니는 아수라장을 등지고 있으면서도 어딘가 서늘한 표정이었다. 그 모습이 부치의 눈에는 몹시 기괴한 광경으로 보였다.

"부치, 빨리!"

몬도가 짧게 말했다. 부치는 재빨리 기타 케이스를 잡고 힘껏 끌어내렸다. 그 충격으로 케이스가 벌컥 열렸다. 그 안에서 부치는 기타가 아닌 검을 발견했다.

"움직이지 마!"

이번에는 큰 소리로 외치며 금발의 남자가 오른손을 재킷 안주머니에 넣었다. 그 손이 무엇을 꺼낼지는 굳이 확인할 것도 없었다.

몬도의 몸이 낮게 가라앉는 것과 동시에 뭔가 바람을 가르는 소리가 울렸다.

그것은 참으로 한 줄기 바람 같았다.

금발의 남자는 눈에 잡히지 않는 속도로 총을 뽑았다. 너무도 빨라서 부치에게는 잠깐의 섬광처럼 보였다. 실제로 은색 총구가 햇빛을 반사하여 번쩍 빛났다. 이어서 부치는 그 총구가 자신의 이마를 겨누고 있다는 것을 알았다. 고도의 훈련을 받은 사람의 동작이었다. 부치는 어떻게도 대응해볼 도리가 없었다.

죽음 직전의 주마등.

자신을 겨눈 총구가 불을 뿜는다고 깨달은 순간, 문득 그 총이 힘없이 낙하했다.

남자의 손목과 함께.

무시무시한 속도로 칼집을 빠져나온 몬도의 검이 소리도 없이 남자의 손목을 잘라 떨어뜨린 것이다. 너무도 급작스러운 일에 부치도 남자도 뭐가 어떻게 된 것인지 이해할 수 없었다.

몬도는 킬킬거리는 비웃음을 날렸다.

"너무 늦어."

짤깍 소리와 함께 검은 다시 칼집 안으로 들어갔다.

제2장

성녀의 미소

"자아, 코드 세븐이군요."

사나에가 멜로즈 거리의 네일 아트 숍 안으로 사라지는 것을 지켜보던 제프가 반갑다는 듯 휴식 시간을 알리는 암호를 읊었다. 남자들로서는 도저히 이해할 수 없는 저 네일 아트 숍에 들어갔다면 감시 대상은 보통 한 시간 넘게 다른 곳으로 옮겨 갈 일이 없다. 그의 혼잣말에는 지금이라면 어딘가에서 느긋하게 점심을 먹을 수 있다는 기대감이 담겨 있었다. 하지만 브라이언은 선글라스를 벗고 파트너를 흘끔쳐다보며 웃음기 없는 얼굴로 말했다.

"점심은 핑크스로 하자고."

원조 핫도그 가게의 이름을 듣자마자 제프는 그것이 의미하는 바를 깨닫고 표정이 흐려졌다. 두 사람이 탄 잠복 순찰차는 멜로즈 거리 길가의 주차 공간에 서 있고 이 자리에서 움직일 생각이 없다는 뜻이다. 핑크스는 한 블록 건너 길모퉁이에 있다. 거기서 명물 핫도그를 사들고 돌아오면 이 크라운빅토리아 차 안이 즉석 카페테리아가 된다.

유감의 뜻을 어떻게 표현할지 궁리하는 제프는 아랑곳하지 않고 브라이언은 얼른 조수석 문을 열고 밖으로 나왔다. 크게 기지개를 켜며 딱딱해진 근육을 풀었다. 오전 내내 정지한 차 안에서 구겨져 있었다.

"내가 사 올게. 주문은?"

"칠리치즈도그, 프렌치프라이, 그리고 세븐업 사이다."

"토핑은?"

"전부 다 얹어주세요."

제프의 주문을 머릿속에 담고 브라이언은 멜로즈 거리를 걷기 시작했다. 선글라스를 벗어 그대로 블루종 호주머니에 쑤셔 넣었다.

어제 엔필드와 회담한 뒤, 실제로 브라이언과 제프에게는 재배치 지시가 내려왔다. 서류를 훑어보는 일에는 다른 형사가 투입되고 브라이언과 제프는 평소의 잠복 순찰차로 거리에 나오는 게 허락되었다. 어찌 됐건 수사의 본류에 복귀했으니 코카인의 행방에서 배제되는 일은 일단 피한 셈이다. 두 사람의 임무는 사나에의 동향을 감시하는 것이다. 브라이언이 지적한 대로 사나에는 디아블로라는 주점을 통해 고든의 뒷거래를 거들고 있고, 어딘가의 시점에서 야마오카의 코카인과 연결되어 있을 터였다.

핑크스는 멜로즈 거리와 라브리어 거리의 교차점에 있다. 전통 있는 핫도그 가게라서 몰려드는 관광객 때문에 매번 줄을 서서 기다려야 한다. 그래서 이곳 주민들은 평소에는 웬만해서 가지 않는다. 가게 안에 장식된 유명 인사의 사인이며 기념사진에 반색하는 것은 관광객뿐이다. 실제로 브라이언이 핑크스에 가보는 것도 몇 년 만이었다.

벨트로 구분해둔 긴 줄 끝에 서면서 브라이언은 가게 처마 밑 유리창에 나붙은 메뉴를 살펴보았다. 유명 인사의 이름을 딴 스페셜 메뉴 중에서 세상 떠난 조니 그랜트의 이름이 오지 오스본, 마사 스튜어트 사이에 있는 것을 발견했다. 칠리나 치즈가 아니라 콜슬로와 토마토를 끼워 넣은 산뜻한 레시피였다. 요즘 위장에 좋지 않은 일들이 연속으로 일어났던 터라서 그것을 주문하기로 마음을 정하고 주춤주춤 줄 어드는 줄 끝을 따라붙었다.

브라이언의 고민의 씨앗은 사라진 코카인이었다. 그 행방을 둘러싸고 패트리엇이 날마다 압박을 가해오는 것이다. 거기에 버뱅크 지역에 남은 브라이언 소유의 부동산이 문제였다. 휴대전화를 열어 오늘 아침에 들어온 메시지를 다시 한 번 들여다보았다. 헤어진 아내 지나에게서 온 것이다. '버뱅크 부동산 건, 여의치 않음. 의사는 좀 더 서쪽을 원함'이라는 짧고 퉁명스러운 메시지였다. 두뇌는 명석하지만 오만하고 자기 멋대로 사는 지나다운 메시지다.

버뱅크 부동산 건이란, 브라이언이 지나와 공동으로 소유한 집으로, 예전에 화가의 아틀리에로 사용되기도 했던 주택이다. 부동산 업자인 지나는 그 집을 처분하기 위해 분투하고 있었다. 그것을 처분하지 못하면 전 남편과 함께 경제적으로 침몰할 게 확실하기 때문이다. 의사라는 건 그 집의 매입을 검토 중인 고객을 말하는 것으로, 지난달부터 협의 중인 사람이다. 하지만 그 개업의는 부자를 상대로 하는 컨설팅 의료를 메리트로 내세우고 있어서 좀 더 서쪽에 가까운 부동산이 좋다고 판단한 모양이다. 한밤중에 고객의 목구멍에 프레첼 빵이 걸렸을 때 재빨리 달려갈 수 있을 만큼 가까운 곳에서 살고 싶은 것이다.

아직 답장을 보내지 않은 그 짧은 메시지를 잠시 들여다보다가 브라이언은 긴 한숨을 내쉬었다. 브라이언도 지나도 재정적으로 데스밸리 사막에 내버려진 빈 깡통처럼 앗 뜨거워라 하는 상황이었다. 지나와는 상속받은 외할머니의 집을 매각할 때 서로 알게 되었다. 먼저 유혹한 것은 지나 쪽이었다. 매물로 내놓은 집을 사전 답사하러 왔을 때 지나는 거실에 장식된 다양한 일본 공예품의 가치를 알려주었다. 브라이언은 그녀에게서 잡동사니 골동품을 돈으로 바꾸는 방법을 배웠다. 그리고 마침내 매입자를 찾은 뒤에 두 번의 맥주와 마르가리타 칵테일을 거쳐 실제로 집이 팔린 날 밤에 관계를 가졌다. 첫 아내와 이혼 절차에 들어간 것은 그로부터 몇 달 뒤였다.

지나와의 결혼에는 두 가지 실수가 있었다.

첫 번째 실수는, 고등교육을 받은 백인 여자는 인격적으로도 뛰어나다고 브라이언이 지나치게 믿어버린 것이다. 그녀는 결코 풍족하다고 할 수 없는 폴란드 이민자 집안에서 태어났고 그 콤플렉스를 메우기 위해 매사에 UCLA 졸업장을 내세우는 버릇이 있었다. 자기 현시욕 덩어리를 깎아 만든 듯한 여자여서 흑인과 동양인의 혼혈아인 브라이언을 무의식적으로 얕잡아 보았다. 결혼 생활 내내 지나는 브라이언의 판단에 일일이 잔소리를 붙였다. 그가 가입하려고 한 건강보험 플랜부터 아침 식사로 선택한 시리얼 상품명까지 모조리 잔소리의 대상이 되었다.

두 번째 실수는, 지나와 손잡고 부동산 비즈니스를 시작한 것이다. 외할머니의 집은 예상했던 것보다 괜찮은 가격에 팔렸다. 수중에 목돈이 들어오고 그것을 자본으로 부업을 시작하기로 한 것은 자연스러운 흐름이었다. 마침 그 무렵 강력반에서 타 부서로 옮기기도 해서 본업에 여유가 생겼기 때문이다. 참고로, 미국에서는 경관의 부업이 금지되어 있지 않다. 덕분에 수많은 경관이 그럭저럭 생활을 꾸려나간다. 특히 로스앤젤레스 시경에서는 그런 경향이 두드러졌다. 시 예산이 부족한 탓에 경관들의 잔업수당을 금전이 아니라 대체 휴가로 때우려고 했기 때문이다. 경관들은 낮은 급여에 휴일은 많아지는 상황에 내몰려 결국은 그 빈 시간을 이용해 너나없이 부업을 시작했다. 대부분 직장 경험을 살려 시설 경비원 업무를 하는 경우가 많지만, 브라이언처럼 직접 비즈니스에 손을 대는 자도 적지 않았다.

부동산 에이전시를 막 개업한 참이던 지나는 야심에 불타서 브라이언을 설득해 몇 군데 부동산에 투자하도록 했다.

2000년 초에는 부동산 비즈니스도 순조로웠다. 유망한 물건을 매입하기 위해 무리해서 대출도 받았지만 부동산 가격이 상승일로여서 간단히 두 배, 세 배로 가격이 뛰었다. 하지만 지금 브라이언에게 필요한 것은 타임머신이다. 포드 타임머신이건 도요타 타임머신이건 상관없다. 만일 브라이언에게 타임머신만 있다면 2000년대 중반 이후에는 부동산 거품이 붕괴하고 자신이 떠안은 부동산 가격이 요란한 소리를 내며 폭락한다는 소식을 전해주러 돌아갔을 것이다. 세계적으로는 서브프라임 문제로 알려진 부동산 거품의 붕괴였지만, 브라이언에게는 그 의미가 남다르다. 수입에 어울리지 않는 대출을 받은 탓에 집에서 쫓겨나는 사람들과는 또 다른 종류의 비극이 그를 덮쳤다. 사방에서 걸려오는 빚 독촉뿐 아니라 이 빚을 방패 삼아 형사를 자신의 정보원으로 써먹으려는 패트리엇 같은 뒷골목 사회의 인간들에게 휘둘리는 처지가 된 것이다.

버뱅크의 부동산은 처음 매입가에서 거의 절반 가격으로 떨어졌지만, 그래도 살 사람이 나서주기만 하면 다행이었다. 그 물건만 현금화되면 적어도 패트리엇과의 관계는 끊을 수 있다. 마찬가지로 지나 쪽도 그 비슷한 문제를 안고 있어서 사랑이 아니라 돈으로 연결된 두 사람의 관계는 공동 재산인 버뱅크의 부동산이 매각될 때까지 끊으려야 끊을 수도 없게 되었다.

"주문하시겠어요?"

점원의 목소리에 브라이언은 퍼뜩 정신을 차렸다. 씩씩한 히스패닉 계의 젊은 여점원이었다. 휴대전화를 챙겨 넣고 브라이언은 틈새가 뚫린 유리창 너머로 주문 내용을 말했다. 여자는 크게 고개를 끄덕이고 직접 조니그랜트스페셜을 만들기 시작했다. 이 가게는 점원이 그 자리에서 직접 핫도그를 만들어 건네준다. 약삭빠르게 계산서를 주고받는 일은 없다. 옛날부터의 규칙이다.

가게 밖에서 유리창 너머로 주문한 뒤에는 안으로 들어가 값을 치르고 물건을 받는다. 활짝 열어놓은 번쩍거리는 문을 지나 계산대 앞에서 지갑을 꺼낸 브라이언은 점원에게 깜빡 잊고 포장해달라는 말을 하지 않은 게 생각났다. 고개를 들자 가게 뒤편 정원이 눈에 들어왔다. 이어서 크라운빅토리아 운전석에서 고픈 배를 부여잡고 기다릴 파트너도 떠올렸다.

하지만 기껏해야 핫도그다. 10분이면 먹어치울 수 있다.

브라이언은 빨간 플라스틱 쟁반에 핫도그와 캔 소다를 얹고 가게 뒤편 정원으로 향했다. 파라솔 아래 둥근 테이블에 앉아 브라이언은 느긋하게 핫도그를 베어 먹었다. 쿠페 빵에 끼워 넣은 소시지 위에 콜슬로와 슬라이스 토마토가 두툼하게 얹혀 있었다. 입 가장자리로 삐져나온 토마토를 손으로 집어 소다수와 함께 꿀꺽 삼켰다. 태양 아래서 밥을 먹는 것은 실로 상쾌한 일이다. 설령 파트너가 운전석에 웅크린 채 기다리고 있다 해도.

브라이언은 조니그랜트스페셜이 마음에 들었다. 토마토도 콜슬로도 달콤 상큼한 맛이었기 때문이다. 아무튼 지금은 베이컨 칠리치즈도그나 머스터드양파 더블더블칠리도그 따위는 먹을 기분이 아니다.

우적우적 먹고 있던 브라이언은 문득 눈을 든 참에 그 위치에서 사나에의 네일 아트 숍이 환히 보인다는 것을 알았다. 거리가 멀어서 살롱 안까지는 보이지 않지만 그 앞에 세워둔 사나에의 차는 또렷이 보였다. 뜻밖의 감시 스폿에 저절로 미소가 번졌다. 이럴 줄 알았으면 애초에 제프를 데리고 오는 건데.

핫도그 하나를 먹어치우는 데 10분이 채 걸리지 않았다. 오랜만에 찾아온 핑크스, 그리 나쁘지 않았다. 마지막으로 한입 가득 베어 문 것을 씹어 먹으며 포장지를 꾸깃꾸깃 뭉쳤다.

"선글라스 떨어뜨렸어요."

누군가 말을 건네서 브라이언은 뒤를 돌아보았다. 옆자리에 앉은 청년이 웃는 얼굴로 이쪽을 보고 있었다. 짧게 쳐올린 머리에 가슴팍이 두툼한 남자는 브라이언이 알지 못하는 일본 애니메이션 티셔츠를 입고 있었다. 모퉁이 맞은편 만화 숍에서 아무도 모르는 괴팍스러운 만화책의 수수께끼에 대해 낱낱이 주워섬기는 그런 녀석인가? 예전에는 오타쿠라고 하면 아스파라거스처럼 비쩍 마른 놈이거나 포테이토 칩으로 콜레스테롤 최대치에 도전하는 비만아거나, 그 둘 중 하나였지만 요즘에는 스포츠센터에 나가 하루도 빠짐없이 운동하는 오타쿠도 있다. 겉모습만으로는 내면을 판단하기가 어려워진 시대다.

청년은 미소를 지으며 브라이언의 발밑을 가리켰다. 자리에 앉는 참에 호주머니에서 빠져나온 것이리라. 브라이언의 싸구려 선글라스가 바닥에 떨어져 있었다.

"고마워."

마주 웃으며 선글라스를 집어 드는데 남자와 함께 앉은 여자가 눈에 들어왔다. 흑단처럼 검은 피부를 가진 여자였다. 머리칼은 적동색, 줄줄이 가늘게 땋아 묶은 콘로 스타일이었다. 큼직한 선글라스 때문에 눈은 보이지 않았지만 위를 향한 뾰족한 콧날하며 도톰한 입술로 보아 상당한 미녀였다. 로스앤젤레스는 영화의 도시라서 모델이나 여배우 지망생까지 아무튼 괜찮은 여자들이 자주 눈에 띈다. 이 여자는 그중에서도 최상급에 들 것이다. 너무도 완벽해서 오히려 부자연스럽게 느껴질 정도였다.

시선을 천천히 굴리며 여자의 매력을 감상한 브라이언은 이 두 남녀에게서 뭔가 위화감을 느꼈다. 로스앤젤레스의 미녀가 애니메이션 티셔츠를 입고 있는 남자와 동석한 장면을 보는 건 처음이었다.

"다행이야. 내가 요즘 깜빡깜빡한다니까. 이게 없으면 눈이 부셔서 운전을 못 하는데."

"정말 이곳은 햇빛이 끔찍하더군요."

그 한마디로 브라이언은 상대가 관광객일 것이라고 대충 짐작했다. 우연히 바로 옆 테이블에 앉은 낯선 사람과 담소하는 취미는 없지만 문득 호기심이 나서 물어보았다.

"로스앤젤레스에는 관광하러?"

그 말에 청년이 애매한 웃음을 보였다. 속마음을 좀체 드러내지 않는 사람 특유의 몸짓이다. 평범한 대화보다 반 템포 느린 타이밍에 청년은 어깨를 으쓱 처들었다.

"차이니스시어터의 제막식을 취재하러 왔어요, 영국에서."

그렇게 말하더니 청년은 다시 한 번 웃었다. 하지만 옆에 앉은 갈색 인조 미녀는 꿈쩍도 하지 않았다.

"아, 그렇군."

대략 두 사람의 정체를 상상할 수 있었다. 영국의 로컬 방송국 프로듀서와 미인 리포터인가. 세상은 넓고 저 멀리 바다 너머에도 멋진 미녀가 있는 법이다.

브라이언은 문득 생각나서 말해주었다.

"운전은 특히 조심해요. 이쪽의 올드 빌은 용서가 없으니까."

"올드 빌?"

청년은 의아한 표정으로 되물었다. 상대가 알아듣지 못했다는 것을 깨닫고 브라이언은 자신의 억양이 이상했던 모양이라고 생각했다. 탈리스 할머니에게서 배운 영국식 단어를 써본 것인데 이 청년에게는 통하지 않았다. 올드 빌은 영국에서 경관을 뜻하는 속어라고 했다.

"아니, 됐어. 아무것도 아니오."

그제야 여자 쪽이 처음으로 입을 열었다.

"네, 조심할게요. 로스앤젤레스 경관은 거칠더라고요. 안전 운전을 위해 암버amber에서도 반드시 멈춰 서도록 하죠."

영국에서는 신호등의 노란색을 호박琥珀 보석에 빗대어 암버라고 한다. 여자의 대답은 짐짓 농담하는 것처럼 들려서 브라이언은 미소로

답했다. 거기에 호응하여 여자가 입 끝을 샐쭉 올리며 웃었지만 왠지 선글라스 너머의 눈은 냉랭한 것 같았다.

그때 대화를 가로막듯이 브라이언의 휴대전화가 울렸다. 그것이 매일 똑같이 이 시간에 걸려오는 패트리엇의 전화라는 건 이미 알고 있었다. 자신처럼 부도덕한 경관에게는 지긋지긋한 일상의 한 장면에 지나지 않는다. 두 사람에게 손을 흔들고 자리에서 일어난 브라이언은 굳은 표정으로 걸음을 옮겼다.

* * *

드르르륵 나지막하게 울리는 소리가 쉴 새 없이 이어졌다. 그 소리에 몹시 짜증이 났지만 별수 없다는 건 부치도 잘 알고 있었다. 그래서 애써 신경 쓰지 않으려고 했는데 그런 속마음을 훤히 다 안다는 듯이 몬도가 말했다.

"진짜 귀에 거슬려, 저 소리."

"누가 아니래."

부치는 그제야 맞장구를 치는 것으로 속내를 드러냈다. 샘소나이트 캐리어가 아스팔트 위를 굴러가는 소리다. 이 캐리어는 애초에 요철이 심한 아스팔트 위를 굴러가게 설계된 것이 아니라서 억지로 끌고 가기가 지독히 어려웠다. 하지만 사막에 버리고 갈 수도 없는 노릇이다. 그랬다가는 고든이 펄펄 뛰며 불같이 화를 낼 것이다.

리오라이트의 돌연한 총격전에서 가까스로 살아남은 두 사람은 어벤저에 올라타 비티를 거쳐 북으로 향했다. 하지만 95번 국도를 내처 달려서 8킬로미터쯤 지났을 무렵에 차의 기름이 바닥났다. 구르지 않는 차를 어떻게 할 수도 없어 그곳에 버려두고 두 사람은 걷기로 했다. 구사일생으로 다급하게 도망쳐 나오느라 기름 넣는 것을 깜빡 잊은 것이다.

뒤따라오던 몬도가 너덜너덜해진 부치의 심기를 한층 긁어대는 소리를 했다.

"왜 비티에서 주유소에 들르지 않았어?"

건방진 녀석, 지금 옆에 기름펌프가 있다면 네 그 입에 처넣어주고 싶어.

목젖까지 올라온 그 말을 꿀꺽 삼키고 부치는 대답했다.

"쫓기는 처지였잖아. 그리고 주유소는 또 있을 거라고 생각했어."

잠시 두 사람 사이에 침묵의 장막이 내려지고 한참 후에야 몬도가 입을 열었다.

"하지만 비티에서 반경 130킬로미터까지는 주유소가 없어."

"그걸 어떻게 알아?"

"마을 변두리에 그런 경고판이 있었어."

부치는 고개를 돌려 핏발 선 눈으로 몬도를 노려보았다.

"그러면 그때 말을 했어야지, 이 바보!"

몬도는 말없이 어깨를 으쓱 치켜들었을 뿐이다.

태양은 가차 없이 머리 위에서 쨍쨍 내리쬐고 한껏 달궈진 아스팔트는 오븐처럼 뜨거웠다. 지표의 열기가 아지랑이처럼 흔들거려서 저만치의 풍경이 기묘하게 비뚤어져 보였다. 한없이 이어지는 길이었다. 부치는 이따금 뒤를 돌아보았다. 추적자가 있을지도 모르기 때문이다. 조금 전의 총격전이 아직도 머릿속에 선명하게 남아 있었다. 관광객을 위장한 수수께끼의 남자들과 거기에 대항하는 시카고 마약 조직의 두목. 마치 영화처럼 요란한 총소리가 사방에 퍼졌다. 그들이 충동적으로 서로 죽고 죽인 게 아니라는 것만은 분명한 사실이다. 만일 어떤 목적이 있었다고 한다면 부치가 지금 질질 끌고 가는 가방이 그 원인일 가능성이 크다.

부치는 캐리어를 내려다보며 다시금 암울한 기분에 빠졌다. 손에 잡히는 무게가 한층 더 무거워지는 것 같아서 또 다른 손에 든 제로할리버튼 가방을 보았다. 여자의 팔에 맡겨진 빅 고든의 짐. 자신에게는 너무도 힘에 부치는 무거운 짐이라는 것을 이제야 실감했다. 부치는 작은 소리로 투덜투덜 욕을 내뱉었다. 서늘한 표정으로 뒤따라오는 소년과 그의 유일한 짐인 기타 케이스가 눈에 들어왔다.

"넌 왜 그런 곳에 검을 넣고 다녀?"

조금 전에 몬도는 그 검으로 남자의 손목을 날려버렸다. 눈에 잡히지도 않을 만큼 재빠른 솜씨였다.

"이 나라에서는 검을 허리에 차고 다니면 너무 눈에 띄니까."

"이 나라뿐 아니라 어디서든 단박에 눈에 띄지."

그 말에 소년은 킬킬거리며 웃었다. 제대로 대답해주지 않는 소년을 보며 부치는 저절로 심각한 표정이 되었다. 위급한 순간에 목숨을 구해준 건 고맙지만 한 치의 망설임도 없이 사람을 향해 검을 휘두르는 모습에 부치는 경악했다. 보통 사람으로서는 할 수 있는 일이 아니다. 더구나 검을 다루는 솜씨가 범상치 않았다.

"호신용이라기에는 너무 위험하잖아. 애초에 그런 걸 들고 어떻게 비행기를 탔어? 요즘 테러 대책 때문에 경비가 삼엄할 텐데."

"배를 타고 왔어."

부치는 쓴웃음을 지었다.

"입국 심사를 받아야 하는 건 선박도 마찬가지야."

길 저 앞에 도로 안내판 같은 것이 보였다. 부치는 내심 안도했다. 벌써 한 시간 전부터 자동차가 한 대도 지나가지 않았다. 저 안내판이 어딘가 마을로 통하는 길을 가리키고 있다면 도움을 청할 만한 사람을 만날지도 모른다. 부치는 다시 뒤쪽을 확인했다. 수십 킬로미터를 곧게 뻗은 도로가 보일 뿐이다. 추적자의 자취 따위는 보이지 않았다.

"그자들, 한참 동안은 쫓아오지 못할 거야."

이번에도 마음속을 훤히 꿰뚫은 듯한 소년의 말에 부치는 그를 돌아보았다.

"그걸 어떻게 알아?"

"그렇게 격렬하게 총격전을 벌였잖아. 어느 쪽이 이겼든 지금쯤은 경찰이 총출동했을 거야. 마약 조직도, 나중에 도착한 자들도, 아마 거미 새끼를 풀어놓은 것처럼 내뺐을걸."

"날카로운 추리구나."

"그런 자들의 행동을 예상하는 건 간단해."

"그렇다면 다시 거기로 돌아가 경찰의 보호를 받는 것도 좋은 방법 아닐까?"

몬도는 캐리어를 흘끔 쳐다보더니 어깨를 으쓱 쳐들었다.

"그 가방 안에 뭐가 들었는지는 모르지만, 그거 경찰 아저씨가 봐도 괜찮을 물건이야?"

이번에는 부치가 어깨를 으쓱 치켜들 차례였다. 맞는 말이었다. 가방 안에 든 것을 경찰에게 들키기라도 하면 사나에의 입장이 위태로워진다.

부치는 사나에의 애인이라는 고든을 머릿속에 떠올렸다. 사나에의 바에 나타난 고든은 사업가라고 자신을 소개했지만, 겉으로만 상냥한 표정을 짓는 폭군처럼 보였다. 좀 더 자세히 말하자면, 자신이 거머쥔 돈과 권력과 간교한 지혜로 자신보다 약한 자를 즐겨 조종하는 사내였다. 그런 사내는 틀림없이 사업가 아니면 마피아, 둘 중 하나다. 고든은 그 양면을 모두 갖고 있었다. 생각해보면 일본에 있을 때부터 사나에는 그런 타입의 남자에게 약했다. 부치 일행과 클럽에 놀러 나가면 반드시 그런 남자를 노리고 접근했다. 그리고 관계가 끝날 때마다 돈을 떼이고 폭력에 시달리며 끔찍한 꼴을 당하곤 했다. 하지만 지겹지도 않은지 사나에는 또다시 그런 남자를 찾아 나섰다.

고든을 화나게 했다가는 사나에는 다시 끔찍한 꼴을 당할 터였다. 이번에는 너무도 악질적이어서 목숨까지 잃을 가능성이 있다. 그리고 그건 부치도 마찬가지였다.

"골드필드야."

몬도의 말에 부치는 생각을 멈추고 앞을 바라보았다. 조금 전에 발견한 도로 안내판이 벌써 바짝 가까워졌다. 거기에 골드필드라는 마을 이름이 적혀 있었다. 부치는 안도의 한숨을 내쉬었다.

"아, 다행이다. 마을이야."

"그래."

"배도 고파. '인앤드아웃'이 있을까?"

"인앤드아웃?"

"햄버거 가게 말이야. 포테이토가 맛있어."

"햄버거가 아니라 포테이토가 맛있다고?"

몬도가 어처구니없다는 듯 말했다.

"일일이 따지지 마. 웰던으로 해달라고 주문하면 바삭하게 튀겨주는 포테이토가 햄버거보다 더 맛있어. 아는 사람만 주문할 수 있는 메뉴야. 요시노야 일본의 유명한 덮밥 체인점 - 옮긴이에서 따로 부탁하면 내주는 반찬처럼."

"요시노야?"

소년이 그 체인점을 모른다는 게 의외이기는 했지만, 부치는 먹을 것 이야기는 그만하기로 했다. 점점 더 배가 고파왔기 때문이다. 그 대신 언뜻 생각나는 게 있었다.

"저기 마을에 도착하는 대로 사나에에게 연락해야겠어."

몬도가 의아한 표정으로 올려다보았다.

"부치는 휴대전화 없어?"

"있긴 한데 충전이 안 되었어. 마을이라면 공중전화쯤은 있겠지?"

"아마 없을걸?"

"왜?"

"골드필드는 유령도시야, 꽤 유명한."

그 말에 피곤이 한꺼번에 몰려왔다. 발을 멈추고 제로할리버튼 가
방을 내던져버렸다. 아폴로 11호의 우주 비행사가 달에 가져갔다는
전설의 그 모델이다. 네바다 사막에 참 잘도 어울리는 가방이다.

"이제 진짜 못 하겠어. 미칠 거 같아."

지긋지긋하다는 얼굴로 내뱉고 부치는 그 자리에 쪼그리고 앉아
버렸다.

"왜 죄다 유령도시야? 미국 사람들, 머리가 돌아버린 거 아냐? 주
유소도 없는 도로를 몇십 킬로미터씩이나 만들어놓고 대체 어쩌라는
거야?"

몬도는 몸을 돌려 서늘한 눈빛으로 부치를 쳐다보았다.

"저기 건물이 보여."

그가 오른손을 들어 가리켰다. 두 사람이 걷고 있는 국도에서 한
참 떨어진 나지막한 언덕 기슭이었다. 거리가 멀어서 확실하게 보이지

는 않지만 분명히 건물이 서 있는 것 같았다.

"설마 저것도 유령도시는 아니겠지?"

"내가 아는 한, 저기에 유령도시는 없어."

소년을 쓰윽 흘겨보고서야 부치는 다시 일어섰다. 온몸의 근육이며 관절이며 힘줄이 비명을 내지르고, 구석구석 유산乳酸으로 가득 차버린 것 같았다. 그나마 저 멀리 보이는 건물이 한 조각 희망이었다. 인앤드아웃도 스타벅스도 기대하기 어렵지만 누군가 사람이 있다면 도움을 청할 수 있다. 퉁퉁 부은 허벅지를 주먹으로 두드리며 부치는 지금 낼 수 있는 가장 용감한 목소리로 부르짖었다.

"가자, 몬도!"

소년을 격려하고, 동시에 자신을 격려하며 부치는 걷기 시작했다.

* * *

"저게 뭐야, UFO 집회인가?"

마이켈스는 앞 유리 너머 저 멀리서 깜빡이는 무수한 파란색 빨간색의 라이트를 보았다. 긴급 차량 경고등이었다. 리오라이트에 엄청난 수의 경관과 구급 대원, 국립공원 레인저 들이 모조리 집결한 것이다. 어처구니가 없어서 혼잣말을 중얼거리며 마이켈스는 핸들을 잡은 키모 쪽을 돌아보았지만 그에게는 들리지 않은 것 같았다. 마이켈스는 카스테레오의 볼륨을 줄였다. 영국 밴드 '데드오어얼라이브'의 베스트

앨범이 중간에서 끊기고 차 안이 조용해졌다.

"아무래도 네바다의 전 경찰 조직이 집회를 하는 모양이야."

"그런가?"

별 관심 없다는 듯 키모는 툭 내뱉으며 스테레오 소리를 다시 키웠다. 상대가 의미를 이해하지 못한 것을 눈치채고 마이켈스는 그 귀에 바짝 입을 대고 말했다.

"이봐, 저기로 터덜터덜 들어갔다가는 우리가 골프 치고 오는 길이 아니라는 거, 다 들통 난다고."

"뭐야?"

키모는 혼잣말처럼 중얼거리더니 뒷좌석을 턱으로 가리켰다. 이제야 겨우 알아들은 모양이다.

"저 녀석들 때문에?"

허머 뒷좌석에는 총신을 줄인 쇼트 건으로 무장한 두 명의 경호원이 타고 있었다. 그들의 총에는 더블오벅이라는 사슴 사냥용 산탄이 장전되었다. 실포實包 안에 아홉 발의 납 탄이 들어 있어서 갱단이 살상에 즐겨 쓰는 총알이다. 새 사냥용의 허술한 총알이 아닌 것이다.

"당신과 내가 소지한 총도 문제야."

"분명 이건 나쁜 뉴스로군."

고개를 끄덕이더니 키모는 차의 속도를 늦췄다. 뒤따라오던 서버번과의 거리가 좁혀졌다. 뒤쪽 차에도 무장한 사내들이 타고 있었다.

"그럼 이대로 캘리포니아 새크라멘토까지 달려가 무기 휴대 허가증을 준비할까?"

키모의 시답잖은 농담은 무시해버리고 마이켈스는 턱을 괸 채로 생각에 잠겼다. 잠시 뒤에 그가 입을 열었다.

"좋아, 후속 차량으로 갈아탄다. 잠깐 상황을 살펴보고 오는 게 좋겠어."

마이켈스는 키모와 둘이서 뒤쪽의 서버번으로 갈아타고 그 대신 무장한 부하들을 전원 허머에 태운 채 리오라이트를 지나가기로 했다.

"아마 버건데일의 부하가 뭔가 사고를 쳤을 거야."

핸들을 움켜쥔 키모가 시카고에서 왔을 터인 조직 두목의 이름을 말했다.

"이러니 일리노이 놈들은 상대하기 싫다니까. 새끼들, 뭔가 문젯거리를 끌고 들어왔어."

마이켈스는 손으로 턱을 슬슬 쓰다듬으며 고개를 저었다.

"아니, 버건데일은 그런 짓을 할 사람이 아냐. 게다가 여자 하나 처리하는 일로 네바다 경찰 전부를 부를 만큼 난리를 칠 필요는 없어."

"그럼 워터먼의 사무실에서 분탕질을 친 놈들이 여기에서도?"

"틀림없이 그럴 거야. 난 그 사무실의 뒤처리만으로도 골치가 아파. 제길, 자료를 비밀리에 실어내는 일이 내년 크리스마스에나 끝날 거라고."

현장은 리오라이트의 변두리, 예전에 감옥이 있던 장소 같았다. 그곳에 가려면 동네의 주도로를 벗어나 좁은 길로 내려가는 수밖에 없다. 하지만 감옥 주변은 이미 긴급차량이 들어차서 차를 댈 여유가 없었다. 마이켈스는 키모에게 그곳에서 대기하라고 지시하고 차에서 내려 문제의 장소 쪽으로 향했다.

현장에 도착한 경관들은 일 처리가 잽싸서 이미 주요 장소에 출입 금지 띠를 설치해두었다. 그 결계 안에서 현장 보존을 위해 사복 경관이 연달아 지시를 내리고 있었다. 검시관이며 감식반은 아직 도착하지 않은 듯했다. 마이켈스는 행인들의 시선을 가로막기 위해 줄지어 세워둔 차량 옆으로 다가갔다. 제복 경관의 눈을 피해 현장 상황을 지켜보고 있는 공원 레인저에게 말을 건넸다.

"무슨 일 있었어요?"

입을 헤벌리고 현장을 구경하던 레인저는 마이켈스를 돌아보지도 않고 말했다.

"총격전이 벌어졌다는데요?"

"예엣?"

마이켈스는 얼굴 전체로 놀라는 표정을 지었다.

"이런 한적한 곳에서? 대체 어떤 정신 나간 자들이?"

그제야 레인저는 마이켈스 쪽을 돌아보았다. 상대의 정체를 가늠해보는 듯한 눈초리였다. 마이켈스는 몸을 웅크려 어깨를 구부정하게 숙이고 겁에 질린 듯 울상을 지어 보였다.

"아니, 이거 너무 끔찍한 일 아닙니까? 오늘 밤에 이 근처에서 캠핑할 계획이었는데 하필 여기서 이런 사건이 터지다니, 이거야 원."

마이켈스는 저만치 떨어진 곳에 서 있는 자신의 차를 가리키며 말을 이었다.

"집사람이 좀 알아보고 오랬어요. 혹시 사건이 터진 거면 얼른 다른 마을로 이동해서 모텔에서 자야겠대요. 쳇, 캠핑보다야 모텔이 애들 보기가 편하니까 실은 그걸 더 원하는 눈치예요."

레인저는 한쪽 눈썹을 치켜들더니 작은 소리로 말했다.

"나도 잘 모르겠지만 아마 폭력배들 간에 세력 다툼이 일어난 모양이에요. 십여 명이 서로 총질을 했다는데, 시체가 여섯 구쯤 나뒹굴고 있더라고요."

"여섯 구씩이나?"

눈을 휘둥그렇게 뜨고 마이켈스는 양팔을 쳐들었다.

"완전 영화에나 나올 얘기로군요. 폭력배들 간의 세력 다툼이라니, 그럼 기관총 같은 걸로 탕탕탕?"

"그런 모양이에요. 여기저기 벌집처럼 총구멍이 뻥뻥 뚫렸어요."

거기까지 말한 참에 현장 지휘를 맡은 한 사복 경관이 마이켈스를 알아보고 곁에 있던 순경에게 뭔가 귀엣말을 하는 게 보였다. 마이켈스는 슬슬 빠질 때라고 판단하고 레인저를 향해 윙크를 날렸다.

"어휴, 안 되겠네. 이런 무서운 곳은 얼른 떠나야겠어요."

제복 경관이 이쪽으로 다가오기 전에 마이켈스는 자리를 떠났다.

서버번에 돌아오자 키모가 머리를 긁적이며 물었다.

"뭐였어?"

"조직원 사체가 여섯 구. 기관총으로 살해된 모양이야."

"버건데일 쪽이야?"

"응, 틀림없을 거야. 우리 쪽 운반책은 여섯 명이 안 돼."

"그럼 누가 기관총으로……?"

마이켈스는 키모를 쳐다보며 한쪽 눈썹을 꿈틀 올렸다. 뻔한 얘기를 왜 묻느냐는 표정이다.

"귀찮게 됐어. 우리 친구를 고문한 자들은 국립공원 안에서 망설임 없이 기관총을 쏴대는 놈들이야."

두 사람 모두 그들에게 고문당한 워터먼이 그 뒤에 어떻게 되었는지 애써 생각하지 않았지만 이런 식이라면 웃는 얼굴로 재회하기는 어려울 것 같다.

"운반책은 어떻게 됐을까?"

"여자 사체가 있었다면 얘기했을 거야. 그런 얘기를 하지 않은 걸 보면 여기서 도망친 거야."

"설마. 그 여자는 아마추어잖아. 이런 상황에서 무사히 빠져나갈 수 있었을까?"

"그러게 말이야."

마이켈스는 입술을 깨물었다.

"여자 혼자였으니까 아무래도 그건 힘들겠지?"

마지막 말은 소리가 작아서 키모의 귀에는 들어가지 않았다.

* * *

95번 국도에서 오른편으로 꺾어져 2킬로미터쯤 걸었다. 그 건물까지는 아직 좀 더 가야 하지만 유혹하는 듯한 간판이 먼저 눈에 들어왔다. 땅에 꽂아둔 폭 5미터 남짓한 철제 간판이었다. 파란 바탕에 하얀 글씨로 '리비스랜치'라고 적혀 있었다. 아래쪽에 조그맣게 '풀, 스파, 시원한 맥주 등'이라는 안내도 있었다.

"랜치라면…… 목장이라는 건가?"

힘없이 혼자 중얼거리며 부치는 간판에서 백여 미터 거리의 2층 건물로 시선을 던졌다. 파란 지붕을 머리에 얹고 수많은 창문이 일정하게 이어져 호텔처럼 보였다. 몬도는 부치의 혼잣말을 듣고 마찬가지로 작은 소리로 중얼거렸다.

"아니, 목장 같은 건 아닐걸?"

한 걸음씩 가까워지면서 건물 주위를 둘러싼 키 큰 철책이 눈에 들어왔다. 기괴한 풍경이었다. 가축을 가두기 위한 울타리라고 하기에는 너무 높아서 오히려 교도소 같은 느낌이다. 건물의 안과 밖을 가르는 견고한 장벽. 외계와 건물을 격리하려는 강한 의지가 엿보였다.

건물은 도로를 마주하고 왼편에 서 있었다. 중간 규모의 호텔 정도쯤이나 될까. L 자형 건물로, 짧은 변이 도로 쪽을 바라보고 있지만 입구는 그쪽에 없었다. 도로를 왼편으로 꺾어 진입로를 지나서 건물의 긴 변 앞에 있는 주차장으로 들어가는 구조였다. 그쪽에는 감시 카메라와 스피커 설비가 달린 과장된 게이트가 있었다.

　주차장은 차가 몇십 대라도 너끈히 들어설 만큼 넓지만 지금 보이는 것은 30대 정도였다. 오래된 모델의 미국산 차와 새로 나온 SUV, 거기에 대형 트레일러까지 미국의 도로에서 볼 수 있는 다양한 타입의 차량이 주차되어 있었다.

　"백화점 같은 건가?"

　게이트 앞에 선 부치는 팔짱을 끼고 고개를 갸웃거렸다. 건물의 정체도 애매하고 어떻게 들어가야 하는지도 알 수 없었다. 특히 감시 카메라와 스피커가 왠지 꺼림칙했다.

　"우리, 뒤로 돌아가자."

　몬도가 제안했다. 재촉하는 말투였다. 부치는 계속 걸어오느라 녹초가 될 만큼 지쳐버렸지만, 그래도 이 기묘한 건물의 정면으로 들어가는 데는 저항감을 느꼈다. 애매하게 고개를 끄덕이고 다시 한 번 캐리어를 드르륵 굴리며 건물의 긴 변을 지나 뒤쪽으로 돌아갔다.

　긴 변은 짧은 변보다 세 배쯤 길게 안쪽으로 이어졌다. 부지 뒤쪽에는 L 자형 건물과는 별도로 좀 더 연륜 있는 창고 같은 별관이 있었다. 퇴색한 벽돌 지붕 건물이고, 고개를 젖혀 한참 우러러봐야 하는 디자인의 첨탑을 갖고 있었다.

　"왜 뒤쪽으로 돌아오자고 했어?"

　조금 전에 했어야 할 질문이 생각나서 부치는 시건방진 얼굴로 자신을 바라보는 몬도에게 물었다.

"어차피 정면 입구로는 들어오게 해주지 않을 거야."

왜냐고 물어보려던 부치는 모퉁이를 돌아선 순간에 인기척을 깨달았다. 정확하게는 담배 연기를 본 것이다. 도로 정반대 쪽에 해당하는 곳의 울타리 밖 베란다에 서서 담배 연기를 날리는 사람이 있었다.

여자였다.

시선을 끄는 점이 몇 가지 있었다. 그중에서도 가장 먼저 눈에 띈 것은 여자가 거의 벗다시피 한 야한 차림새라는 것이었다. 매끈한 연보라색 케이프를 어깨에 걸치고 그 밑에 얇은 가운을 입었다. 그 옷자락 밑으로 길게 뻗은 다리, 맨발에 황금색 샌들을 신었다.

키가 크다.

굵은 웨이브의 갈색 머리칼을 길게 늘어뜨리고 나른한 표정으로 사막 쪽을 쳐다보고 있었다. 결정적으로 인상에 남은 것은 거의 완벽에 가까운 미모였다. 이마가 약간 넓은 감이 있긴 하지만, 부자연스러울 만큼 아름다운 초록빛 눈동자와 도톰한 입술에 날렵한 턱까지, 같은 여자가 보기에도 흠잡을 데 없을 만큼 아름다웠다.

한참이나 멀거니 바라본 뒤에야 부치는 입을 열었다.

"안녕하세요?"

여자가 부치를 알아보고 자세를 바꾸었다. 몸을 이쪽으로 돌리자 여자의 가운 틈새로 라인스톤 장식이 요란한 검은 속옷이 보였다. 배꼽에 피어스를 했고 주름 하나 없이 탄탄한 구릿빛 복근도 보였다. 이건 남에게 보여주기 위한 치장이다.

여자는 말없이 부치에게 미소를 보였다. 왜 그런지 부치는 크게 당황해서 가슴을 두근거리며 말을 이었다.

"여기 사람?"

부치가 묻자 여자는 고개를 끄덕였다. 윤기 있는 머리칼이 햇빛을 받아 찰랑찰랑 반짝였다. 사금을 씻으면 이런 느낌일까? 부치는 캐리어를 끌고 여자에게로 다가갔다.

"여기 오는 도중에 차가 고장이 나서……."

말을 하면서 부치는 적당한 변명거리를 생각했다. 조금 전 자신들이 겪은 총격전에 대해서는 말하지 않는 게 좋겠다고 판단했다. 경찰을 불렀다가는 자신의 입장도 위태롭다.

"이런 한적한 곳에서 정말 어떻게 해야 할지 모르겠어."

그때 여자가 하하 웃었다. 상상했던 것보다 낭랑하고 어린 목소리였다.

"한적한 곳이라고?"

부치는 자신이 뭔가 말을 잘못했다는 것을 깨달았다. 하지만 다행히 여자는 기분이 상한 기색은 없었다.

"그러니까 이런 한적한 곳에서 뭐가 어떻게 됐다고?"

약간 기묘한 억양의, 노래하는 듯한 말투였다. 부치는 상대가 외국인이라는 것을 알았다. 최소한 영어권 출신은 아니다.

"지금 너무 배가 고파. 완전히 지쳤고 샤워도 못 했어. 여기는 호텔 같은 데야?"

여자는 미소를 지었다. 같은 여자가 봐도 가슴이 두근거릴 만큼 요염한 미소였다.

"응, 호텔이야."

부치의 모습을 머리끝부터 발끝까지 관찰하더니 여자는 그제야 베란다 의자에서 내려왔다.

"하지만 넌 이 호텔의 손님이 될 수 없어."

그때 부지 안의 중정 쪽에서 교성이 들려왔다. 소리 나는 쪽을 바라보니 세 명의 남녀가 반라에 가까운 차림으로 중정의 풀 사이드를 걷고 있었다. 남자는 50대의 백인으로 라틴 계의 젊은 미녀들을 좌우에 거느리고 흐뭇한 듯 웃고 있었다.

그것을 본 순간, 부치는 감이 왔다. 사막과 철책으로 외계와 격리된 수수께끼의 건물, 반라의 차림새로 돌아다니는 섹시한 미녀들.

매춘 호텔이다.

돌연 부치는 타인의 집에 맨발로 뛰어든 듯한 기분이 들었다. 손님이 될 수 없다, 라는 여자의 말을 이제야 이해할 수 있었다.

"어디서 왔어?"

여자가 노래하듯이 물었다.

"일본에서."

갑작스러운 질문에 부치는 제대로 생각해보지도 않고 대답해버렸다. 그 대답에 여자는 눈이 둥그레졌다. 그러고는 소녀처럼 미소를 지었다.

"일본? 와아, 멋있다!"

여자는 손에 들고 있던 담배를 땅바닥에 떨구더니 부치에게 손짓했다.

"이리 와. 먹을 걸 줄게."

부치는 몬도 쪽을 돌아보았다. 소년은 말없이 지켜보고 있다가 씨익 웃더니 고개를 끄덕였다.

"괜찮을 거 같은데? 모처럼의 호의인데 받아들이시지."

왠지 그 말투에 불끈 화가 났다. 잠시 뒤에 그 원인이 무엇인지 깨달았다. 부치는 다시 한 번 소년 쪽을 돌아보며 말했다.

"네 의견을 물어본 게 아냐."

여자의 손짓을 따라 부치와 몬도는 걸음을 옮겼다.

"이름이 뭐야?"

"유코. 아니, 사람들은 나를 부치라고 불러. 너는?"

"나는…… 사람들이 마리사라고 하더라."

마리사가 웃으며 대답했다. '하더라'라고 하는 걸 보니 본명은 아니고 이곳에서의 별명이라는 뜻이다. 하지만 더 캐묻는 건 아무래도 조심스러웠다. 선입견인지도 모르지만, 매춘부에게 이것저것 캐묻는 건 실례일 것이다.

일행은 뒤쪽 출입구로 들어갔다.

"내가 저 울타리 밖으로 나갔다는 건 비밀이야. 마음대로 경비 시스템을 해제했다는 게 알려지면 해고될지도 모르니까."

부치는 높직하게 솟은 울타리를 돌아보며 물어보았다.

"이 울타리는 뭐야? 혹시 너희가 도망가는 것을 막기 위해서?"

그 말에 마리사는 깔깔 웃었다.

"우린 도망가지 않아. 자신의 뜻에 따라 이곳에 일하러 왔으니까. 보안관에게 취로허가증도 받았고 정기적으로 검사도 받고 있어. 이 울타리는 술에 취한 질 나쁜 손님에게서 우리를 보호해주는 거야."

오래된 별관 옆을 지나 마리사는 본관 뒷문에 해당하는 곳으로 다가갔다. 거기에는 큼직한 자물쇠가 채워져 있었다. 누군가 만진 흔적도 없는데 마리사가 덜컹덜컹 흔들자 어처구니없을 만큼 간단히 자물쇠가 열렸다.

"이 문에 대한 것도 비밀이야. 다들 이 문은 쓰지 못한다고 생각해. 우리 마담도."

마담이라는 게 누구인지 물어보려는 순간, 건물 안으로 들어선 부치는 할 말을 잃었다. 갑작스럽게 오른편에서 여자의 헐떡이는 신음 소리가 들려왔기 때문이다. 외관이 번듯하게 보이는 것에 비해 벽은 종잇장처럼 얇은 것이리라.

마리사가 뒤를 돌아보며 짓궂은 웃음을 지었다.

"놀랐지? 우리는 이 복도 옆의 방들을 '헌티드맨션'이라고 불러. 밤 당번 아가씨들이 모두 다 일할 때는 진짜 우스워죽을 만큼 소리가 요란하거든."

다행히 지금 신음 소리가 들리는 곳은 그 방뿐이었다. 좌우로 이어진 방 앞을 지나가면서 부치는 머리가 피잉 도는 기분이었다. 건물 안은 어슴푸레하고 사향 냄새가 강하게 풍겼다. 털이 긴 푹신한 카펫 위를 허청허청 걸어가려니 다른 세상에 끌려 들어가는 듯한 묘한 기분이 들었다.

문득 마리사가 물었다.

"근데 부치, 이런 곳에 뭐 하러 왔어?"

부치가 대답을 못 하고 있으려니 마리사는 더 기다리지 않고 입을 열었다.

"마치 떠돌이 악극단 같은 차림새잖아. 독일의 옛날이야기에 있었어. 악기를 짊어지고 여행하는 음악대. 저택에서 도둑을 쫓아내는 거야. 음, 그게 뭐였더라? 에레벤…… 아니, 그게 아닌데…….."

"브레멘 음악대?"

부치가 말하자 마리사는 손뼉을 따악 쳤다.

"맞아, 브레멘 음악대!"

"그건 당나귀와 개가 주인공이야."

마리사는 그저 미소를 지을 뿐이다.

다시 복도를 나란히 걸으며 그녀가 말했다.

"뭔가 사정이 있는 것 같은데?"

잠시 생각한 뒤에 부치는 긍정의 의미를 담아 고개를 끄덕였다.

"어떻게 알았어?"

"피가 묻어 있어."

자신의 어디에 피가 묻었는지 되물어볼 분위기가 아니었다. 기다란 헌티드맨션을 빠져나와 막다른 곳에 이르자 마리사는 정면의 문을 손끝으로 가리켰다.

"이 문 뒤쪽으로는 가면 안 돼. 문을 열면 바와 살롱이 있어. 아가씨와 손님들이 파트너를 결정하기 위해 환담을 나누는 곳이야. 거기에 마담도 있으니까 너, 들켰다가는 당장 쫓겨날 거야."

이어서 마리사는 왼편에 있는 철문을 열었다. 지하로 이어지는 계단이 내려다보였다.

"아래층에 우리가 쓰는 식당이 있어. 따라와."

계단을 내려가자 넓은 카페테리아 같은 공간이 펼쳐졌다. 테이블과 의자는 줄지어 놓여 있지 않고 여기저기 흩어져 있었다. 벽의 한쪽면에 옆의 주방으로 이어지는 카운터가 있어서 거기서 내주는 요리를 받아 오는 구조인 것 같았다. 반대편 벽에는 스낵 자동판매기와 함께 구식 텔레비전이 덩그러니 놓였고, 아무도 보는 사람이 없는데 날씨예보 방송이 흐르고 있었다. 마리사는 한쪽 테이블로 다가가 부치에게 의자에 앉으라고 권했다.

"여기서 잠깐 기다려. 먹을 것을 좀 가져올게. 오늘은 식당을 담당한 조슈아가 없어서 셀프서비스야."

테이블 앞에 앉은 부치는 마리사가 주방으로 가는 것을 지켜보다가 새삼 식당 안을 둘레둘레 살펴보았다. 텔레비전 옆에 먼지를 뒤집어쓴 거울이 있었다.

"아까 마리사가 나한테 피가 묻어 있다고 했지?"

거울을 봤지만 어디에 묻어 있는지 얼른 찾을 수 없었다.

"어깨 있는 데야."

몬도가 알려주었다. 분명 피가 묻어 있었다. 그것은 일그러진 눈물 모양의 얼룩이어서 자신의 피가 아니라 어디선가 튄 피라는 것을 보여주었다. 조금 전 총격전 때에 튀어 오른 모양이지만 부치는 전혀 알지 못했다.

"그래도 착한 사람을 만나서 다행이네."

몬도의 말에 부치가 돌아보았다. 소년은 의자 하나에 자리를 잡고 하품을 하고 있었다. 부치는 동의의 뜻으로 고개를 끄덕이면서 의자에 앉았다. 마리사의 기묘하게 아름다운 얼굴을 떠올리자 저절로 웃음이 번졌다.

"우리, 브레멘 음악대래."

하지만 몬도는 무반응이었다.

"그 이야기, 몰라? 그림 동화야."

"모르겠는데? 세대 차이인가."

"아무튼 넌 하는 말마다 건방져."

"아, 그보다……."

몬도가 텔레비전 쪽을 가리켰다. 날씨 예보는 끝나고 흑인 캐스터가 뉴스를 알리고 있었다. 그 화면에 조금 전까지 자신들이 있었던 장소, 즉 리오라이트의 이름이 자막으로 흐르고 있었다.

"……당국은 이를 대규모 총격전의 결과로 판단하고 총력을 기울여 수사에 착수했습니다. 또한 사망한 남성 여섯 명의 신원을 밝혀줄 단서가 현장에 남아 있지 않아서 누군가 계획적으로 모두 가져갔을 가능성이 큰 것으로 보입니다."

"그자의 손목도 가져갔나?"

돌아보자 몬도가 엷은 웃음을 짓고 있었다. 부치는 그 표정에 오싹 소름이 끼쳤다. 소년이 망설임 없이 검으로 사람을 베던 모습이 다시 떠올랐기 때문이다. 그 화제가 지금 적합한지 어떤지 망설였지만 이윽고 입을 열었다.

"몬도, 검 쓰는 법을 어디서 배웠어?"

그는 곧바로 대답하지 않았다. 의미심장한 표정으로 입을 꾹 다물고 있었다.

"그게 그러니까…… 검도라는 거야?"

"아니, 이아이居合. 앉아 있다가 재빨리 검을 뽑아 적을 베는 기술─옮긴이야. 아버님께서 가르쳐주셨어."

"아, 그랬구나……."

부치는 고개를 끄덕였다. 이아이와 검도의 차이는 정확하게 알지 못하지만 수수께끼 한 가지가 풀린 것 같았다. 미국에는 일본에서 건너와 검도를 가르치는 사람들이 많다. 예전에는 가라테가 붐을 이루었지만 요즘 유행하는 것은 검도라고 들은 적이 있다.

"그래서 집은 어디야? 서해안?"

"집은…… 이제 없어."

소년의 얼굴에 그늘이 드리웠다. 기타 케이스를 끌어당기더니 다리 사이에 놓고 그것을 품에 껴안고 있었다.

그때 누군가 계단을 내려오는 발소리가 들렸다. 저절로 몸이 바짝 긴장했다. 주방 쪽을 보았지만 마리사는 아직 돌아올 기척이 없었다.

식당 문이 열렸다.

안경을 쓴 여자였다. 키가 작고 피부가 하얗다. 머리칼은 아름다운 갈색이지만 빗질을 전혀 하지 않았는지 푸석푸석 거칠어 보였다. 주근깨투성이의 얼굴도 그다지 예쁘다고는 할 수 없었다. 고개를 숙인 채 식당에 들어서던 그 여자는 먼저 온 사람이 있다는 것을 알고는 겁에 질린 눈빛으로 이쪽을 바라보았다.

"아, 미, 미안해."

꺼질 듯한 목소리로 여자는 그렇게 말했다. 길거리에서 만났다면 시골 출신의 순박한 대학생쯤으로 보였겠지만 그 여자가 매춘부라는 것은 분명했다. 빨간 속옷 위에 핑크색 얇은 가운을 걸치고 있었다. 전혀 어울리지 않는다. 부치는 어떻게 대꾸해야 할지 망설이면서도 일단 미소를 지어 보였다.

"안녕? 나는 부치야."

"응, 나, 나는 블론디."

그렇게 말하더니 경계와 호기심이 뒤섞인 표정으로 부치를 관찰하며 하나 건너 옆 테이블에 앉았다.

"새, 새로 들어온 사람?"

여자는 말을 더듬는 버릇이 있는 것 같았다. 그래서 무슨 말인지 알아듣기 어려웠다. 그건 그렇다 쳐도 방금 그녀가 한 말은 다양한 해석이 가능했다.

"그 말은 여기서 일할 생각이냐는 뜻?"

블론디가 고개를 끄덕였다. 부치는 잠시 머뭇거렸지만 이윽고 입을 열었다.

"나는 이 근처를 지나가던 외부인이야. 마리사가 안내해줘서 잠깐 쉬었다 가려고 들어왔어."

그 말에 블론디의 얼굴이 굳는 게 느껴졌다. 하지만 때맞춰 주방에서 마리사가 돌아왔다. 손에는 프라이드치킨을 담은 바구니와 펩시 캔이 들려 있었다.

"안녕, 블론디?"

마리사가 인사를 건네자 여자는 흠칫 놀라며 그녀 쪽을 보았다. 주방에서 나온 사람이 마리사라는 것을 확인하고는 크게 안도하는 게 느껴졌다.

"부치, 블론디를 소개할게."

"마, 마리사……."

블론디는 어물어물하면서 부치를 보았다.

"이, 이거, 마, 마담한테 들키면…… 혼날 텐데."

"들키지 않으면 돼."

마리사가 장난스럽게 웃으며 말했다. 음식을 보자마자 부치는 두 사람의 대화보다 자신이 지독히 배가 고프다는 것에 정신이 팔렸다. 프라이드치킨은 미리 만들어둔 것을 보온 박스에서 꺼내 왔는지 약간 눅눅했지만 콜라는 시원하게 얼려져서 캔에 이슬이 맺혀 있었다.

음식을 테이블에 내려놓더니 마리사는 만족스러운 듯 부치를 보며 말했다.

"어서 먹어. 난 이제 슬슬 손님 받을 시간이야."

마리사가 자리에서 일어서자 블론디도 엉거주춤 일어섰다.

"자, 잠깐, 누가 알아보면 나, 나는 어떻게 해?"

"여기서 부치하고 함께 있어줘. 어차피 넌 누가 부르지도 않을 테니까."

천진무구한 여자는 잔혹한 한마디를 남기고 자리를 떴다. 부치는 거북스러운 마음으로 블론디를 보았다.

"마, 마담한테 들키면 크, 큰일이야. 지, 진짜야."

블론디는 멀어져가는 마리사의 등 뒤에 그런 말을 던졌지만 아무 효과도 없었다.

부치는 지쳐 있었지만 상대의 배려에 감사했다. 콜라 캔을 집어 들고 미소를 지어 보였다.

"고마워. 이거만 먹고 얼른 나갈게."

* * *

　블론디는 첫인상에 비해 상당히 말수가 많았다. 단순히 낯선 사람과 침묵한 채 앉아 있는 것이 견딜 수 없었는지도 모른다. 하지만 블론디가 먼저 이런저런 이야기를 해주어서 부치는 마음이 편안해졌다. 자신은 말할 수 있는 것이 그리 많지 않았기 때문이다. 못생긴 이 아가씨는 마리사에 대해, 그리고 이 호텔에 대해 말해주었다. 마담이라고 불리는 미즈 리비에 대한 이야기도 들려주었다.

　부치가 깜짝 놀란 건 리비스랜치가 군郡의 행정 당국이 공인해준 매춘 호텔이라는 것이었다. 미국 대부분의 주에서 매춘은 위법이지만 이곳 네바다 주에서만은 골드러시 시절부터 면면이 이어져온 전통의 하나로 매춘 호텔을 인정하는 지방의 권리가 보장되어 있었다.

　블론디는 스스로를 '워킹 걸'이라고 했다. 그녀는 공인 매춘부라는 것에 자긍심을 갖고 있었다. 비합법적인 길거리 매춘부들과는 달리 그녀들은 일주일에 한 번 성병 검사, 그리고 한 달에 한 번 HIV 검사를 의무적으로 받는다고 했다. 취로허가증은 보안관 사무실에서 받아 오는데 중대한 범죄 전력이나 약물 중독 이력이 있을 경우에는 교부되지 않는다.

　또한 리비스랜치가 네바다 주에서도 유명한 대규모 매춘 호텔이라는 것도 그녀의 자랑거리였다. 소규모 매춘업소 중에는 상주하는 매춘부가 세 명 정도에 트레일러하우스를 객실로 사용하는 영세한 곳도 적지 않다. 하지만 리비스랜치에는 오십여 명에 달하는 이른바 워킹 걸이 소속되어 있고, 넓은 살롱과 바, 풀, 테니스 코트까지 갖추고 있다. 24시간 영업이고, 손님이 찾아와 게이트의 벨을 누르면 아가씨들이 입구 앞에 정렬해 환하게 맞아들인다. 티셔츠며 라이터 등의 선물도 취급하고 있다. 최근의 인기 상품은 워킹 걸과 찍은 기념사진을 프린트해주는 머그잔이라고 한다.

이런 비즈니스를 성공시킨 사람은 오너의 아내, 마담 리비였다. 마흔 살가량의 여자로 경영에 관해서는 대단한 수완가다. 손님을 다루는 게 능숙해서 단골 트럭 운전기사들에게 큰 인기를 끌고 있다고 한다. 관계자 대부분이 그녀를 전직 매춘부라고 생각하지만 실은 평범한 사람이고 매춘 경험은 전혀 없다.

이야기하던 중간에 마리사가 상황을 보러 얼굴을 내밀었다가 다시 돌아갔다. 마담에게 들키면 큰일이라면서도 블론디의 수다는 끊이지 않았다.

블론디는 언젠가 자신이 구입할 예정이라는 주택에 대해 이야기해주었다. 목돈이 만들어지면 이 일에서 은퇴해 자신의, 자신만을 위한 방이 있는 집에서 살 거라고 그녀는 흐뭇한 얼굴로 말했다. 트레일러하우스에서 사는 가난한 집안에서 태어나 부모가 이혼한 뒤에는 아버지를 따라가 살았다고 한다. 새엄마에게는 데려온 아이가 있어서 조용히 억압을 당하는 나날이었다.

부치는 그 이야기에 빨려들었다. 자신과 겹치는 부분이 매우 많았기 때문이다. 블론디의 새어머니는 직접적으로 그녀를 학대하는 일은 없었지만 의붓딸에 대한 혐오감을 능숙하게 감춰두는 사람도 아니었다. 열 살 무렵, 새어머니에게서 '매춘녀의 딸'이라는 욕을 들었다. 무엇이 원인이었는지는 지금도 생각나지 않고, 그렇게 불린 것도 단 한 번뿐이었다. 하지만 블론디는 그 말을 잊을 수 없었다. 내향적인 성격에 공부도 못하고 운동도 못하고 매사에 서툴기만 한 그녀가 실제로 몸을 파는 직업을 갖게 되었을 때, 새어머니에게서 들은 그 말이 자신에게 걸린 주문이었다는 생각이 자꾸만 들었다.

"그, 그런 게 아니고서야 어떻게 이, 이런 일을 하겠어?"

부치는 그 말에 강하게 공감했다. 자신 역시 머나먼 외국 땅에 와서 마약 조직의 운반책으로 새로운 인생을 찾으려고 하는 무력한 존재였기 때문이다. 그녀도 이혼한 부모, 양아버지로부터 학대를 겪었다. 자신이 꾸려나가는 행복한 가정을 꿈꾸었지만 결혼 생활은 파탄이 나고 처음으로 가진 아이는 얼굴도 보기 전에 잃어버렸다. 게다가 그다음 아이를 얻을 기회마저 영원히 상실했다. 남겨진 것은 부치의 인생에 갑작스럽게 다시 나타난 친아버지의 빚더미뿐이었다. 남들보다 행복해지자는 생각 따위는 해본 적도 없다. 단지 사채에 쫓기는 생활에서 탈출하기 위해 다른 사람들이 모두 꺼리는 카드를 일부러 뽑아야 하는 인생이었다. 부치에게 내밀어진 카드는 언제나 조커뿐이었다.

이 세상에 자신의 힘만으로 인생을 개척할 수 있는 사람이 얼마나 될까? 인간은 태어나서 독립하기까지 가정 안에서 좀 더 큰 사회에서 살아낼 수 있는 자양분을 얻는다. 그것은 간접적으로는 부모의 사상이나 지혜고 직접적으로는 재력이나 인맥이기도 하다. 하지만 처음부터 그런 환경의 혜택을 받지 못한 사람은 대체 어떻게 해야 하는가? 자신이나 블론디처럼 가정에서 악영향밖에는 받지 못한 인간은 인생 자체가 기나긴 핸디캡 레이스에 억지로 참가하는 꼴이 된다.

프라이드치킨은 대부분 블론디가 먹었다. 녹초가 될 정도로 지쳐버린 부치의 위장에 식어가는 기름진 치킨은 너무도 부담스러웠기 때문이다. 대신 시원한 콜라를 마시고 한숨 돌리자 딴사람처럼 회복되었다.

"정말 고마워. 너에게도, 마리사에게도 진심을 담아 감사할게."

"그, 그게 행운이었어. 처음에 구, 구조를 청한 게 마, 마리사여서 다행이야. 만일 마, 마담이었다면 지금쯤 사, 사막으로 쫓겨났을걸."

"마리사는 친절하고 관대한 사람이구나."

"응, 그, 그 아이는 특별해."

"그렇지? 정말 아름다운 아가씨야."

"그, 그게 아니야, 마, 마리사는 정말, 정말 특별해."

블론디는 마리사의 처지에 대해 이야기해주었다. 마리사는 내전이 일어난 아프리카 대륙에서 조부모를 따라 어린 시절에 미국으로 망명했다. 그 조부모와도 열다섯 살 때 교통사고로 사별하고, 그 이후로 고향이 아닌 이곳 이국땅에서 친지도 없이 고독하게 살아왔다. 부모가 남겨준 유일한 유산인 그 이국적인 용모를 팔아 입에 풀칠하게 되기까

지 그리 오래 걸리지 않았다. 부치는 마리사의 기묘한 악센트의 영어
가 떠올랐다. 게다가 어딘지 모르게 세속을 벗어난 듯한 순수함. 어쩌
면 그것은 순수함이라기보다 도무지 어떻게 해볼 도리 없는 세상에 대
한 허무감이 빚어낸 성품인지도 모른다.

이 호텔에는 그런 처지의 사람들뿐인가? 부치가 마음속으로 그렇
게 생각했을 때, 블론디가 먼저 대답해주었다.

"마, 마리사처럼 특별한 사람은 드물지만, 뭐, 뭔가 채워지지 않았
다는 의미에서는 다들…… 다들 똑같아. 그게 이, 이런 직업을 선택하
게 하는 거야. 겨, 결혼 후에 손을 씻는 사람도 있지만, 다시 돌아오는
경우가 더 많아. 이, 이 장사는 기본적으로 다른 판매업과 마찬가지야.
야, 양복이나 자동차가 아니라 몸을 팔 뿐이지. 하, 하지만 무리해서
몸을 팔 필요는 없잖아? 다, 다들 다시 이곳에 돌아오는 것에는 뭐, 뭐
가가 있는 거야."

캔 바닥에 남은 콜라를 마시며 부치는 그 말의 의미를 되짚었다.
조금 전에 느낀 위화감의 정체를 이제야 알 것 같았다. 블론디는 이 호
텔을 자랑스럽게 생각하고 자신의 직업이 길거리 매춘부와는 다르다
는 것을 자부하는 한편, 매춘부인 자신을 스스로 경멸하고 있었다. 그
뒤틀린 두 개의 가치관은 어느 쪽이 먼저 생겨난 것일까?

"너, 너는 이런 곳에서 뭐 하고 있었어?"

질문이란 동그라미처럼 되돌아온다는 것을 부치는 깜빡 잊고 있
었다. 갑작스러운 블론디의 물음에 사색이 중간에서 끊겨버린 부치는

캔을 테이블에 내려놓고 어떻게 대답해야 할지 고민했다. 호기심으로 눈을 반짝이는 블론디는 마리사와는 달리 애매한 대답에는 만족하지 않을 것 같았다. 하지만 사실 그대로 말할 수는 없었다.

대답할 말이 없어 몬도 쪽을 흘끔 쳐다본 부치의 눈에 캐리어가 보였다. 뇌리에 번쩍 하나의 스토리가 떠올랐다. 자세한 것까지 검증할 필요도 없는지라 부치는 졸지에 그 스토리를 입 밖에 냈다.

"실은 로스앤젤레스를 떠나 새로운 땅에서 살아보려던 참이었어. 우리의 새 출발인 셈이야."

그다지 좋은 변명이 아니었다. 몬도와는 어떤 관계냐는 새로운 질문을 불러들일 말이었기 때문이다. 부치는 조금 떨어진 의자에서 애매하게 웃고 있는 몬도를 보았다. 누가 보더라도 연인 사이로는 보이지 않을 것이다. 하지만 누나와 남동생이라고 하면 통할지도 모른다. 두 사람의 얼굴 생김새는 전혀 닮지 않았지만 백인이 보기에 동양인의 얼굴은 모두 똑같다고 하지 않던가.

"우, 우리의 새 출발?"

블론디는 눈썹을 치켜들며 의아한 표정을 보인 뒤에 부치를, 그리고 기타 케이스를 껴안고 앉아 있는 몬도 쪽을 번갈아 보았다.

"그, 그렇구나……."

이윽고 블론디는 알겠다는 듯이 고개를 끄덕였다.

"그, 그런 거였어."

그녀가 어떤 식으로 이해했는지는 모르겠지만 첫 심문은 다행히 잘 빠져나간 것 같다.

대화가 끊긴 참에 식당 안의 벨이 울렸다. 부치는 흠칫해서 소리가 난 쪽을 올려다보았다. 블론디가 피식 웃으며 달래주듯이 부치에게 말했다.

"소, 손님이 왔다는 신호야. 거, 걱정할 거 없어."

이 소리를 들은 워킹 걸들은 현관에 집결한다는 것이다. 하지만 블론디는 자리에서 일어나지 않았다.

"우, 우리가 한꺼번에 몰려 나가 줄을 서면 처음 온 손님들은 깜짝 놀라며 좋아서 어쩔 줄 모르지. 그래서 너, 너무 흥분한 나머지, 저도 모르게 젖가슴이 큰 아가씨를 선택해버려. 어차피 나, 나는 안 돼."

손님을 맞으러 나가지 않는 이유를 말하며 블론디는 자학적인 웃음을 보였다. 부치도 따라서 웃었다. 자신도 가슴에는 자신이 없었기 때문이다.

식당 한구석에 있는 전화 부스를 알아본 것은 그때였다. 스낵 자판기 옆에 있어서 얼른 눈에 띄지 않았지만 그건 분명 공중전화였다. 부치는 그제야 중요한 볼일이 생각났다. 제로할리버튼 가방을 열어 워터먼이 건네준 휴대전화와 충전기를 꺼냈다.

"휴, 휴대전화? 이 호텔에서는 여, 연결이 안 돼."

"아니, 충전하려는 거야."

휴대전화 플러그를 벽 콘센트에 꽂아 충전을 시작하자 액정 화면에 빛이 들어왔다. 전원을 켜고 주소록을 열어 사나에의 전화번호를 찾아보았다. 워터먼이 중요한 연락처를 넣어뒀다고 했는데 그 약속은 잘 지켜져 있었다.

리비스랜치의 공중전화는 고전적인 동전 식이었다. 호주머니를 뒤져서 25센트 동전을 모조리 꺼내놓고 사나에의 휴대전화 번호를 돌렸다.

느릿느릿 울리는 연결 음.

부치는 현재 상황을 어떻게 설명해야 할지 생각을 정리하며 응답을 기다렸다.

"여보세요, 사나에?"

부재중 전화의 자동 응답 서비스가 들렸다. 부치는 시계를 보았다. 저녁 7시를 지나고 있었다. 사나에가 가게에 있을 시간대다. 일단 전화를 끊고 내일 아침에 다시 걸까도 생각했지만 오늘 일어난 사건의 중대성을 생각하면 느긋하게 미룰 일이 아니다. 가능한 한 빨리 누군가 그쪽 조직의 사람을 이곳으로 출동하도록 하는 게 상책이다.

우선 현재 위치부터 알리기 위해 전화기 옆에 놓인 리비스랜치의 종이 성냥갑을 집어 그곳에 적힌 주소를 말했다.

"지금 내가 있는 곳은 이 주소야. 휴대전화는 연결이 안 돼. 자동차는 기름이 떨어져서 길가에 버려두고 왔어. 뭐가 어떻게 된 건지 잘 모르겠지만 거래 상대에게 습격을 당했고, 기관총을 마구 쏘아대는 또 다른 놈들에게도 쫓기는 중이야. 짐은 아직 내가 갖고 있어. 되도록 빨리 도와주러 와주면 좋겠어. 고든에게도 그렇게 전해줘."

재빨리 말하고 전화를 끊었다. 끊고 나서야 몬도 이야기를 깜빡했다는 것을 깨달았다. 어떻든 그 덕분에 목숨은 건졌지만, 21세기 미국에서 검을 휘두르는 소년이다. 누군가 도와주러 온다면 그를 어떻게 처리해야 하는지 미리 생각해두어야 한다.

"치, 친구에게 여, 연락한 거야?"

테이블에 돌아온 부치는 블론디의 질문에 미소로 답했다. 블론디의 그 말은 정확했다. 사나에는 친구다, 둘도 없는.

음식만 먹고 바로 나가겠다는 건 예의상 해본 소리다. 해 떨어진 사막 한복판으로 다시 쫓겨났다가는 목숨이 오락가락하는 위험에 처할 수 있었다. 어떻게든 이 호텔에서 하룻밤 신세를 져야 한다. 부치는 내심 그렇게 마음먹고 있던 참이라서 블론디가 방을 제공해준 것에 진심으로 안도의 한숨을 내쉬었다.

부치와 몬도는 그녀의 방에 안내를 받아 들어갔다. 그곳은 헌티드 맨션의 한 칸으로 살롱과 가장 가까운 앞쪽 방이었다. 저렴한 모텔보다 약간 더 좁은 정도의 넓이였다. 가구라고는 벽에 붙박이로 달린 선반과 침대뿐이었다.

문을 열고 들어선 순간, 부치는 방에 혹시 강도가 들어온 게 아닌가 하고 잠깐 생각했다. 곳곳에 벗어 던진 옷들이 널브러져 있고 그 틈새를 채우듯이 읽다 만 잡지며 과자 포장지, 생리용품 등이 어질러져 있었다. 선반에는 생활용품 상자 몇 개가 되는대로 처박혀 있다. 분명 그 안도 뒤죽박죽일 것이다. 애초에 물건을 정리할 마음이 전혀 없는 게 분명했다.

"미, 미안해, 내가 바, 방을 치우지 않아서."

워킹 걸은 근무하는 동안에 호텔 측으로부터 방을 빌려 개인실 겸 일터로 사용한다. 대여 기간에 그 방을 어떻게 사용할지는 각자 자유다. 갈아입을 옷 같은 개인 물품을 들여오고 포스터며 인형, 조화 등으로 자신의 일터를 각자 꾸며놓는다. 과자 포장지를 밟지 않게 조심조심 안으로 들어선 부치는 이래서는 블론디가 인기 있는 아가씨가 되기는 틀렸다고 내심 생각했다.

"이, 이제 곧 휴가를 얻을 거라서 바, 방을 좀 치우긴 해야 하는데……."

워킹 걸에게는 정기적인 휴가도 인정된다. 그럴 경우에 자신의 방을 일단 호텔 측에 돌려줘야 하기 때문에 개인 물품은 모두 치워야 한다. 다만 마리사는 예외라고 했다. 마리사는 휴가를 신청하는 일이 거의 없어서 방 한 칸을 전용으로 사용하도록 마담이 허락했다는 것이다.

"게, 게다가 마리사는 인기 있는 아가씨니까."

어떤 세계에서나 미인은 특별 대접을 받는 건가.

블론디는 침대 위의 잡다한 물건들을 한쪽으로 쓰윽 밀어버렸다. 3분의 2 정도의 공간이 생겼다. 그곳을 가리키며 그녀는 겸연쩍게 웃었다.

"조, 조금 지저분하지만 어서 앉아."

'조금'이라는 표현에 대해서는 이견이 있었지만 부치는 그냥 웃음으로 얼버무렸다. 블론디의 친절에 불평할 만큼 지금 자신이 느긋한 처지가 아니었기 때문이다. 무엇보다 이 방을 제공해주었다는 것은 블론디로서는 일터는 물론 잠잘 곳까지 없어진다는 얘기다. 그녀는 오늘 밤, 자신의 잠자리를 찾아내야 한다. 그렇게까지 해가면서 베풀어준 이 친절한 배려에 어떻게 불평을 할 수 있을까? 부치는 몬도 쪽을 돌아보았다. 소년은 별다른 말 없이 어깨를 으쓱 쳐들었을 뿐이다. 덕분에 두 사람은 겨우 그곳에 몸을 누일 수 있었다. 부치는 침대 위에서, 몬도는 바닥에서. 둘은 금세 잠의 나락으로 굴러떨어졌다.

* * *

언제였는지 모를 어느 봄날의 꿈을 꾸었다.

"사범으로서 아버님이 책임을 져야 한다는 결정이 내려졌어."

형님의 말에 일동은 넋이 나간 듯 멍해져버렸다. 정원에 핀 벚꽃은 아름답고 바람은 따스했지만 저택의 큰방에 모인 동문들의 마음은 춥기만 했다.

"이건 뭔가 잘못되었다고 할 수밖에 없질 않습니까! 설마 사범님께서 그 같은 일을……."

"주군께서는 모든 것이 사범의 책임이라고 판단하시었다. 결정을 뒤엎는 것은 어려울 터."

방에 모여든 동문 일동은 형님의 말에 얼굴빛이 핼쑥해졌다. 저마다 멍하니 서로의 얼굴만 마주 보았다.

"……그러면 저희는 어떻게 되는 것입니까?"

"조만간 소식이 올 것이다. 조용히 그 결정에 따를 수밖에 없다."

"그건 당치 않습니다."

거친 목소리를 낸 것은 동문 중 한 사람이었다.

"사범님께는 아무런 잘못도 없습니다. 이건 분명 하나비시의 음모가 틀림없습니다."

그 말에 찬동하는 목소리가 높았다. 하지만 형님은 힘없이 고개를 저었다.

"설령 그렇다 하더라도 우리는 어쩔 수가 없다네."

"그럼 사범 대리께서는 이대로 따를 생각이라는 말씀이십니까?"

나지막하게 배 속을 울리는 목소리였다. 깊은 곳에 희미한 경멸의 여운이 담겨 있었다. 총명하지만 유화한 성품인 탓에 타인과의 분쟁을 달가워하지 않는 형님을 향한 분노였다. 인품이 훌륭한 사람이라는 건 누구나 알고 있는지라 직접적으로 그를 비난하고 나서는 자는 없었으나 내심 그의 겁 많은 성품을 나무라는 듯한 구석이 있었다.

"이건 결코 굴복할 수 없는 일입니다. 우리가 함께 들고 일어서야 합니다!"

동문들 사이에서 결연한 말이 튀어나왔다. 그들의 가슴속에는 끓어오르는 분노가 있었다. 억울하게 당했다면 보복을 하는 길뿐이다. 그러지 않고서는 가문의 명예를 되찾을 수 없다.

"사범 대리!"

동문들이 저마다 소리 높여 간언하였다. 형님은 고뇌에 찬 표정을 보였다.

"사범 대리!"

형님은 오래도록 입을 열지 않았다.

형, 아무 말도 하지 마.

그건 형의 역할이 아니야.

몬도는 자신의 왼편 옆구리에 놓인 검을 더듬어 움켜쥐었다. 칼집을 타고 칼날의 차가운 파동이 느껴졌다.

정원에서는 벚꽃 잎이 춤추고 있었다. 하늘하늘.

동문 중에서 가장 실력이 뛰어난 자는 바로 나다. 집안의 명예를 등에 짊어지기에는 아직 나이가 너무 어리다는 것이 한스러울 뿐.

동문들이 저마다 형님을 선동하는 말을 내뱉었다. 혈기만 앞서는 무책임한 언동이었다. 이 자리에 있는 자들 모두가 억울한 심정이라는 것은 충분히 이해할 수 있었다. 명예를 짓밟혔으니 사범의 원수를 갚아야 마땅한 것이다. 하지만 그러기 위해서는 형님이 나서서는 안 된다. 내가 나선다면…….

내가 나선다면 어느 누구보다 빠르게 뽑을 수 있다.

* * *

마이켈스는 담배를 피우며 술잔을 기울이고 있었다. 물을 섞지 않은 올드크로, 그가 뭔가를 생각할 때마다 주 연료가 되어주는 술이다.

"쳇, 먹을 만한 게 없네."

키모가 2인분의 맥주를 손에 들고 부스로 돌아왔다. 두 사람이 와 있는 다이닝 바에는 다른 손님들은 보이지 않았다. 카운터 한쪽 구석에서 텔레비전이 흐리멍덩한 영상을 내보내는 것 말고는 별다른 소음도 없었다. 방금 그 험담은 카운터 안의 가게 주인에게도 들렸을 게 틀림없다.

"다른 놈들처럼 좀 더 번화한 곳으로 나가서 술집을 찾아볼걸."

마이켈스는 조용히 검지를 들어 자신의 입에 갖다 댔다.

"이런 곳에서는 가게 험담을 하지 않는 게 좋아."

작은 소리로 속닥거리고 슬쩍 윙크를 해 보였다.

"침 뱉은 요리를 먹는 건 너도 원하지 않잖아?"

키모가 어깨를 으쓱 쳐들며 입을 꾹 다물었다. 상대가 조용해졌지라 마이켈스는 버번위스키 잔을 들어 남은 술을 단숨에 비웠다.

"툴툴거리지 말고 그냥 먹어둬. 그리고 푹 자고. 내일부터 바빠질 테니까."

키모는 말의 속뜻을 감지한 모양이었다.

"빅 고든은 뭐라고 했어?"

"엄청 화가 났더라고."

"그야 당연히 그렇겠지. 500만 달러 상당의 코카인이 행방불명이고, 거래 상대인 시카고 마피아는 벌집이 됐으니. 자칫하면 대규모 항쟁이 벌어질 거 같아."

"맞는 말이야. 시카고 쪽에서는 우리가 버건데일을 함정에 빠뜨렸다고 하고 있어."

키모가 들고 온 맥주병을 손에 쥐더니 마이켈스는 미간을 찌푸렸다. 밀러라이트였기 때문이다.

"이봐, 밀러 맥주에는 첨가물이 들어 있다는 거, 몰라?"

이번에는 키모가 나무랄 차례였다.

"가게 험담은 안 하기로 했잖아."

마이켈스는 어깨를 으쓱 쳐들고 별수 없이 그 맥주를 마셨다. 단숨에 3분의 1쯤 꿀꺽꿀꺽 들이켰다.

"시카고 쪽의 보복은 각오해야겠지?"

"그렇지. 어서 빨리 방탄조끼부터 구해두는 게 좋을 거야. 우리 쪽도 코카인의 행방을 찾아내지 않는 한, 한 걸음도 물러설 수 없어."

"아직 그 여자가 갖고 있을까?"

"아마도."

"어떻게 그 뒤를 추적하지?"

"만일 여자가 무사하다면 틀림없이 사나에게 연락할 거야. 그다음은 이 잡듯이 뒤지는 수밖에 없어."

"어휴, 탐정 놀이도 아니고 이게 뭐람."

키모가 몸을 부르르 떨며 말했다.

"이제 슬슬 호놀룰루로 돌아갈 때가 된 모양이야."

마이켈스는 쓸쓸하게 웃었다. 그 지역에서 말썽을 부리고 떠나온 그가 이제 새삼 바다 건너로 돌아갈 수 없다는 건 잘 알고 있다. 지은 죄가 많은 자는 그 어디에도 물러설 곳이 없는 법이다. 마이켈스 같은 사내는 그것을 아주 잘 알고 있다.

* * *

몬도는 절규하면서 펄쩍 몸을 일으켰다. 그 소리에 눈을 뜬 부치는 무슨 영문인지 모른 채, 뭔가 계속 부르짖는 소년을 멀거니 바라보았다. 이윽고 그것이 흐느낌으로 바뀌었다. 부치는 침대에서 내려와 오열하는 소년의 어깨를 안았다.

"몬도, 왜 그래, 응?"

"아버님이…… 작은아버님까지…….”

"대체 무슨 일이야?"

"형님도…… 동문도 모두…… 남김없이…… 한 사람도 남김없이…….”

"한 사람도 남김없이?"

"살해당했어."

부치는 배 속에 차가운 얼음덩어리가 들어온 듯한 느낌에 저도 모르게 몬도를 힘껏 끌어안았다. 그렇게 끌어안으면 소년에게 설령 무슨 일이 일어났었다 해도 모조리 없던 일이 될 것 같았다. 하지만 몬도는 부치의 품 안에서 더욱더 크게 오열했다.

어쩌면 이 아이는 미쳐버렸는지도 모른다.

부치의 머릿속에서 정신분열증이니 통합실조증 같은 단어가 맴돌았다. 예전에 약물중독 치료를 받던 때에 그런 증세에 대해 이래저래 얻어들은 것이 있었다. 몬도의 오열에 리듬을 맞춰 부치는 자신의 몸도 새삼 떨리기 시작하는 것을 깨달았다. 지금 자신이 껴안고 있는 것은 예전의 부치 자신이었다. 하지만 예전에 자신이 이렇게 되었을 때, 힘껏 안아주는 사람은 없었다.

이윽고 몬도는 크게 숨을 내쉬고 조용히 부치의 품에서 빠져나갔다. 냉소적인 소년의 모습은 사라지고 막다른 궁지에 몰려 입을 굳게 다문 몬도가 있을 뿐이었다.

"몬도……."

"그자의 술수에 넘어간 거야."

그 목소리는 지금까지 들었던 소년의 목소리와는 다른 울림을 갖고 있었다. 나지막하고 침착하고 뭔지 모를 위엄까지 느껴졌다.

"무슨 말이야?"

"하나비시. 그자가 교활하게도 아버님을 함정에 몰아넣고 사오토메 가문의 명예에 먹칠을 했어."

"얘, 그러니까 그게 무슨……."

"형님은 다툼을 싫어하는 온유한 성품인지라 우리 집안을 위해 모든 것을 참고 견딜 생각이었어. 그런데……."

"아니, 그게 아니라…… 지금 무슨 얘기를 하는 거냐고."

"복수해야 해. 나는 반드시 이 원수를 갚아야 해."

"복수라니, 왜 그런 무서운 소리를 해?"

"나는 사무라이야."

부치는 할 말을 잃고 소년의 얼굴을 멍하니 바라보았다. 그 표정은 그저 입에서 나오는 대로 말하는 것처럼은 보이지 않았다. 진심으로 그렇게 믿고 있는 것이다.

"제정신으로 하는 소리야?"

몬도는 얼음처럼 냉랭한 시선으로 부치를 노려보았다. 멸시받은 인간이 드러내는 차가운 분노가 그 눈빛에 담겨 있었다.

"나는 그것에 내 모든 것을 바쳐왔어."

"그 원수를 갚는 일에?"

"나는 세상 어느 누구보다 빨리 뽑을 수 있어."

소년은 눈에 익은 미소를 지었다. 그것은 그날 리오라이트의 오렌지색 햇빛 아래에서 내보인 것과 똑같은 웃음이었다. 정체를 알 수 없는 자신감을 바탕으로 비어져 나온 웃음. 그 순간, 총격전을 누비며 앞을 가로막고 나선 상대의 팔목을 소년이 단칼에 잘라내던 장면이 부치의 머릿속에 다시 떠올랐다. 눈에 잡히지도 않을 만큼 빠른 속도였다.

게다가 한 치의 망설임도 없었다. 아버지에게서 검을 배웠다는 이 소년. 아마도 그 검 실력이야말로 그에게는 큰 버팀목인 것이리라.

부치는 아연한 마음으로 소년을 바라보았다. 스스로를 사무라이라고 하는 이 소년에게서 정체를 알 수 없는 두려움을 느꼈다. 게다가 이런 느낌이 처음이 아니었다.

"배트맨을 알고 있어?"

갑작스럽게 몬도의 입에서 튀어나온 말에 부치는 당황스러웠다.

"그가 고담 시티의 파수꾼이 된 동기는 복수였어. 어린 시절에 부모님이 강도에게 살해되었기 때문에 범죄자를 증오하게 된 거야."

"그래……."

인간을 떨쳐 일어나게 하는 가장 강한 동기는 복수라는 것인가? 그런 거라면 부치도 잘 알고 있다. 그 말을 듣고 여태껏 몬도에게 품어온 기묘한 느낌의 정체를 비로소 알 것 같았다. 한 가지 것에 홀린 인간, 지독한 원념怨念이 소년을 떠받치고 있는 것이다.

이윽고 몬도의 눈이 멍해졌다. 그의 의식은 이곳에 없고 어딘가 머나먼 행성과 교신이라도 하는 것 같았다. 혹시 다중인격자인가? 부치는 몬도의 목소리가 표변한 것에 경악하고 있었다. 지금 마주한 몬도와 지금까지 보았던 몬도는 분명한 격차가 있었다.

"이제 곧 그자의 권속이 모여들 거야. 기회는 단 한 번뿐이지. 나는 그 자리에 반드시 가야 해."

"아, 잠깐. 무슨 말을 하는지 난 도통 모르겠어."

소년은 이상하다는 표정으로 부치를 바라보았다.

"굳이 알 필요 없어. 이건 내 여행이고 내 목표니까."

그건 그렇지만, 이라고 말하려다 부치는 입을 다물어버렸다. 소년의 말투며 거동에는 잔혹함이라기보다 달관의 분위기가 있었다. 부치는 마치 열 살쯤 더 많은 어른과 이야기하는 듯한 기분이 들어서 그것에도 놀라고 있었다.

"부치는 무엇 때문에 이 여행을 하고 있지?"

소년이 던진 물음에 부치는 침묵할 수밖에 없었다. 이 여행이 무엇을 위한 것인지, 과연 어디로 향하는 것인지, 그녀 스스로도 뚜렷한 자각이 없었기 때문이다. 이 여행을 시작한 직접적인 이유는 친아버지의 빚 때문이었다. 어린 시절에 헤어진 아버지가 떠안은 빚은 어머니가 세상을 떠난 지금, 대신 떠맡을 사람이라고는 부치밖에 없었다. 물건 운반책으로서의 이번 일을 무사히 마친다면 그 빚을 갚을 만큼의 돈을 고든이 지불해줄 것이다.

하지만 돈은 참된 목적이 아니었다. 엉망진창이 되어버린 일본에서의 삶. 그 복잡한 사연을 모두 다 설명하는 건 너무도 어려운 일이다. 온갖 다양한 이유가 뇌리에 떠올랐다가 손가락 사이로 주르륵 흘러내려 사라졌다. 하지만 그 안에서 단 한 가지 표현만 남았다. 부치는 깊이 생각하기도 전에 그 말을 입 밖에 내뱉고 있었다.

"이 여행을 통해 내가 새롭게 바뀔 거라고 생각했어."

몬도가 미간을 찌푸리며 빤히 바라보았다.

"왜 바꾸려고 하지? 나 자신은 여전히 나로 남을 뿐인데."

그 질문에 선뜻 대꾸하지 못한 채 부치는 다시 입을 다물었다. 소년의 질문에 대한 대답을 갖고 있지 않았기 때문이다.

때마침 방문이 열렸다. 마리사가 얼굴을 내밀었다.

"잘 잤어, 부치? 아침 식사야. 지금이라면 식당이 비어 있어."

* * *

하얀 렉서스 SC가 자동차 정비 공장 앞에서 멈춰 섰다. 브라이언은 정확히 반 블록 너머에서 그것을 확인하고 자신이 운전하는 크라운 빅토리아를 노상 주차 공간에 잽싸게 밀어 넣었다. 실로 매끄러운 실력이다. 오후의 로스앤젤레스 시내는 아침저녁의 러시아워 때에 비하면 꽤 줄어들었다고 해도 역시 교통량이 많은 편이다. 그래서 미행을 눈치챈 듯한 기미는 전혀 없었다.

감시 대상으로부터 잠시도 눈을 떼지 않으면서 조수석에 있는 도넛 봉투에 쓰윽 손을 집어넣었다. 여러 개의 도넛 중에서도 설탕이 듬뿍 뿌려진 놈을 멋지게 잡아냈다.

한입 덥석 베어 물려는 순간, 휴대전화가 브라이언을 호출했다. 귀에 대자 수사본부에 가 있는 제프의 목소리가 들려왔다.

"그쪽 상황은 어때요?"

"그저 그래."

마침내 도넛을 한입 베어 물었다.

"이거, 커피가 안 들었잖아!"

"예? 뭐라고요?"

"분명히 따로 주문했는데 도넛에 커피가 안 들었어. 나한테 카페인 없이 잠복근무하라는 거야?"

전화기 너머에서 제프가 한숨을 내쉬었다.

"다음부터는 잊지 않도록 하죠. 그보다 감시 대상의 상태는 어떻습니까?"

"왜, 웨스트레이크가 뭔가 잔소리를 했나?"

"무선 연락을 소홀히 하시니까 그렇죠. 사용하지 않을 거면 무전기는 가져가지도 말라고 씩씩거렸어요."

브라이언은 조수석에 던져둔 모토로라 무전기를 흘끗 노려보았다. 야마오카 사건을 쫓는 수사원 전원에게 지급하여 정기적으로 수사 활동에 대해 보고하도록 하고 있었다. 그 통신에 웨스트레이크가 귀를 쫑긋 세우고 있을 터였다. 그는 수사반 지휘팀에 슬쩍 끼어들어 수사원 전원에게 정기적인 보고를 강요하고 있었다. 아무리 사소한 것이라도 그의 귀에 집어넣어줘야 속이 시원한 모양이다. 감시 대상이 화장실에 갑니다, 현재 볼일을 보는 중입니다, 라는 것까지.

평소 같으면 쟁탈전이 벌어지는 무전기가 이 수사에 한해서는 우선적으로 배분된 것이다. 즉 FBI의 눈치를 보며 아부하는 보고로 사용된다는 것이 브라이언의 심기를 건드렸다.

"난 지금 달랑 혼자서 뛰고 있어. 잔소리할 거면 지원군이나 더 보내달라고 전해줘."

브라이언은 도넛을 다시 봉투에 던져 넣고 자신의 지갑을 헐어서 사 온 스타벅스 커피를 컵 홀더에서 빼냈다.

원래 잠복 감시는 두 명이 한 조로 나와야 하는데 오늘 파트너인 제프는 다른 임무를 위해 로스앤젤레스 시경의 야마오카 살인 사건 수사본부에 종일 붙어 있어야 했다. 다른 임무라는 건 수사본부를 구성하는 이십여 명의 수사원 전원의 배치 조정 및 보좌 역할이었다. 당초에 그 일을 하기로 했던 형사가 자신에게 배당된 또 다른 사건이 급하게 전개되는 바람에 어젯밤 늦게 긴급 배치 조정이 이루어졌다. 스태프 중에서 가장 우선순위가 낮은, 즉 미숙한 수사원이 뽑혀 나가고 그 구멍을 메우는 식으로 제프가 불려 나간 것이다.

느긋하게 커피를 몇 모금 마시고서야 브라이언은 첫 번째 질문에 대답했다.

"현재 감시 대상 차량은 다운타운 끝의 자동차 정비 공장 앞에 서 있어."

그곳은 어떻게 봐도 영업이 잘되는 곳이라고 하기 어려운 추레한 정비 공장이었다. 번쩍거리는 렉서스를 그 옆에 세우기에는 어울리지 않는 장소다. 더구나 차에서 내려선 사람이 온몸을 샤넬로 치장한 동양계 미녀라면 더더욱 그렇다.

빅 고든의 애인 사나에다.

사나에는 몇 년 전에 로스앤젤레스로 건너온 일본인으로, 빅 고든의 젊은 애인 중의 한 명이다. 뒷골목 세계의 간판 빅 고든이 몇 명의 애인과 살림을 차렸는지는 아마 본인도 정확히 알지 못할 게 틀림없지만, 사나에가 그중에서도 특별한 여인이라는 건 분명했다. 무수히 많은 애인 중에서 그녀만 동양인이기 때문이다. 사나에가 여간내기가 아니라는 것도 금세 눈에 띄었다. 작고 야리야리한 여자답지 않게 디아블로라는 작은 라운지 바의 경영을 떠맡고 있고, 그곳이 마약을 거래하는 거점이라는 것도 브라이언은 이미 파악했다.

사나에는 공장 옆쪽에 달린 좁은 계단을 올라가 2층으로 사라졌다. 참고로 이 정비 공장이 어떤 곳인지도 브라이언은 대충 알고 있다.

"이곳은 마이켈스가 자주 이용하는 심부름센터야."

"워터먼의 사무실이죠? 거기에 무슨 볼일일까요?"

"아무튼 자동차를 정비하러 온 건 아닐 거야."

"마이켈스를 만날 생각일까요?"

즉시 대답하지 못한 채 브라이언은 다시 커피를 한 모금 마셨다. 느긋하게 시간을 두고 나서야 입을 열었다.

"내가 마이켈스라면 그렇게는 안 하지. 야마오카가 살해된 뒤에 우리가 눈에 핏발을 세우고 로스앤젤레스 전역을 샅샅이 뒤지는 중이라는 건 그자도 알고 있을 테니까."

마이켈스가 행방을 감추고 24시간이 경과했다. 그의 행방불명을 전후해 야마오카가 살해된 정황도 있어서 FBI와 로스앤젤레스 시경은 다양한 면에서 가장 중요한 참고인으로 그를 찾고 있었다.

"그렇다면 사나에는 뭘 하고 있는 거예요?"

그 물음에 대답하기도 전에 공장 2층으로 사라졌던 사나에가 모습을 드러냈다. 두 팔로 껴안아야 할 만큼 큼직한 상자를 들고 있었다. 안에 서류 더미며 파일 등이 채워져 있는 것 같았다.

"서류를 나르는 것 같은데?"

"서류? 무슨 말이에요?"

"예전에 받은 러브레터인 모양이지."

사나에는 서류 상자를 트렁크에 싣더니 다시 한 번 사무실 2층으로 사라졌다. 거리가 있어서 표정까지는 보이지 않았지만, 이 일을 그리 달가워하는 기색은 아니었다. 브라이언은 커피를 홀짝홀짝 마시며 파트너에게 물었다.

"그쪽 상황은 어때? 나보다 우수한 수사관과 본부 지하에서 오래된 서류를 훑는 자들은 뭔가 성과가 있었어?"

"완전 쓰레기 더듬기예요. 야마오카가 살해될 만한 이유는 하나도 찾지 못한 거 같아요."

"흥, 그렇겠지."

젊은 형사는 지긋지긋하다는 말투였다. 브라이언은 미리 짐작한 일이었다.

전직 그린베레 사업가가 무참히 살해된 충격적인 사건으로 언론은 발칵 뒤집혔다. 그 잔인한 수법이며 아들의 실종에 대해 온갖 억측이 난무하는 보도가 연일 방송되었다. 하지만 방금 제프가 말한 대로 야마오카가 살해될 만한 그럴싸한 추론은 아직 나오지 않았다. 시경 수사본부는 불필요한 혼란을 막기 위해 공식적으로는 원한 관계 혹은 금품을 노린 강도, 양 갈래로 수사 중이라고 발표했다. 마약 거래에 관한 문제는 일절 언급하지 않은 것이다. 하지만 브라이언은 그 이면에 또 한 가지, 테러리스트의 범행이라는 카드가 감춰져 있다는 것을 알고 있었다.

"이 도시는 복잡한 이해관계가 뒤얽혀 기하학적인 거미줄처럼 펼쳐져 있거든. 누구와 누구가 이해관계가 상반되는지 이해하는 것만 해도 한바탕 고생해야 해."

"찾아봐야 할 재료가 너무 많다는 건가요?"

"응, 그렇지."

그때 사나에가 다시 나타났다. 처음에 들고 나온 것보다 약간 작은 상자를 들고.

"전통적인 단순구조는 자취를 감췄어. 마약, 술, 폭력, 섹스는 물론이고 명예나 지적재산권에까지 가격이 붙는 시대야. 멀쩡해 보이는 온갖 것들이 약간만 각도를 달리하면 어둠의 일면을 갖고 있어. 비즈니스 양상이 너무 복잡해져서 아무도 뒷골목 세계를 하나로 묶어 통제할 수 없게 되었다는 얘기야."

"네에, 명심하겠습니다."

"야마오카의 아들은 행방이 밝혀졌나?"

"여전히 오리무중이에요. 저택 주변을 대대적으로 수색했지만 아무 흔적도 발견되지 않았어요."

"그래? 나라면 아들이 거래를 위해 코카인을 반출했다는 쪽을 캐볼 텐데."

"야마오카가 친아들을 마약 거래에 가담시켰단 말이에요?"

전화 너머에서 제프의 말투가 홱 바뀌었다.

"그 아들도 디아블로에 들락거렸어. 이미 웬만한 건 알고 있었다고 해도 이상할 거 없어."

"혹시 그 없어진 기타 케이스 때문에?"

"그래. 뭔가 몰래 들고 나갈 때 쓰는 고전적인 수법이잖아?"

"어째서 그런 내용을 상부에 건의하지 않죠?"

브라이언은 손끝으로 커피 잔의 플라스틱 뚜껑을 두드렸다. 질문에는 대답할 수 없지만, 이미 유력한 상부 인사에게 건의한 바 있다.

"엇, 여자가 이동한다."

마지막 상자를 트렁크에 싣고 사나에가 다시 렉서스에 올라탔다. 브라이언은 커피 잔을 내려놓고 엔진을 켰다.

"감시 대상 이동, 미행을 계속한다."

크라운빅토리아는 매끈하게 출발했다. 전화를 끊기 전에 브라이언은 이런 말을 남겼다.

"이봐, 제프, 다음부터 도넛은 설탕을 듬뿍 뿌린 심플한 것으로 주문해줘."

렉서스는 공장 앞을 떠나 북쪽으로 달리기 시작했다. 브라이언은 렉서스와 자신의 크라운빅토리아 사이에 몇 대의 다른 차량을 끼운 채 미행을 계속했다. 이윽고 렉서스는 스테이블스센터 모퉁이를 돌아 고속도로 입구로 들어갔다.

아무래도 멀리 갈 모양이라고 브라이언은 직감했다. 그다지 좋지 않은 징조다. 미행 시간이 길어질수록 상대방에게 들킬 확률이 높아진다. 이런 때는 만약을 위한 조치로 중간에 다른 차량으로 교대할 필요가 있지만, 이번 감시 체제 아래서는 그럴 만한 여유가 없다. 브라이언은 혼자서 미행을 계속하지 않으면 안 되었다.

제프에게서 연락이 오기 직전까지 패트리엇과 휴대전화로 나눈 대화를 다시 떠올렸다. 상대는 패트리엇이다. 편집광에 가까운 그 흑인은 특정한 사무실을 꾸리지 않고 항상 이동하는 허머 자동차 안에서 전화를 걸어 집요하게 브라이언을 몰아붙였다. 서로가 파멸의 가능성이라는 막다른 궁지에 몰려 있기 때문이다.

패트리엇의 마약 밀매 비즈니스는 조만간 빅 고든에 의해 박살이 날 상황이다. 그의 코카인 공급원은 브라질과 베네수엘라였는데 사실이 두 나라는 마약의 중간 유통 국가에 지나지 않는다. 코카인을 생산해내는 곳은 콜롬비아, 페루, 볼리비아고, 진짜로 좋은 물건을 값싸게 구입하려고 한다면 이쪽 나라의 생산자들과 관계를 개설해야 한다. 빅 고든은 그 루트를 만드는 데 성공했고, 거기서 사들인 대량의 코카인을 시장에 유입시키려 하고 있었다. 그 계획이 실현되면 패트리엇이 그동안 근근이 구축해온 루트는 단숨에 잠식당하게 된다. 패트리엇이 빅 고든의 그러한 강력한 공세를 그저 멀거니 지켜보고 있을 리 없다. 어떤 수단을 동원해서라도 반격에 나설 각오를 하고 있었다. 그러기 위해서는 야마오카가 콜롬비아 루트를 이용해 미국에 들여온 대량의 코카인을 고든이 어떤 네트워크를 통해 팔아치울 계획인지, 그 정보를 반드시 입수해야 하는 상황이다. 그 정보를 이용해 미리 선수를 치지 않고서는 패트리엇의 비즈니스는 붕괴할 것이고, 그렇게 되면 브라이언 역시 함께 압사시키겠다는 것이다.

렉서스는 오른편 차선을 천천히 달려갔다. 일정한 거리를 유지하며 미행하던 브라이언은 사나에가 조금 전부터 휴대전화로 누군가와 통화 중이라는 것을 알았다. 휴대전화를 귀에 댄 채 주변을 둘러보고 있었다. 누군가의 지시에 따라 행선지를 찾고 있는 것이다.

이윽고 렉서스는 노스할리우드에서 고속도로를 빠져나왔다.

사나에는 여전히 휴대전화의 지시에 따라 운전하고 있었다. 이윽고 렉서스가 장기 체류자 대상의 모텔에 도착한 것을 보고 브라이언은 이번에는 제대로 무전기를 사용해 지휘팀을 호출했다. 응답한 제프에게 현재 위치와 주소, 모텔 이름을 알렸다.

"감시 대상자, 모텔 방에 서류 상자를 나르고 있다."

모텔 주변에 주차할 수 있는 자리를 찾아 천천히 차를 몰면서 브라이언은 보고했다.

"앵무새의 지시에 따라 서류 상자를 이쪽으로 옮긴 것으로 보인다. 외부에 공개되면 불리해질 자료 같은 것을."

'앵무새'라는 건 마이켈스를 가리키는 암호다. 무전기로 교신하는 동안에는 이 우스꽝스러운 암호를 사용해 대화해야만 한다.

그때, 브라이언은 자신의 차 뒤로 흰색 쉐보레 아스트로 밴이 바짝 따라붙은 것을 깨달았다. 오른쪽 차선이 가득 차 있어서 크라운빅토리아가 길을 막는 모양새가 되었기 때문이다. 브라이언은 약간 속도를 올려 비어 있는 공간을 찾아내 차를 댔다. 아스트로는 천천히 브라이언 옆을 지나 모텔 주차장으로 들어갔다.

브라이언은 기어를 파크에 넣고 사이드브레이크를 당겼다. 그리고 뒷좌석에 놓여 있던 서류 가방을 끌어당겨 안에서 관계자 파일을 꺼냈다. 그 속에는 마이켈스의 사진이 들어 있었다. 망원렌즈로 촬영한 몇 장의 사진이다. 몇 년 전에 작성한, 변장했을 경우의 시뮬레이션 사진도 있었다.

만일 이 자리에 마이켈스가 나타난다면 단숨에 코카인에 근접할 수 있다.

브라이언은 부쩍 긴장되는 것을 느꼈다. 그의 신경을 짓누르는 것은 오늘 오전 패트리엇의 전화다. 빌려준 돈을 갚으라고 조르는 대신 그는 브라이언에게 부과한 임무에 대해 연거푸 왕왕 짖어댔다. 통화를 마치면서 패트리엇은 브라이언이 그 일을 제대로 해내지 못했을 경우, 자신이 얼마나 폭력적으로 돈을 회수할지에 대해 누누이 늘어놓았다.

그 협박의 말을 잊어버리려고 브라이언은 고개를 저었다. 다시 마이켈스의 사진을 찬찬히 바라보며 그 얼굴을 머릿속에 입력한 뒤에 고개를 든 브라이언은 기묘한 장면을 목격했다. 조금 전 브라이언의 차를 지나쳐간 것과 완전히 똑같은 색깔, 똑같은 타입의 아스트로가 나타나 처음 차와 똑같이 모텔 주차장으로 들어가는 것이었다.

"엇, 이상하네?"

브라이언은 저도 모르게 혼잣말을 흘렸다.

아스트로는 자주 눈에 띄는 차였지만 똑같은 색깔이 두 대나 연달아 나타나는 건 뭔가 이상한 일이다. 게다가 처음 들어간 아스트로가 사나에의 렉서스 바로 옆에 세워져 있었다. 그리고 두 번째 아스트로는 널찍한 모텔 주차장을 천천히 가로질러 사나에의 차 반대편에 멈춰섰다. 마치 두 대의 아스트로 차량이 렉서스를 포위한 듯한 모양새다.

아스트로 차량에서는 아무도 내리는 기척이 없었다.

브라이언은 손으로 더듬더듬 무전기를 끌어당겼다. 일순 자신의 암호가 생각나지 않아 그대로 이름을 대버렸다.

"여기는 브라이언, 지휘팀을 연결해주기 바란다."

"무슨 일입니까?"

응답한 것은 다시 제프였다.

"아무래도 미행자가 나 혼자만이 아닌 것 같아."

"무슨 말이에요?"

"수상한 흰색 아스트로 두 대가 감시 대상자의 렉서스를 포위하고 있어."

"마이켈스일까요?"

상황의 긴박성을 감지하고 흥분했는지 제프도 암호를 깜빡한 채 그 이름을 말해버렸다.

"아냐. 내가 보기에는 누군가를 유괴할 때의 수법인 것 같아."

무전기로 계속 대화하면서 브라이언은 서류 가방의 다른 곳에 넣어둔 물건을 끄집어냈다. 글로크 19였다. 9밀리 탄환이 열여섯 발 장전된 자동 권총이다.

"대체 무슨 일이죠?"

"이것도 기하학적으로 뒤엉킨 거미집의 일부야."

사나에가 모텔에서 나오고 있었다. 서류 상자는 보이지 않고 그 손에 액세서리가 잔뜩 매달린 자동차 키를 달랑달랑 들고 있을 뿐이었다. 사나에가 밖으로 나오는 것과 동시에 첫 번째 아스트로가 후진해서 렉서스의 뒷부분을 가로막듯이 이동했다. 그 바람에 브라이언이 주차한 도로 쪽에서는 렉서스가 보이지 않았다.

"엇, 큰일 났군."

브라이언은 혼잣말을 내뱉자마자 차 문을 열었다. 글로크 권총을 바지 뒤춤에 찔러 넣었다. 방탄조끼는 입고 있지 않았다.

"왜 그래요?"

"현재 위치에 즉시 지원군을 보내줘. 늦었다가는 순직 경관의 사체를 확인하기 위해 호출될 거야."

더 이상 제프의 대답은 듣지 않았다.

오고 가는 차가 없는 것을 확인하고 주차장으로 다가갔다. 주변을 에워싼 나지막한 산울타리를 뛰어넘어 사나에 쪽으로 향했다. 그때 렉서스 뒤쪽을 가로막은 아스트로의 해치백이 벌컥 열리더니 두 눈만 보이는 복면을 둘러쓴 남자가 나타났다.

브라이언은 사나에의 이름을 부르며 재빨리 글로크를 뽑아 들었다. 차 키를 꽂으려던 사나에는 갑작스럽게 자신을 부르는 소리에 흠칫 발을 멈췄다.

"꼼짝 마! 로스앤젤레스 경찰이다!"

브라이언이 무전기를 땅에 떨구고 총을 겨누는 것과 동시에, 복면을 쓴 남자가 허리춤에서 뭔가를 꺼냈다. 그와 동시에 브라이언의 총이 불을 뿜었다. 남자가 꺼내 든 것은 총처럼 보였다.

등 뒤에서 행인이 비명을 지르는 소리가 들렸다.

첫 발사는 상대의 가슴팍에 명중했다.

사나에는 다리가 얼어붙은 듯 그 자리에 멍하니 서 있었다.

"엎드려! 움직이지 마!"

크게 부르짖으며 브라이언은 몸을 숨길 은폐물을 찾아 시선을 굴렸다. 다른 한편으로는 복면을 쓴 남자가 손에 든 것이 틀림없이 총인지 잽싸게 확인했다. 만일 상대가 총을 들지 않았을 경우에는 일이 귀찮아진다. 복면을 쓴 남자는 총 맞은 가슴팍을 부여잡은 채 아스트로 차량에 몸을 기대듯이 무너져 내렸다.

브라이언은 땅에 떨어진 무전기를 집으려고 슬쩍 팔을 뻗었다. 지원군뿐 아니라 총에 맞은 남자를 위한 구급차가 필요하다고 생각했기 때문이다.

하지만 그 순간 귀가 먹먹해지는 총성이 울리면서 무전기가 날아 갔다.

돌연한 발포에 브라이언은 내밀었던 팔을 반사적으로 움츠렸다. 로스앤젤레스 시의 귀중한 자산은 무참히 파손되고, 연거푸 두 발의 총성이 울렸다. 브라이언은 거의 본능적으로 납작 자세를 낮췄다. 이 번에는 등 뒤에서 착탄 음이 들려왔다. 고개를 돌려보니 자신의 크라 운빅토리아 차량의 앞바퀴가 총탄에 맞아 펑크가 나 있었다.

묘하게 귓속을 울리는 총성이다. 어디서 발사된 것인지 짐작하기 가 어려웠다. 브라이언은 급히 옆에 있는 자동차 뒤로 뛰어들었다. 연 달아 총성이 울리면서 방패로 삼은 차체에 총알이 박혔다. 이번에는 사격 위치를 알아냈다. 렉서스 옆에 바짝 붙여 세워둔 또 한 대의 아스 트로에서 창밖으로 권총을 내밀고 저격하는 놈이 있었다.

귀가 먹먹한 발포 음을 통해 브라이언은 그것이 소음기를 단 권총 이라고 판단했다. 소음기를 달면 발포 음의 고음역이 억제되기 때문에 일반적인 총성과는 다르게 들린다. 그로 인해 거리감을 파악할 수 없 어 발사 지점을 알아내기가 어렵다.

소음기를 단 권총이라고?

브라이언이 몸을 숨기는 참에 렉서스 뒷부분을 가로막은 아스트 로 차량에서 또 다른 인물이 나타났다. 살금살금 땅에 내려서더니 아직도 멍하니 서 있는 사나에에게 달려들었다. 그 몸짓에서는 사바나 풀숲에 숨은 육식동물이 연상되었다. 체격이 작았다. 눈만 내놓은 복면 때문에 정확히 알 수는 없지만 아마도 여자일 것이다.

사나에는 필사적으로 버둥거렸지만 머리를 한 방 얻어맞고 관절이 꺾이자 얌전해졌다. 힘이 빠졌는지 손에 든 차 키를 짤그랑 떨어뜨리는 소리가 났다.

차 뒤편에서 그 모습을 지켜보던 브라이언은 사나에를 아스트로에 밀어 넣는 여자와 정통으로 시선이 마주쳤다. 그 눈은 단단하고 차가운 광채를 내뿜고 있었다. 고양잇과 맹수의 눈이다. 브라이언은 저절로 몸이 움츠러드는 것을 느꼈다. 이제 어떻게 해야 할지 방향을 잃었다. 섣불리 총을 쐈다가는 사나에가 맞을 우려가 있지만, 그렇다고 지원군이 도착할 때까지 그자들을 막으며 버틸 수 있을 것 같지도 않았다.

"너희는 포위되었다!"

엉터리 같은 고함을 질러봤지만 아무 반응도 없었다.

이윽고 총을 맞은 남자도 비척비척 몸을 일으켰다. 브라이언의 총탄은 9밀리 패러밸럼 대구경(大口徑) 자동 권총 탄이라서 팔이나 다리를 맞은 것이라면 모르지만 가슴 한복판에 명중하면 즉사하는 일도 있다. 그런 총탄을 맞고도 남자가 제힘으로 다시 일어나 차에 올라탄 것을 보면 성능 좋은 방탄조끼를 입고 있었던 게 분명하다.

유괴범들이 사나에를 차에 밀어 넣자 해치백이 닫혔다. 그 순간,

브라이언은 상반신을 드러내고 글로크를 발사했다. 타이어를 노렸지만 총알이 빗나갔다. 현실이란 좀체 영화처럼 멋지게 되지를 않는 것이다. 아스트로 두 대가 동시에 횡하니 달려가버렸다.

그 뒤를 쫓으려고 자신의 크라운빅토리아로 달려간 브라이언은 차 앞바퀴가 영화처럼 멋지게 총알 세례를 받은 것을 봐야만 했다. 문득 신기하다는 생각이 들었다. 타이어가 네 개나 되는데 그중 하나만 펑크가 나도 차는 달리지 못한다.

다시 한 번 주차장 쪽을 돌아보았다.

렉서스의 하얀 뒷부분이 눈에 들어왔다. 그리고 땅에 떨어진 차키. 승산이 적은 싸움이라는 건 잘 알지만 그래도 브라이언은 즉시 결단을 내렸다.

* * *

"그쪽은 회원용 발레파킹 구역이라니까요."

주차 담당자의 억양이 지독해서 베벌리힐스의 순경은 무슨 말인지 이해하기 위해 수없이 되묻지 않으면 안 되었다.

"여기는 고급 피트니스 클럽이에요. 베벌리힐스에서는 어디나 다 그렇잖습니까. 훌륭한 옷차림의 회원님이 주차하는 공간에 저런 차를 세워두면 정말 곤란하다고요."

그 차는 지하 주차장 한 귀퉁이에 세워져 있었다. 분명 그곳에는

'발레파킹 전용'이라고 큼직하게 써넣은 팻말이 서 있었고, 담당자에게 키를 맡기고 주차해달라고 할 만한 고급 차들이 즐비했다. 물론 셀프 파킹과 똑같은 층이라서 마음대로 차를 넣을 수도 있지만 주차 담당자의 말에 따르면 그런 짓을 하는 사람은 거의 없다고 한다.

순경은 단독으로 움직이는 중이었다. 간밤에 교대 근무에 나선 이후, 시내를 일정한 속도로 돌면서 다양한 신고에 대응했다. 싸움의 중재며 불법 침입한 10대들의 뒤치다꺼리를 하느라 이제 지칠 대로 지쳐 있었다.

"저것 좀 보라고요, 경찰 아저씨."

주차 담당자는 꽤 오래 운행한 듯한 그 차로 다가가 닫힌 창을 톡톡 두드렸다.

"어휴, 이것 참."

경관은 손목시계를 보며 한숨을 내쉬었다. 이제 슬슬 근무 교대 시간이지만 도망칠 수도 없다는 건 알고 있었다. 마음을 굳게 먹고 주차 담당자 옆으로 다가가 창유리 너머로 차 안을 들여다보았다.

"거 봐요."

"정말 당신 말이 맞군. 사람이 죽어 있어."

제3장

고립된 추적자

"브라이언, 아까 알려준 번호판, 잘못 본 거 아니었어요?"

"왜 그러는데?"

공중전화 수화기를 어깨와 턱 사이에 끼운 채 브라이언은 호주머니의 담배를 찾고 있었다.

"확인해봤는데 그 번호판의 차는 사흘 전에 마리나델레이로스앤젤레스 시내 근처의 요트 전용 항구 ― 옮긴이에서 바다로 뛰어들어 폐차된 것으로 나왔어요."

"알았어."

담배는 없었다. 손에 잡힌 것은 25센트짜리 동전 몇 개와 세탁소에서 받은 세탁물 인수증뿐이었다. 브라이언은 저만치 앞에 서 있는 렉서스를 보았다. 운이 좋다면 사나에가 피우던 담배가 조수석 글러브 박스 어딘가에 있을지도 모른다.

전화 너머에서는 제프가 불만스럽게 툴툴거렸다.

"미리 알고 있었다는 듯이 말씀하시네요?"

"아니, 내가 알고 있는 건 이번 일이 이쪽 도시의 조직폭력배 짓이 아니라는 거야. 매우 치밀한 유괴 작전인 데다 소음기를 단 총기, 그리고 위조 번호판까지 사용했어. 게다가 내가 추적을 시작하면서 확인했는데, 사나에의 차는 연료가 풀이었어. 그런데도 네바다 주에 들어서기 직전에 주유소에 들러 기름을 넣었지. 하지만 그자들의 차는 그대로 유유히 달렸어."

"그건 무슨 얘기예요?"

"그쪽은 가솔린 탱크를 싣고 있다는 얘기야, 장거리 폭격기처럼. 이건 특수차량이야."

브라이언은 통화하면서 아스트로 두 대가 사라진 쪽으로 시선을 던졌다. 한없이 이어진 광대한 황야였다. 차량은 오래전에 시야에서 사라지고 지평선 말고는 아무것도 보이지 않았다. 사나에가 뜻밖의 사건에 휘말리는 것을 본 순간, 이건 코카인의 행방에 관한 새로운 전개라고 직감하고 즉각 행동에 나섰지만 아무래도 일이 그리 단순하지 않은 모양이다.

혼자서 이런 황야에 서 있다는 게 몹시 무모한 일로 생각되었다. 브라이언은 저도 모르게 혼잣말을 내뱉었다.

"제기랄, 그때 헬기를 요청했어야 하는데."

"최소한 휴대전화라도 있었으면 연락이 가능했잖아요."

"나도 정신이 없었어."

그건 거짓말이었다. 크라운빅토리아에 남겨두고 온 휴대전화는 배터리가 약해져 이미 전원이 꺼졌을 게 틀림없었다. 전처 지나와의 결혼이 파탄 난 이후로 브라이언을 위해 새 휴대전화를 골라줄 사람은 끝내 나타나지 않았다. 지나는 브라이언의 옷이며 소지품을 직접 골라주는 것을 좋아했다. 그녀는 남편이 들고 다닐 휴대전화로 당시의 최신 기종을 선택했다. 다양한 기능에 안테나 성능이 좋아서 어디서나 통화가 가능한, 그래서 남편이자 비즈니스 파트너인 브라이언의 동향을 파악하기에 매우 편리한 물건이었다. 그에 비해 브라이언은 충전을 못 했다, 경찰서에 깜빡 두고 왔다, 수사 중이라 전화를 받지 못했다, 등등의 변명으로 일관했다. 브라이언은 천성적으로 외로운 늑대 성향이어서 상대가 누가 됐건 관리를 받는 건 딱 질색이었다.

"웨스트레이크, 엄청 화났어요."

"알아."

"저는 이 전화 끝나자마자 즉시 보고하러 가야 해요."

브라이언은 한숨을 쉬었다.

"캡틴 아메리카가 지금 가장 신경을 쓰는 건 FBI 쪽의 반응, 그리고 마누라 아버지의 반응이야. 그 장인에게 가장 중요한 건 이런 일련의 사건들을 언론이 어떻게 받아들이느냐는 것이겠지. 그자들의 관심은 사건의 진실을 밝히는 것보다 뉴스에서 자신들에 대해 어떻게 얘기하느냐, 그것뿐이라고."

"누가 아니래요. 하지만 그것에 나나 브라이언 형사님의 목이 걸려 있다는 게 문제죠."

"그것도 알고 있어."

로스앤젤레스 시내에서의 총격전은 한 형사가 독단으로 추적을 강행한 끝에 일어난 사건이자 비뚤어진 영웅주의의 결과라고 언론의 뭇매를 맞을 것이다. 언론에서는 일반 시민이 원하는 것은 〈더티 해리〉의 '칼라한 형사'가 아니라고 떠들어댈 게 틀림없다. 필요한 것은 과학적이고 합리적인 수사를 중시하는 우수한 경찰 조직이다, 라는 식으로. 하긴 독단적인 행동이 성공을 거두었을 때에 한껏 띄워주는 것도 언론이다. 5년 전, 이 비슷한 일로 영웅 취급을 받은 경험이 있는 브라이언은 씁쓸한 심정을 곱씹을 수밖에 없었다.

"제프, 사나에는 아까 그 모텔에서 무엇을 하고 있었지?"

수화기 너머에서 제프가 한숨을 내쉬었다. 입을 열면 안 될 사정이 있어서 그 질문만은 받고 싶지 않다는 뜻의 한숨이라는 것을 알았다.

"그 모텔에서 마이켈스의 거래와 관련된 것으로 보이는 자료가 몇 가지 발견됐어요."

"일 보 전진이군."

"네, 그렇죠. 모두 FBI 친구들이 가져가버려서 뭐가 뭔지 모르는 게 탈이지만요."

"뭐야?"

어딘가 수상쩍은 냄새가 났다. 그 안에는 코카인 거래에 관한 중요한 정보도 있었을 터였다. 그것을 마약반 제프에게도 보여주지 않고 뚜껑을 닫아버렸다는 게 마음에 걸렸다. 퍼뜩 생각나는 것이 있어서 제프에게 물어보았다.

"FBI에서 나온 지휘관은 별말 없었어?"

"브라이언 형사님과 연락이 되면 곧바로 연락해달라고 여기저기 신신당부하고 다녔어요."

브라이언이 예상했던 대로였다.

"지휘관이 직접?"

"아뇨, 실제로는 보좌관 엔필드 수사관이 그랬죠."

"그래?"

브라이언은 직감했다. 위장된 번호판, 특수차량, 방탄조끼를 갖춰 입은 수수께끼의 남자들. 아무래도 자신이 관여한 이번 사건은 건드려서는 안 되는 쪽, 즉 가타나라는 테러리스트와 연결된 사안인 모양이다. FBI는 브라이언에게 코카인을 추적하는 건 허용했지만 가타나 일에 접근하는 건 허락하지 않겠다고 했다. 이쪽에서 원하는 자료를 압수해 간 것을 보면 분명 그쪽의 거래를 위해 사용할 생각인 것이다. 브라이언은 화가 솟구쳤다. 지금까지 일주일에 백이십여 시간을 들여 빅고든의 코카인을 추적해왔는데 FBI는 자신들의 입맛대로 이 사건을 멋대로 재단하고 있다. 이건 도저히 승복할 수 없는 일이다.

"아 참, 야마오카의 아들이 발견되었어요."

"뭐라고? 어디서?"

"베벌리힐스에 소재한 피트니스 클럽 주차장이에요. 그곳에 주차된 차량 안에서 야마오카의 아들이 사망한 채 발견되었어요."

"살해된 거야?"

"자살인 것 같아요."

"자살이라니, 대체 뭔 소리야?"

브라이언의 말이 비난하는 투였던 탓이리라, 수화기 너머에서 제프가 머쓱해하는 게 느껴졌다.

"안쪽에서 문을 잠근 차 안에서 제 머리에 총을 쐈어요. 사용한 총기는 제 아버지의 베레타 권총이었습니다. 이런 상황에서 타살을 입증하는 건 불가능해요. 혹시 제멋대로 날조한다면 또 모르지만."

"코카인은?"

"그건 발견하지 못했어요. 소지품 목록에 기타 케이스도 포함되어 있지 않았고요."

브라이언은 짙은 한숨을 내쉬었다. 도무지 이해할 수 없는 정보들 뿐이다.

"덕분에 이곳은 지금 난리 통이에요. 최대한 빨리 들어오시는 게 좋을 거 같아요."

"대체 왜? 나는 사나에를 추적해야 한단 말이야."

"주 경계선을 넘어섰다면 그 사건은 그쪽 관할이잖아요."

"내가 언제 네바다 주 경계선을 넘어섰다고 했어?"

제프가 한숨을 쉬었다. 브라이언의 말에 동의하고 싶지 않다는 의사표시였다. 젊은 형사는 고집불통 파트너가 결코 자신의 말을 듣지 않으리라는 것도 잘 알고 있었다.

"걱정할 거 없어, 제프. 곧 돌아갈 테니까."

전화 너머에서 젊은 파트너가 안도하는 게 느껴졌다. 브라이언은 말을 이었다.

"근데 내가 가진 카드를 전부 확인해본 다음에 돌아갈 거야. 일단 시작한 이상 추적을 멈출 수는 없어. 현재로서는 사나에게 가장 근접한 건 다름 아닌 나니까."

"돌아오면 새장 안의 새 신세가 될까 봐서 그러죠?"

"자네 좋을 대로 해석해."

브라이언은 다시 한 번 바깥을 내다보았다. 주변이 온통 황량한 땅이다. 이대로 추적을 계속해도 다시 유괴범들을 만날 수 있을지, 애매하기만 했다.

"제프, 부디 몸조심해. 이건 다양한 의미에서 하는 말이야. 마약반에서 수사하다 보면 어떤 방향에서 총알이 날아올지 알 수 없어. 더구나 이번 사건은 특히 위험해. 우리는 문자 그대로 고립된 처지야."

"고립된 건 형사님이겠죠."

그 말의 의미를 생각해보다가 브라이언은 미소를 지었다.

그리고 전화를 끊었다.

진짜로 담배가 피우고 싶어졌다.

* * *

한 남자 손님을 지켜보다가 마담 리비는 뭔가 낌새가 이상하다고 생각했다. 다른 손님과는 분위기가 전혀 달랐기 때문이다.

그날은 비교적 장사가 잘되어서 저녁 시간이 지난 뒤에도 손님의 발길이 끊이지 않았다. 대기실을 겸한 살롱에는 열 명 남짓한 남자 손님들이 소파와 카운터에서 아가씨들과 담소하고 있었다. 대부분 서너 명이 한 팀으로 찾아와 소파를 차지하고 앉는데 그 남자는 혼자 들어와 카운터 끝자리에 진을 쳤다.

이곳을 찾는 남자들의 태도를 살펴보면 대략 두 가지 타입이 있다. 왠지 양심에 찔려 어물거리거나 아니면 대놓고 뻔뻔스럽게 나오거나. 하지만 공통되는 점은 어느 쪽이건 이곳 여자들에게 강한 관심을 갖고 있다는 것이다. 어물어물하는 쪽은 처음 한동안은 아가씨에게 부루퉁하게 굴지만 그건 여자에게 관심이 없어서가 아니다. 그런 식으로 자신의 죄책감과 적당히 타협하려는 것뿐이다.

하지만 리비의 시선에 포착된 그 남자는 둘 중 어느 타입도 아니었다. 굳이 말하자면 여자에게 전혀 관심이 없는 것처럼 보였다. 옆으로 다가온 아가씨와 몇 마디 나누며 물색하는 척했지만 마음은 전혀 딴 곳에 가 있는 기색이 생생하게 감지되었다.

이 세상에는 물론 리비의 아가씨들에게 흥미가 없는 남자도 분명 존재하기는 한다. 게이거나 종교적 혹은 사상적으로 매춘을 기피하는 사람들이다. 하지만 그런 사람이라면 애초에 리비스랜치를 찾지 않는다. 오랜 세월 동안 슈퍼볼 관객 수보다 더 많은 남자를 봐온 리비였지만 이런 손님은 처음이었다.

"어서 오세요."

카운터 너머로 인사를 건네며 그 남자 옆으로 다가갔다. 나이는 30대 후반, 크지도 작지도 않은 키에 적당한 살집, 장발에 콧수염을 길렀고 선글라스는 결코 벗을 생각이 없는 것 같다. 리비는 남자에게서 왠지 모르게 경찰이나 군인 특유의 분위기가 묻어나는 것을 느꼈다.

"커피 드실래요? 서비스예요."

남자는 부드럽게 웃으며 고개를 끄덕였다.

이 로비는 남녀가 얼굴을 익히는 곳이다. 둘 사이에 협상이 성립되면 안쪽 객실로 나란히 들어가는 시스템이다. 미리 점찍은 아가씨가 있는데 그녀가 '근무 중'일 경우에는 이곳에서 느긋하게 시간을 때우며 기다리기도 한다. 때로는 무료 서비스 커피를 마시며 계속 아가씨를 물색하다가 결국 돌아가는 손님도 없지는 않다. 원초적인 욕구를 바탕으로 하는 비즈니스라고는 해도 이건 생리 현상과 관련된 일이라서 항상 잘 풀린다는 보증은 없는 것이다.

"여기까지 먼 길을 찾아와줘서 고마워요."

리비는 처음 보는 손님에게는 반드시 그런 인사를 건넨다. 감사의 뜻이 담긴 말은 남자의 마음속에 남은 죄책감을 말끔히 씻어주기 때문이다. 모두가 이런 곳에 익숙한 것은 아니다. 리비는 그런 남자들을 편안하게 해주는 방법을 알고 있었다. 어리바리한 풋내기라도 결국 다른 손님들과 똑같이 돈을 지불해주는 손님이다.

어디서 오셨느냐는 리비의 질문에 남자가 답했다

"애리조나에서 왔어."

리비는 그것이 거짓말이라는 것을 알았다. 분명 이 호텔에는 이웃 주에서도 수많은 남자가 찾아온다. 하지만 차림새를 보면 손님이 어디 출신인지는 쉽게 상상할 수 있다. 이 남자는 일부러 캐주얼한 옷을 골라 입었지만 지나치게 세련된 모습이다. 이런 패션은 애리조나 같은 변두리에서는 찾아보기 힘들다.

이런 거짓말은 리비스랜치에서는 자주 접하는 휘파람 소리 같은 것이다. 리비는 말없이 고개를 끄덕이고, 미리 내려둔 커피를 잔에 따라서 내밀었다. 남자의 거짓말은 이런 곳을 찾아온 데 대한 양심의 가책의 반증일 것이다. 평소의 자기 자신을 최대한 숨기는 것으로 누군가의 손가락질을 모면하려는 것이다. 저 선글라스가 그 증거다. 이 어둠침침한 실내에서 저런 것을 쓰고 있어서야 아가씨들이 어떻게 생겼는지 알 수 있을 리 없다.

"마, 마담."

등 뒤에서 말 더듬는 버릇이 있는 누군가가 리비에게 말을 건넸다. 블론디가 카운터 안에 모습을 드러냈다. 마담은 입 끝을 치켜들며 말했다.

"블론디, 착실히 일해. 오늘은 손님이 아주 많이 오셨어."

이 정도의 성황이라면 못생긴 블론디에게도 손님이 붙을지 모른다. 마담은 내심 그렇게 기대했다.

* * *

"폭시에게서 연락이 왔습니다."

꾸벅꾸벅 졸고 있던 앤드루스는 그 말에 눈을 번쩍 떴다. 뇌가 완전히 깨어나지 않아 귀로 들어온 그 말을 표층 의식이 미처 파악하지 못하고 있었다. 하지만 그의 심층 의식이 자동으로 대꾸했다.

"……어떤 연락이지?"

"여자를 데리고 네바다 주 경계선을 넘었답니다."

말소리 쪽으로 시선을 던지자 파이선의 새파란 눈동자가 그를 바라보고 있었다. 짧게 깎은 머리에 콧수염을 말끔하게 기른 해병대 출신의 사내다. 눈동자는 그 이름처럼 큼직한 뱀을 연상시킨다. 감정의 기복이 전혀 느껴지지 않는 얼굴이다. 예전에 아프가니스탄에서 목숨을 건 수많은 임무에 종사했던 파이선은 어떠한 경우에도 현재 상황을 즉시 간파하고 거기에 적합하게 행동하려고 노력한다. 지금도 중상을 입은 보스를 바라보는 그 눈빛에는 죽어가는 개를 바라보는 듯한 기미가 있다.

"다만 여자를 확보하던 중에 로스앤젤레스 시경 형사와 우연히 마주쳐서 시내에서 총격전을 벌였다고 합니다."

그 말은 앤드루스의 뇌에 전혀 꽂히지 않았다. 아주 잠깐의 침묵 끝에 앤드루스의 의식이 돌연 각성했다. 지난 몇 시간 동안의 일들이 그의 뇌리에 선명하게 되살아나고 방금 귀에 들어온 정보와 조합하여 눈이 핑핑 돌 만큼 빠른 평가 분석이 이루어졌다.

이윽고 입을 열었을 때, 앤드루스는 꾸벅꾸벅 졸던 잠의 세계에 깨끗이 이별을 고했다.

"제기랄."

짧게 욕을 내뱉고 앤드루스는 아스트로 차량 안에서 몸을 일으켰다. 그가 누워 있는 곳은 짐칸을 개조해서 만든 벤치 위였다. 핏물로 지저분해진 셔츠를 입었고 오른쪽 손목에는 붕대를 둘둘 감고 있다. 원래부터 흰 얼굴이 핏기를 잃어 종잇장처럼 하얘져 있었다. 차 안에서 응급조치를 받기는 했지만 평상시였다면 최신 설비가 갖춰진 병원에서 절대안정을 취해야 할 중상이다. 그런데도 그가 현장을 이탈하지 않은 것은 그만큼 중요한 뭔가를 뒤쫓고 있다는 얘기다.

파이선은 자신의 보스가 깊은 잠에서 깨어난 흡혈귀처럼 몸을 일으키는 것을 바라보며 말했다.

"총격전 중에 건스가 총에 맞았지만 방탄복을 착용한 덕분에 별문제는 없었다고 합니다. 시경 순찰차의 앞바퀴를 펑크 내서 가까스로 따돌렸답니다. 다행히 헬기나 요란한 차 추격전은 없었다는군요."

"헬기나 요란한 차 추격전은 없었다고?"

앤드루스가 되풀이했다.

"따돌리는 데 성공했다는 말을 하려는 거야? 하지만 로스앤젤레스 시내에서 총격전을 벌였잖아. 경찰은 현장에 남은 흔적에 파리 떼처럼 몰려들 것이고, 자칫하면 우리 꽁지에도 불이 붙을 수 있어."

파이선은 고개를 저었다.

"로스앤젤레스에서는 거의 매일 총격전이 일어나요. 군용 라이플 총으로 난동을 부리지 않는 한, 별로 시선을 끌 것 같지도 않은데요."

"그랬으면 좋겠다만."

앤드루스는 한숨을 내쉬며 말했다.

"일이 이렇게 될 줄 알았으면 괜히 무리할 필요가 없었는지도 모르겠어."

파이선은 말없이 상사의 기색을 살피고 있었다. 어떻든 그런 식의 일 처리는 그가 흔히 쓰는 방식이 아니었기 때문이다.

"뭐, 됐어. 폭시 일행은 예정대로 이쪽에 합류하라고 해. 그 일에 대한 처리는 다시 나중에 생각해볼 테니까."

그때 아스트로 조수석 문이 벌컥 열리며 야구 모자를 쓴 흑인이 얼굴을 쓱 내밀었다. 보스의 이름을 부르며 급히 말했다.

"조금 전 스케어크로에게서 연락이 왔습니다. 배치에 들어갔다고 합니다. 즉 전 대원이 배치되었다는 뜻입니다."

흑인의 목소리는 망가진 라디오처럼 잡음이 섞여 있고 게다가 엄청나게 컸다. 앤드루스는 효과 없는 두통약 때문에 고민하는 환자처럼 관자놀이를 꾹꾹 누르며 입을 열었다.

"좋아, 마우스, 우선 그 입부터 다물어."

마우스라고 불린 흑인은 겸연쩍은 웃음을 지으며 입을 다물었다. 그들의 보스는 중상을 입은 탓에 평소보다 세 배쯤은 신경질적이었다. 앤드루스는 마우스를 향해 재촉하는 몸짓을 보였다. 마우스는 조용히 옆구리에 끼고 있던 노트북컴퓨터를 열어 보스의 눈에 잘 보이게 앞으로 내밀었다.

그 액정 화면에는 컴퓨터 그래픽으로 합성된 전술 맵이 떠 있었다. 상공에서 촬영한 이 부근의 지형도를 바탕으로 생성되었고, 복수의 광점光點은 요원 한 명 한 명을 표시하고 있기 때문에 전체적인 배치를 한눈에 파악할 수 있다.

"그 여자의 모습은 확인되었나?"

"유감스럽게도 여자의 모습은 육안으로는 확인할 수 없었습니다. 하지만 캐리어의 바큇자국이 이 호텔에까지 이어졌어요. 이건 어디까지나 추측이지만, 여자가 이 호텔에 들어갔고 거기서 다시 나온 바큇자국이 없다는 점을 생각하면……."

마우스의 장황한 말은 아직 끝나지 않았지만 앤드루스는 의견을 청하듯이 파이선을 올려다보았다. 전직 해병대원은 어깨를 으쓱 치켜들며 말했다.

"이런 황야에서 캐리어를 끌고 돌아다닐 여행객은 그리 많지 않습니다."

"그렇지?"

앤드루스는 다시 한 번 노트북컴퓨터로 고개를 돌려 뭔가를 음미하듯이 화면을 지그시 노려보았다. 작전 인원의 배치가 완료되었는데도 출동 지시를 내려주지 않는 것에 대해 파이선이 답답한 듯 몸을 흔들었다. 마우스 역시 들썽거리는 기색으로 탁구공 같은 눈을 끔벅거리고 있었다.

앤드루스는 마우스를 정면으로 바라보았다.

"뭔가 불안해하는 것 같군."

"……아, 예에."

마스터베이션을 들킨 소년처럼 어쩔 줄 몰라 하더니 마우스는 더듬더듬 속마음을 입 밖에 냈다.

"지나친 걱정인지도 모르겠지만, 들은 바로는 가타나가 남미에서 레인저 부대를 괴멸시켰다고 하던데요."

"그런 말에 신경 쓸 거 없어."

눈을 감더니 앤드루스는 세 살짜리 어린애를 타이르는 듯한 어조로 말했다.

"소문은 제멋대로 돌아다니며 퉁퉁하게 살이 찌는 것이야. 내가 콜롬비아에서 처음 놈의 이야기를 들었을 때는 다들 추파카브라아메리카 대륙에 산다는 미확인 생물체. 외계인이라는 설도 있다 ─ 옮긴이가 아니냐고 했을 정도야. 하지만 그런 악마는 이 세상에 없어."

"그럼 그 소문은……."

"물론 엄청난 수의 사람들이 희생된 건 사실이야. 하지만 최종적으로 우리는 남미에서 놈을 수중에 넣었어. 생각해보라고, 마우스, 세계 최강의 국가가 18세기 무술 따위에 뒤져서야 되겠나?"

마우스는 고개를 끄덕였다. 동의한다는 몸짓이었지만 마음속으로는 받아들이지 못했다는 것이 그대로 표정에 드러났다. 앤드루스는 손을 툭툭 터는 몸짓을 보였다.

"마우스, 이건 뭔가 잘못됐어. 어리석은 공산주의 신봉자가 잘못된 판단으로 호랑이를 감옥에서 풀어놓은 것뿐이야."

그때 앤드루스는 마우스의 시선이 자신의 팔 끝을 쳐다본다는 것을 깨달았다. 얼마 전까지 손목이 달려 있었던 팔이다.

"그래, 똑똑히 봐둬. 최초의 대응을 잘못하면 이렇게 된다는 좋은 표본이 될 테니까. 하지만 우리는 놈의 행동 원리를 알고 있고 전술도 모두 꿰고 있어. 무엇보다 놈이 도망칠 곳 없는 건물 안으로 스스로 들어간 것은 하늘이 내려준 은총이야."

짐칸에서 고개를 쓱 내밀며 앤드루스는 무사한 다른 쪽 팔로 전술맵을 가리켰다.

"완전 무장한 일 개 소대가 정면으로 돌입해 건물 전체를 제압할 것이다. 가타나는 뒷문으로 도망치려고 하겠지만 건물 뒤 첨탑에서 우리가 배치해둔 저격수를 알아보고 그 계획을 접게 되겠지. 차폐물 없는 확 트인 장소에서 저격수에게 제 몸을 드러내는 것은 지극히 위험한 일이기 때문이야. 그리고 놈을 이쪽 건물 한 귀퉁이로 몰아넣으면……."

앤드루스는 손가락을 입에 넣었다가 뻥 소리가 나게 힘껏 빼냈다.

"오븐 속의 칠면조 신세야."

마우스는 혀를 내밀어 윗입술을 핥았다. 그는 식은땀을 흘리고 있었다.

"앤드루스."

답답함을 견디지 못한 파이선이 입을 열었다.

"다음 지시를 내려주시죠. 이제 슬슬 폭시 일행이 도착할 겁니다."

어서 빨리 해치우자는 뜻이었다. 앤드루스는 서늘한 눈빛으로 파이선을, 이어서 마우스를 바라보더니 예정되어 있던 다음 단계에 대해 말했다.

"라운지에 있는 스태프들에게 본관으로 침입하라고 해, 단 합법적으로."

마우스가 미간을 찌푸렸다.

"합법적으로? 저기, 합법적이라는 건 무슨 말인지……."

"신분증을 보여주고 정식으로 그 여자를 체포하라는 말이야."

"아, 예에."

"적절한 타이밍에 공격 명령을 내릴 거야. 노트북컴퓨터를 내 쪽에서 보이도록 해줘."

마우스는 조수석에 앉아 있었지만 무릎 위에 얹어둔 노트북을 들어 앤드루스 쪽에 보이도록 올려놓았다. 화면 위의 광점이 마치 병사의 숨결을 나타내듯이 깜빡거렸다. 이 광점은 GPS에 의해 리비스랜치에 잠입한 요원들의 현재 위치를 정확히 알려준다. 나아가 잠입 요원들은 몸에 심박 측정기를 달고 있어서 부상이나 사망 등의 상태도 확인할 수 있다. 보병 한 사람 한 사람의 연결망을 통해 분대의 행동을 최적화하는 랜드 워리어 시스템이 탄생시킨 기술이다. 본체 개발 계획은 예산 문제로 지지부진하고 있지만 그 혜택은 충분히 누릴 수 있었다. 앤드루스는 그야말로 주차장 차 안에서 리얼 타임으로 전투 상황을 한눈에 파악하는 것이다.

걸프전을 계기로 전투 행위의 텔레비전 게임화가 규탄을 받고, 안이한 살육 행위를 비난하는 목소리가 높아졌지만, 앤드루스가 보기에는 그건 논의의 핵심이 아니다. 오히려 기술혁신에 따라 병기가 지나치게 복잡해지면서 전투라는 행위가 컴퓨터의 개재 없이는 누구에게나 힘겨운 것이 되었을 뿐이다. 그것은 자동차의 제어 기능 대부분을 전자 부품에 의지하게 된 것과 마찬가지다. 결국 인터페이스는 다루기 쉽고 간결한 것이 되지 않을 수 없다.

그렇지만 언제나 하는 일은 똑같다. 아군의 피해는 최소한으로 줄이고 적군은 최대한 많이 살상하는 것이다. 이건 고대 로마 시대로부터 면면이 이어져온 만행의 연장선에 있는 것이다.

"좋아."

앤드루스는 중얼거리듯이 말했다.

"출동이다."

* * *

"여기는 매춘 호텔이잖아."

키모는 뻔한 이야기를 굳이 내뱉었다.

"그 여자가 이런 데서 뭐 하는 거야?"

"필요한 일을 하고 있겠지."

마이켈스는 주차장을 걸어가면서 대답했다.

리비스랜치는 노래 가사에 등장하는 호텔 같은 모습이었다. 어둠이 깔린 사막에 등불을 켜고 둥실 떠 있는 듯한 수수께끼의 호텔. 불빛 아래에서 정체를 알 수 없는 마담이 여행자를 불러들인다. 그게 이글스의 노래였던가? 블라인드가 내려진 창문에서 아주 조금 불빛이 새어 나올 뿐, 안에서 무슨 일이 일어나고 있는지 눈으로 확인하기는 어렵다.

호텔 뒤편으로는 바위가 울룩불룩 드러난 구릉지가 우뚝 솟아 있고 주변에는 저녁 해를 받아 적동색으로 물든 사막이 한없이 이어졌다.

네바다의 공인 매춘 호텔 중의 하나인 이곳은 캘리포니아와의 주 경계선 근처 한적한 장소에 자리 잡고 있다. 가장 가까운 건물도 수십 킬로는 떨어져 있어서 주위에는 인기척이 전혀 없다. 건물 앞에서 95번 주도로까지 이어진 길이 한 줄기 뻗어 있을 뿐이다. 그나마도 이 호텔에 볼일이 없는 자동차라고는 지나가는 일이 없다.

"들어가서 어떻게 하려고?"

키모가 의미심장한 눈빛으로 물었다. 두 사람을 따라오던 네 명의 남자가 외설적인 웃음소리를 냈다. 마이켈스는 불끈한 표정으로 고개를 돌려 부하들을 노려보았다.

"정신 차려. 버건데일을 처리한 놈들, 벌써 잊었어?"

남자들은 어깨를 으쓱 쳐들었다.

마이켈스는 입구를 살펴보다가 손에 든 스포츠 재킷을 걸쳤다. 더운 날씨지만 겨드랑이 밑에 헤클러앤드코크 사의 MP7 단 기관총을 매달고 있어서 그것을 가릴 필요가 있었기 때문이다. MP7는 권총 탄환을 사용하는 이른바 자동 권총과는 달리, 방탄조끼를 관통하는 강력한 라이플용 탄약을 분당 1000발의 엄청난 속도로 발사하는 무기다. 총격전에 돌입하게 될 경우, 호스로 물을 뿜듯이 탄알을 내뿜어 상대를 걸레처럼 너덜너덜하게 만들 수 있다. 뒤따라오는 키모도, 그리고 다른 경호원들도 마이켈스와 마찬가지로 몇 초 만에 상대를 살상할 수 있는 강력한 무기를 은밀히 소지하고 있다.

게이트 앞에 선 마이켈스는 호출 벨을 발견하고 연달아 두 번을 눌렀다. 그것이 규칙 위반이라는 것을 그는 알고 있었다. 벨을 연달아 두 번 울리는 것은 이 호텔에 물건을 대주는 업자라는 신호다. 이 벨이 울리면 마담은 아가씨들을 불러 현관 앞에 줄줄이 늘어서게 하지 않는다. 그래서 두 번의 호출 벨은 요란한 마중 없이 조용히 안에 들어가고 싶은 손님들이 사용하기도 한다.

열린 문 안으로 들어섰다. 중정을 지나 곧장 걸어가자 호텔 출입
문이었다. 마이켈스는 말굽이 새겨진 두툼한 손잡이를 잡고 문을 열
었다.

담배와 향수 냄새가 자욱하게 흐른다. 바 카운터와 일곱 개의 낮
은 테이블 석이 설치된 라운지였다. 조명은 어슴푸레하고 외부와는 달
리 무척 시원하다. 손님 몇 명이 각자 카운터와 테이블 석에서 아가씨
들과 이야기를 나누며 커피를 마시고 있었다. 그중에서도 테이블 석
한가운데 진을 친 세 명 일행이 큰 소리로 웃고 떠들며 주변은 아랑곳
할 것 없이 아가씨들에 대한 품평이 한창이다.

마이켈스는 손짓으로 부하들을 테이블 석에 앉히고 자신은 카운
터로 향했다. 카운터 안에는 손님을 받기에는 약간 나이가 많다 싶은
여자가 있었다. 마이켈스는 이 여자가 호텔 여주인이라고 판단했다.

"어서 오세요."

마담의 인사에 별다른 대꾸 없이 마이켈스는 카운터에 놓인 작은
접시에서 땅콩을 한 움큼 집었다. 그것을 입에 툭툭 던져 넣으며 옆에
주욱 앉아 있는 다른 손님들의 면면을 확인했다. 마음에 걸리는 얼굴
하나가 눈에 띄었다.

"단체로 오셨구나? 아이, 고마워라."

땅콩을 씹으며 마이켈스는 이번에는 마담 쪽을 보았다. 예전에는
나름대로 아름다웠을 그 얼굴에 감출 길 없는 잔주름이 새겨져 있었

다. 그 위에 덧칠한 화장은 시간의 흐름에 저항하려는 노력이 얼마나 무의미한지를 말해주었다.

"여기가 물이 좋다는 얘기를 들었거든."

"어머, 누구한테?"

"마담이 잘 아는 사람에게."

적당히 대꾸하면서 마이켈스는 마음에 걸리는 얼굴을 곁눈으로 관찰했다. 장발에 콧수염이 있는 남자다. 진한 색깔의 선글라스를 쓰고 카운터 한구석에 뻣뻣이 서 있었다. 그 차림새가 어딘지 어색했다. 변장이라고 큼직하게 써 붙인 것 같은 모습이다. 게다가 남자는 아가씨들에게는 눈길 한 번 주지 않고 라운지 여기저기를 살피고 있었다. 여자 사냥 이외의 목적으로 이곳에 왔다는 게 명백했다. 그자의 귀에 들어갈 우려가 있는 이 장소에서 부치 이야기는 꺼내고 싶지 않았다.

마이켈스는 몸을 돌려 키모를 찾았다. 수상한 자의 존재를 눈짓으로 전하려고 했지만 키모는 옆에 다가온 갈색 머리 아가씨에게 설을 푸느라 여념이 없었다.

이 친구야, 그래 봤자 아무 소용 없는 짓이야.

키모가 헐렁한 그 셔츠를 벗는 순간, 겨드랑이에 매달린 두 정의 권총을 들키게 될 것이기 때문이다.

저마다 신이 나서 떠들고 있는 부하들 쪽으로 걸음을 옮기려고 한 순간이었다. 변장한 남자가 마담 쪽으로 다가가 뭔가 말을 건넸다. 라운지 안에 음악이 흐르고 있어서 처음에는 남자가 무슨 말을 하는지 주위 사람들은 듣지 못했다. 마담이 미간을 찌푸리며 뭔가 되물었다. 남자는 이번에는 크고 또렷한 목소리로 이렇게 내뱉었다.

"연방보안관이다!"

그 즉시 라운지 안이 찬물을 끼얹은 듯 고요해졌다.

변장하고 있던 남자는 배지를 꺼내 마담 쪽에 내보였다. 마담은 무슨 영문인지 모르겠다는 얼굴로 입을 헤벌린 채 배지를 들여다보았다. 이윽고 연방보안관이라는 남자는 실내를 돌아보더니 동작을 멈추고 얼어붙어버린 손님들을 향해 말했다.

"여러분, 진정하십시오. 탈옥수가 이 호텔에 들어와 잠복 중이라는 정보에 따라 그자를 체포하러 왔습니다. 여러분에게는 어떤 피해도 끼치지 않습니다. 침착하게 현재의 자리를 지켜주시기 바랍니다."

마이켈스는 그 모습을 찬찬히 지켜보았다. 뭔가 강한 위화감이 들었다. 연방보안관의 직무 중에는 분명 탈옥수나 범죄자에 대한 추적도 포함되어 있다. 하지만 마이켈스가 알고 있는 모든 지식이 지금 눈앞의 보안관은 가짜라고 경고하고 있었다. 이자는 영화에 나오는 토미리 존스를 흉내 내고 있을 뿐이다. 상대가 무엇을 노리고 이런 짓을 하는지 처음에는 알 수 없었지만, 잠시 뒤에 추리의 퍼즐이 하나하나 제자리에 끼워졌다.

부치, 그리고 그녀가 운반하고 있는 짐을 노리는 것이다.

"어설픈 연극은 관두시지."

보안관의 등 뒤로 다가가 말을 건넸다. 잠시 뜸을 들였다가 상대는 천천히 고개를 돌렸다. 마이켈스와 시선이 마주쳤다. 그가 몸을 돌리는 겨를에 재킷 자락이 슬쩍 들썩였다. 그 안에 무엇이 있는지는 명백했다. 마이켈스는 재빨리 총을 뽑아 상대의 미간에 총구를 들이댔다.

등 뒤에서 키모 일행이 일제히 총을 뽑는 기척이 들렸다. 45구경 콜트, 총신을 짧게 줄인 모스버그. 호신용이라고 하기에는 지나치게 위력이 큰 무기다. 굳이 돌아볼 것도 없이 그 총구가 모조리 이 우스꽝스러운 가짜 보안관을 향하고 있을 터였다. 행여 마이켈스가 상대하는 자가 방아쇠를 당기려고 했다가는 코끼리를 쓰러뜨리고도 남을 만큼의 총알이 온몸에 박힐 것이다.

마이켈스가 이 자리를 장악했다고 생각한 순간, 부르르 떨리는 발포 음이 정적을 깨뜨렸다. 동료가 한 짓이 아니라는 것을 이해하는 데까지 1초가 채 걸리지 않았다.

마이켈스는 무릎을 딛고 몸을 돌리는 동시에 그쪽으로 총을 겨누었다. 총알은 입구 근처에 서 있던 중년 남자의 인그램 자동 권총에서 튀어나온 것이었다.

그 순간, 마이켈스는 테이블 석에 진을 치고 있던 세 명 일행이, 그리고 그 옆에서 혼자 아가씨에게 주절거리고 있던 검은 머리의 남자가, 카운터에 앉아 있던 남자들이, 즉 자신들을 제외한 모든 손님이 손에 총을 들고 있다는 것을 깨달았다.

마이켈스는 자신이 완전히 실수했다는 것을 깨달았다. 허를 찔렀다고 생각했는데 뛰는 놈 위에 나는 놈이 있었다. 하지만 이 상황이 미처 예상하지 못한 것임은 상대 쪽도 마찬가지인 모양이었다.

몸을 숨길 만한 차폐물이 전혀 없는 좁은 공간에서 건맨gunman 쇼가 시작된 꼴이었다. 그 자리에 있던 남자들 전원이 가까이에 있는 적을 향해 총알을 날렸다. 빗나갈 리 없는 지근거리였기 때문에 서부극의 결투처럼 누가 먼저 총을 뽑느냐의 경쟁이었다. 열여섯 정의 총이 서로에게 총구를 겨누고 어처구니없을 만큼 빠른 속도로 발포했다.

마이켈스는 첫 번째 총알을 가까운 카운터에 있던 남자에게 먹였다. 그자는 재빠른 몸놀림으로 총을 마주 겨누었지만 그 총구가 향한 곳은 마이켈스가 아니었다. 잘 훈련된 사격수는 순간적인 불운으로 숨을 거두었다.

전원이 미친 듯이 고함치며 정신없이 총을 쏘아댔다. 테이블 석 한가운데에서는 키모가 죽음의 무도회를 벌였다. 양손에 움켜쥔 총을 교향악단 지휘자의 지휘봉처럼 흔들면서 입을 동그랗게 벌린 채 연속으로 발사하고 있었다. 이윽고 그 몸이 자신의 의지와는 관계없이 한 차례 붕 떠올랐다가 바닥에 내동댕이쳐졌다. 난사된 총알이 배에서부터 어깨까지 꿰뚫고 지나간 것이다.

마이켈스는 몸을 돌려 카운터 안으로 뛰어들었다. 행운이 언제까지나 계속되는 것은 아니다. 카운터 안에서는 웬 못생긴 금발 여자가 귀를 막은 채 비명을 지르고 있었다. 총알을 다 써버린 마이켈스는 뒷주머니에 넣어둔 예비 탄창을 꺼내 교체했다. 이윽고 현관문을 걷어차는 소리가 요란하게 울렸다. 또 다른 자들이 나타났다는 뜻이다.

"공격! 공격!"

누군가 연거푸 외쳤다. 사내들은 살롱을 지나 객실 쪽으로 뛰었다. 그들이 무엇을 노리는지 잘 알고 있는 마이켈스는 잽싸게 카운터 위로 뛰어 올라갔다. 이대로 눈감고 지나갈 수 없는 일이기 때문이다.

카운터 바로 옆에 낯선 남자의 얼굴이 보이자마자 방아쇠를 당겼다. 총알은 남자의 오른쪽 눈을 뚫고 머리 뒤쪽으로 튀어 나가서 그가 손에 든 브라우닝을 써볼 틈도 없이 숨이 끊겼다. 쓰러진 남자를 다시 한 번 확인한 마이켈스는 같은 편에게 총질한 게 아니라는 것에 안도했고, 동시에 말문이 턱 막혔다.

같은 편 전원이 사체가 되어 나뒹굴고 있었다.

라운지에는 키모와 자신의 경호원을 비롯하여 다양한 사체가 널려 있었다. 마이켈스 일행과 총격을 벌이다 죽은 자가 있는가 하면 억울하게 휘말려 죽은 아가씨의 모습도 보였다. 유탄을 맞은 아가씨 몇몇은 아직 숨이 붙어 있어서 비통한 신음 소리를 냈다. 마이켈스는 반사적으로 사체의 수를 헤아렸지만 주변이 온통 피범벅이어서 제대로 파악할 수도 없는 상황이라 결국 쓸데없는 짓은 관두기로 했다.

적은 안쪽으로 사라졌다.

통로를 내달리는 발소리가 들렸다.

마이켈스는 카운터로 돌아가 마담의 멱살을 움켜쥐었다.

"이봐!"

마담은 지나치게 말랑말랑한 젤리처럼 푸르르 떨었다. 마이켈스는 아랑곳하지 않고 뜨겁게 달궈진 MP7의 총신을 그 뺨에 들이댔다.

"여행용 캐리어를 가진 여자, 어디 있어?"

"난 그런 여자 몰라."

마이켈스는 다시 한 번 총을 움켜쥐고 상대의 미간에 총구를 들이밀었다. 느긋하게 심문 놀이를 하고 있을 시간이 없다. 그때 등 뒤에서 목소리가 들렸다.

"그, 그 여자라면⋯⋯."

말더듬이 아가씨였다. 마이켈스는 몸을 돌려 금발 여자의 못생긴 얼굴을 매섭게 노려보았다.

* * *

그 아스트로를 마침내 따라잡은 건 행운이라고 해야 할 일이었다. 하긴 놓쳐버린 지점에서 이곳까지 도로가 거의 외줄기였으니까 어떻든 포기하지 않고 계속 추적한 것이 공을 세운 가장 큰 이유일 것이다. 상대도 어딘가의 시점에서 주유소에 들른 모양이었다. 그러면서 서로의 거리가 좁혀져 네바다 주 한복판에서 다시 사나에를 납치해 간 자들을 포착했다.

길 끝에 콩알만 하게 보이는 아스트로의 뒤꽁무니를 쫓아가며 브라이언은 크루즈 컨트롤을 세트했다. 액셀을 밟지 않아도 일정한 속도를 유지해주는 이 장치를 상대 차량도 사용하고 있는 게 분명했기 때문이다. 섣불리 가까이 다가갔다가는 이쪽의 정체를 들키게 된다.

95번 국도를 북상하던 두 대의 아스트로가 옆길로 우회전했을 때, 브라이언은 자신이 쫓는 상대의 목적지를 짐작할 수 있었다. 그 옆길이 사막 가운데서 바위를 그대로 드러낸 언덕 기슭의 건물 앞까지 이어져 있었기 때문이다.

아스트로와 똑같이 우회전해서 뒤따라가는 어리석은 짓은 피했다. 그 옆길을 지나쳐 약 1킬로미터쯤 달려간 뒤에 문제의 건물에서는 보이지 않는 각도로 굽어 들어간 지점에 차를 세웠다. 글로크를 꺼내 남아 있는 총알을 확인했다. 열두 발. 예비 총알은 없다.

"제기랄."

작은 소리로 투덜거렸다.

경관은 근무 중 자기방어에 필요한 평균 총알 수가 다섯 발 미만으로 정해져 있다. 그래서 브라이언은 쓸데없이 많은 총알을 소지하고 다니는 일이 없었다. 악당과의 총격전으로 사내다움을 증명하려는 타입도 아니고, 5년 전의 한 사건에서 총격전에 집착하다가 반신불수가 된 동료를 알고 있기 때문이다.

하긴 지금 당장 호주머니에 총알이 가득하다고 해도 그리 큰 도움은 되지 못할 것이다. 상대는 틀림없이 전문 훈련을 받은 무장 집단이다. 그들과 대치하는 데 필요한 것은 총이 아니라 지혜다. 총을 바지 뒤춤에 찔러 넣고 브라이언은 가방에서 소형 쌍안경을 꺼냈다. 차에서 내려 아스트로가 사라진 건물 쪽으로 신중하게 걸음을 옮겼다.

이런 한적한 곳에 서 있는 건물이 과연 어떤 곳인지 브라이언은 열심히 머리를 굴렸다. 네바다 주의 대도시 라스베이거스와 리노의 중간쯤이고 실제 거주자가 거의 없는 지역이다. 네바다 주에 가장 흔하게 널려 있는 것이 카지노지만 인적이 끊긴 이런 곳에서 카지노 영업이 가능할 리 없다. 교외의 카지노는 인근에 거주하는 노인들이 주 고객이기 때문에 주택가와 멀리 떨어지지 않은 곳에 개장하게 마련이다.

국도를 벗어나 브라이언은 언덕길을 타고 걷기 시작했다. 사막 한복판을 건너가는 것보다 들킬 염려가 적다고 판단했기 때문이다. 건물이 내려다보이는 위치에 도착하자 쌍안경을 꺼내 살펴보았다. 청색 바탕에 흰 글씨로 적힌 간판이 눈에 들어왔을 때, 비로소 건물의 정체를 알았다.

매춘 호텔이다.

브라이언은 다시 고민에 빠졌다. 수수께끼가 한 가지 더 늘어났기 때문이다. 자신이 지금 관여한 것이 가타나라는 테러리스트와 연결된 일이라고 한다면 고든의 애인인 사나에가 맡은 역할은 대체 무엇일까? 그리고 그자들은 왜 사막의 매춘 호텔에 찾아온 것일까? 이곳이 고든과 대립하는 범죄 조직의 은신처여서 가타나를 숨겨주고 있기라도 한 것인가?

하지만 브라이언은 이내 고개를 저었다. 네바다에서 매춘은 합법이다. 예전에는 비합법적인 조직에서 운영하기도 했지만 요즘은 상당히 건전한 방향으로 나아가고 있다. 전직 고교 교사가 목돈을 마련해 매춘 호텔을 매입했다는 뉴스가 들려오는 시대다.

쌍안경의 방향을 돌려 건물 앞 주차장을 살펴보았다. 서로 거리를 두고 주차한 두 대의 아스트로가 발견되었다. 그중 한 대에서 두 명의 남자가 주차장에 내려선다. 복면은 쓰지 않았지만 거리가 멀어서 얼굴까지는 보이지 않았다. 좀 더 가까이 다가가 지근거리에서 상황을 살펴볼 필요가 있었다.

그렇게 생각하고 신중하게 건물로 접근하기 시작했을 때 그 소리가 들려왔다.

총성.

그것도 한 정의 권총이 울리는 연주가 아니다.

완전 풀 오케스트라다.

* * *

식당에 있던 두 사람에게도 위층의 그 소리가 들려왔다. 멍하니 텔레비전을 보다가 부치는 깜짝 놀라 몬도 쪽을 보았다.

"드디어 왔네."

눈이 마주친 순간, 소년이 말했다. 주문한 피자가 왔다는 것처럼 가벼운 말투였다. 하지만 그것이 총격전 소리라는 것은 부치도 알 수 있었다. 마치 천둥의 신이 마구 날뛰는 것처럼 요란한 총성이었기 때문이다.

"그래, 왔나 봐."

부치는 대답했다. 리오라이트에서의 일이 머리를 스쳤다. 대체 누구인지 알 수 없지만 그자들이 또다시 이곳을 알아내 습격한 것이다. 사나에의 연락을 기다리며 이 호텔에 조용히 숨어 있으려고 했는데 어쩌면 그것이 실수였는지도 모른다. 부치는 자리에서 벌떡 일어섰다.

"어서 도망쳐야 해."

하지만 몬도는 말없이 테이블에 놓인 자신의 검을 응시할 뿐이었다. 부치의 입에서 저절로 나무라는 소리가 튀어나왔다.

"너, 또 싸울 생각이야?"

"저자들이 어떻게 나올지는 잘 알고 있어."

몬도는 입술을 잘근잘근 깨물며 말했다.

"병사의 머릿수를 채워서 똑같은 옷과 똑같은 무기로 온몸을 꾸미겠지. 소음기 달린 오토매틱 라이플, 섬광과 폭음의 수류탄. 등 뒤에서는 수백 미터 거리에서도 명중시킬 수 있는 저격수가 노리고 있어. 하지만 어차피 총에만 의지하는 굼벵이 같은 자들……."

소년의 얼굴에 잔인한 웃음이 떠올랐다.

"나보다 더 빨리 뽑을 수 있는 자는 없어."

"바보 같은 소리를!"

부치는 단호하게 내뱉었다. 살아남기 위해서는 현실적인 판단이 필요하다. 워터먼이 준비해준 권총은 리오라이트에서 빼앗겨버리고 이제 무기라고 할 만한 것은 몬도의 검밖에 없다. 그에 비해 상대는 여러 명이고 전원이 총으로 무장하고 있을 터였다.

부치는 테이블에 놓인 검을 손에 들었다. 차가운 금속의 감촉이 느껴졌다.

"검으로 어떻게 총을 이기겠다는 거야? 오다 노부나가와 다케다 신겐의 전투 이야기, 몰라?"

"노부나가와 신겐은 싸우지 않아."

부치는 말없이 고개를 내저었다. 이 소년의 무모함을 어떻게 말릴지 잠시 생각해보았다. 어떤 말로도 그를 설득하기는 어려울 것 같았다. 애초에 이 소년은 사람을 베는 것에서 기쁨을 느끼는 구석이 있기 때문이다. 우선 생명의 존엄함에 대한 강의부터 할 필요가 있다. 아무래도 의무교육 단계에서 충분한 도덕교육을 받지 못한 모양이니.

"몬도, 내 말 좀 들어봐."

하지만 입을 여는 순간, 계단으로 뭔가 굴러떨어지는 소리가 들렸다. 묵직한 금속 덩어리가 데구루루 굴러왔다. 휙 돌아보던 몬도가 잽싸게 부치의 팔을 잡아챘다.

"수류탄이야!"

그게 뭔지도 정확히 알지 못했지만 부치는 소년이 이끄는 대로 옆의 주방을 향해 냅다 뛰었다.

"빨리 움직여! 문을 닫고 몸을 숙여!"

아직도 상황을 이해하지 못한 채 소년의 얼굴을 마주 보았다.

"폭탄이 터진단 말이야!"

부치는 눈이 휘둥그레져서 반사적으로 주방과 식당 사이의 문을 쾅 닫았다.

"엎드려서 눈과 귀를 막아!"

몸을 낮추고 귀를 막았지만, 마치 귀 막은 손 따위는 존재하지 않는 것처럼 엄청난 소리가 울려 퍼졌다.

이어지는 총성.

부치는 지끈거리는 머리를 부여잡고 오로지 의지의 힘만으로 고개를 들었다. 수류탄의 폭음 때문에 의식이 몽롱해졌다. 흐릿한 시야 속에서 소년의 오른손이 검을 잡는 것이 보였다.

문을 걷어차고 한 남자가 주방으로 뛰어들었다. 상대가 이쪽을 알아보는 것과 동시에 몬도의 검이 날았다. 부드러운 섬광이 남자의 팔을 통과하자 전에 리오라이트에서 본 것과 똑같은 일이 일어났다. 남자의 손목이 기관총을 쥔 채로 낙하한 것이다.

하지만 이번에는 다음이 있었다. 머리 위로 번쩍 치솟은 칼끝이 남자의 안면을 갈랐다. 오른쪽 광대뼈로 들어간 칼날이 왼편 귀 위로 빠졌다. 머리의 3분의 1이 떨어져 나가면서 엄청난 양의 피가 쏟아졌다. 부치는 그 끔찍한 잔인함에 멀거니 빠져들었다. 몬도의 움직임에는 한 치의 낭비도 없는 완벽한 양식미가 있었다.

누구보다 빨리 뽑을 수 있다.

몬도는 마치 그것을 증명하려는 것처럼 보였다. 무너져 내린 남자의 사체를 타 넘고 식당 쪽으로 뛰쳐나간다. 부치는 그 뒤를 따르면서 생각했다. 마주치는 겨를의 일격이라면 또 모르지만 폭이 넓은 공간에서 검과 총은 상대가 되지 않는다.

하지만 그런 걱정을 꿰뚫어 본 듯이 몬도가 낮게 속삭였다.

"걱정할 거 없어."

밖에는 역시 뒤따라온 자들이 있었다. 몬도와의 거리가 5미터쯤이나 떨어져 있다. 검이 닿지 않는 절망적인 거리다. 남자는 H&K의 서브머신건을 쳐들더니 신축식 스톡을 어깨에 대고 정조준했다.

그자가 잘 훈련된 병사라는 것은 부치의 눈으로 봐도 분명했다. 망설임 없는 움직임은 똑같은 동작을 수없이 되풀이해서 훈련했다는 것을 보여주었다. 기본에 충실한 자는 강하다. 부치는 그것을 유도 도장에서 지겨울 만큼 실감했다.

표적의 머리를 노린 몇 번의 단발 사격. 실내에서의 사격 훈련에 숙달된 자의 동작이었다. 하지만 사격수가 노리는 위치에 이미 몬도의 머리는 존재하지 않았다. 바닥을 기듯이 몸을 한껏 낮추고 첫 한 걸음에서 거리를 반으로 좁혔다. 당황한 사격수가 그쪽을 조준했을 때, 몬도는 다음 한 걸음에서 사선을 그으며 다시 앞으로 달려나갔다.

총알이 몬도의 관자놀이를 스쳤다.

마치 권투 선수가 헤드 슬립으로 펀치를 슬쩍 피하는 듯한 동작이었다. 종이 한 장 차이로 총알을 피하더니 윗몸을 비틀 듯이 뒤로 젖히며 칼날을 높이 쳐들었다. 칼끝이 남자의 손목, 이어서 그 앞의 경동맥을 갈랐다. 만일 사격수가 아마추어처럼 총을 마구 쏘아댔다면 결과는 달라졌을 것이다. 체스의 달인들이 서로의 수를 읽어내듯이 싸운 끝에 몬도가 승리했다. 그야말로 한순간에 목숨이 오고 가는 싸움으로, 상대는 평소에 습득해온 방식으로밖에는 대응하지 못했다.

털썩 소리를 내며 남자가 쓰러졌다. 목에서 거품 가득한 피가 힘차게 쏟아져 나왔다.

"두 명."

작은 소리로 몬도가 중얼거렸다. 베어낸 적의 숫자를 헤아리는 것이다. 부치는 방금 목격한 광경이 믿기지 않아 그저 망연자실할 뿐이었다.

"꾸준히 연습하면 첫 발은 반드시 피할 수 있어."

부치가 경악한 것을 알아차렸는지 소년은 대수롭지 않다는 듯이 말했다.

"상대의 시선, 어깨와 팔의 움직임, 그리고 손가락 끝을 잘 봐야 해. 방아쇠에 걸린 제2관절을 똑똑히 지켜보면 힘이 가해지는 순간을 알 수 있어."

"지, 진짜 대단하다……."

"무기는 모두 팔다리 동작의 연장선에 있어. 총도 예외가 아니야."

몬도는 바닥에 쓰러진 사체를 내려다보았다. 남자의 이어폰에서 소리가 흘러나왔다. 그것을 알아들은 부치는 떨리는 손으로 이어폰을 빼내 자신의 귀에 댔다. 흥분으로 갈라진 목소리가 들려왔다.

"……한다. 본관 2층도 장악했다! 남은 건 지하층, 스케어크로에게 연결하겠다!"

적이 나누는 통신이라는 건 분명했다.

"여기는 앤드루스. 스케어크로는 어떻게 됐나, 응답하라."

차가운 느낌의 목소리였다. 하지만 응답하는 자는 없었다. 부치의 발밑에 쓰러진 두 구의 사체, 그중 하나가 스케어크로일 터였다. 따라서 이 호출에 응답할 일은 이제 영원히 없을 것이다.

"몬도, 어떡해? 여기로 우르르 몰려오면 도망갈 데가 없잖아. 어서 짐을······."

부치는 캐리어를 놓아둔 곳을 눈으로 찾았다. 제로할리버튼 가방에는 총구멍이 뚫렸고 샘소나이트 캐리어는 박살이 나서 안에 든 것이 사방으로 흩어진 것이 보였다. 누런 마포 부대에 담겨 있던 순도 높은 코카인이 식당 바닥에 절망적인 형태로 흩뿌려져버렸다. 총구멍이 난 곳에서 아직도 하얀 가루가 푸슬푸슬 흘러나오고 있었다.

부치가 어쩔 줄 모르고 있으려니 귓가의 이어폰이 다시 목소리를 높였다.

"여기는 스라소니, 중정에 사람이 있다."

"여기는 앤드루스, 스라소니에게 알린다. 즉시 처리하라."

"여기는 마우스, 앤드루스에게 알린다, 사나에가 자꾸 날뛰어서 힘들다. 약물 사용 허가를 요청한다."

이어폰에서 갑작스럽게 튀어나온 친구의 이름에 부치의 심장이 꿈틀 뛰었다.

사나에? 사나에가 왜 여기에?

"여기는 앤드루스, 마우스에게 알린다. 현재 돌입 중이다, 나중에 얘기하라! 그리고 해머헤드, 어떻게 됐나?"

"여기는 해머헤드, 계단을 내려간다. 문은 열려 있다."

부치는 귓가의 목소리가 아득히 멀어지는 듯한 느낌에 사로잡혔다. 친구 사나에의 이름이 튀어나오는 바람에 주의가 산만해졌기 때문이다.

"앤드루스, 여자가 있다! 제기랄, 스케어크로 옆에 여자가 있다! 스케어크로는 피투성이다."

그 대화 직후, 고개를 든 부치는 계단을 통해 식당으로 우르르 밀려드는 남자들의 모습을 발견했다.

"사살하라! 지금 즉시 사살하라!"

그것이 자신을 가리키는 말이라고 깨닫기까지 잠시 멍해져 있었던 탓에 이쪽을 향한 총구에 반응할 틈이 없었다.

부치는 남자들의 손에 쥐어진 서브머신건이 불을 뿜는 순간을 보았다. 그것은 죽음의 순간에 보게 된다는 주마등처럼 몹시도 느린 속도로 흘러갔다. 작약炸藥이 터지고 탄두가 튀어나오는 것과 함께 볼트는 후진하고 빈 약협藥莢이 배출되는 것과 동시에 다음 탄알이 약실에 장전된다. 그 일련의 동작을 뒤로하고 9밀리 총탄은 회전하면서 부치의 미간을 향해 날아왔다. 아주 작은 금속 덩어리다. 그것이 화약에 의해 무시무시한 속도로 발사되고 회전이 더해지면서 살을 찢어발기고 그 충격으로 사람을 죽게 한다.

탄환은 가슴에 맞았다. 둔탁한 소리가 났지만 지극히 얕은 부분에서 멈췄다. 살은커녕 살갗조차 찢지 못했다.

방탄조끼를 입고 있었기 때문이다.

스케어크로의 사체를 일으켜 세워 몬도는 그것을 방패로 남자들에게 돌진했다. 해머헤드가 쏜 총알은 사체가 입은 방탄조끼에 맞아 어느 누구에게도 상처를 입히지 못했다. 다음 순간, 사체 뒤에서 한 손으로 날린 필살의 일격이 해머헤드의 목젖을 꿰뚫었다. 몬도는 칼날을 회전시켜 마지막 숨통을 끊었다.

해머헤드가 절명하는 것과 뒤따라오던 남자들이 좌우로 산개한 것은 거의 같은 순간이었다. 하지만 몬도는 잽싸게 사체에서 칼날을 뽑아 오른편으로 비켜선 자를 향해 성큼 걸음을 내밀었다. 남자의 양팔을 어깨에서 반대편 옆구리까지 사선을 그으며 베어내는 것과 동시에 검을 반대로 바꿔 잡으며 뒤쪽을 향해 도약했다. 왼쪽으로 비켜선 자는 낮은 위치에서 날아온 몬도의 등 너머 찌르기에 왼쪽 눈과 뇌를 관통당해 목숨을 잃었다.

중무장한 남자들이 단 한 명의 소년이 휘두른 칼날에 놀아나고 있었다.

검이 번쩍 춤을 추자 다른 두 명이 쓰러졌다. 소년은 체술의 달인이자 상대와의 거리를 컨트롤하는 데 통달해 있었다. 지하실로 몰려든 어느 누구도 몬도를 조준하지 못한 채 그 불가해한 현상에 경악하는 얼굴로 죽어갔다.

눈 깜짝할 사이에 다섯 명.

마지막 한 명은 자동 권총을 몬도에게 향하고도 발사하기를 잊어버린 듯 부들부들 떨고 있었다. 그자는 주춤주춤 뒷걸음질을 치다가 스낵 자동판매기에 덜컥 등이 닿으면서 멈춰 섰다.

부치의 귀에 무전기 소리가 들려왔다. 막다른 궁지에 몰린 마지막 한 명, 자동판매기 앞의 그자가 보내는 통신이었다.

"마, 말도 안 돼……. 앤드루스, 이 호텔, 호텔을 통째로 폭파해줘!"

그것이 그자의 유언이 되었다.

선혈이 솟구쳐서 멍한 빛을 내던 자동판매기를 빨갛게 물들였다. 마지막 한 명이 바닥에 털썩 쓰러지자 자동판매기가 붉은빛 등롱처럼 식당 바닥을 비췄다. 곳곳에 피에 물든 사내들의 사체가 나뒹굴고 있었다. 정체를 알 수 없는 병사들.

"폭파하라고 했지?"

몬도가 중얼거렸다. 부치는 파르르 떨리는 입술을 움직여 말했다.

"……어서 가야지."

뒤를 돌아보자 몬도가 고개를 끄덕였다. 사체 옆에 엎어진 자신의 캐리어를 흘끗 쳐다보았다. 저 물건을 부대에 쓸어 담고 그걸 질질 끌면서 도망칠 가능성이 얼마나 될까? 수치로 나타내기는 어렵겠지만 한없이 제로에 가까우리라는 건 틀림이 없었다.

고든의 흉포한 얼굴을 머릿속에 떠올렸다가 곧바로 지워버렸다.

"어서 가야 해."

이번에 내뱉은 말에는 좀 더 굳센 의지가 담겼다.

두 사람은 계단을 뛰어올라 헌티드맨션이라는 이름이 붙은 복도로 나갔다. 어둠침침한 복도를 향해 슬그머니 고개를 내밀어본 부치는 푹신한 카펫 곳곳에 피 웅덩이가 생긴 것을 발견했다. 활짝 열린 양옆의 방문. 굳이 들여다볼 것도 없이 그곳에서 무슨 일이 일어났는지 짐작할 수 있었다.

부치는 정면 출입문을 살펴보았다. 수많은 총구멍과 몇 센티의 틈새. 그것을 보고 부치의 머릿속에 미국의 주택은 왜 문이 모두 안으로 열리게 되어 있을까, 라는 엉뚱한 의문이 떠올랐다.

앞쪽 출입구와 뒤쪽 출입구, 어느 쪽으로 도망칠 것인가? 양쪽을 번갈아 바라보던 부치는 누군가 자신의 이름을 부르는 것을 깨달았다. 돌아보니 뒤쪽 출입구의 문이 열리며 마리사가 얼굴을 내밀었다.

"이쪽이야!"

흘끗 몬도 쪽을 바라보며 말했다.

"몬도, 도망쳐!"

소년은 굵직한 두 눈썹을 찌푸리며 떨떠름한 표정을 보였다.

"도망칠 거 없어. 좀 더 할 수 있단 말이야."

"바보, 죽고 싶어?"

부치가 나무라자 몬도는 뾰로통한 얼굴이 되었다. 목숨이 오락가락하는 상황인데도 그것은 분명 토라진 어린 소년의 얼굴이었다.

"빨리 와!"

고함에 가까운 그 말에 몬도가 따라주었다. 몰려오는 적에게 등을 돌리고 두 사람은 뒤쪽 출입구를 향해 뛰었다. 밖으로 나오자마자 마리사의 뒤를 따라 별관 쪽 주차장을 향해 내달렸다.

"저격수를 조심해."

몬도가 짧게 경고를 날렸다.

"물론이지."

부치가 달리면서 대꾸했다.

"총알이 날아오면 네가 좀 알려줄래?"

비꼬는 뜻으로 던진 그 말을 대충 흘려듣고 몬도는 내달렸다.

* * *

마이켈스는 살롱의 카운터 뒤편 출입구를 통해 건물 밖으로 뛰쳐나와 중정을 가로질러 달렸다. 무장 집단은 L 자형 건물 내부를 지나각 방을 수색하고 있었다. 중정을 가로질러 건물 뒤쪽 출입구에 먼저 도착하면 그들에게 쫓겨 튀어나올 부치를 만날 수 있을지도 모른다. 호텔 안 여기저기서 총성이 울리고 그때마다 남녀의 비명이 터졌다. 마이켈스는 무장 집단이 무엇을 하고 있는지 깨닫고 전율했다. 방마다 문을 열어 총을 난사하는 것이다. 상대가 누군지는 전혀 상관하지 않고 눈에 띄는 자는 모조리 학살하는 것이다.

엽기적이라고밖에는 표현할 말이 없다. 혹은 그 안에 숨은 누군가를 병적일 만큼 두려워하는 것인가? 그렇다면 이 호텔 안에서 학살을 자행하는 자들은 알고 있다. 그들이 두려워하는 것은 부치가 아니라 그녀와 함께 있는 다른 누군가라는 것을.

중정에는 리조트 호텔처럼 풀장이 있어서 서쪽으로 저물어가는 노을빛을 받아 수면이 반짝반짝 빛을 반사했다. 그 반짝임에 가려져 풀장 밑바닥은 보이지 않았다. 마이켈스는 몸을 낮춰 풀장 주위를 오른쪽으로 꺾어 들어갔다. 바람도 없고 주변은 아직 더웠지만 비명이 들려올 때마다 등줄기에 한기가 내달리는 것 같았다.

예상했던 것보다 무장 집단의 전진 속도가 빠르다.

마이켈스는 애가 탔다. 그들에게 들키지 않고 부치를 만나 함께 탈출한다는 것이 엄청나게 어려운 일로 생각되었다. 그때 마이켈스는 부지 안쪽에 서 있는 낡은 별관을 발견했다. 수색 범위가 넓어진 것에 짜증이 나려는 참에 더욱 위험한 것을 보았다. 별관 옆에 2층 건물의 본관보다 더 높직하게 서 있는 첨탑의 작은 창문에서 번쩍 빛나는 뭔가가 눈에 들어온 것이다. 500미터쯤 떨어진 곳이라서 자세히는 보이지 않지만 분명 라이플 스코프였다.

무장 집단이 이미 저격수까지 배치해둔 것이다. 그 사실에 아연한 순간, 반짝임이 사라졌다. 저격수가 각도를 바꾼 것이다. 그것이 무엇을 의미하는지, 마이켈스는 누구보다 잘 알고 있었다. 상대가 자신을 조준했다는 뜻이다.

본능적으로 몸을 낮췄다. 스스로도 감탄할 만큼 기민한 동작이었다. 덕분에 총성이 울렸는데도 마이켈스는 무사했다. 다음 순간, 벌떡 몸을 일으켜 저격수 방향으로 MP7을 쏘아댔다. 총탄은 첨탑 근처를 맞춘 것 같았지만 그걸로 적이 쓰러지리라는 기대는 하지 않았다. 어딘가 차폐물을 찾을 때까지 총알을 피하기 위한 방편일 뿐이다. 급히 주위를 둘러보았다. 나무 의자, 파라솔, 농구대. 모두 자신을 지켜줄 만한 물건이 아니다. 설상가상 MP7 탄환도 떨어져버렸다.

막판에 몰린 마이켈스는 물거품을 튀기며 풀장으로 첨벙 뛰어들었다.

최악의 선택이었는지도 모른다.

풀장 밑바닥까지 몸을 가라앉힌 마이켈스는 떠오르지 않게 배수구 철망을 붙잡고 숨을 멈춘 뒤에야 그렇게 생각했다. 이곳에 있는 한, 각도 문제 때문에 첨탑의 저격수가 자신을 조준해서 총을 발사할 일은 없다. 하지만 숨이 막혀 물 위로 떠오르는 순간, 자신은 날지 못하는 물새가 되어 총알 세례를 받을 터였다. 이런 때에 코페르니쿠스 적인 발상의 전환으로 기발한 타개책이 떠오른다면 좋겠지만, 그때까지 숨을 참을 수 있으리라는 보장이 없었다.

이미 폐 근처가 타는 듯이 뜨거워지고 있었다. 운이 좋다면 물 위에 떠올랐을 때 저격수의 첫 번째 총알은 빗나갈지도 모른다. 하지만 그 확률은 자신의 생명을 걸기에는 지나치게 낮다. 게다가 첫 총알이 빗나가더라도 어차피 근처에 몸을 숨길 만한 곳이 없다. 건물 안으로 무사히 도망칠 때까지 어떤 총알에도 맞지 않는 기적이 연달아 일어나 줄 만큼 하느님도 인심이 후하지는 않을 것이다.

폐가 타오르는 것에 이어서 머리가 멍해졌다. 언젠가 들은 바에 의하면 산소의 25퍼센트는 뇌에서 소비된다. 그래서 프로 잠수부들은 물 밑에서 요가의 명상 같은 상태를 유지하면서 산소 소비를 억제한다. 이런 식으로 시시한 사색을 계속한다면 더 많은 산소가 소비될 터였다.

마이켈스는 한계를 느끼고 풀장 바닥을 박차고 이동하기 시작했다. 최소한 처음 뛰어든 곳과는 다른 포인트에서 떠오르는 것으로 상대의 허를 찔러야 한다. 물 밖으로 뛰어나간 뒤에 어느 방향으로 도망칠지는 그 순간에 정하는 수밖에 없다.

처음 잠수한 포인트와 대각선을 그리는 곳으로 향했다. 하지만 자신의 의지와는 달리 서서히 몸이 떠올랐다. 수면의 빛이 순식간에 코앞이었다.

머리가 밖으로 튀어나간 순간에는 총알에 대한 공포감보다 산소를 들이쉬려는 욕구가 훨씬 더 강했다. 얼굴을 쑥 내밀고 크게 숨을 들이쉬었다.

입안에 고여 있던 숨을 토해내고 다시 들이쉬었다.

이어서 다시 한 호흡만.

하지만 총성은 없었다. 몸을 돌려 첨탑 쪽을 보았지만 스코프의 반사도 저격수의 모습도 없었다. 동시에 마이켈스는 주변이 고요해진 것을 깨달았다. 어느 누구도 발포하지 않고 어느 누구도 공포의 비명을 올리지 않는다. 그렇게 된 이유가 무엇인지 마이켈스는 전혀 알 수 없었다. 그가 풀장에 잠수하고 있는 사이에 인류가 돌연 소멸한 것이 아닌가 싶을 정도의 고요함이었다. 완전히 네빌 슈트의 소설핵전쟁 후 인류는 방사능으로부터 안전한 곳을 찾지만 결국 실패해 모두 고요한 자살을 선택한다는 내용의 소설 『해변에서』를 뜻함―옮긴이 같다.

수면이 희미한 바람을 받아 아주 조금 일그러졌다.

어쩌면 저격수를 향해 마구 쏘아댄 총알이 정통으로 맞았는지도 모른다. 아니, 아니, 그럴 리는 없다. 그러면 대체 어떻게 된 것인가?

마이켈스가 그렇게 정적의 의미에 대해 고민하고 있을 때였다.

폭발이 일어났다.

번쩍하는 섬광과 함께 매춘 호텔 건물의 중앙 부분이 날아갔다. 폭발의 여파로 풀의 수면이 물결쳤다. 파고가 한꺼번에 높아졌다. 실제로는 채 1초도 되지 않는 시간이었지만 마이켈스의 눈에는 느린 속도의 애니메이션 영상처럼 또렷이 보였다.

"으아아악!"

마이켈스는 저도 모르게 부르짖었다.

풀장에서도 쓰나미가 일어나는구나.

그렇게 생각한 순간, 엄청난 힘으로 풀장 끝의 손잡이에 내동댕이쳐지면서 마이켈스는 의식을 잃었다.

* * *

공기가 부르르 떨리면서 몇 년 전 치과에서 어금니를 때운 곳이 공진을 일으켰다. 그 폭발은 너무도 규모가 커서 불행한 가스 폭발 사고 같은 게 아니라는 건 분명했다. 누군가 고성능 폭약으로 건물을 날려버린 게 틀림없다. 브라이언은 쌍안경을 움켜쥔 손이 땀으로 축축해지는 것을 느꼈다. 불길이 치솟는 사막의 호텔을 뒤로하고 두 대의 아스트로가 황급히 떠나갔다. 마치 싸구려 액션 영화의 마지막 장면 같았다.

브라이언은 가로등에 홀린 나방처럼, 조금 전까지 매춘 호텔이 있었던 장소로 허청허청 걸어갔다. 폭발의 진원지는 1층 어디쯤인 모양이다. 그보다 높은 부분이 완전히 파괴되었다. 주변에 분진이 휘날리고, 후끈 달아오른 공기 탓에 먼지들은 허공에서 흐늘흐늘 떠돌며 언제까지고 가라앉지 않았다.

무시무시한 광경이었다. 주변에는 날름거리는 불길과 함께 건물 잔해와 무수한 사체가 흩어져 있었다. 사체 대부분은 폭발의 영향으로 예전에 인체를 구성했던 어떤 것이라고나 해야 할 정도의 참상을 빚어내고 있었다.

걸음을 옮길수록 가까워지는 지옥의 복사판 같은 풍경을 멀거니 바라보며 브라이언은 사나에를 납치해 간 자들에 대해 생각했다. 애초에 경유와 화학비료의 폭탄 따위를 트럭에 싣고 다니는 얼치기들이라고는 생각하지 않았지만, 그렇다고 해도 이건 너무 심하지 않은가. 콜롬비아를 거점으로 하는 테러 집단이 관여했다고 해도 미국 내에서 이런 대규모 파괴 활동을 감행하는 것은 쉬운 일이 아니다. 더구나 이런 한적한 곳에 서 있는 매춘 호텔을 폭파해야 할 동기도 불분명하다.

이 사건에는 자신이 상상도 못 할 측면이 있는 것이다. 어떻게든 지원을 요청할 방법을 찾아야 한다. 이런 규모의 폭발이라면 조금 전 달려온 95번 도로 쪽에서도 보였을 것이고, 그렇다면 누군가 신고했을 가능성도 있다. 하지만 이 근처의 교통량을 생각하면 그것도 크게 기대하기는 어려웠다.

그때, 뭔가 심상치 않은 기척을 느끼고 브라이언은 뒤를 돌아보았다.

우선 눈에 들어온 것은 피에 젖은 칼날이었다.

기울어가는 오렌지색 저녁노을을 반사하며 번쩍 빛난 그것은 아름답고도 잔혹한 모양의 검이었다.

그것을 가진 자와 눈이 마주쳤다.

브라이언은 결코 신비주의자는 아니지만 아무래도 상대는 이 세상 사람이 아닌 것 같았다. 그 눈동자에는 단언컨대 광기가 깃들어 있었다. 어느 누구도 알려준 적이 없지만 브라이언의 본능이 진실을 알려주었다.

이자가 '가타나'다, 라고.

그 가타나가 물었다.

"당신도 저자들하고 한패야?"

가녀린 목소리였다. 상상했던 그런 인물이 아니었다. 호리호리한 체격이라서 마음만 먹는다면 간단히 쓰러뜨릴 수 있을 것 같았다. 하지만 상대는 칼끝을 똑바로 브라이언에게 겨누고 있었다. 둘 사이를 가르고 있는 그 1미터도 채 되지 않는 검의 길이가 영원의 거리처럼 느껴졌다.

"아니, 그렇지 않아."

목소리가 바짝 말라붙었다. 그것이 자신의 두려움을 드러냈다는 것을 깨달았을 때, 브라이언은 아연했다. 두려워한다고? 나도 총을 갖고 있는데?

"네가 가타나?"

"그렇게 부르는 자도 있지."

"눈에 핏발을 세우고 너를 쫓는 사람들이 있어. 더는 도망칠 수 없을 거란 말이야."

가타나는 고개를 저었다. 그 눈빛은 어딘가 슬픈 듯했다.

"나는 단지 복수를 하려는 것뿐이야."

"복수를 한다고?"

그것은 테러리스트가 곧잘 입에 담는 말이다. 용서받을 수 없는 만행에 대한 자기변호. 자신의 행위를 정당화하고 살인을 신성시하려는 수많은 개똥철학. 하지만 가타나의 입을 통해 듣고 보니 그 말은 왠지 맑고 순수한 단어처럼 들렸다.

이윽고 가타나는 한 걸음 뒤로 물러서더니 검을 한 차례 휘둘러 핏물을 떨어내고 칼집에 넣었다. 손잡이 중앙에 금빛 조각물이 장식되어 있었다. 그것이 작은 불상 조각이라는 것을 브라이언은 알았다. 그의 외할머니가 '미륵남'이라면서 거실에 모셔두던 불상과 똑같은 포즈를 하고 있었기 때문이다.

등 뒤에서 오토바이를 탄 여자가 나타났다. 가타나는 그 뒷좌석에 올라타더니 황야 저편으로 휭 사라져갔다. 그제야 브라이언은 자신이 부들부들 떨고 있다는 것을 깨달았다. 5년 전, 직무 수행 중에 하마터면 캐빈 총에 벌집이 될 뻔한 적이 있었지만 그때도 이렇게 떨었던 기억은 없다.

이번 사건과 깊은 관련이 있을 터인 가타나라는 테러리스트. 그 신비로운 모습에 압도되어 변변한 정보 하나 캐내지 못한 채 멀뚱멀뚱 떠나보내고 말았다. 정식으로 밝혀진 것은 아니라고 해도 상대는 야마오카 살해 사건과 관계가 있는 중요 참고인이다.

자신의 얼빠진 행동에 당혹감을 느끼면서 브라이언은 다시 폭발 현장을 향해 걸음을 옮겼다. 생존자가 있으리라고는 생각도 못 했는데 불길 건너편으로 다리를 질질 끌며 걸어가는 사람이 보였다. 낯익은 얼굴이다. 직접 대면한 적은 없지만 파일에 끼워진 사진을 통해 수없이 본 얼굴이었다. 브라이언은 이것저것 생각할 것도 없이 즉각 그자에게 총구를 겨눴다.

"꼼짝 마라, 마이켈스!"

자신을 부르는 소리에 그는 얌전히 양손을 쳐들며 미간을 찌푸렸다.

"당신, 누구요?"

"로스앤젤레스 시경이다. 총을 버려."

마이켈스는 총을 거꾸로 들더니 상대에게 보이게 천천히 땅바닥에 내려놓았다.

"로스앤젤레스 시경이 이런 곳에서 뭐 하는 거야? 여긴 관할구역도 아니잖아."

"빌어먹을, 쓸데없이 입 놀리지 마."

"허 참, 완전 87분서현대 경찰 수사극의 근간이 된, 에드 맥베인의 경찰 범죄소설 '87분서 시리즈'를 뜻함 – 옮긴이 형사처럼 구시네."

마이켈스는 긴 한숨을 내쉬었다.

"난 부상당한 사람이야. 구급차나 좀 불러줘."

브라이언은 대꾸하지 않고 그에게 다가갔다. 그리고 뒤로 돌아서서 펜스에 손을 짚으라고 명령했다. 그 밖에 다른 무기는 없는지 몸수색에 들어갔다. 실제로 부상을 당한 것 같았지만 브라이언은 개의치 않았다.

"이봐요, 로스앤젤레스 시경 형사님, 이름은 알려줘야지."

"내가 권리를 알려줄 때까지 입 닥치고 있어."

"권리? 무슨 혐의로 나를 체포할 생각인데?"

브라이언은 묵묵히 몸수색을 마쳤다. 마이켈스는 등을 돌린 채 지겹다는 듯한 목소리를 냈다.

"나하고 당신은 한편이야. 총을 내리라고."

"지금 농담하는 거야?"

"사실이야. 증거를 보여주지. 뒷주머니에 있는데, 꺼내도 될까?"

"그런 수에 깜빡 속아서 식물인간이 된 경관을 알고 있어."

"그럼 당신이 직접 꺼내보든지."

마이켈스의 바지 뒷주머니에는 가죽 지갑이 꽂혀 있었다. 삭스피프스애버뉴에서 팔 것 같은 값비싼 물건이다. 펼치자 다시 반대로 열어야 하는 포켓이 달려 있었다. 브라이언은 그 포켓을 열고 자긍심 높은 법의 파수꾼의 상징인 방패 모양 배지를 발견했다. 배지와 함께 들어 있는 신분증에 FBI라는 문자가 보였다.

"이런 제기랄, 대체 뭐야!"

브라이언이 투덜거렸다. 진심으로 놀라고 분노한 속마음이 저절로 터져 나온 것이다.

"FBI가 이런 데서 대체 뭘 하는 거냐고!"

마이켈스는 대답하지 않았다.

"혹시 잠입 수사?"

"형사님, 미안하지만 당신은 그런 걸 물어볼 권리가 없어."

"지금 장난하자는 거야? 사람을 완전히 바보로 만들어놓고."

분통이 터졌다. 얼굴에 벌겋게 열이 올랐다. 설마 마이켈스가 잠입 수사관일 줄은 상상도 못 했다. 퍼뜩 엔필드와 점심을 함께했던 때가 생각났다. 엔필드는 브라이언이 고든의 조직을 어떻게 파악했는지 알고 싶어 했고, 마이켈스라는 이름이 나오자 희미한 반응을 보였다. 자신을 떠보려고 했던 것이다.

"엔필드와도 한통속이지? FBI는 코카인의 행방 따위, 이미 다 알고 있었으면서도 나를 실컷 돌아다니게 놔둔 거였어."

그 이름이 나오자 마이켈스는 천천히 고개를 들어 돌아보았다.

"당신이 브라이언? 그래, 그녀에게서 얘기는 익히 들었어."

"무슨 얘기?"

"아슬아슬한 지점까지 파고드는 베테랑 형사라더군. 당신이 이상한 추측을 하지 못하게 포섭해둘 필요가 있었어."

"이런 빌어먹을!"

브라이언은 한 손으로 머리를 부여잡고 하늘을 우러러보았다. 총구가 아직도 그를 겨누고 있었지만 FBI 수사관은 농담이라도 하듯이 말했다.

"이봐, 설마 나를 RAT 사이트에 팔아넘기지는 않겠지?"

마이켈스가, 아니, 마이켈스라고 불리는 이 남자가 말한 사이트는 용의자를 밀고한 인물이나 잠입 수사에 관여한 수사관의 정보를 게재하는 사이트였다. 주로 공개된 재판 자료 등을 근거로 만든 데이터베이스로, 이용자는 회비만 내면 전국의 밀고자rat 정보를 얻을 수 있다. 브라이언도 얼마 전에 큰 화제가 된 그 사이트에 대해서는 알고 있었지만 지금 그런 농담을 받아줄 기분이 아니었다. 브라이언의 예상대로 자신이 수사하던 쪽과 병행해서 전혀 다른 사건이 움직이고 있었던 것이다. 하지만 설마 자신이 마크하던 그 마약 조직 안에 FBI 수사관이 잠입했을 줄은 꿈에도 생각하지 못했다. 진짜로 바보가 된 기분이다. 분노를 꾹꾹 누르며 살기를 담아 총구를 마이켈스의 목덜미에 바짝 밀어붙였다.

"코카인은 어디 있어?"

마이켈스는 불길이 치솟는 매춘 호텔 쪽을 턱 끝으로 가리켰다.

"호텔이 저 꼴이니 아마 재가 되었을 거야."

"재가 되었다고?"

불길이 치솟는 건물 쪽으로 시선을 던지자 모락모락 피어오르는 검은 연기가 눈이 핑핑 돌 만큼 재빠르게 표정을 바꿔버리는 악마의 얼굴처럼 보였다.

"재가 되었단 말이야? 500만 달러의 코카인이?"

마이켈스는 대답 없이 어깨를 으쓱 처들었다. 무책임한 그 몸짓에 브라이언은 그야말로 비위가 틀어졌다.

"이봐, 브라이언 형사, 이제 그만 풀어주시지? 나도 할 일이 많아."

"가타나를 추적하는 일이겠지."

마이켈스는 잠시 말이 없었지만, 이윽고 진한 한숨을 토해내더니 뭔가를 포기한 듯한 어조로 말했다.

"그래, 항복하지. 당신 말이 맞아. 나는 가타나를 추적하던 끝에 여기까지 왔어. 마약 운반책은 단순한 미끼였어."

"코카인을 먹이로 삼아서?"

"그래, 500만 달러짜리 보물이잖아."

"어설픈 연극은 관둬!"

브라이언은 다시 총구를 올려 FBI 수사관의 뒤통수에 들이댔다.

"사람 놀리는 거야? 머리에 총구멍이 나고 싶지 않거든 사실대로 말해."

"이봐, 법의 파수꾼에게 총구를 들이댈 셈이야?"

"똑똑히 들어, 난 당신이 마피아와 한편인 것으로 오인해서 사살했다고 주장할 수 있어."

잠시 침묵이 이어졌다. 잠시 뒤에 마이켈스가 입을 열었다.

"근데 아무리 마피아라도 뒤통수를 쏘는 건 유죄야."

확신에 찬 그 말에서 희미하기는 하지만 마음속 동요가 감지되었다. 브라이언이 어떻게 나오는지 저울질해보는 것이다. 브라이언은 총구를 좀 더 강하게 밀어붙였다. 진짜로 쏠 수도 있다는 뜻이었다.

"500만 달러짜리 보물이라고 했나? 당신들은 코카인 따위 전혀 상관없었잖아. 그게 정말로 가타나를 끌어들일 먹이였다면 코카인이 재가 되었다는 말을 그리 쉽게 할 수 없을 텐데? 당신은 아직도 뭔가 숨기고 있어."

이윽고 마이켈스의 어깨에서 스르르 힘이 빠졌다.

"알았어, 알았다고."

그는 항복한다는 의미로 양팔을 번쩍 쳐들었다.

"검이야."

"뭐라고?"

"내가 추적하는 건 검이란 말이야. 그 운반책이 옮기던 물건은 코카인만이 아니야. 고든이 시카고의 두목에게 선물할 예정이던 일본도가 포함되어 있어. 우리는 가타나가 그 검을 노리고 틀림없이 나타날 거라고 판단했어."

그 말에 브라이언은 조금 전의 풍경이 머릿속에 떠올랐다. 오렌지색 저녁노을과 피에 물든 검. 그것이 일본도라는 건 브라이언도 알았다. 손잡이 부분에 불상이 장식된 검이다. 가타나는 그 도검을 갖고 있었다. 하지만 그 가타나를 목격했다는 사실을 FBI에게 알려주고 싶은 마음은 들지 않았다. 아직 마이켈스에게서 알아내야 할 것이 많았기 때문이다.

"무슨 얘긴지 모르겠군. 그 검이 대체 뭔데 그렇게 목을 매지?"

"가타나가 남미에서 활동하던 시기에 사용한 흉기로 알려져 있어. '월절月切'이라는 명품 도검인데, 20세기 초에 일본에서 브라질로 흘러 들어온 물건이라는 거야. 어떤 경위로 그 검이 야마오카의 손에 넘어 갔는지는 확실치 않지만, 우리는 가타나가 반드시 그것을 되찾으러 올 거라고 생각했어."

"왜지?"

"월절은 가타나의 것이니까. 지금까지의 기록에 의하면, 월절은 박물관이나 호사가의 손을 전전했지만 그 이동 궤적과 가타나의 활동 패턴이 정확히 일치했어. 이번에도 가타나는 틀림없이 나타날 거야."

"겨우 도검 한 자루에 그토록 큰 영향력이 있다는 얘기야?"

"그건 아직 수수께끼야. 하지만 검이란 일본의 사무라이에게는 영혼의 상징이었어."

"홍, 당신들이 실로 과학적인 수사를 하고 있어서 참으로 마음이 놓이는군."

"이봐, 브라이언, 그렇게 비꼴 일이 아니야."

마이켈스가 코웃음을 치며 말했다.

"테러리스트나 오컬트의 행동 방식은 일반인의 상식으로는 가늠할 수 없는 경우가 많아. 우리가 무슨 심령주의의 맹신에 따라 '저주의 검'을 추적하고 있다고 생각한다면 그건 큰 오산이야. 실제로 월절을 미국에 들여온 야마오카는 살해되었잖아. 당신도 알지?"

하지만 브라이언은 대답하지 않았다. 아직도 수수께끼가 산더미 같아서 그것에 정신이 팔려 있었기 때문이다. 폭파된 호텔 건물과 그 주변에 흩어진 예전에 인체의 일부였던 살덩어리들을 보면서 그는 한숨을 내쉬었다.

"이 폭파도 가타나를 처리하겠답시고 당신들이 저지른 짓이야?"

마이켈스는 침묵했다.

"사나에를 유괴한 건 대체 누구지?"

"브라이언 형사, 제발 다 잊어버려."

"그다음 영역에 대해서는 출입 금지라는 건가?"

"우리가 무엇을 추적하는지는 밝혔어. 그거면 됐잖아?"

"당신들이 툭하면 써먹는 은폐 작전이로군. 그렇게 하면 정당한 납세자들에게 당신들의 불리한 진실이 알려지는 일은 영원히 없겠지."

"알려주지 않는 건 당신을 위한 배려야. 호기심이 고양이를 죽인다는 말도 있잖아."

마이켈스의 목소리에 차가운 여운이 섞였다.

해는 저물어 급속히 밤의 장막이 드리웠다. 타닥타닥 타오르는 불길 너머 저 멀리 파랑 빨강의 긴급 경고등이 보였다. 네바다 주의 치안을 지키는 자들이 달려오는 모양이다. 하지만 뭔가 지나치게 빠른 등장이라는 느낌이 들었다. 그건 이곳을 누군가 줄곧 감시했다는 증거고, 마이켈스에 대한 비공식적인 심문을 끝내라는 신호이기도 했다.

브라이언은 고개를 들었다. 새삼 불기둥이 일면서 무너져 내리는 매춘 호텔이 눈에 들어왔다. 그것을 본 순간, 강렬한 패배감이 브라이언을 덮쳤다. 이윽고 브라이언은 총을 내리고 마이켈스에게 돌아서고 말했다.

* * *

별이 가득한 밤하늘. 끝없이 이어지는 사막. 인공 불빛은 한 조각도 없고 별빛이 빚어내는 모래 위의 음영만이 공간의 깊이를 느끼게 한다.

부치는 등이 굽은 조슈아 나무 그늘 밑에 앉아 싫증 나는 줄도 모르고 반짝이는 별들을 올려다보았다. 그렇게 고개를 젖혀 올려다보고 있으려니 오늘 하루 자신에게 일어났던 일들이 모두 다 환영처럼 느껴졌다. 눈앞에서 거듭 벌어진 살육의 서커스. 총과 검이 교차하면서 서로의 목숨을 앗아갔다. 그뿐인가, 수수께끼의 집단이 폭약을 들고 들어와 리비스랜치를 한순간에 날려버렸다. 그 호텔에는 블론디가 남아 있었다. 그리고 수많은 워킹 걸과 손님들도.

그야말로 무차별 테러였다.

마리사의 도움을 받아 가까스로 도망치기는 했지만, 그러지 않았다면 지금쯤 자신도 이 세상 사람이 아닐 것이다.

조슈아 나무 뒤편에서 몬도가 나타났다. 항상 그렇듯이 갑작스럽게 불쑥 나타나는 바람에 부치는 흠칫 놀라지 않을 수 없었다. 처음 만났을 때와 똑같다. 소년은 부치의 대각선 앞쪽에 자리를 잡고 앉았다.

"별이 정말 많아."

하지만 그 눈은 하늘의 별을 보고 있지 않았다.

부치는 소년의 갸름한 얼굴을 바라보았다.

"저기……."

말을 건네자 소년의 속눈썹이 움찔 움직이는 것 같았다.

"내가 착각한 것인지도 모르겠는데, 그자들은 내 캐리어가 아니라 너를 쫓고 있었던 것 같아."

몬도는 슬퍼 보이는 표정으로 시선을 떨구었다. 그것은 간밤에 긴 오열을 토해내던 소년의 표정이었다. 어제 낮에, 덮쳐드는 자객을 차례차례 검으로 베어버리며 온몸에 피가 튀었던 그 사무라이의 얼굴이 아니다. 소년은 잠시 망설이더니 이윽고 꺼져버릴 듯한 목소리로 대답했다.

"그래, 맞아."

부치가 예상했던 그대로의 대답이었다. 새삼 화가 치밀었지만 소년의 서글픈 눈동자를 보고는 어쩔 수 없는 인정에 끌렸다. 한숨을 내쉬며 부치는 말을 이었다.

"뭐가 뭔지 하나도 모르겠어. 그 사람들, 대체 누구야?"

"그들은 오래전부터 나를 쫓고 있었어."

"그럼 그 사람들이 원수?"

"아니."

소년은 고개를 가로저었다.

"하지만 그들은 계속 나를 쫓고 있어. 수단 방법을 가리지 않고."

부치는 고개를 끄덕였다.

"그러게 말이야. 진짜 수단 방법 가리지 않는 자들이야. 폭탄으로 호텔을 날려버리다니. 게다가 사나에까지 유괴했어. 이유가 뭘까?"

리비스랜치의 지하실에서 들었던 무선 교신. 그들은 분명 사나에에 대해 이야기했다. 그것이 수수께끼를 더욱 복잡하게 만들었다. 부치도 나름대로 다양한 추리를 해봤지만 도무지 합당한 답이 나오지 않았다. 이 퍼즐은 결코 완성할 수 없다. 수수께끼 조각을 맞춰나가면 꼭 몇 개인가 손에 남아버리는 것이다.

그들의 표적이 몬도라면 아무 관련도 없는 사나에는 대체 왜 유괴했는가? 아마 부치가 관련되었다는 것을 그들이 알고 있다는 얘기겠지만, 그들은 어떻게 부치와 몬도가 행동을 함께하고 있다는 것까지 알고 있을까? 두 사람이 만나게 된 것은 그저 우연이었다. 벌써 거기서부터 일의 앞뒤가 맞지 않는다.

부치는 다시 한 번 소년을 바라보았다. 자신의 이해력이 미치지 않는 차원에서 뭔가 진행되고 있는 것 같았다. 이해할 수 없는 것은 부치 자신에게 부과된 역할이었다.

"이제부터 어떻게 할 생각이야?"

몬도가 돌아보았다. 그 눈에 힘이 되살아나 있었다.

"나는 원수를 갚아야 해."

"아니, 그보다 사나에를 구하는 게 먼저야."

부치는 자신이 어처구니없는 소리를 한다는 것을 알면서도 저항할 수 없는 뭔가를 느끼고 있었다. 뭔지 알 수 없는 저주의 주문이 두 사람을 운명 공동체로 만들어버린 것이다.

어쨌든 일이 이렇게 된 마당에 소년에게 손을 흔들고 작별한 뒤 혼자서만 히치하이크로 도시까지 돌아갈 수는 없다. 운반하기로 한 짐을 잃어버려서 이미 고든과는 적이 되었겠지만, 세상에 단 하나뿐인 친구를 구해줘야 한다. 이런 때에 힘이 되어줄 만한 사람이라고는 지금 눈앞에 있는 이 어린 사무라이뿐이다.

소년은 시선을 떨구며 작게 중얼거렸다.

"아직은 사나에를 구해줄 수 없어. 놈들은 머지않아 우리에게 거래를 제안하겠지만 아직은 그럴 때가 아니야."

수수께끼 같은 그 말에 부치는 고개를 갸웃거렸지만 무슨 말인지 따지고 들 수는 없었다.

몬도는 고개를 들어 그 아름다운 눈으로 부치를 응시했다. 괜히 가슴이 철렁해서 그가 한 말을 자칫 흘려들을 뻔했다.

"약속할게. 사나에는 반드시 구해줄 거야. 하지만 내 원수를 갚는 게 먼저야."

"왜……."

부치는 미간을 좁혔다. 소년의 집념에 압도된 것이다.

"왜 그렇게 원수를 갚는 일에 집착하지? 굳이 검을 휘두르지 않더라도 다른 방법이 얼마든지 있을 텐데."

"나한테는 그것밖에 없기 때문이야. 그리고 나는 누구보다 빨리 뽑을 수 있는데 뽑지 않았어."

리비스랜치에서 얼핏 보았던 소년의 또 하나의 얼굴이었다.

"그때 내가 할 일을 제대로 하기만 했어도……."

몬도가 거대한 회한에 사로잡혀 있다는 것이 절절히 느껴졌다. 옆에서 보기에는 별일도 아닌 것 같은데 남자들이 때때로 그런 집착에 사로잡힌다는 것을 부치는 알고 있었다. 누구보다 빨리 뽑을 수 있다. 몬도는 몇 번이나 그렇게 말했다. 검을 다루는 실력이야말로 그의 긍지, 그리고 유일한 버팀목인 것이리라.

"다른 방법 같은 건 없어."

소년은 내뱉듯이 말했다.

"부치는 자신을 바꿀 수 있다고 말했지?"

그 말에 부치는 애매하게 고개를 끄덕였다.

"자신을 바꾸는 건 무리라고 생각해. 나라는 인간을 구성하고 있는 것은 본인의 마음만은 아니야. 지금까지 살아온 과거와 환경, 들이 쉬는 공기까지 모두 다 나 자신인 거야. 그런 것이 큰 의미를 차지하는 반면, 내 의지로 바꿀 수 있는 부분은 아주 조금이지. 나 자신을 상황에 맞게 마음대로 변화시킬 수는 없어. 운명은 불가피한 것이야."

왠지 자꾸만 눈물이 나려고 했다. 부치는 그것을 들키지 않으려고 고개를 돌려 반대쪽 저 멀리 달로 시선을 옮겼다. 몬도의 그 지적이 자신도 항상 마음속 깊은 곳에서 느끼던 것과 똑같았기 때문이다. 미국에 건너와 비합법적인 일을 받아들였고 그것으로 새로운 인생을 살 수 있을지도 모른다고 기대했다. 그것이 일종의 도피라는 것, 환경을 바꾸면 여러 가지 일이 바뀔 것이라는 기대감도 결국은 타력본원일 뿐이고 본질적인 변혁은 될 수 없다는 불안감.

다시 입을 열기까지 한참이나 시간이 걸렸다.

"아니, 그렇지 않아······."

돌아보니 몬도는 사라지고 없었다. 부치는 눈을 크게 뜨고 주위의 어둠을 살펴보았다. 달빛이 쏟아지는 대지에 소년의 모습은 어디에서도 눈에 띄지 않았다.

그때, 노래하는 듯한 목소리가 들려왔다.

"부치."

마리사였다. 그녀가 바위 뒤편에 세워둔 오토바이 쪽에서 다가왔다. 별빛을 등에 진 마리사는 몸에 딱 붙는 검은 트레이닝복 차림이었다. 그 완벽한 몸매가 어둠 속에 녹아들어서 마치 그림자 틈새에서 나타난 듯한 신비한 착각이 들었다.

"마리사……"

그녀의 모습을 보자마자 부치는 푸근한 안도감에 휩싸였다. 오늘 그녀는 친구도 잃고 일터도 잃었다. 자신이 살아가는 곳을 통째로 잃어버렸다. 그런데도 씩씩한 표정을 잃지 않는 그녀에게서 부치는 미더움을 느꼈다.

"마리사, 몬도 못 봤어?"

그녀는 아름다운 미간을 좁히더니 모래 위에 무릎을 꿇고 부치의 얼굴을 들여다보았다.

"몬도가 어딘가로 가버렸어. 이렇게 깜깜한 곳에서 없어지면 못 찾을까 봐 걱정인데."

문득 그녀가 손을 내밀어 부치의 얼굴을 쓰다듬었다. 그 손가락은 섬세한 조각처럼 가늘고 매끈했다.

"부치, 너도 큰 짐을 지고 있구나."

"응?"

"나도 그렇단다. 내 아버지가 살해되었을 때의 이야기, 들려줄까?"

부치는 차마 대답할 수 없었다.

"내 눈으로 빤히 지켜봐야 했어. 정부 고관이던 아버지는 광산에서 수십 명이 생매장된 사건의 책임자로 몰렸어. 집에 쳐들어온 폭도들은 총을 들이대며 아버지를 끌고 나가 개처럼 기어 다니라고 했어. 총을 든 한 남자가 이렇게 말했지. '너는 우리 가족이 광산에서 죽는 것을 지켜보기만 했다. 그러니 네 가족이 살해되는 것도 그대로 지켜봐라.' 그러고는 아버지의 눈앞에 엄마와 동생들을 끌고 나왔어. 그들은 아주 천천히 했어. 시간을 들여서……."

그렇게 말하는 마리사의 눈에는 어떤 감정도 없었다. 마치 누군가에게서 들은 이야기를 전해주는 것처럼 보였다. 이어지는 이야기는 가족의 종언의 묘사였다. 소름 끼칠 만큼 음침한 사건이었지만, 그 말을 하는 사람에게서 동요의 기색은 전혀 느껴지지 않았다.

마리사는 실로 세세한 부분까지 완벽하게 기억하고 있었다. 남자들이 아버지의 손가락을 잘라냈을 때, 어느 손가락에서 시작해서 어느 손가락에서 끝냈는지까지. 그 점을 지적하자 마리사는 힘없이 웃으며 말했다.

"절대로 잊지 않겠다고 맹세하면서 지켜봤거든. 언젠가 그들도 똑같은 고통을 당하게 해주리라고 마음속으로 맹세하면서."

마지막으로 남자들은 장전한 권총을 아버지에게 건넸다. 그것으로 복수하는 것도 자살하는 것도 네 마음대로라고 했지만, 아버지는 양쪽 팔다리가 모조리 잘려나간 뒤라서 방아쇠를 당길 수 없었다. 아버지는 벌레처럼 북북 기면서 분노와 공포와 회한으로 너덜너덜해진 채 울부짖었다. 그들의 리더가 느물느물 웃으면서 아버지를 총으로 쏘았다. 조악한 총탄이어서 머리에 탄알이 관통했는데도 아버지는 즉사하지 않았다. 그 대신 착란상태가 되어 자신이 무엇을 하고 있는지 알지 못한 채 죽어갔다.

"아, 너무 끔찍해, 가엾은 마리사."

부치는 그녀를 힘껏 끌어안았다. 딱 한 가지, 의문이 있었다.

"마리사는 어떻게 살아남았어?"

"친엄마가 돌아가시고 아버지는 새엄마를 들였어. 배다른 동생들과는 달리 나 혼자만 혼혈이고 피부가 검은 편이었지. 그날, 우리 집에서 오래도록 일해온 하녀가 나를 자기 아이라고 둘러대준 덕분에 나 혼자만 살아남았어."

부치가 고개를 끄덕이자 마리사의 입가에 슬픈 웃음이 떠올랐다.

"그래, 나 혼자만 살아남았어. 아버지와 새엄마와 동생들이 죽어가는 것을 지켜본 대가로."

눈앞에서 잃어버린 가족의 목숨. 부치는 자신의 배 속에 있을 때 잃어버린, 이름조차 지어주지 못한 작은 생명을 생각했다. 바로 옆에서, 손이 닿는 곳에서 숨 쉬고 있었지만 어떻게도 구해줄 수 없었던 생명이다. 그때 느꼈던 무력감과 절망감을 부치는 생생하게 기억하고 있다. 그날 밤, 만일 내 목숨으로 대신할 수만 있다면 기꺼이 신께 바치고 싶었을 만큼 그 어린 생명이 간절했기 때문이다.

"반드시 복수하겠다고 맹세했어."

초연한 표정의 이 미녀는 마치 여름철 피서지에 대한 이야기를 하 듯이 편안한 얼굴로 피 냄새 풍기는 맹세를 입에 올렸다.

"미국에 와서 조부모님이 돌아가실 때까지는 줄곧 사격 연습을 했 어. 소구경 수렵용 라이플이었지. 그 총, 지금도 갖고 있어."

부치는 자신을 바라보는 그녀의 눈동자 속 깊은 광채에 빠져들었 다. 선명한 초록색이고 홍채에 유연한 빛줄기가 떠 있어서 아름다운 고양이 눈을 마주한 듯한 느낌이었다.

"하지만 조부모님까지 돌아가시고 몇 번인가 인생의 전환기를 맞 이하면서 이윽고 그런 건 생각하지 않게 되었어. 이제 새삼 시에라리 온에 돌아갈 생각도 없고."

그때 부치는 문득 깨달았다. 마리사는 불행에 대해 남다르게 강한 것이 아니다. 자신이 짊어진 운명을 받아들이고 그것으로 인해 마음 흐트러지는 일 없이 살아가려는 것뿐이다. 속세에서 벗어나버린 것 같 은 그녀의 그런 달관한 모습은 마음이나 감정이 모두 사라져버린 것에 대한 완충재인지도 모른다.

운명에 사로잡힌 몬도와는 정반대였다.

"아, 얼마나 힘들었을까……."

부치의 말에 마리사는 하늘의 별을 올려다보았다.

"부치, 중요한 것은 살아 있는 한, 미래는 선택할 수 있다는 거야."

마리사는 스스럼없이 천진한 웃음을 보이며 말했다.

제4장

법 집행관의 패배

브라이언이 네바다에서 돌아온 다음 날. 시경 본부에 출두하자마자 그는 엔필드가 지정해준 조사실에 갇혀 일련의 행동에 대해 해명해야 했다. 상식적으로, 모텔에서의 총격전에 대한 조사가 가장 먼저 이루어져야 할 터였지만 그건 뒷전으로 밀려났다. 소속을 밝히지 않는 양복 차림의 낯선 남자들이 질문을 되풀이하며 조서를 꾸몄다. 조사실에서의 구속 시간 대부분이 기다리는 시간이어서 브라이언은 엔필드 일행이 시간 벌기를 하면서 대책을 강구하고 있다는 것을 깨달았다.

본 사건에 관해서 보고 들은 것을 입 밖에 내지 않는다는 서약서를 쓰고 마침내 풀려난 것은 밤중이었다. 모텔에서 차가 망가져버렸는지라 제프가 그때까지 기다리고 있다가 브라이언의 집까지 자기 차로 데려다 주었다.

두 사람은 브라이언의 집에서 롤링록 맥주를 마시며 담소했다. 입이 험한 선배 형사와 풋내기 후배 형사는 지금까지 사적으로 만나는 일이 거의 없었다. 하지만 그날은 우연히 MLB 올스타전 중계방송 시간과 딱 맞아떨어져 제프의 귀가가 늦어졌다. 아직 취기가 남아 있던 제프는 신중하게 운전했다. 도중에 다음 날 아침 마실 포도 주스가 떨어졌다는 게 생각났다. 평소에는 거의 찾는 일이 없는 24시간 드러그스토어에서 주스를 사려고 주차장에 차를 대고 엔진을 끈 순간이었다.

그의 차가 대폭발을 일으켰다.

잠깐의 시차로 그가 아닌 내가 죽었겠구나.

브라이언이 처음 소식을 접한 순간, 가장 먼저 생각한 것이다. 어떤 폭약이 사용되었는지, 자세한 사항은 아직 조사 중이지만 어떤 자들이 그것을 설치했는지는 명백했다. 브라이언의 자택 주차장에서 설치한 것이다. 누군지는 모르지만 얼빠진 폭파범이 제프의 마쓰다 차량을 브라이언의 것으로 착각하고 폭탄을 설치한 것이다. 만일 그날 밤 올스타전 중계방송이 없었다면 제프는 아직 살아 있을 터였다. 그 대신 자신이 아무런 예고도 없이 이 세상에서 사라져버렸겠지만.

* * *

항상 그렇듯이 정확히 오전 그 시간에 휴대전화가 울렸다. 누구에게서 온 것인지 잘 알고 있다. 브라이언은 심신이 지쳐버린 상태였지만 일부러 그 전화를 받았다. 너무도 불가사의한 사건들이 연달아 일어난 탓에 일상이 그리워졌기 때문이다. 그것이 아무리 썩은 냄새를 풍기는 일상이라고 해도.

"자아, 아침의 소재 확인 시간이야. 형제, 지금 어디에 있나?"

항상 듣던 패트리엇의 목소리, 항상 듣던 대사였다. 어떤 때라도 패트리엇은 반드시 이 질문부터 시작했다. 우선 브라이언이 어디에 있는지부터 확인하고, 그다음에는 주위에 사람이 있는지 없는지를 묻는다. 조울증 기미가 심한 괴팍한 인물이지만 자신의 비즈니스가 무너지지 않도록 최소한의 경계는 게을리하지 않는다. 브라이언과 자신이 연결되어 있다는 것을 주위에 들키지 않도록 빠짐없이 배려해주는 것이다.

"항상 있는 그 자리야. 노스힐 거리의 카페 앞."

"혼자야?"

"응, 나 혼자야."

오늘은 그 대답이 의미하는 바가 다르다. 어젯밤, 24시 드러그 스토어 앞에서 파트너가 사망하는 바람에 브라이언은 말 그대로 혼자가 되어버렸다.

"그래서 그 뒤에 어떻게 되었나, 형제?"

"별로 달라진 게 없어."

"이봐, 거짓말하면 안 되지."

패트리엇의 목소리에 날카로움이 더해졌다. 항상 하던 대로 악악

대지 않는 게 오히려 더 으스스하게 느껴진다.

"사나에가 유괴됐어. 그리고 네바다에서는 총격전이 벌어졌다고. 그 두 가지 다 모른다고 잡아뗄 심산이야?"

패트리엇의 빠른 정보력에 브라이언은 저도 모르게 감탄했다. 마약 조직이든 평범한 시민이든 정보를 좀 더 빨리 손에 넣은 자만이 살아남는다. 패트리엇은 이 도시에서는 약소 세력이지만 그가 여태까지 살아남은 데는 그만한 이유가 있었던 것이다. 하지만 그 건에 대해 이러니저러니 발설할 수는 없다. 침묵이 길어지자 패트리엇이 밀어붙이듯이 말했다.

"말해봐, 형제. 지금이야말로 당신이 달걀 낳는 닭이라는 것을 증명할 때야."

"이봐, 패트리엇, 조금만 더 기다려줘."

전화 너머가 조용해졌다. 이쪽의 상황을 가늠해보는 기척이 들렸다. 숨 쉬는 방식, 목소리의 떨림, 다양한 요소를 신중하게 가늠해서 거짓말인지 아닌지 확인하려는 것이다.

"나를 배신하겠다는 거야?"

"뭐라고?"

"혹시라도 그럴 생각이라면 내가 당신 주소까지 낱낱이 꿰고 있다는 것을 알아두는 게 좋을 거야."

"배신한 것도 아니고 거짓말할 생각도 없어. 단지 시간이 필요할 뿐이야."

"좋아, 만나서 얘기하자, 형제. 얼굴 맞대고 얘기해보자고."

대답도 듣지 않고 패트리엇은 전화를 뚝 끊었다. 마지막 말이 의미하는 것은 한 가지였다.

오늘 밤부터 브라이언은 집에도 돌아갈 수 없게 되었다.

15분 뒤, 초췌한 표정으로 로스앤젤레스 시경 본부에 나타난 브라이언은 엔필드의 사무실로 찾아갔다. 교통부가 있는 메인스트리트 옆 새 본부 청사로 이전하기로 2009년에 결정이 내려졌기 때문에 현재 시경 본부가 들어 있는 파커센터는 여기저기 부자연스러운 공실이 생겨났다. 그 한 부분을 엔필드가 점거하고 있는 것을 브라이언은 알고 있었다.

이전에 내무 조사팀이 사용하던 사무실이었다. 어쩐지 풍자적이라는 생각을 하면서 그곳에 들어선 브라이언은 엔필드의 책상을 발견하고 그 서랍을 열어 슬쩍 메모 한 장을 넣어두었다.

사나에가 수수께끼의 집단에 습격을 당한 싸구려 모텔. 사나에는 그곳의 방 한 칸을 조직의 지시에 따라 임대해둔 상태였다. 워터먼의 사무실 서류를 은닉하기 위해서였다. 그 방은 FBI에 의해 봉쇄되었지만, 경찰 배지를 보여주자 모텔 종업원은 즉시 열쇠를 내주었다. 종업원이 브라이언에게 난처한 웃음을 보이며 말했다.

"한 달분 요금을 미리 냈으니까 아직은 괜찮지만 그 뒤에는 봉쇄를 풀어주겠죠?"

브라이언은 물론 그럴 거라고 대충 대답하고 혼자서 그 방으로 올라갔다.

사나에가 운반한 서류는 모조리 압수해 가서 방 안은 텅 비어 있었다. 침대와 싸구려 조립 책상, 그리고 텔레비전 한 대만 놓여 있는 침실. 그 안쪽은 간단한 주방 시설과 욕실이었다. 브라이언은 일회용 컵의 커피를 후루룩 마셨다. 식어가는 커피는 전혀 향기가 없었다.

잠시 뒤, 엔필드의 차가 주차장으로 들어오는 것이 창문 너머로 보였다. 브라이언은 주방으로 들어가, 마시던 커피를 싱크대에 버렸다. 이윽고 호출 벨도 노크 소리도 없이 문이 벌컥 열리고 엔필드가 모습을 드러냈다.

"이게 무슨 짓이죠?"

얼굴을 보자마자 내뱉은 그 말은 가까스로 분노를 억누르고 있는 상식인의 목소리였다. 브라이언은 일부러 느릿느릿 침실로 돌아가며 엔필드의 표정을 관찰했다. 엔필드는 그 메모를 어떻게 했을까?

"이제 30분 남았군."

브라이언은 말했다.

"메모는 읽어봤겠지? 그 시간을 넘기면 로스앤젤레스 타임스 기자를 여기서 보게 될 거야. 오랜 친구인 그 기자에게 모두 까발리기 전에 서로가 납득할 수 있는 결론을 내립시다."

"말도 안 돼. 지금 당장 나와 함께 서로 돌아가요."

"당신이 무슨 권한으로 내게 명령하지?"

그 말에 엔필드가 주춤하는 게 느껴졌다.

"당신은 내 상사가 아니야. 아니, 심지어 FBI 쪽 사람도 아니지. 소속 불명의 고스트라고. 나한테 이래라저래라 할 권리가 없어."

용의자를 심문하는 눈초리로 상대를 노려보며 브라이언은 천천히 방 안을 걷기 시작했다. 엔필드 역시 날카로운 시선을 브라이언에게서 떼지 못하다 보니 서로 일정한 거리를 유지하는 기묘한 댄스가 시작되었다.

"도무지 이해할 수 없는 게 있어. 이 게임의 플레이어는 나와 당신들과 고든, 그리고 가타나라고 생각해왔어. 그런데 그 밖에도 플레이어가 또 있더란 말이지. 사나에를 유괴하고 매춘 호텔을 날려버린 자들이야. 그자들이 어젯밤에 내 파트너를 차와 함께 날려버렸어. 그게 대체 누굴까?"

"대답할 필요 없는 질문이군요. 게다가 당신은 플레이어가 아니야."

"그래?"

방 안을 빙 돌아 브라이언은 방문 근처에 와 있었다.

"내가 로스앤젤레스 타임스에 죄다 불어버려도 괜찮다는 거야?"

"당신이 하고 싶은 대로 해봐."

브라이언은 뒷손으로 도어 록을 잠그고 체인을 걸었다. 그 순간 엔필드의 얼굴이 약간 창백해지는 것이 보였다.

"아니, 기자가 이곳에 오는 일은 없어."

브라이언이 꺼내 든 것은 글로크 권총이었다. 엔필드가 비명을 지를 틈도 없이 그 왼쪽 눈에 총구를 들이대고 침대 위에 밀어붙였다.

"나는 플레이어가 아니라고 했나? 드러그 스토어 주차장에서 가루가 되어버린 건 바로 내 파트너야. 그 친구가 나 대신 죽었단 말이야. 경찰 일을 만만하게 보던 풋내기였지만 그런 식으로 살해될 만큼 악당은 아니었어. 그리고 그다음에 살해되는 건 나겠지? 팁 대신 내 목숨이 테이블에 올려져 있는데 내가 플레이어가 아니라고?"

엔필드의 호흡이 가빠졌다. 그에 비해 브라이언은 어디까지나 냉정했다. 하지만 왼쪽 눈에 들이댄 글로크에 점점 더 강한 힘이 들어갔다. 이대로 총구에 압력이 가해지면 안와저골절을 당할 것이다.

"내가 살해되기 전에 당신의 뇌수를 이곳 바닥에 쏟아줄까?"

"……정정하죠. 총을 내려놔요, 요시다 형사."

"대답해, 당신은 대체 누구야? 놈들은 또 누구냐고. 이건 누구와 누구의 싸움이야?"

"……그건 기밀 사항이에요."

"음, 수사관으로서 매우 훌륭한 자세야. 타의 모범이 되겠어. 좋아, 그런데 말이야, 당신이 죽으면 영원히 기밀을 엄수하게 될 텐데, 어때? 한번 시험해볼까?"

브라이언은 마이켈스에게 총구를 들이대던 때를 떠올렸다. 이번에는 그때보다 훨씬 더 위험하다는 건 자각하고 있었다. 하지만 뒤로 물러설 수는 없다. 이대로 아무것도 모른 채 누군가의 음모로 살해당할 때까지 기다리는 건 말이 안 되기 때문이다.

이윽고 엔필드의 입이 움직였다. 거의 들리지 않을 만큼 작은 소리였지만 입술의 움직임을 통해 '펜타곤', 이라고 말했다는 것을 알았다.

브라이언이 총구를 거둬들였다.

펜타곤, 미국 국방부.

"당신, NSA 요원이었어?"

엔필드는 긍정도 부정도 하지 않았다.

"그럼 당신들과 경쟁하면서 가타나를 없애려는 자들은 누구지?"

그렇게 물으면서 브라이언은 이미 결론을 내리고 있었다. FBI에 더하여 새롭게 세 글자 약칭의 정부 기관이 등장한 순간, 전체적인 상황이 파악되었기 때문이다. 사막에서 만났을 때 마이켈스가 했던 말이 떠올랐다. 호기심이 고양이를 죽인다. 귀에 익은 말이다.

"그렇군, 놈들도 정부 기관의 요원들이었어."

그건 독백이었지만 새로운 추리를 낳는 추진제로서의 역할을 충분히 해주었다. 브라이언의 머릿속에서 번쩍 전극이 마주쳤다. 콜롬비아에서 활약하던 테러리스트, 마약 루트, 그리고 복수의 정부 기관의 경합. 수수께끼가 하나로 연결되는 순간이었다. 그렇게 생각하면 모든 것의 아귀가 맞아떨어진다.

"CIA야."

미국 역사에 가장 중대한 영향을 끼친 첩보 기관. 그리고 가장 거대한 암흑의 얼굴을 갖고 있는 조직이다. 막강한 영향력으로 어둠의 조직이라는 비난을 받았고 아직도 수많은 음모론이 끊이지 않는다.

"그자들은 CIA였어. 과거에 CIA가 콜롬비아에서 가타나를 운용했던 거야."

미소 냉전 시대의 사상적 이념에 따라 CIA는 세계 각국에서 다양한 무장 세력과 손을 잡았고, 무기와 그 자금의 제공과 관련하여 여러 형태의 군사훈련을 했다는 것은 이제 널리 알려진 이야기다. 그들은 현지 무장 세력에 힘을 실어주는 것을 통해 미국에 불이익이 되는 요인이나 세력들을 유괴, 협박하고 심지어 살해하게 했다. 자신들의 손을 더럽히지 않는 그런 간접 공격 방식은 '더러운 전쟁'이라는 비판을 받으면서 70년대 이후에 그 실태가 속속 드러나고 있다. 가타나도 그런 식으로 CIA가 운용했을 가능성이 농후하다. 구소련과 대항하기 위해 아프가니스탄에서 훈련한 이슬람 전사 무자헤딘이 이윽고 부메랑처럼 돌아와 세계무역센터에 격돌한 예처럼.

"그 가타나가 어느 틈에 자신들의 휘하를 벗어나 미국으로 입국했다. 만일 다른 정부 기관에 가타나가 체포된다면 CIA와 가타나의 연결이 폭로된다. 그래서 처리해버리려고 했다?"

"어떻게 상상하든 그건 당신 자유야."

CIA는 지금도 대통령 직할 조직이다. 그렇기 때문에 정부 측의 암흑의 업무를 한 몸에 떠맡은 친위대처럼 그 꼬리를 잡히는 일이 거의 없다. 예외라고는 워터게이트 스캔들에 휘말려 연방의회에 의해 이면의 어둠에서 환한 무대로 강제적으로 끌려 나왔던 경우뿐이다. 거기에 이르기까지는 다양한 정치적인 힘겨루기가 벌어진다.

"그러니까 당신들의 표적은 가타나가 아니라 CIA였어."

브라이언은 거기에서 테러리스트 수사 이외에, 각 정보기관 사이의 복잡한 내부 사정을 감지했다. 미국에는 CIA와 FBI처럼 약칭으로 기록되는 대표적인 정보기관이 열다섯 군데나 되고, 최근 들어 그 재편 문제로 떠들썩하다. 예전에는 CIA 장관이 그것을 한데 묶어 관리했지만 몇 년 전에 국가정보장관이라는 지위가 신설되면서 그 판도가 크게 바뀌었다. 이제는 예산이며 활동 영역을 둘러싸고 각 기관이 각축을 벌이고 있었다.

"맞아, CIA의 의심스러운 점을 들춰내 당신네가 우위에 서려는 거야. 참으로 한심한 내부 투쟁이군."

엔필드는 대답 없이 시선을 피했다.

"총 내려놔요, 요시다 형사. 이건 명백한 협박 행위야."

"기밀을 엄수하는 것도 좋지만, 당신들의 그 지랄맞은 내부 투쟁 때문에 대체 얼마나 많은 사람이 죽었는지 알기나 해?"

"내부 투쟁이 아니야. 국가의 안전이 걸린 문제야."

"이걸 정당한 수사라고 말할 수 있어?"

브라이언은 불끈해서 빈 왼손으로 여자의 멱살을 움켜쥐었다.

"야마오카가 살해되는 것을 못 본 체하고, 우리 시경을 미스리드하고, 게다가 그 매춘 호텔을 날려버렸어. 그런 작은 여자 하나에 휘둘리면서 무슨 엿 같은 국가 안전보장 타령이야?"

"여자라고요?"

엔필드가 미간을 좁혔다. 그 순간, 브라이언은 엔필드의 말려 올라
간 옷자락 아래에서 가느다란 코드를 발견했다.

"이런 빌어먹을!"

그 코드를 힘껏 잡아당겼다. 엔필드가 옷 밑에 감춰둔 마이크가
나타났다. 그것이 의미하는 바는 형사인 브라이언이 누구보다 잘 알
고 있었다. 코드를 잡아채서 떼어내고 창가로 다가가 바깥을 살펴보
았다.

조금 전까지는 없었던 차들이 주차장에 서 있었다.

"처음의 협박 행위만으로도 당신을 법정에 세울 수 있어."

흐트러진 옷을 바로잡은 엔필드가 몸을 일으켰다. 땀에 젖은 머리
칼이 흘러내려 뺨에 붙었지만 그 목소리는 이미 당당한 위엄을 되찾고
있었다.

"누구를 적으로 돌리고 있는지, 잘 생각해서 행동해야 할 거예요,
브라이언 형사."

"당신들다운 짓거리를 하고 있군."

쓸쓸하게 대꾸하면서 브라이언은 자신이 처한 상황을 점검해보았
다. 조금 전의 대화를 녹음한 음성 테이프를 엔필드가 실제로 법정에
들고 갈 리는 없다. 하지만 로스앤젤레스 시경 상부에 그것을 제시하
고, 이를테면 내무감사팀을 통해 브라이언을 궁지에 몰아넣는 건 가능
하다. 정부 기관의 법 집행자에 대한 협박 및 폭행 등, 몇 가지 이유로

자칫 경찰 배지를 빼앗길 수도 있다.

엔필드는 브라이언 앞에 팔짱을 끼고 서서 말했다.

"요시다 형사, 방금 우리가 작은 여자에게 휘둘린다고 했죠?"

브라이언은 그 질문에는 대답하지 않았다. 창밖의 차에서 남자들이 내리는 것을 지켜보았다.

"나를 어떻게 할 작정이야?"

"대답해요, 당신이 가타나를 목격했나요?"

브라이언은 엔필드 쪽으로 몸을 돌렸다.

"그래, 봤어."

"자세히 말해봐요."

그 반응을 보고 브라이언은 다시 자신에게 카드가 주어졌다는 것을 깨달았다. 머리를 식히고 치열하게 줄다리기를 할 필요가 있다.

"그 전에 내 질문에 대답해. 나를 처음부터 함정에 빠뜨릴 생각으로 이곳에 왔나?"

엔필드는 짜증스럽다는 표정으로 어깻숨을 몰아쉬며 말없이 이 끈덕진 형사를 노려보았다. 그것은 무언의 몸짓이지만 충분한 긍정의 표현이었다. 이윽고 엔필드가 입을 열었다.

"우리는 이미 다음 단계에 돌입했어요. 당신이 이 작전을 계속 방해한다면 배지를 비롯해 많은 것을 잃을 각오가 필요할 거예요."

"그 말은 가타나가 있는 곳을 알아냈다는 거군. 위성사진인가?"

"나는 그 질문에 대답할 필요가 없어요."

"가타나에 대한 정보를 원하잖아?"

엔필드는 다시 한 번 한숨을 내쉬었다. 그렇게 하면 브라이언의 저주로부터 달아날 수 있다는 듯이.

"우리는 지금까지의 가타나의 범행을 분석한 끝에 피해자의 공통점을 알아냈어요."

"공통점?"

"가타나의 범행 동기라고 말을 바꿔도 좋겠죠."

"그게 뭐지?"

"일본인이라는 것. 가타나는 특정한 일본인, 혹은 일본계 이민자를 표적으로 삼고 있어요. 그리고 피해자 전원이 같은 루트를 갖고 있죠. 18세기 이후, 일본의 특정한 지역에서 권력을 잡았던 호족의 후예들."

"이봐, 이번에는 피에 얼룩진 일족이야? 저주의 검에 이어서 그야말로 오컬트 같은 얘기가 줄줄 쏟아져 나오는군."

"마음대로 비웃어요. 하지만 데이터는 거짓말을 하지 않아요. 남미에서 가타나가 저지른 범행 패턴을 분석한 결과, 그런 답이 나온 거예요. 그 밖의 피해자들은 부수적인 것에 지나지 않죠."

"이거야, 원, 도무지 믿을 수 없는 얘기로군."

브라이언은 가타나의 어딘가 슬픈 눈동자를 머릿속에 떠올렸다. 가타나는 말했다, 원수를 갚고 있을 뿐이라고. 일종의 비유라고 생각했는데 그 말 그대로의 의미였다니. 가타나와 그 원수 사이에 무슨 일이 있었는지는 알 도리도 없지만, 상식으로는 선뜻 받아들이기 힘든

이야기다. 하긴 오래전에 외할머니에게서 들은 기억이 있다. 일본에는 원수를 갚기 위해 검을 사용하는 관습이 있고, 무사에게는 사적인 처벌의 형태로 복수가 사실상 인정된다는 이야기.

"그렇다면 야마오카가 그 일족 출신이었어?"

엔필드는 어깨를 으쓱 처들었다. 수사 중인 사건에 대해서는 말할 수 없다, 라는 뜻이다. 설령 이쪽이 로스앤젤레스 시경 형사라고 해도.

가타나의 짓이라는 건 틀림이 없다. 피에 물든 검이 생각났다. 하지만 가타나가 그 거실에서 흉도를 휘둘렀다면 어째서 야마오카의 아들은 그 살육을 면할 수 있었는가? 게다가 그 아들은 왜 결국에는 베벌리힐스 주차장에서 자살했는가?

"어찌 됐든 가타나의 다음 표적이 로스앤젤레스에 나타날 예정인 모양이지?"

"맞아요. 문제의 일족 출신이자 현재 로스앤젤레스를 방문하고 있는 인물. 그가 주최한 행사는 최근 들어 가장 큰 이벤트로 로스앤젤레스 전역의 관심을 끌고 있죠."

거기까지 듣고서 브라이언은 숨을 헉 삼켰다.

"차이니스시어터 제막식?"

"빙고."

엔필드의 눈빛에는 평소의 냉철함이 완전히 되살아났지만, 가타나에 대해 설명하면서 약간 말수가 많아졌다. 엔필드처럼 자기 통제력이 강한 사람이라도 자신만한 분석에 대해 이야기할 때는 요설이 되는 모양이다.

"차이니스시어터를 매입한 '하나비시 디지털 미디어 컨소시엄'의 대표 다케히로 하나비시가 바로 가타나의 다음 표적이라는 건 거의 확실해요. 제막식에서 하나비시는 연설을 할 예정이죠. 우리는 그를 경호하기 위해 가타나의 정확한 생김새와 특징에 대한 정보가 꼭 필요해요."

제막식은 이번 주말로 바짝 다가와 있다. 이전의 IT 거품 경기로 엄청난 부를 축적한 일본인이 돈의 힘으로 영화 산업체를 매수한 것이다. 중요한 내용이 포함될 그 연설은 할리우드 대로의 할리우드 앤드 하이랜드 센터에서 치러질 예정이다. 엔필드가 잔뜩 긴장하고 있었던 이유를 이제야 알았다. 그들이 활약하게 될 정식 무대는 이번 주말의 할리우드 앤드 하이랜드인 것이다.

브라이언은 크게 고개를 끄덕이고 자신이 답해야 할 말을 입에 올렸다.

"여자야. 동양인이고, 아마 20대일 거야."

엔필드는 눈썹을 꿈틀 치켜들었다. 그 표정에는 놀람과 당혹스러움, 그리고 강한 의심의 빛이 떠 있었다.

"잘못 본 거 아니에요?"

"주변이 어둠침침했지만 그자는 틀림없이 여자였고 피투성이 검을 들고 있었어."

그 말에 고개를 끄덕이더니 엔필드는 휴대전화를 꺼내 누군가와

이야기하기 시작했다. 브라이언은 창문 너머로, 휴대전화를 귀에 대고 모텔 앞에 서 있는 남자를 내려다보았다. 마이켈스라는 이름의 수사관이었다. 네바다에서 봤을 때와는 차림새가 전혀 다르다. 말쑥한 회사원 양복을 차려입고 있었다.

엔필드가 문으로 다가가 도어 록과 체인을 해제하는 사이에도 브라이언은 골똘히 생각에 잠겼다.

* * *

채찍을 맞으며 무사들이 끌려간다. 하나같이 성안에서 최고의 검객으로 불리던 강철 같은 무사들. 그러던 그들이 몸의 자유를 빼앗긴 채 평복 차림으로 채찍을 맞으며 끌려간다.

그들 앞에 기다리는 것은 어둠.

절망에 휩싸여 얼굴에서 표정이 사라져버린 사람들.

"미친 게야, 어찌 감히."

죽음을 배웅하는 구경꾼들 사이에서는 거리낌 없는 비난의 목소리가 날아왔다.

"아비의 오명을 씻기는커녕 어리석은 반역을 도모해 가문에 먹칠을 했구먼."

"그나저나 이 처벌은 참혹하기 짝이 없소. 책형기둥에 묶어 세우고 창으로 찔러 죽이던 형벌 – 옮긴이이라니, 무사로서 참으로 불명예스러운 최후가 아니오."

둑길에는 석산화가 피어 있었다. 기울어가는 햇살 아래, 저녁노을에도 지지 않을 만큼 진한 붉은빛을 피워 올렸다. 그 핏빛 꽃이야말로 이제부터 강가에서 무슨 일이 벌어질지 암시해주고 있었다.

채찍에 맞으며 행렬의 맨 앞을 걸어가는 소년.

그 뒤를 따르는 열다섯 명의 건장한 무사들.

구경꾼을 헤치고 한 아가씨가 앞으로 나섰다. 뽀얀 살빛에 갸름한 얼굴의 아가씨는 밧줄에 꽁꽁 묶인 동문 한 사람 옆으로 허위허위 다가가 뭔가 급히 속삭였다. 앞서 가던 기마 호위사가 돌아보며 꾸지람을 날리고, 행렬의 앞뒤를 호위하던 자들이 아가씨에게 달려와 크게 나무라며 연인에게서 떼어냈다. 구경꾼들 사이에서 야유가 튀어나왔다. 잠깐의 실랑이 끝에 아가씨는 그 자리에 쓰러져 그리운 사람의 등을 눈물로 배웅했다. 그것은 마치 슬픈 연극의 한 장면 같았다.

맨 앞에 선 소년은 울고 있었다. 소리 없이, 입을 굳게 다문 채, 회한의 눈물을 흘렸다.

"형의 원수를 갚으려고 했다는구먼."

어깨너머에서 들려오는 노인의 말소리에 저도 모르게 뒤를 돌아보았다. 햇볕에 그을린 거무스레한 얼굴의 노인네가 내려다본다. 그 눈동자는 잘 갈아낸 화강암처럼 거뭇거뭇 빛났다.

"그 어전御前 시합이 어찌 되었는지는 문중뿐 아니라 번藩 내의 모든 이들이 다 알고 있어. 시합에 나선 장남이 골수에 검을 맞는 바람에 벌레처럼 북북 기어 다니며 뭔 말인지 모를 소리를 어버버거리는 생병신 고깃덩어리가 되어버렸구먼. 게다가 동생은 그 원수를 갚겠다고 나섰다가 이 꼴이 되었지 뭔가."

다시 한 번 맨 앞을 걸어가는 소년 쪽으로 시선을 던졌다. 영혼이 빠져나간 허수아비처럼 허청허청 걸음을 옮기는 열다섯 명의 동문들과는 달리, 그의 눈에는 증오의 빛이 활활 타오르고 있었다. 잘 벼린 칼날처럼 시퍼렇게 빛나는 그 눈은, 검을 잃은 맨손이라도 누구든 다가오는 자를 갈기갈기 찢어놓을 듯한 독기를 내뿜고 있었다.

"무슨 수를 써서라도 형님을 보내지 말았어야 했어."

노인의 목소리가 바뀐 것을 깨닫고 부치는 다시 한 번 그쪽을 돌아보았다.

"수백 수천 번을 후회했어."

돌아보니 그곳에 노인의 모습은 없고 몬도의 하얀 얼굴이 눈에 들어왔다. 부치는 오싹 소름이 끼쳤다. 마치 악몽 속에 풍덩 빠져버린 것만 같았다

"몬도……."

"그곳에 내가 갔어야 했어."

그다음 말은 짐작이 되었다.

"나는 세상 누구보다 빨리 뽑을 수 있어."

수없이 들어온 말이었다.

* * *

할리우드 앤드 하이랜드 센터 주변에 배치된 경관들에게 각각 한 장의 사진이 배부되었다. 일본인 여자. 나이는 20대 후반이지만 얼핏 보기에는 20대 초반으로 보인다. 키는 약 165센티, 눈 색깔은 검정, 머리칼은 갈색, 호리호리한 편이다. 마지막으로 목격되었을 때의 차림새는 체크무늬 셔츠에 탱크톱, 면바지. 일본인이지만 영어를 할 줄 안다. 왼쪽 눈 밑에 작은 흉터가 있으나 화장으로 가렸을 가능성이 높다. 본명 가와부치 유코. 통칭 부치.

"부치? 영화 〈내일을 향해 쏴라〉의 은행 강도하고 이름이 같네."

나눠준 사진과 프로필을 들여다보면서 제복 경관 중 한 사람이 피식 웃었다.

낯익은 순경이다. 브라이언이 신입일 무렵부터 지금까지 순찰 업무를 계속하고 있는 흑인 경관. 로스앤젤레스 폭동과 대지진까지 몸소 겪어온 베테랑이다. 브라이언은 이런 경관들에게 평소 경의를 품고 있었다. 시경의 기본 방침을 준수하며 언제든 시민을 보호하고 봉사하는 성실함을 갖추고 있다.

하지만 그의 말에 브라이언은 함께 웃어주지 않았다. 답답하다는 얼굴로 그를 바라보며 주먹코 앞에서 손끝을 연신 흔들었다.

"이봐, 내 말 잘 들어. 지금 웃을 때가 아니야. 절대 방심해서는 안 돼. 머지않은 연금 생활을 사지가 멀쩡한 채로 보내고 싶다면 말이야."

순경은 어깨를 으쓱 치켜들었다.

"아무리 그래도 이런 대로에서 여자 하나를 찾아내는 건 너무 어렵잖아."

둘이 나란히 할리우드 대로 쪽을 바라보았다. 오후 느지막한 시간이라서 벌써 해도 뉘엿뉘엿 저물어가고 있지만, 오고 가는 사람들은 줄어들기는커녕 점점 더 늘어날 뿐이다. 인도 곳곳에 박혀 있는 스타들의 이름에 희희낙락하는 관광객들. 세계 각국에서 남녀노소가 몰려들어 결코 그 발길이 끊이는 일이 없다. 브라이언은 앞에서 걸어오는 동양인 여행객 일행을 지켜보았다. 관광버스를 타고 단체로 행동하는 아시아인들이다. 저런 단체 관광객과 섞여버린다면 가타나를 찾아내는 건 쉬운 일이 아니다.

"마법의 인상 인식 시스템에 기대해보는 게 낫겠어."

순경의 말에 브라이언은 어깨를 으쓱 쳐들었다. 인상 인식 시스템은 스캔한 얼굴 사진 데이터를 바탕으로 인상착의 특징을 분석하여 유사한 얼굴 데이터와 대조하는 기술로, 전 세계의 다양한 장소에서 사용된다. 미국에서는 2001년 슈퍼볼 대회에서 입장 게이트의 감시 카메라를 통해 입장객들을 스캔했던 것으로 화제를 낳았다. 그 밖에도 로스앤젤레스 시경에서는 몇 년 전부터 인식 시스템을 탑재한 휴대형 단말기를 일부 지역 순경에게 지급했다. 이 기기 역시 전국 범죄자 데이터베이스와 링크되어서 길거리에서 우연히 마주친 수상한 자가 노스다코타에서 도망쳐온 지명 수배범이라고 해도 즉시 정확하게 알려준다.

"그래 봤자 컴퓨터일 뿐이야. 그런 것에 기댈 수는 없어."

브라이언은 고개를 저었다. 실제로 현 단계에서의 인상 인식 시스템은 스캔 각도에 따라 정밀도가 떨어지는 등, 아직 해결해야 할 문제점이 남아 있다. 역시 가장 신뢰도가 높은 것은 사진을 자신의 머릿속에 입력한 숙련된 경관이 직접 눈으로 대상자를 찾아내는 것이다.

순경에게 손을 들어 인사하고 브라이언은 할리우드 앤드 하이랜드 안으로 걸음을 옮겼다. 이곳은 서서히 사양길에 접어든 할리우드 관광산업을 되살리기 위해 2001년에 거액을 투자하여 설립한 복합 상업 시설이다. 할리우드 대로와 하이랜드 거리의 교차점을 마주하고, 5층 건물은 쇼핑몰, 영화관, 호텔 등으로 구성되어 있다. 그중에서도 영화관 코닥시어터는 2002년부터 아카데미상 수상식장으로 쓰이면서 세계적으로 유명한 관광지가 되었다.

브라이언은 할리우드 대로에서부터 이어진 계단을 올라가 2층 높이에 자리 잡은 원형 광장 바빌론코트에 도착했다. 이곳은 쇼핑몰의 중심에 해당하는 광장으로, 건물 천장까지 위쪽이 시원하게 뻥 뚫린 거대한 중정이다. 다섯 개 층에 입점한 각양각색의 가게와 레스토랑이 광장을 에워싸듯이 원형으로 배치되어 있다. 브라이언이 올라온 남측 계단에서는 바빌론 성문을 본뜬 거대한 기념물이 우뚝 서 있는 게 정면으로 보였다. 더구나 활짝 열린 성문으로는 저 멀리 언덕 위에 설치된 할리우드 사인이 보여서 관광객에게 좋은 사진 촬영 장소가 되곤

한다. 실은 계단을 내려가 할리우드 대로에서도 이 성문 너머로 할리우드 사인을 볼 수 있다. 애초에 그런 의도로 설계되었기 때문이다.

성문을 들어서면 3, 4, 5층의 서측과 동측 구간을 이어주는 연결 복도가 층마다 길게 이어졌다. 현재 바빌론코트는 빙 돌아 원형 펜스를 쳐놓고 일반인의 출입을 제한하고 있다. 코트 중앙에는 제막식을 위한 스테이지가 설치되었다. 무대 위에 거대한 멀티 모니터가 내걸리고 그 주위를 둘러싸듯이 트래스라는 조립 금속제 구조물에 스피커와 조명이 주렁주렁 매달려 있다. 건물 주변에는 수많은 스태프가 바쁘게 오락가락하고 있었다. 목제 연설대를 운반해 온 무대 설치 담당 젊은이들이 트래스에 매달려 있는 음향 스태프와 부딪혔다. 출장 뷔페 스태프가 접시 놓을 장소를 둘러싸고 플로리스트와 입씨름을 하고, 3층 연결 복도에서 바빌론코트를 내려다보던 연출가가 몇 번이나 조명 위치를 바꾸라는 지시를 내렸다. 검은 양복을 차려입은 경호원은 느긋하게 울타리 밖을 바라보고 있을 뿐이었다.

배지를 내보이고 울타리 안으로 들어간 브라이언은 긴장감이 희박한 이 분위기가 아무래도 마음에 걸렸다. 그들은 할리우드 앤드 하이랜드 측에서 고용한 경호 컨설턴트 사람들로 아카데미상을 비롯한 다양한 행사를 담당해온 프로들이다. 아마추어가 아니다. 그런데도 긴장감이 희박한 것은 그들이 가타나에 대해 아무런 이야기도 듣지 못했다는 뜻이다.

브라이언에게 그것은 놀라운 일이었다. 오늘 밤에 제막식 주최 측과 시경 사이에 최종 미팅이 있을 터였다. 어쩌면 그 자리에서 사실을 공표할 예정인지도 모른다.

"이봐요, 대체 어쩔 거예요?"

앞쪽에서 누군가 소리쳤다. 브라이언이 바라보니 앞머리를 반듯하게 자른 보브 커트의 덩치 큰 남자가 신경질적인 소리를 올리고 있었다. 잘 단련된 근육에 90킬로그램은 넘을 듯한 체구, 상·하의 모두 검은색의 말끔한 옷차림이고 몸짓이며 말투가 여자 같았다. 이 남자에게 꾸지람을 듣고 있는 사람은 히스패닉 계 청년으로 오래된 서부극에 나오는 학대받은 농부 같은 눈을 하고 있었다.

브라이언은 두 사람 사이의 큼지막한 접시를 보고서야 상황을 이해했다. 막 구워낸 나폴리 피자가 바닥에 놓인 생화 위에 쏟아져 있었다. 거대한 꽃병에 꽃꽂이를 하려고 팔을 둘둘 걷어붙이고 있던 플로리스트 남자가 꽃이 엉망이 된 것에 화를 내고 있는 것이다.

"안초비 냄새, 너무 지독해! 꽃이 전부 망가졌다고!"

플로리스트 남자는 손에 든 블록 모양의 스펀지를 휘두르면서 고래고래 소리쳤다. 그것이 꽃꽂이에 사용하는 재료라는 것을 브라이언은 알고 있었다. 헤어진 첫 아내가 한동안 꽃꽂이에 몰두했었기 때문이다.

가엾은 청년은 에스파냐 어로 어물어물 대꾸했다. 브라이언은 에스파냐 어는 잘 모르지만, 부딪힌 건 당신 아니냐는 말을 가까스로 알아들을 수 있었다. 두 사람은 통하지 않는 말로 잠시 티격태격하다가 이윽고 흥분한 플로리스트 남자가 청년의 멱살을 잡는 단계로 접어드는 바람에 브라이언은 중재에 나서기로 했다.

"이봐, 그쯤에서 끝내."

"뭐예요, 당신?"

"로스앤젤레스 시경 경찰이야."

게이 플로리스트가 콧구멍을 벌름거리며 쏘아붙였다.

"상관 말라고요, 기껏해야 비번 경찰 아르바이트면서, 뭘!"

브라이언은 한숨을 내쉬었다. 사실은 아니지만 어떤 의미에서는 진실이었다. 로스앤젤레스 시경의 경관 대부분이 비번일 때를 이용해 경호원 등의 부업을 하고 있다. 게이는 브라이언을 그런 아르바이트 경관 중의 한 사람이라고 생각한 것이다. 양복 안쪽에서 배지를 꺼내 보여주면서 말했다.

"내일의 경비 체제를 점검하는 중이야. 폭력 행위가 발생하면 골치 아프니까 조용히 좀 해줘."

"어머, 미안해라."

게이 플로리스트는 침팬지처럼 잇몸을 드러내며 유감을 표하더니 스펀지를 내던지고 총총히 자리를 떴다. 히스패닉 계의 청년은 어처구니가 없다는 듯 어깨를 으쓱하더니 어딘가로 사라졌다. 아무도 어질러진 피자와 꽃을 치우려 하지 않았다. 다들 자기 일이 바쁜 것이다.

브라이언은 안초비를 밟지 않도록 조심하며 그곳을 떠나려다가 4층 연결 복도에서 아는 얼굴을 발견했다. 연결 복도는 가슴 높이의 손잡이뿐이어서 몸이 그대로 드러나는 구조다. 엘리베이터를 이용해 서둘러 4층으로 올라간 브라이언은 그 연결 복도가 저격하기에 최상의 포인트라는 것을 알았다. 거기에 엔필드가 와 있었다. 곁에 서 있는 사람은 마이켈스라는 이름으로 알려진 수사관이다. 두 사람은 눈 밑의 무대와 연설대를 내려다보며 뭔가 상의하고 있었다.

"와아, 여기서 두 분을 만나다니 정말 반갑군."

브라이언은 꾸며낸 미소로 인사를 건넸다. 그들과는 휴전협정을 맺었지만 완전히 신뢰하는 관계는 아니다. 어떻든 도청 마이크로 경관을 함정에 빠뜨리는 자들인 것이다. 두 사람은 뒤를 돌아보더니 대조적인 반응을 보였다.

"여어, 리카르도 텁스."

마이켈스는 브라이언을 80년대 형사 드라마 〈마이애미 바이스〉의 흑인 형사 이름으로 부르며 의외로 공치사만은 아닌 듯한 웃음을 보였다. 하지만 엔필드는 사탕 통에서 벌레를 발견한 것처럼 떨떠름한 표정이었다.

"여기서 뭐 하고 있죠, 요시다 형사?"

"나도 내일 여기서 경비를 서야 해. 로커에 처박아뒀던 제복을 오랜만에 꺼내야 할 것 같아."

엔필드의 어깨가 슬쩍 올라갔다. 그녀가 알지 못하는 정보였기 때문일 것이다.

"당신을 경비로 돌리라는 지시를 내린 적이 없는데요?"

"아, 우리 팀 지휘관께서 나한테 아무 지시도 내리지 않으셨거든."

브라이언을 제막식 경호팀으로 내보낸 것은 웨스트레이크의 판단이었다. 그의 사고는 오로지 장인어른인 본부장의 의향을 따르는 것뿐이라서 브라이언이 손이 빈다는 말을 하자마자 본부장이 일손 부족을 걱정하는 팀에 즉각 투입해버린 것이다. 사실 브라이언으로서는 그럴 것이라고 미리 내다보고 한 행동이었다.

엔필드의 차가운 시선을 등에 받으며 브라이언은 손잡이 너머로 내일의 행사장을 내려다보았다.

"경비하기 힘든 곳이야. 왜 코닥시어터 안에서 하지 않지?"

"하나비시 씨의 의향이죠."

마이켈스가 어깨를 으쓱 처들었다.

"쇼핑몰 안에 하나비시 그룹이 프로듀스한 점포가 새로 문을 여는 모양이더라고. 자기 자신의 명예욕뿐 아니라 새 가게도 제대로 홍보하겠다는 심산이야."

"누군가 그를 노리고 있다는 걸 본인은 알고 있나?"

그 물음에 마이켈스는 대답하지 않았다. 말없이 엔필드 쪽을 흘끔 쳐다보았다.

"그런 걸 굳이 알려줄 필요가 있나요?"

브라이언은 내심 그럴 줄 알았다고 생각하면서도 깜짝 놀라는 제스처를 보였다.

"가타나의 정보 자체가 기밀 사안이에요. 물론 경비에는 만전을 기할 거예요."

"흠, 제막식을 중지하거나 아니면 회장을 바꾸는 게 현명할 것 같은데."

오지랖 넓은 형사의 말에 엔필드가 이의를 제기하려고 하자 마이켈스가 끼어들었다.

"오늘 아침에 버지니아 콴티코에서 C-141 수송기가 출발했어. 전투 차량부터 수송 헬기까지 자신들의 작전에 필요한 기기를 모두 다 싣고서."

"콴티코라고?"

콴티코라면 미국 해병대 기지가 있는 곳이다. 그곳에서 활동한다는 특수부대의 소문은 브라이언도 익히 들어 알고 있었다. FBI가 독자적으로 보유한, '델타포스' 못지않은 최정예 대테러 부대다. 군사 스릴러 작가 톰 클랜시의 소설에나 나올 법한 특수부대인 것이다.

"우리 쪽 HRT인질구출부대에도 출동해달라고 부탁했거든."

마이켈스는 그렇게 말하고 피식 웃었다. HRT라면 법 집행기관의 거대한 연맹인 FBI 직원 중에서도 특별히 선발된 엘리트 중의 엘리트다. 로스앤젤레스 폭동 때 출현한 그들의 모습을 브라이언도 본 적이 있다. 평균 체중 100킬로그램, 혈관에 디젤 연료가 흐르는 듯한 괴물들이다. 검은 내열복을 차려입은 대원들은 장갑차를 타고 불길이 치솟는 시내를 용감하게 내달렸다. 아무 말 하지 않아도 그들이 특별하다는 것은 명백했다. 로스앤젤레스 시경도 선발된 대원들로 이루어진 특수기동대인 SWAT 부대를 갖고 있지만, 그 대원들조차 HRT를 우러러 보았던 것이 생각났다. 마치 농구 스타에게 사인을 해달라고 조르는 어린애들 같았다.

"그렇군. 당신들의 주된 관심사는 하나비시의 경호보다 가타나를 생포하는 데 있는 거야."

그 말에 마이켈스는 조용히 어깨를 으쓱 쳐들었다. 엔필드는 브라이언이 마치 이곳에 없는 것처럼 무시한 채 아래쪽만 내려다보고 있었다.

"하나비시는 단순한 미끼야. 그자가 위험에 처하건 말건 가타나를 불러들이는 데 이용하려는 것이지. 아무래도 우리 시경 본부장과는 생각이 조금 다른 것 같군. 본부장님께서는 이 행사를 무사히 끝내는 것에만 관심이 있는데 말이야."

"브라이언 형사, HRT는 누구보다 우수해요. 이 나라의 법 집행기관에서 최고의 인물을 소집해 임무 없는 날은 모조리 훈련으로 채우고 있다고요. 그들이라면 가타나를 때려눕혀 생포할 수 있어요."

"홍, 그렇겠지. 그 와중에 하나비시가 죽을지도 모르지만."

그 말에도 엔필드가 전혀 개의치 않는 것을 보고 브라이언은 정확히 맞혔다고 생각했다. 그녀의 관심은 오로지 가타나를 체포하는 것뿐이다. 하나비시의 경호에 관한 책임 소재는 다시 다른 누군가가 떠맡는 것이리라.

엔필드를 따라 발밑의 행사장을 내려다보던 브라이언은 가장 큰 의문점을 물어보았다.

"한 가지만 알려줘. 결국 가타나의 정체는 뭐였어?"

"그게 무슨 말이지?"

대답한 것은 마이켈스였다.

"내가 본 여자가 가타나라는 것, 틀림없었어?"

말을 하면서 브라이언은 오늘 아침에 배부해준 얼굴 사진을 꺼내 팔랑팔랑 흔들었다. 가와부치 유코, 통칭 부치. 영화 〈내일을 향해 쏴라〉의 마지막 총잡이, 부치 캐시디와 똑같은 이름의 여자.

엔필드는 눈을 내리깔듯이 시선을 피하면서 뭔가 생각에 잠긴 표정이었다. 다시 대답을 자청하고 나선 것은 마이켈스였다.

"브라이언, 이미 눈치챘겠지만 그 여자는 가타나가 아니야. 우리가 마약 운반책이라고 알고 있는 여자일 뿐이지."

"그렇다면 가타나는 아직 모습을 드러내지 않았다는 얘기인가?"

"아니지, 가타나가 그 운반책 여자와 행동을 함께하고 있다는 건 틀림없어. 매춘 호텔에서 일어난 일련의 소동은 가타나의 짓이라는 게 드러났어. 게다가 그 근처의 리오라이트에서도 총격전이 있었다는 얘기는 이미 들으셨겠지?"

"뉴스에서 봤어. 시카고의 마약 조직 두목이 벌집이 되었다던데?"

"이건 오프더레코드지만 고든이 이번에 거래하려고 했던 자야. 정체를 알 수 없는 누군가와 총격전을 벌여서 여섯 명이 사망했어."

"정체를 알 수 없는 누군가라고? 하긴 그자들이 나타났다는 건 거기에 가타나가 있었다는 얘기겠지."

"오, 역시 말귀를 잘 알아듣는 형사님이시네."

"하지만 내가 그 매춘 호텔이 날아가버린 곳에서 만났던 건 부치라는 여자야. 피에 젖은 검을 들고 있었어."

"그건 수수께끼 중의 하나야. 확실한 건 부치가 가타나와 행동을 함께한다는 것뿐이야."

"흠."

브라이언은 자신의 뺨을 쓰다듬었다.

"그것과는 별도로, 해명이 될 만한 대답이 있는데?"

"뭐지?"

브라이언은 다시 한 번 부치의 사진을 꺼내 두 사람 앞에 흔들었다.

"역시 이 여자가 가타나라는 거야."

* * *

부치는 어둠 속에 숨어 있었다. 꾸벅꾸벅 졸다가 문득 눈이 뜨이면 초콜릿 바를 베어 먹고 물을 마셨다. 흐늘흐늘 뒤흔들리는 시간의 흐름이 공기를 침전시키면서 팽팽하게 긴장한 신경을 풀어주었다. 아무것도 하지 않고 숨어 있는 것이 처음에는 스트레스로 느껴졌지만 익숙해지자 정말로 아무것도 느끼지 않게 되었다.

그곳은 사막 외곽에 있는 마리사의 트레일러하우스였다. 무수한 사진 액자와 이국적인 장식품 등, 마리사가 조부모와 함께한 추억의 물건들을 간직해두기 위한 장소라서 살림에 필요한 집기류는 없었다. 그녀가 추억의 물건들을 바라보며 앉아 있곤 하는 낡은 소파가 있을 뿐이다. 마리사는 리비스랜치에 전용 방을 갖고 있다는 블론디의 말이 떠올랐다. 하지만 마리사에게는 이곳이 추억을 담아둘 성채이자 마음의 버팀목인 것이다.

부치는 깨달았다. 지금의 자신에게는 이런 장소가 없다. 마음을 기댈 만한 곳이 없는 것이다. 잃어버린 배 속의 아이가 무사히 태어났더라면 그 아이가 부치의 기댈 곳이 되었을 게 틀림없는데.

"이봐, 부치."

어둠 속에서 목소리가 들려왔다. 부치는 어둠 속에 떠오른 몬도의 하얀 얼굴을 보았다.

"마리사가 돌아왔어."

그 말에 귀를 기울여보니 희미한 자동차 엔진 소리가 들렸다. 소리가 점점 이쪽으로 다가오자 이제부터 자신들이 하려는 일에 의식이 집중되면서 불안한 마음이 더욱더 자극을 받았다. 저도 모르게 마음속 말이 입 밖으로 튀어나왔다.

"잘될까?"

"걱정할 거 없어. 틀림없이 잘될 테니까."

트레일러의 문이 열리자 빛이 비쳐들었다. 구름의 터진 틈새로 보이는 햇살 같다.

"준비됐어?"

그 빛을 등지고 마리사의 얼굴이 이쪽을 내다보았다.

* * *

다케히로 하나비시의 연설은 적잖이 도전적이어서 그 자리에 모인 할리우드 관계자들의 미소가 굳은 표정으로 바뀌어버렸다. 하나비시는 엄청난 부를 쌓게 해준 통신사업의 미래를 믿어 의심치 않는지, 그것을 과장스럽게 홍보하다가 결과적으로 영화의 도시 할리우드를 경멸하는 언사를 내뱉었다는 것을 깨닫지 못했다.

하나비시는 예전의 소니픽처스와 마찬가지로 영화의 도시 할리우드에 맨발로 쳐들어온 이단아였다. 그는 〈시민 케인〉이나 〈앵무새 죽이기〉처럼 인간의 존엄성을 묻는 숭고한 영화에의 동경심은 전혀 갖고 있지 않았다. 어떤 영화건 오로지 자신이 쌓아 올린 콘텐츠 배송 사업의 매상을 확대해줄 상품으로서만 취급하는 것이다. 그래서 그의 연설 내용은 종래의 영화제작 시스템을 깎아내리고 효율성을 강조하는 하이테크 기술로 보다 저렴하게 제작할 수 있는 방법에 대한 설명으로만 채워졌다.

애초에 할리우드가 영화의 도시가 된 것은 1년 내내 비 오는 날이 적어 야외 촬영에 필요한 맑은 날씨가 갖춰진 덕분이었다. 하지만 하나비시의 연설에 따르면 이제 컴퓨터 그래픽이 놀랍도록 발달해서 로

케이션 따위는 중요하지 않다는 것이다. 즉 촬영 장소에 연연할 필요가 없다는 말이다. 실제로 영화 스튜디오 비즈니스는 저예산으로 제작할 수 있는 인도나 유럽의 스튜디오로 점차 옮겨가고 있었다. 그의 연설이 이어질수록 할리우드 관계자들의 얼굴빛은 새파래져갔다. 영화의 도시에 대한 모욕이 분명했기 때문이다.

"평가가 적절하지 않은 것 같군, 가타나에 관해서는."

그렇게 말하더니 HRT 대장 도너번이라는 인물은 마이켈스를 향해 어깨를 으쓱 쳐들었다. 나이는 40대 초반. 해병대와 경관과 FBI를 순차적으로 경험하면서 그 모든 곳에서 탁월한 실적을 남긴 사람이다. 이른바 두뇌 명석한 슈퍼맨 타입은 아니지만 끈기 있고 어떤 역경에도 견뎌내는 강철 같은 정신의 인물이었다. 경관 시절, 도망치는 전직 탄광부를 덮치다가 말뚝 기계를 건드려 왼쪽 발등에 말뚝이 박힌 적이 있었다. 하지만 도너번은 냉정하게 범인을 제압하고 수갑을 채운 뒤에야 땅바닥까지 뚫고 들어간 말뚝을 천천히 뽑아냈다고 한다.

그는 지휘소로 쓰이는 만찬장 대기실에서 모니터를 노려보며 마이켈스에게 자기 나름의 의견을 펼치고 있었다.

"기록을 살펴봤는데 가타나는 아직 대규모 테러에 성공한 예가 없어. 폭발물이나 원거리에서의 저격 등, 첨단 지식이나 기술이 필요한 무기를 사용한 흔적도 없었지. 우리가 생각건대 가타나의 가장 큰 무기는 보통 사람의 상식을 벗어난 잔혹함과 폭력 성향뿐이야. 그런 의미에서는 특별히 위험한 상대라고 하기 어려워."

"그럴까?"

고개를 끄덕이면서 마이켈스도 하나비시의 연설에 귀를 기울였다. 무대 위의 대형 멀티비전 영상의 한가운데서 하나비시가 미소를 흩뿌리며 긴 연설을 늘어놓고 있었다. 소리는 잘 들리지 않는 가운데, 작은 몸집의 동양인 사내가 과장스러운 손짓 발짓을 섞어가며 떠들어대는 모습은 찰리 채플린의 연기나 아돌프 히틀러의 연설 장면처럼 보였다. 뭔가 수상쩍은 움직임은 포착되지 않았다.

"미국에서의 활동 실적도 없고 이쪽에 유력한 네트워크를 갖고 있는 것도 아니야. 습격을 계획했다면 역시 단독으로 행동할 수밖에 없겠지. 내가 가타나라면 이런 상황에서는 절대로 할리우드 앤드 하이랜드에서 하나비시를 습격하지 않아."

마이켈스는 벽에 걸린 지형도를 바라보았다. 그곳에는 빨강 노랑 파랑으로 나뉜 수많은 동그라미 스티커가 붙어 있었다. 각 역할을 담당한 인원의 배치를 나타낸 것이다. 하이랜드의 원형 홀과 한 명의 사업가가 백악관과 대통령 못지않은 경호를 받고 있다는 것을 한눈에 보여주는 배치도였다.

분명 이런 곳에 단독으로 뛰어든다는 건 자살행위, 스스로 사지에 뛰어드는 꼴이다.

"이곳에서 하나비시를 습격하려면 성공하는 길은 단 한 가지, 폭탄뿐이야."

도너번은 그렇게 말하더니 일회용 컵의 다 식어버린 커피를 마셨다. 그리고 도너번도 마이켈스도, 오늘 아침에 꼼꼼히 폭발물 점검을 했기에 그런 걱정은 깨끗이 씻겨나갔다는 것을 알고 있었다. 하지만 마이켈스는 컵을 손에 들면서 지론을 밝혔다.

"아니, 내가 아는 한, 가타나는 정면 돌파할 거야."

마이켈스의 말에 도너번은 처음으로 모니터에서 눈을 돌려 상대의 눈을 보았다. 그 눈빛에는 약간의 놀람과 아주 조금의 모멸이 섞여 있었다. 그는 텔레비전 뉴스에서 온종일 보도할 만한 대형 인질 사건들을 수없이 해결해왔고, 영화 소재로 사용될 정도의 총격전도 겪어본 사람이다. HRT의 이 용맹한 지휘관은 양복을 입고 일하는 일개 수사관의 편향적인 의견 따위, 일고의 가치도 없다고 생각하는 기색이었다.

"그건 난센스야. 외부에서의 출입은 빈틈없이 무장 경관이 지키고 있어서 관계자 이외에는 누구도 통행이 허용되지 않아."

그의 손끝이 잽싸게 지형도 위를 내달렸다.

"여기 바빌론코트의 지붕 위에 여덟 명의 저격수를 배치했어. 즉전 방위를 커버할 수 있도록 한 것이지. 할리우드와 하이랜드 대로, 그리고 바빌론코트 내부……."

그가 가리킨 곳에는 저격수의 배치를 나타내는 파란색 동그라미 스티커가 점점이 박혀 있었다.

"그들은 10배율의 광각렌즈를 통해 각자의 구역을 감시하고 있어. 약 1000미터 거리에서 고슴도치의 가시 하나하나를 명중시키는 대원들이야. 만에 하나 가타나가 회장 안으로 잠입한다고 해도 그들의 눈을 피할 수는 없어. 중요한 포인트에 잠복해 권총이나 기관총의 사정 범위 밖에서 저격하는 데는 어떻게도 저항할 방법이 없는 법이지."

마이켈스는 사막의 호텔에서 목격한 일을 떠올렸다. 자신도 첨탑에 잠복한 저격수에게 하마터면 죽을 뻔했다. 그들은 손이 닿지 않는 곳에 숨어 일방적으로 총알을 쏘아대는 무시무시한 존재다. 서로 목숨을 주고받는 총격전에서도 그들은 표적에게만 위험부담을 안기는 일방적인 게임이 얼마든지 가능하다.

"그리고 약 100미터 선에서는 강습부대强襲部隊가 대기하고 있어."

"흠."

강습부대야말로 HRT의 꽃이다. 검은 내열복으로 몸을 감싸고, 고급 차 한 대는 너끈히 사고도 남을 만큼의 고가의 총기를 치켜들고 문을 걷어차는 자들이다. 0.1초 안에 결단을 내려서 정확히 상대를 살해할 수 있는 정밀 컴퓨터. 눈만 동그랗게 내놓은 복면으로 얼굴을 감싼 그들이야말로 현대에 등장한 진짜 배트맨이다.

"만일 가타나가 나타난다면 결코 살아서 돌아갈 수 없어."

그렇게 장담하는 도너번의 표정은 해가 동쪽에서 뜬다고 말해주는 초등학교 교사 같았다.

맨 먼저 이상한 낌새를 눈치챈 것은 엔필드였다. 그녀는 검정 양복으로 몸을 감싸고 바빌론코트 끝에서 하나비시의 연설을 듣고 있었다. 귓속에 눈에 띄지 않는 수신기가 꽂혀 있어서 장내에서 오고 가는 무선 대화에 세심하게 귀를 기울였다. 행사는 막힘없이 진행되어 하나비시의 연설도 이제 슬슬 끝나가고 있다. 이상을 발견했다거나 수상쩍은 인물을 목격했다는 보고도 뚝 끊겼다. 아무튼 로스앤젤레스의 전 경관이 총출동하여 할리우드 앤드 하이랜드 주위를 빙 돌아 지키고 있는 것이다. 습격은커녕 내부에 들어오는 것조차 신이 아니고서는 어려울 것이다. 역시나 가타나도 포기한 모양이라고 엔필드가 막 생각한 참의 일이었다.

바빌론코트 정면에 우뚝 솟은 성문과 그 위를 지나가는 연결 복도, 그 5층 부분에서 심상치 않은 그림자가 언뜻 보였다. 엔필드는 일순 등줄기가 얼어붙었다. 그것이 야구 모자를 깊숙이 눌러쓴 민간인의 모습이라는 것을 포착했기 때문이다. 경비의 틈새를 뚫고 슬쩍 기어든 민간인 따위가 아니다. 그 연결 복도는 절호의 저격 포인트였기 때문에 층마다 4인 1조의 무장 경관을 배치했다. 할리우드 사인을 배경으로 기념사진을 찍기 위해 다가온 관광객들은 하나같이 셔츠 자락의 먼지를 떨어내듯 가차 없이 쫓겨났을 터였다.

엔필드는 재빨리 지휘소에 연락해 5층에 배치되었던 팀의 안부를 확인했다. 경관들이 자신의 임무를 잊어버리고 태평하게 크리스피크림도넛 가판대에 도넛이라도 사러 가지 않는 한, 저 장소에 민간인이 출입할 수 있을 리 없다.

무선 응답이 없다.

연결 복도의 수상쩍은 야구 모자가 밑밑의 하나비시를 응시하고 있다. 육안으로 누구인지 판단할 만한 거리는 아니었지만 엔필드는 분명하게 인식할 수 있었다.

가타나다.

엔필드는 무전기를 향해 소리쳤다.

"여기는 바빌론 원, 5층 연결 복도에 수상한 자가 나타났다!"

연락을 마치자마자 권총을 뽑아 들었다. FBI 식으로 허리 높은 위치에 홀스터를 매달고 있었기 때문에 웃옷 자락이 걸려 동작이 약간 늦어졌다. 급히 총을 겨누며 수상한 야구 모자 쪽으로 시선을 던졌다. 아직 그 자리에 있다. 무대 아래쪽에 대기하고 있던 경호 스태프가 튕기듯이 움직이는 게 보였다. 그들은 검은 양복 밑에 방탄조끼를 착용하고, 자신의 급료와 결코 균형을 맞출 수 없는 일, 즉 목숨을 걸고 요인要人의 방패가 되는 임무를 맡고 있다.

때를 같이하여 하나비시의 연설이 마침내 끝이 났다. 따분함에서 해방된 관객들은 성대하게 박수를 치기 시작했다. 엔필드는 주인공의 주의를 환기하기 위해 큰 소리로 부르짖었다.

"엎드려!"

하지만 그 목소리는 박수 소리에 지워져 하나비시 본인에게는 가닿지 않았다. 엔필드는 군중을 헤치고 앞으로 달려나가며 다시 한 번 외쳤다.

"엎드려!"

목소리는 지워졌지만 권총을 치켜들고 돌진하는 그 모습이 무대 위 일본인 손님의 눈에 들어왔다. 하나비시는 따귀라도 얻어맞은 것처럼 웃는 표정 그대로 바짝 얼어붙었다. 그 눈빛은 대체 무슨 일이냐고 엔필드에게 묻고 있는 것 같았다.

실제로 위험을 맞닥뜨렸을 때, 경호 대상자가 스스로 그 위험을 피할 가능성은 극히 낮다. 오히려 그 반대인 경우가 많았다. 마치 차에 치이기 직전의 고양이처럼 돌진해오는 자동차를 빤히 응시하는 어리석음을 범하는 경우가 대부분이다. 하나비시 역시 몸을 낮추기는커녕 경직된 사람처럼 우두커니 서 있었다. 상대에게 노출되는 면적이 넓으면 넓을수록, 정지한 시간이 길면 길수록 공격에 무너질 가능성은 커진다.

인간 방패들이 무대로 뛰어올라 하나비시를 에워싸고 그 안에 엎드리게 하기까지의 불과 몇 초 동안이 엔필드에게는 영원의 시간처럼 느껴졌다. 솜씨 좋은 저격수라면 자동식이 아닌 볼트 액션 라이플이라도 세 발은 총알을 퍼부었을 시간이다. 너무도 긴장한 나머지, 심장이 목구멍으로 튀어나올 것만 같았다. 엔필드는 손에 든 시그자우어 자동 권총을 수상한 야구 모자 쪽으로 겨누었다. 뭔가 움직임이 보이면 즉시 발사할 생각이었지만 이 거리에서 100퍼센트 명중시키기는 어려웠다. 기도하는 심정으로 연결 복도를 응시했다. 야구 모자를 쓴 인물이 '클론 식품 허가 반대'라는 큼지막한 현수막 같은 것을 내거는 환경 운동가였으면 좋겠다고 생각하면서.

엔필드의 소망과는 전혀 관계가 없지만, 무대 아래에서 대기하고 있던 경호원들이 속속 하나비시 옆에 도착했다. 가엾은 경호 대상자를 에워싸 자신의 몸으로 암살자로부터의 사격을 가로막는 일에 접어든 것이다.

무의식중에 안도의 한숨이 흘러나오는 것을 자신의 귀로 들으며 엔필드는 벌써 다음 단계로 의식을 전환하고 있었다. 이제는 이쪽이 공격할 차례다. 지휘소의 무선에서는 간밤에 도착한 HRT 지휘자의 목소리가 울렸다.

"코만도에서 블랙시프에게 알린다! 경호 대상자의 안전은 확보되었다! 돌입하라!"

도너번의 그 목소리에서는 진한 자부심이 느껴졌다. '블랙시프'란 HRT의 강습부대로 구성된 유격대를 가리킨다. 그들은 이미 5층 연결 복도로 달려가고 있을 터였다. 20초 이내에 수상한 자가 있는 장소에 도착한다.

"여기는 이글퍼, 타깃을 포착했다."

이어서 수신기를 통해 짧게 보고하는 목소리가 들렸다. 바빌론코트 쪽을 커버하듯이 배치된 저격수 중의 한 사람, 이쪽도 HRT가 자랑하는 사격의 명수다. M24 스나이퍼 라이플을 겨눈 이글퍼는 르폴드 사의 광각렌즈를 통해 파악한 정보를 전했다.

"연결 복도 바닥에 경관이 쓰러져 있다. 피, 피가 보인다!"

그 목소리가 약간 갈라져서 떨리는 게 느껴졌다. 모든 법 집행관의 공통된 성향이지만, 그들에게는 강한 소속 의식이 있어서 설령 타 부서 사람이라고 해도 법 집행기관의 사람이 부상당하는 것을 용서하지 않는다.

"흉기는?"

"도검을 손에 들고 있다. 코만도에게 사격 허가를 요청한다! 지금이라면 머리를 날려버릴 수 있다!"

엔필드는 다시 한 번 육안으로 가타나를 살펴보았다. 이글퍼가 방아쇠를 당기면 확실하게 가타나를 처치할 수 있는 거리다. HRT 대원인 이상, 그 역시 약 1킬로미터 거리에서 직경 몇 인치 이내의 벌집을 만들 수 있을 터였다. 하지만 엔필드가 원하는 것은 가타나를 벌집으로 만드는 것이 아니라 생포하는 것이다. 이제 몇 초만 견디면 그 목적이 이루어진다. 엔필드는 무전기의 송신 스위치를 누르고 지시를 내렸다.

"여기는 바빌론 원, 이글퍼에게 알린다, 저격을 잠시 기다려라."

당혹스러움이 담긴 대답이 돌아왔다.

"바빌론 원?"

지휘 계통이 흐트러져 있었다. 이런 아수라장에서 엔필드의 권한이 통할지는 알 수 없다. 이글퍼는 곤혹스러움이 생생하게 느껴지는 목소리로 다시 한 번 말했다.

"코만도, 사격 허가를 요청한다!"

이글퍼가 마음이 급하다는 것이 무전기를 통해 전해져왔다. 저격수는 광각렌즈를 통해 살해된 경관의 모습을 발견했고, 손이 닿을 듯한 위치에 사냥감을 포착하고 있다. 경관을 살해한 데 대한 복수를 하고 싶어 온몸이 근질거리는 것이다. 하지만 이윽고 수신기를 통해 도너번의 목소리가 울렸다.

"여기는 코만도, 이글퍼에게 알린다. 잠시 기다려라. 지금 블랙시프가 가타나를 생포하기 위해 그쪽으로 가고 있다."

이어서 수신기에서 다른 목소리가 들려왔다.

"여기는 블랙시프, 5층에 도착했다."

엔필드의 눈에도 블랙시프 팀이 보였다. 가타나는 연결 복도의 중앙에 서 있었다. 엔필드는 시그자우어 총의 가늠쇠 너머로 일련의 사태를 지켜보면서 다음에 무슨 일이 일어날지 계산하고 있었다. 강습부대는 누구든 만나자마자 0.1초 만에 상대의 머리를 정확히 명중시키는 실력을 갖춘 자들이다. 가타나가 응전하려고 든다면 순식간에 결판이 날 것이다. 엔필드는 가타나가 일찌감치 투항해주기를 기도했다. 저항해봤자 승산이 전혀 없기 때문이다.

마침내 그를 막다른 궁지에 몰아넣었다. 이제는 가타나를 생포할 수 있다.

그렇게 생각한 순간, 연결 복도의 야구 모자가 손잡이를 뛰어넘어 허공으로 몸을 날렸다.

* * *

무전기로 엔필드의 고함 소리가 뛰어들었다. 뒤쪽에서 대기하고 있던 브라이언은 바로 근처의 검은 내열복 차림의 대원들이 튕기듯이 뛰쳐나가는 것을 보았다.

가타나가 나타난 것이다.

하물 반입용 엘리베이터 홀 앞에서 브라이언은 마시던 커피 잔을 바닥에 내려놓고 강하 버튼을 눌렀다. 5층에서 깜빡거리던 램프가 천천히 내려왔다. 하행 엘리베이터에는 말끔한 양복 차림의 머리숱 성근 신사가 타고 있었다. 위 근처에 무거운 질환을 안고 있는 듯한 눈빛으로 엘리베이터 번호판 옆에 서 있었다. 브라이언이 안에 들어서자 기다렸다는 듯이 닫힘 버튼을 두 번이나 꾹꾹 눌렀다.

엘리베이터 안에서도 무전기의 수신은 양호했다. 현장을 직접 지켜보지 않더라도 엔필드의 지시만 듣고 있으면 무슨 일이 일어났는지 충분히 짐작할 수 있었다. 하나비시 주위에는 켜켜이 인간 방패가 만들어졌고 조금 전에 뛰쳐나간 강습부대는 가타나에게로 몰려가고 있다. 지붕 위에서는 사격의 명수가 저격 지시가 떨어지기를 기다리고 있고 상공에는 헬기가 세 대나 떠 있다. 가타나가 도망칠 구멍이라고는 어디에도 없었다. 예상했던 대로 작전이 착착 진행 중이었다.

1층에 내려선 브라이언은 반입용 엘리베이터 앞에 짐을 나르는 컨테이너가 줄지어 서 있는 것을 목격했다. 사람 키 높이쯤이나 되는 그 철제 바구니 안에는 5층의 만찬장에서 사용할 다양한 물품들이 들어 있었다.

"기자회견 자료는 어디 있어!"

5층에서 함께 내려온 신사가 신경질적인 투로 말했다. 그의 주위에는 야구팀 운영도 가능할 만큼 수많은 스태프가 있었지만 아무도 대답하지 못했다. 머리숱 성근 홍보 담당자는 위 근처가 점점 더 아파 오는 듯한 표정으로 자신이 직접 컨테이너를 뒤지기 시작했다.

늘어선 컨테이너들이 남자와는 상관없이 차례차례 엘리베이터 안으로 들어갔다. 마치 물가로 향하는 아프리카코끼리 떼 같다. 컨테이너의 행렬은 반입구에서부터 건물 밖의 하이랜드 대로까지 길게 이어져 있었다.

그 모습을 보자마자 브라이언은 뭔가 문제가 발생했다는 것을 알았다. 제막식 뒤에 5층 만찬장에서 거행될 파티 준비가 늦어지고 있는 것이다. 게다가 반입구 앞을 지키는 세 명의 제복 경관이 짐을 나르는 사람들에게 전혀 관심을 기울이지 않고 있었다. 반입 담당 스태프는 1층 하이랜드 대로 쪽에서부터 줄줄이 들어오고 있는데 경관이 그들을 체크하는 기척이 없었다. 브라이언은 가타나가 어떻게 아무 일 없이 침입했는지 알 것 같았다.

"이봐."

작년까지 학교에 다녔을 듯한 젊은 경관이 가까이에 있어서 브라이언은 그를 붙잡고 운반용 컨테이너들을 가리키며 물었다.

"왜 저 사람들은 검색하지 않는 거야?"

그 경관은 불끈한 표정을 보였다. 자신과 똑같은 제복 경관에게 꾸지람을 들었다고 생각한 모양이다.

"저 사람들은 모두 검색했어요. 하지만 자꾸 들락날락하는 데다 분명하게 패스를 목에 걸고 있잖습니까. 일일이 불러 세울 수는 없다고요."

젊은 경관 뒤편에 있던 낯익은 경관이 브라이언을 알아보고 유감스럽다는 표정을 보였다. 뭔가 할 말이 있는 눈치였다. 브라이언은 그것을 가로막듯이 말했다.

"그렇다면 어쩔 수 없군. 이 이상 반입이 늦어지면 나중에 주최 측에서 강력히 항의할 테니까."

그렇게 말하고 총총히 자리를 떴다.

블랙시프가 가타나에게 접근했다는 보고가 무전기에 울렸다. 하지만 브라이언의 직감은 엔필드 팀이 가타나를 제지하지 못할 것이라는 쪽으로 기울었다. 그들이 세운 계획은 흉악한 무장범을 제압하는데는 지나치게 충분할 정도지만 가타나는 이쪽에서 상상하는 것과는 차원이 전혀 다른 존재라는 생각이 들었기 때문이다.

사막 한복판에서 만난, 빈티지 도검을 들고 있던 호리호리한 몸매의 여자.

CIA인지 뭔지는 모르지만, 머리가 돌아버린 듯 무모한 짓을 하는 그자들이 공인 매춘 호텔 하나를 통째로 날려버리면서도 가타나 한 명을 처리하지 못했다.

브라이언은 계속 걸음을 옮겼다. 행사장 쪽에서 뭔가 우왕좌왕하는 분위기가 전해져왔다. 하지만 브라이언이 향한 곳은 그곳과는 정반대 방향이었다. 가타나는 이번에도 보란 듯이 도망칠 것이다. 그렇다면 매춘 호텔을 날려버린 자들도 그것을 예상하고 이미 손을 쓰고 있을 터였다. 분명 행사장을 멀리서 에둘러 관찰하면서 가타나를 암살할 기회를 시시각각 엿보고 있을 게 틀림없다. 행사장을 감시할 수 있는 위치이면서도 엄계 태세의 울타리 밖이라면…….

할리우드 대로로 나선 브라이언은 행사장 반대편에 정차하고 있는 밴을 보았다. 지붕에 방송 통신용 안테나가 달린 것을 보고 텔레비전 방송국 차라는 것을 알았다. 교통량이 많은 할리우드 대로의 정체를 가중시키지 않도록 언론사용 주차장은 별도의 장소에 확보되어 있었기 때문에 그것은 기묘한 광경이었다. 하지만 차체 옆구리에 적힌 프로그램 명을 읽고 납득했다. 브라이언도 들어본 적이 있는, 아마추어에게 무모한 도전을 시키는 버라이어티 프로그램이다.

시선을 돌리려던 순간, 브라이언은 운전석에 앉은 인물을 보고 흠칫 놀랐다.

스킨헤드의 젊은 남자다. 입을 크게 벌려 손에 든 브리또를 덥석 베어 먹으며 길거리의 한 지점을 응시하고 있었다. 남자의 그 시선 끝에는 오토바이 위에 걸터앉은 긴 머리의 여자가 있었다.

우연일까, 그 남자도 그리고 여자 쪽도 브라이언은 왠지 낯설지 않왔다.

아니, 우연 따위일 리 없다.

브라이언은 여자 쪽을 향해 걸음을 옮기기 시작했다.

* * *

5층 손잡이를 뛰어넘은 가타나는 무시무시한 도약력으로 멀티비전과 트래스를, 그리고 무대 위에 둘러쳐진 배선을 뛰어넘었다. 월절을 머리 위로 크게 휘둘러 번쩍 치켜들고 가타나는 똑바로 하나비시를 겨냥해 낙하했다.

가타나는 궁지에 몰려 뛰어내린 것이 아니었다. 사냥감을 노리고 날아오른 것이다.

엔필드가 자신의 판단 착오를 깨닫는 것과 가타나가 원수의 자손을 베어 넘긴 것은 거의 동시였다. 30미터 높이에서 내리쳐진 칼날은 하나비시를 어깨에서부터 가르고 들어가 그대로 바닥까지 베어버렸다.

너무도 황망한 상황에 그 순간 그곳에서는 모든 소리가 사라졌다. 그때까지 우왕좌왕하던 참석자들이 숨을 헉 삼킨 채 할 말을 잃었고, 마구잡이로 찍어대던 휴대전화 카메라도 허공에서 멈춰버렸다. 이윽고 그들의 눈앞에서 두 쪽이 나버린 하나비시가 누군가 잘못 만든 인체 표본처럼 바닥에 털썩 쓰러지면서 피가 솟구쳤다. 그것은 마치 악마가 준비한 초콜릿 분수대 같았다. 이윽고 행사장 어디에선가 여자의 비명이 터져 나왔다. 그 소리를 신호로 모든 것이 다시 작동에 들어갔다.

무슨 일이 벌어졌는지 정확하게 이해한 사람이 과연 몇 명이나 되었을까? 사람들은 새된 비명과 고함 소리를 내지르며 상황을 전혀 파악하지 못한 채 무작정 내달리기 시작했다. 조금이라도 안전한 곳으로 피신하기 위해 많은 사람이 자신 이외의 누군가를 떠밀었다. 엔필드는 군중의 소용돌이에 휘말린 채 멍하니 생각했다. 하나비시는 죽었을까? 하지만 한순간 뒤에 다시 마음을 다잡은 엔필드는 자신이 하마터면 패닉에 빠질 뻔했다는 것을 깨달았다. 몸이 두 동강 난 인간이 살아 있을 리 없기 때문이다.

엔필드는 무전기를 눌러 지시를 내리려고 했다. 하지만 그 순간, 동요한 그녀를 다시금 궁지에 몰아붙이는 일이 발생했다. 눈앞의 무대 위에서 새로운 피의 분수가 일어난 것이다. 30미터 높이에서 낙하한 가타나가 하나비시의 주위를 둘러싸고 있던 경호 스태프들을 향해 광기의 칼날을 휘두르기 시작한 것이다. 누군가의 손목이 허공을 날았다. 그것은 취향이 영 좋지 않은 호러 영화처럼 아직도 총을 움켜쥔 채였다.

경호 스태프 전원이 권총을 뽑아 들었지만 서로 간의 거리가 지나치게 가까워 가타나를 향해 총알을 날릴 수 없었다. 자칫하다가는 자기편을 맞출 수 있었기 때문이다. 그들이 멈칫 망설인 몇 초 사이에 가타나는 네 명을 베어 넘겼다.

무대에서 분수처럼 쏟아져 내린 핏물이 얼굴에 끼얹어졌을 때, 엔필드는 가까스로 능동적인 사고력을 되찾았다. 급히 무전기를 입가에 갖다 댔다.

"이글펀, 가타나를 저격해!"

"안 됩니다, 주변 사람들이 맞아요!"

그 말투로 보아 저격수도 크게 흥분한 기색이었다. 동료의 희생에 대한 흥분과 첫 저격 기회를 빼앗긴 데 대한 불만이 한 덩어리로 뭉쳐진 대답이었다.

누군가 엔필드의 어깨를 잡았다.

마이켈스였다.

고함 소리가 소용돌이치는 가운데 베테랑 수사관이 뭔가 말했지만 엔필드는 알아듣지 못했다. 다시 한 번 되묻자 마이켈스는 그녀의 귀에 바짝 입을 대고 소리쳤다.

"테이저 총!"

엔필드는 직감적으로 그 의미를 이해했다. 무전기를 향해 지시를 내렸다.

"발포하면 민간인이 맞는다. 테이저 총으로 제압해!"

하지만 무대에 올라간 경호 스태프들에게는 그 지시가 들리지 않았다. 그들은 지근거리에서 날뛰는 검을 피해 저마다 등을 돌리고 도망치고 있었다. 그리고 그 뒤를 쫓는 가타나. 성대한 피의 제전이 되어버린 무대. 이윽고 그 무대에서 뛰어 내려온 가타나는 가장 가까이에 있던 사람을 베어 넘겼다. 망연자실하고 있던 관객 중의 한 사람으로, 어떻게 보건 그는 가타나에게 위협이 될 만한 존재가 아니었다. 휠체어에 앉은 시든 나뭇가지 같은 노인이었기 때문이다.

차축까지 통째로 갈라지면서 휠체어 바퀴가 데굴데굴 굴러와 엔필드의 발치에서 멈췄다. 엔필드는 전율의 파동이 등줄기를 타고 거꾸로 치솟는 것을 느꼈다. 완전한 미치광이를 상대하고 있다는 것을 그제야 깨달았기 때문이다. 일순 가타나가 흉기를 휘두르는 인간의 모습으로 보이지 않았다. 그것은 미쳐 날뛰는, 피에 굶주린 도검 그 자체로 보였다.

"가타나……."

자신을 위협하는 것의 이름을 입에 올리면서 엔필드는 부르르 떨었다. 귓속 수신기에서는 블랙시프 대원들의 분노한 고함 소리가 울렸다. 불과 한 걸음 앞에서 놓쳐버린 사냥감이 바닥으로 날아가 사람들을 무차별적으로 베어 넘기고 있기 때문이다.

지휘 계통은 완전히 혼란에 빠져 "쏴라!"라는 절규와 "쏘지 마라!"라는 비명이 교차하고, 단속적인 총성과 무수한 비명이 행사장 안을 뒤덮었다. 여기저기서 자기편끼리 총을 쏘는 일이 벌어졌다. 엔필드가 기억하는 한, 이보다 더 추악한 참극은 없었다. 단 한 명의 테러리스트를 상대로 수백 명의 법 집행관들이 패닉에 빠지고, 희생자 수를 카운트하는 기기는 초 단위로 눈금이 높아졌다. 앞으로 두고두고 대실패의 중요한 사례 연구로 손꼽힐 게 틀림없다.

가타나와 눈이 마주쳤다. 서늘한 눈빛이었다.

누군가 테이저 총을 발사했다. 이건 유선식 스턴건이어서 액화 탄산가스의 힘으로 발사된 두 개의 화살을 통해 50만 볼트의 전압을 가하게 된다. 명중하면 단 몇 초 만에 근육이 이완되어 행동이 불가능하다. 하지만 가타나는 쉽게 그것을 피해버렸다.

일반적인 방식으로는 가타나를 도저히 상대할 수 없다는 사실을 엔필드가 마침내 이해하기 시작한 바로 그때였다.

"바빌론 원, 비켜서라! 당신이 사선射線을 가로막고 있어!"

수신기에서 목을 억누른 듯한 소리가 날아들었다. 표준 무선 통화 요령에 따르지 않은 그것이 이글퍼의 목소리라는 것을 즉시 깨달았다. 뭔가에 골똘히 집중하느라 다른 것에는 신경 쓸 겨를이 없는 사람의 목소리였다.

"이글퍼?"

"비키라니까! 지금이면 명중시킬 수 있어!"

대답하는 시간도 아까워서 엔필드는 펄쩍 뛰어 그 자리를 벗어났다. 어느새, 가타나 주위에는 사람이라고는 단 한 명도 없었다. 살아서 서 있던 사람들은 검이 닿는 족족 살해되었기 때문이다. 이글퍼에게 저격 찬스를 제공한 엔필드는 그 공간에 긴장감이 팽팽하게 차는 것을 생생하게 느꼈다.

이글퍼가 겨눈 총은 FBI가 총기 회사에 직접 제작을 의뢰한 특별 주문품이다. 약 100미터 거리에서 반 인치의 집탄 성능을 가졌다. 탄약까지도 숙련된 직인이 장약한 특별 제작품이어서 이 정도 거리라면 가타나의 양쪽 콧구멍 중 한쪽을 골라서 저격할 수 있다.

엔필드는 이글퍼에게 더는 말을 걸지 않았다. 그가 지금 시도하는 레벨의 저격이라면 방아쇠와 호흡, 혹은 맥박까지 타이밍을 맞출 필요가 있다. 부주의하게 말을 걸어서 집중력을 흐트러뜨려서는 안 된다.

그야말로 한순간이지만 가타나의 움직임이 뚝 멈췄다. 제 손으로 만든 피 웅덩이 속에서 검을 쳐들고 우뚝 선 그 마물은 뭔가를 깨달은 표정으로 이글퍼가 잠복하고 있는 건물 옥상으로 스윽 눈을 돌렸다.

들켰다.

엔필드의 심장이 크게 뛰었다.

저격수의 우위성은 모습을 들키지 않는 장소에서 일방적으로 상대를 노려서 쏠 수 있다는 데 있다. 소재를 들켜버린 저격수는 아무 도움도 되지 않는다. 적은 사선을 가로막을 차폐물에 몸을 숨기고 즉각 반격을 취할 것이다.

이글퍼도 똑같은 생각을 한 것 같았다. 가타나에게 자신의 위치를 들켜버린 이상, 처치하려면 바로 지금 이 순간밖에 없다고. 방아쇠에 걸린 손가락에 힘을 주는 모습이 눈에 선히 떠올랐다. 시야의 중심에 표적을 앉히고 수백 수천 번의 훈련으로 축적한 이미지를 머릿속에 그리면서 격침이 떨어지는 지점까지 방아쇠를 당긴다.

총성이 울렸다.

라이플 특유의 날카롭고 힘찬 총성이다.

다음 순간, 가타나의 머리가 잘 익은 수박을 터뜨린 것처럼 내용물을 쏟아내고 피를 분출하며 떨어져 내릴 것이라고 생각했다.

하지만 가타나에게는 아무 일도 일어나지 않았다. 선발된 저격수가 겨우 이 거리에서 실패했다는 것에 경악하며 엔필드는 가타나를 돌아보았고 그제야 상황을 깨달았다. 가타나의 상체가 아주 조금 옆으로 비켜나 있었다.

빗나간 것이 아니다. 피한 것이었다.

실제로는 단 몇 초 동안의 일이었지만 엔필드에게는 수십 초로 느껴졌다. 가타나는 초속 800여 미터로 발사된 라이플 탄을 확실하게 피했다. 엔필드는 순간적으로 주위를 둘러보며 자신 말고도 또 다른 누군가가 이런 사실을 알아차리지 않았는지 찾아보았다.

하지만 없는 것 같다. 자신과 이글퍼를 제외하고는.

귓속에 저격수의 목소리가 울렸다.

"여기는 이글퍼, 빗나갔다. 반복한다. 저격에 실패했다. 이 포인트에서 더는 저격할 수 없다."

좌절에 빠진 남자의 목소리였다. 이글퍼는 '빗나갔다'고 표현했지만 실제로는 정확히 날아간 총알을 가타나가 피해버렸다는 건 누구보다 그가 가장 잘 알고 있을 터였다.

라이플 탄을 따돌린 가타나는 바빌론코트를 가로지르기 시작했다. 그가 향하는 곳은 할리우드 대로 쪽이었다. 엔필드는 즉시 무전기를 향해 목소리를 높였다.

"여기는 바빌론 원, 가타나가 할리우드 대로 쪽으로 가고 있다!"

가타나는 곧장 엔필드 쪽으로 달려왔다. 무대와 바빌론코트 출입구를 잇는 중간 지점에 그녀가 서 있었기 때문이다. 돌진해오는 피투성이의 악마와 눈이 마주쳤다. 엔필드는 자신이 조금 전부터 시그자우어 자동 권총을 겨누고 있다는 게 퍼뜩 생각났다.

전미 최고 레벨의 저격수를 갖고 노는 가타나에게는 1000달러짜리 권총도 장난감일 뿐이겠지만 그래도 엔필드는 외쳤다.

"거기 서!"

쓸데없다는 것을 잘 알면서도 경고를 발하고 거의 동시에 방아쇠를 당겼다. 심장을 노리고 발사했지만 엔필드가 조준한 곳에 이미 적의 모습은 없었다. 가타나는 몸을 한껏 낮추며 엔필드의 옆구리 밑을 빠져나갔다.

한 줄기 회오리바람처럼.

엔필드는 급히 몸을 돌려 가타나의 뒤를 쫓으려고 했다. 하지만 다리에 전혀 힘이 주어지지 않아 균형을 잃고 엉덩방아를 찧으며 넘어졌다. 엔필드는 무슨 일이 일어났는지 이해하지 못한 채, 일어서려고 팔을 휘저었다. 뭔가 결정적인 위화감이 있었지만 그것이 무엇인지 알 수 없었다.

"엔필드!"

마이켈스의 목소리가 들리고 그가 자신의 손을 움켜쥐는 게 느껴졌다. 그것을 붙잡고 상체를 일으켰다. 다음 순간, 바닥을 내려다본 엔필드는 발목 부분에서 절단된 자신의 두 발을 보았다. 엉덩방아를 찧은 이유를 깨닫고 엔필드는 말이 되지 않은 묘한 소리를 내며 정신을 잃었다.

바닥에 남겨진 그녀의 두 발은 무대 쪽을 똑바로 향하고 있었다.

제5장

그림자와의 동행

버진레코드 앞에 서 있는 여자는 몸에 딱 붙는 검은 트레이닝복을 입고 있어서 오토바이를 타기에 적합한 차림새라고는 할 수 없었다. 이른 아침에 애견을 산책시키러 나온 어느 부호의 애인 같은 분위기다. 긴 갈색 머리를 아무렇게나 뒤로 묶었고 얼굴에는 화장기가 없었지만 놀랄 만큼 아름다운 여자여서 길가 오토바이 옆에 서 있을 뿐인데도 사람들의 시선을 끌었다. 할리우드에서 자주 마주치는 모델이나 여배우 지망생으로 보였다.

　　오토바이가 선 자리는 할리우드 앤드 하이랜드에서 반 블록쯤 벗어나 아슬아슬하게 경관들에게 지적을 받지 않을 경계선상이었다. 조금 떨어진 곳에서 여자를 관찰하던 브라이언은 시선을 돌려 도로 맞은

편에 서 있는 밴을 살펴보았다. 운전석의 남자는 브리또를 베어 먹으며 흘끔흘끔 그 오토바이 쪽을 보고 있었다.

그 남자는 낯이 익었다. 현재는 스킨헤드이고 작업원들이 입는 오버올을 걸치고 있지만 어제저녁에는 보브 커트에 꽃을 다듬던 게이 플로리스트였다. 입을 한껏 벌려 브리또를 베어 먹는 그 모습은 어제 브라이언에게 잇몸을 드러내고 웃던 얼굴과 완전히 일치했다. 변장을 한 것이다. 하지만 머리형이나 눈 색깔은 바꿀 수 있어도 표정만은 숨길 수 없다.

밴의 운전석에 앉은 그자의 시선을 의식하면서 조심스럽게 여자에게 다가가 발을 멈췄다. 어떻게 말을 걸어야 할지 잠깐 생각해보다가 아예 솔직하게 나가기로 했다.

"이봐요, 내가 부치를 좀 만나고 싶은데."

여자는 웃으면서 브라이언을 마주 보았다. 신비로운 미소였다. 브라이언의 물음에 대한 대답은 되지 못했지만 단순히 애매한 형식상의 웃음도 아닌 것 같다. 브라이언은 헛기침을 한 차례 하고서야 말을 이었다.

"부치는 지금 어디 있어?"

"곧 돌아올 거예요."

"당신은 누구지?"

"나? 난 마리사."

"왜 부치와 함께 있지?"

마리사는 잠시 생각해보는 표정을 짓더니 이윽고 대답했다.

"달리 갈 곳이 없어서."

그 표현에 대해서는 몇 가지 해석이 가능했지만 브라이언은 군이 캐묻지 않았다. 여자가 부치와 행동을 함께하기로 결심했다는 것을 알았으니 그걸로 충분했다.

"가타나를 알고 있어?"

"가타나?"

"검을 갖고 있고 그걸로 사람을 베는 자야."

"알아요."

여자의 영어는 독특한 억양이 있어서 어딘가 노래하는 듯한 신비한 느낌의 말투였다.

"그자는 지금 어디 있지?"

"부치하고 함께 갔어요."

"왜 당신만 남겨두고 갔을까?"

"그 둘은 항상 함께거든요."

그 순간, 비명이 울렸다. 한두 명이 아니라 군중 전체가 내지르는 쇳소리의 대합창이다. 그것은 할리우드 앤드 하이랜드 쪽에서 들려왔다. 점점 커지는 공포의 진동이 할리우드 대로까지 울려 퍼진 것이다.

브라이언의 무전기가 혼란과 공황에 빠진 현장 상황을 전해주고 있었다. 그곳에서 일어나는 일을 상상하며 이윽고 여자 쪽을 돌아보았다.

"그자와 함께 어울리면 엄청난 피를 보게 돼. 놈은 원수를 갚는다고 했어."

여자는 깔깔거리며 웃었다.

"피를 본다고요? 난 아무렇지도 않아요."

"그놈은 살인자야."

마리사는 여전히 괜찮다는 듯 고개를 저었다.

"우리 아버지가 살해되던 날 밤에 부치가 내 옆에 있었다면 좋았을 텐데."

"이제 어디로 갈 거지?"

"그건 부치가 정할 거예요."

브라이언은 등 뒤로 쓰나미처럼 밀려오는 패닉을 감지했다. 그래도 뒤돌아보지 않고 여자에게 물었다.

"마리사, 당신이 생각하는 그런 결말이 아닐 수도 있어."

하지만 여자는 다시금 애매한 미소를 지었다. 브라이언은 그 미소가 모나리자를 떠오르게 한다는 것을 문득 깨달았다.

마리사가 오토바이의 엔진을 돌렸다. 브라이언이 한 걸음 뒤로 물러서는 참에 등 뒤에서 달려온 한 여자가 오토바이 뒷자리에 올라앉았다.

그 여자라면 알고 있다.

사막의 매춘 호텔에서 만난 여자.

가와부치 유코, 통칭 부치. 마지막 총잡이와 똑같은 별명을 가진 여자. 여자는 피에 젖은 검을 등에 메고 불상을 조각한 브로치 같은 물건을 입에 물고 있었다. 옆에 선 브라이언을 한순간 번뜩이는 눈빛으로 쏘아보았다. 그 기백에 압도되어 브라이언은 주춤 뒤로 물러섰다. 사막의 매춘 호텔에서 만났을 때와 마찬가지로 그 눈동자에 광기가 깃들어 있었기 때문이다.

역시 이 여자가 가타나다.

브라이언은 떨리는 목소리를 가까스로 가다듬어 말을 내뱉었다.

"원수를 갚으러 왔나?"

부치는 입에 문 브로치 같은 물건을 손에 잡더니 그것을 허리에 찬 주머니에 넣었다. 짤그랑하는 금속음이 났다.

"이게 여덟 번째. 앞으로 여덟 개 남았어."

질문에 대한 답은 아니지만 그것이 원수를 가리키는 숫자라는 건 짐작할 수 있었다. 전쟁터에서 살해한 적의 귀를 잘라 목걸이로 장식하듯이, 불상을 본뜬 그 브로치 같은 것을 수집하고 있는 것이다.

"이제 어쩔 생각이지?"

"여행을 계속할 거야."

무전기를 통해 브라이언의 귓가에는 아직도 고함 소리가 이어졌다. 상공에서 선회하는 헬기가 제 기능을 하지 못하는 것을 보면 할리우드 앤드 하이랜드에 벌떼처럼 몰려든 법 집행관들의 지휘 체계가 무너진 모양이다. 이 틈을 타서 두 여자는 도망칠 수 있을지도 모른다. 하지만 그녀들을 감시하는 건 그들뿐이 아니다.

"뒤쪽을 조심하는 게 좋을 거야."

브라이언의 충고를 부치는 들었을까? 오토바이는 바람을 일으키며 달려갔다. 그 뒷모습을 지켜보던 브라이언은 마리사를 감시하던 밴 쪽으로 시선을 던졌다. 차는 벌써 출발해서 한 블록 앞의 입체주차장 안으로 들어가고 있었다.

이동할 생각이다.

브라이언은 초조해져서 허둥지둥 무전기를 손에 들었다. 잠시 고민하던 끝에 머릿속에 떠오르는 대로 말해버렸다.

"여기는 요크셔푸딩, 바빌론 원에게 알린다. 손님이 있다, 맞은편 주차장으로 지원군을 보내라."

걸음을 옮기는 브라이언의 귓속에 잠시 뒤에 누군가의 목소리가 울렸다.

"이봐, 지금 보고한 사람은 누구야? 무슨 연락인가? 다시 한 번 반복하라!"

하지만 전원에게 들리는 무전기로 자세한 사정을 전할 수는 없었다. 엔필드가 이 수수께끼를 알아차려주기를 기도하며 브라이언은 주차장으로 향했다.

* * *

주변에 있던 차량과 사람들이 할리우드 앤드 하이랜드에서 사건이 터진 것을 알고 앞다투어 달아나기 시작했다.

비명과 사이렌 소리.

행사장에 들어와 있던 어느 방송사의 용감한 남자 앵커가 생중계를 시도하려고 했지만, 무슨 일이 일어났는지 설명해줄 사람은 아무도 없었다. 다만 행사에 참석했던 사람들이 저마다 테러가 아니냐고 수군거렸고 그 공포감이 전파되면서 혼란이 증폭되고 있었다.

브라이언은 소란스러움을 등지고 마리사를 감시하던 밴을 쫓아 맞은편 입체주차장으로 향했다. 시간을 절약하기 위해 차량 출입구를 통해 뛰어갔다. 보행자는 반대편 계단으로 출입하라는 안내문이 붙어 있었지만 그런 건 무시해버렸다. 경찰복을 입고 있으니 말리는 자도 없을 것이다.

주차장은 여느 때처럼 혼잡했지만 그 밴은 금세 눈에 띄었다. 여러 명의 남자가 차의 슬라이드 도어를 열고 그 안에 탑재된 기기를 조작하고 있는 것 같았다. 그것이 무엇인지 대충 짐작했지만 현재 브라이언이 서 있는 각도에서는 확실한 것은 보이지 않았다.

키 큰 SUV 차량이 눈에 띄어서 그 차체 뒤에 숨어 상황을 지켜보기로 했다. 좀 더 접근하거나 각도를 바꾸지 않고서는 상황을 파악하기가 어려웠다. 하지만 각도를 바꾸자니 자신은 지금 경찰복 차림이라서 즉시 이쪽을 알아볼 터였다. 브라이언은 가슴팍에 손을 넣어 홀스터에 걸어둔 글로크를 손에 잡았다.

"저기요, 경찰 아저씨."

누군가 등 뒤에서 말을 건네왔다. 중요한 순간에 방해꾼이 끼어들 었다는 생각에 짜증스러운 얼굴로 뒤를 돌아본 브라이언은 목에 패스 케이스를 걸고 있는 자그마한 흑인을 발견했다.

"우리 주차장에 무슨 일 있었어요? 뭔가 사건이 터진 건가요?"

직원 유니폼 차림인 것을 보고 브라이언은 일단 안도의 한숨을 내 쉬었다. 자그마한 그 흑인 남자는 서른 살쯤으로 보였다. 그야말로 의 아하다는 표정으로 브라이언 쪽을 보고 있었다. 브라이언은 언뜻 머 릿속에 떠오르는 대로 둘러댔다.

"여기서 불법 포르노 DVD를 거래한다는 정보가 들어왔어."

직원은 의미심장한 눈빛으로 흘끗 브라이언을 쳐다보더니 그가 감시하던 방향으로 시선을 돌렸다.

"혹시 저 사람들이에요, 불법 포르노를 거래한다는 자들이?"

브라이언은 고개를 끄덕였다.

"방금 지원군을 요청했어. 일단 지원군이 도착할 때까지 놈들에게 들키지 않게 감시해야 한다고."

직원은 날름 윗입술을 핥으며 말했다.

"그렇다면 우리 감시 카메라를 이용하세요. 여기 주차장 안에 설 치된 감시 카메라가 있거든요. 사무실에 가서 모니터로 보시면 다양한 각도에서 찍어주는 영상을 전부 볼 수 있어요."

브라이언은 갑자기 눈앞이 환해지는 기분이었다.

"그리고 저 사람들 도망치지 못하게 게이트 쪽에 지시해서 차량 출입을 막으면 돼요. 그러면 완전히 독 안에 든 쥐 꼴이 될 거예요."

마른하늘에 단비 같은 그 말에 브라이언은 덥석 달려들었다.

"이쪽이에요, 이쪽으로 오세요."

직원의 안내를 받아 벽의 한쪽에 설치된 관계자용 출입구로 향했다. 벽면과 똑같은 색깔로 칠해진 그 철문을 열고 뒤쪽 사무실에 들어간 브라이언은 안이 깜깜한 것에 당황했다. 등 뒤에서 직원의 목소리가 들려왔다.

"이쪽입니다."

그것이 자신에게 한 말이 아니라 바깥에 있는 누군가에게 건넨 말이라는 것을 깨달은 순간, 앞쪽의 어둠 속에서 튀어나온 팔이 브라이언의 멱살을 움켜쥐었다. 어둠과 같은 빛깔의 손이었다. 하지만 손톱에 진한 펄 핑크 매니큐어가 칠해져 있어서 가까스로 그것이 손이라는 것을 인식할 수 있었다.

잘 짜인 마술 같은 일이었다.

이어서 등줄기에 뜨거운 쇠막대를 쑤셔 박는 듯한 격통이 내달렸다. 어둠 속에서 나타난 누군가가 브라이언의 사타구니를 강타한 것이다. 눈앞이 일그러지고 시야에 모자이크가 서리는 것 같았다. 반사적으로 온몸이 새우처럼 움츠러들었다. 쓰러지려는 브라이언의 멱살을 잡은 손이 그를 강제로 일으켰다.

"귀찮게 하지 말란 말이야, 이 늙은 경찰 새끼."

어둠 속에서 두 개의 번뜩임이 떠올랐다. 단단하고 차가운 광채를 내뿜는 그것은 고양잇과 맹수의 눈동자였다.

예전에 사나에를 습격했던 그 여자다.

브라이언의 머릿속에 그런 인식이 떠오른 순간, 어둠 속에서 장본인이 모습을 드러냈다. 칠흑의 피부를 가진 여자였다. 염색한 머리칼을 가늘게 땋아 말끔히 정리해서 아프리카 계 특유의 둥근 이마를 또렷이 드러내고 있었다. 도톰한 입술을 비틀며 웃자 하얀 이가 내다보였다. 가슴이 깊숙이 파인 옷을 입고 있어서 쇄골이 현대미술처럼 우아한 아치를 그려냈다. 거기서 아래쪽으로 시선을 옮기면 신이 부여한 아름다운 보디라인이 이어진다.

핑크스 핫도그 가게에서 만났던 여자다.

브라이언의 머릿속에서 여러 가지 일이 뒤죽박죽 뒤섞이다가 이윽고 하나로 연결되었다. 하지만 생각이 정리되기도 전에 여자는 별다른 말도 없이 두 번째 타격을 날렸다. 어깨를 기점으로 반동을 주어 내리친 팔꿈치 가격이었다. 콧등을 정통으로 얻어맞은 브라이언은 보기 좋게 뒤로 널브러졌다. 코피가 주르륵 터졌다.

"어지간히 해둬, 폭시."

뒤에서 남자 목소리가 들렸다. 폭시라고? 좋은 이름이다. 브라이언은 총알이 장전된 자동 권총을 잡고 있었지만 여자는 그런 건 아랑곳하지 않았다. 무릎을 꿇은 브라이언이 정신을 차리려고 버르적거리는 사이에 누군가 뒤에서 잽싸게 장비 벨트를 낚아챘다.

등 뒤에서 강한 머스크 향기가 났다.

"우리하고 함께 가주셔야겠어."

폭시가 브라이언을 강제로 일으켜 세웠다. 철문 앞에 조금 전의 밴이 나타나고 슬라이드 도어가 열렸다. 마치 병사 수송용 트럭처럼 차량 측면을 따라 길게 벤치 시트가 달린 것이었다. 폭시가 그 차 안에 브라이언을 밀어 넣고 옆자리에 앉았다.

맞은편 벤치에는 비닐 테이프로 눈과 입을 둘둘 감은 여자가 꽁꽁 묶인 채 실려 있었다.

사나에다.

즉시 알아볼 수 있었다. 노스할리우드의 주차장에서 유괴되었을 때와 똑같은 차림새였기 때문이다.

마지막으로 머스크 향기를 풍기는 남자가 차 안으로 들어왔다. 묘지에서 발굴한 사체처럼 하얀 피부에 지나치게 탈색한 듯한 금발이다. 바짝 마른 몸매에 팔다리가 길어서 영락없이 뱀파이어 같은 남자였다. 아무 말 없이 한 차례 피식 웃기만 했는데도 사디스트 성향을 가진 자라는 게 생생하게 느껴졌다. 게다가 오른손이 없다. 태생적인 결함은 아닌 것 같았다. 걷어 올린 셔츠 소매 밑으로 붕대를 친친 감은 팔 끝이 내다보였다.

"당신, 할리우드 앤드 하이랜드의 경비를 맡은 첩보 기관 친구들보다 훨씬 더 우수한 형사야."

남자의 그 말이 신호가 된 듯 문이 닫히고 밴이 출발했다.

"우리가 여기 있는 것까지 알아내다니, 대단해. 역시 그날 밤에 함께 날려버렸어야 했어."

그것이 제프를 저세상에 보낸 날 밤의 이야기라는 건 굳이 물어볼 것도 없었다.

브라이언은 일부러 그 말을 무시해버리고 재빨리 차 안을 둘러보았다. 각자 앉은 벤치의 머리 위에 금속제 선반이 있고 통신기기로 보이는 기기들이 탑재되어 있었다. 그 기기와 차량 안테나 장치가 무엇을 의미하는지는 충분히 짐작할 만했다.

"행사장을 도청하고 있었군. 그래서 그 게이 녀석이 어제 그곳을 어슬렁거린 거였어."

"음, 아주 훌륭해, 그것까지 알아내다니."

손뼉 치는 시늉을 하며 남자는 한쪽 눈썹을 높이 치켜들었다. 연극을 하는 듯한 몸짓이었다.

"게다가 우린 로스앤젤레스에 소재한 온갖 법 집행기관의 동향을 낱낱이 파악하고 있어."

남자는 키득키득 웃으며 말했다.

"시진트SIGINT들은 설마 자신이 도청당한다는 생각은 하지도 못하겠지?"

시진트란 통신의 도청과 암호 해석 등, 다양한 첩보 활동의 총칭이다. 인적 자원, 즉 스파이를 정보원으로 하는 휴민트HUMINT와 짝을 이루는 말이다. 비밀 정보 활동을 하는 것으로 잘 알려진 곳은 지구 규모의 도청 장치 에셜론을 유럽과 함께 운용한다는 NSA이다. NSA는 엄청난 수의 엔지니어를 휘하에 거느리고 정보 수집과 함께 적극적인 암호 기술의 개발을 꾀하고 있다. 예전에 마이크로소프트의 OS 개발을 지원해주고 그 보답으로 전 세계 컴퓨터에 침입할 수 있는 특수 비밀 루트를 설치하도록 했다는 소문은 이미 잘 알려져 있다.

"그러는 당신은 누구지?"

브라이언의 물음에 남자는 피식 웃었다. 색깔이 그다지 좋지 않은 잇몸이 드러났다.

"찰스 I. 앤드루스야.."

"그건 CIA라는 뜻?"

그 말에 앤드루스는 재미있어서 견딜 수 없다는 듯 입을 크게 벌리고 웃었다. 대답이 돌아오지 않는지라 브라이언은 고개를 내저으며 말을 이었다.

"나를 어떻게 할 생각이야?"

그 질문에도 역시 대답은 없었다. 앤드루스가 여전히 웃음을 멈추지 못했기 때문이다. 이윽고 웃음 발작이 가라앉자 앤드루스는 색깔이 좋지 않은 잇몸을 드러낸 채로 말했다.

"걱정할 거 없어. 여기서 죽이지는 않을 테니까."

"비밀 수용소에라도 끌고 가려고?"

앤드루스는 부정의 뜻을 담아 손을 내저었다.

"오해하지 마. 이제 미국 국내에는 그런 시설이 거의 없으니까. 국내법이 적용되는 범위 내에서는 납치 감금이 큰 문제가 될 수 있거든.

혹시나 해서 말해두겠는데, 나는 랭글리CIA를 가리키는 은어. 그 본부가 버지니아 주 랭글리 시에 있어서 나온 말이다—옮긴이의 명령에 따라 움직이는 게 아니야. CIA는 5년 전에 퇴직했어. 스파이 업무가 무척 마음에 들긴 했지만 말이야."

브라이언은 소리 나지 않게 마음속으로 신음했다. 그게 사실이라면 이건 진짜 일이 심각해진다.

"그게 무슨 말이지?"

"자기소개가 너무 늦었군."

앤드루스가 명함을 꺼냈다. '버밀리언플래닛 상임고문'이라고 적혀 있었다. 개인 이름은 없이 연락처만 밝힌 명함이다. 카드 한 귀퉁이에 경비 업무 및 교련, 세미나 등을 총괄한다는 내용이 있었다.

브라이언도 버밀리언플래닛이라는 이름은 들어본 적이 있다. 전직 군부 고관이나 정보기관 출신들이 설립했다는 민간 경비 컨설턴트 기업이다. 전 세계의 분쟁 지역에서 미군을 경호하는 자들이다. 하지만 경비 컨설턴트라는 건 명색뿐이고 그들의 실태가 용병 집단이라는 것은 이미 잘 알려진 사실이다.

"민간 군사 기업과 테러리스트가 무슨 관계가 있어?"

"우리가 설립된 과정을 아직 모르는 모양이군. 버밀리언플래닛을 만든 건 특수부대의 고위직에 있던 자들이야. 다들 콜롬비아 아피아이와 브라질에서 라틴아메리카를 컨트롤하기 위해 장기간에 걸쳐 활약해왔어."

그것은 야마오카의 신변을 샅샅이 조사할 때 브라이언도 입수한 정보였다. 아피아이는 콜롬비아에 설치된 군사 거점으로, 공식적으로 인정받은 것은 아니지만 미군의 거점이 되기도 한 장소다. 그곳에서 미국의 특수부대가 현지 무장 세력에게 군사훈련을 했다는 소문이 떠돌았다. 훈련 내용은 고문, 심리전 등이다. 미국의 앞잡이로서 파괴 공작을 거듭하는 테러리스트 양성기관인 것이다.

"현지 교육뿐이 아니야. 예전에 파나마에 설립되어 지금은 조지아 주로 이설된 교육기관, 이른바 스쿨오브디아메리카스는 아직껏 존재하고 있지. 여기저기서 쏟아지는 비난 때문에 예산이 폐지될 위기에 처하자 군인뿐 아니라 문민도 받아들인다는 조건을 달아서 서반구 안전협력기구WHINSEC라고 이름을 바꿨어."

앤드루스는 미소를 지었다. 상쾌한 아침 공기를 들이쉰 노친네 같은 회심의 미소였다.

"교육 내용은 여전히 첩보 활동, 백병전, 고문, 암살 등의 테크닉이지. 그런 업무를 장기간에 걸쳐 해온 사람들이 마침내 깨달은 거야. 국가를 위해 더러운 일을 계속하는 것보다 그것을 상업화할 수 있는 멋진 방법이 있다는 것. 그런 생각을 가진 사람들이 자신들과 마찬가지로 라틴아메리카에서 암약했던 랭글리 출신들에게 제안해서 현재의 버밀리언플래닛의 체계를 수립했어. 한마디로, 전원이 예전에 제삼세계에서 더러운 전쟁을 거듭해온 전문가들이야."

"그래, 알 만하네."

브라이언은 이제야 일의 전모가 파악되는 것 같았다.

"민간에서 엄청난 상업적 성공을 거두려는 야심을 품고 있던 차에 예전에 가타나와 연결되었던 사실이 큰 걸림돌이었던 모양이군. 살해된 야마오카도 어딘가에서 가타나와 연관이 있었겠지?"

"흠, 엇비슷하게 맞혔다고나 할까."

"하지만 무슨 생각이었는지 가타나가 미국에 입국하는 바람에 당신들은 FBI에게 큰 약점을 잡힌 거야."

앤드루스는 고개를 저었다.

"FBI뿐 아니지. 그 밖의 첩보 기관들도 뒤섞인 혼성부대야. 우리를 추적하는 것은 국가정보장관, 즉 인텔리전스커뮤니티의 최고사령관이야."

2004년의 국가안전보장법 개정 이후에 CIA를 비롯한 15개 정보기관이 재편되면서 인텔리전스커뮤니티의 최고사령관은 국가정보장관이라는 새로운 자리에 임명되었다. 하지만 그런 조직 개편이 실제로 어떤 영향을 미치게 될지, 일개 형사인 브라이언으로서는 자세한 내막 따위, 알 수도 없었다.

앤드루스가 말을 이었다.

"NSA와 DIA국방정보국, 거기에 물론 CIA 출신 멤버까지 출동했어. 그자들은 가타나를 생포해서 우리와의 관계를 밝혀내려고 하고 있지. 우리를 법정에 끌어내 대통령령 제12333호의 위반으로 처벌하려는 거야. 이른바 암살 금지 명령이라는 조항이지."

"무엇 때문이지? 예전의 상처를 다시 끄집어내봤자 괴로워지는 건 당신들뿐이 아닐 텐데?"

"FBI와 CIA가 통합된다는 건 알고 있나?"

브라이언은 고개를 저었다.

"정보기관도 이제는 업계 재편의 시대야. 미소 냉전 시대 이후로 예전에는 꽃이었던 CIA는 그 세력을 잃었어. 이제는 NSA가 그 세 배의 규모와 예산을 운용하고 있으니까. 새 시대의 정보기관은 CIA의 공작팀이 해왔던 제삼세계에서의 더러운 활동을 전면 부정하겠다는 거야. 그래서 그 상징적인 사건을 들춰내 과거의 빚을 청산하려는 꿍꿍이지. 가타나와 연결되었던 것 같은 불명예스러운 커넥션을 말이야."

"거참, 딱하게 되셨네. 하지만 내가 알고 있는 한, 그런 걸 자업자득이라고 하지 않나?"

"알지도 못하면서 함부로 입을 놀리지 말라고."

앤드루스가 이를 드러내며 말했다.

"우리가 그런 더러운 일을 전담한 것은 모두 다 국가를 위해서였어. 그리고 그건 분명 필요한 일이었어."

"그건 또 무슨 말이지?"

"국방에 대한 견해가 다르단 얘기야. 똑똑히 들어. 아무리 부정하려고 해도 누군가는 제삼세계에서 더러운 활동을 도맡을 필요가 있었어. NSA에 아무리 예산을 쏟아부어봤자 국가를 지킬 수는 없어. 이봐, 브라이언 형사, 우리처럼 오래된 스파이를 해고하고 그 대신에 막대한 예산을 쏟아부었던 에셜론이 과연 빈라덴의 획책을 저지할 수 있었나? 결국 백악관을 지켜낸 건 유나이티드 93의 영웅들이었잖아?"

"그렇다면 앞으로 뉴저지 공항에서는 CIA 직원들을 채용하면 되겠군."

브라이언의 가벼운 입놀림에 앤드루스는 한쪽 눈썹을 꿈틀 치켜들었다.

"이봐, 잘 생각해보라고. 선진국에 사는 인간은 그저 살아서 숨을 쉬는 것만으로도 다른 나라들을 압박할 수밖에 없는 존재들이야. 대국의 경제활동 자체가 제삼세계로부터 부를 탈취하고 그들의 생활을 짓누르는 짓이란 말이야. 물론 선진국 측의 인간들은 그런 건 생각도 하지 않지. 하지만 울타리 너머 저편에 있는 자들은 언젠가는 반격을 시도하려고 호시탐탐 노리고 있어. 그러니 울타리로 갈라놓는 것만으로는 안 돼. 누군가 그 무리 속에 뛰어들어 컨트롤하지 않으면 안 된단 말이야."

그 말의 의미를 생각하니 브라이언은 구역질이 났다. 앤드루스 일행이 가타나를 어떤 식으로 운용했는지는 알 수 없다. 하지만 그 흉포한 도검의 주인이 원수를 갚기 위해서라면 무슨 짓이든 다 했으리라는 건 상상하기 어렵지 않았다. 암살이건 대규모 살육이건 닥치는 대로 자행했을 것이다. 사무라이에게는 가문의 명예가 모든 것이고 복수는 의무인 것이다. 어린 시절에 따돌림을 당해 엉엉 울며 돌아온 브라이언을 외할머니는 용서해주지 않았다. '설욕'이라는 말을 배운 것도 그때였다. 브라이언은 합리성이 결여된 이해할 수 없는 의식구조라고 생각했다. 하지만 그것은 일본인이 오랜 옛날부터 믿어온 가장 큰 미덕인 것이다.

그리고 일본에는 '가문'이라는 개념이 강해서 개인보다 일족으로서의 이익을 중시하는 관습이 있다. 그것은 설령 개개인은 불행해지더라도 일족이 가문으로서 살아남을 수 있다면 무방하다는 사상이다. 흑인과 결혼해 혼혈아를 낳은 브라이언의 어머니를 외할머니는 지독히 미워했다. 그것이 가문의 명예를 더럽힌 짓이라고 생각했기 때문이다.

가타나가 엔필드의 말대로 특정한 가문에 복수를 하려는 것이라면 그 복수는 상대 일족 모두를 말살할 때까지 끝나지 않을 것이다. 그의 원한은 개인을 향한 것이 아니라 그 일족과 핏줄을 향한 것이기 때문이다. 그것은 이미 소규모의 민족 분쟁이다.

이게 여덟 번째. 앞으로 여덟 개 남았어.

가타나가 했던 그 말을 곱씹어보았다. 그가 여덟 명의 원수를 베어넘기는 동안, 앤드루스 일행은 사무라이를 이용해 얼마나 많은 살육을 자행했을까? 엔필드가 말했던 이른바 부수적인 피해라는 형식으로.

"컨트롤이라고? 꽤 논리적인 말처럼 들리는군. 당신들은 다른 민족의 원한을 악용했을 뿐이야."

"뭐라고 비난하든 상관없어. 이 나라가 오랜 기간에 걸쳐 전 세계의 패권을 움켜쥘 수 있었던 것도 우리가 제삼세계에서 진흙탕을 뒤집어썼기 때문이야. 너희가 이렇게 편안하게 사는 건 바로 우리 덕분 이란 말이야. 앞으로도 마찬가지야. 나는 CIA를 뛰쳐나왔지만 지금도 하는 일은 똑같아. 공적 업무에서 민간 업무로, 즉 벽의 이쪽 편으로 넘어왔을 뿐이지."

"미국은 세계 최강의 군대를 보유하고 있어. 대체 당신들에게 무 엇을 기대하라는 거지? 군대를 지키는 군대라니, 그런 것에 과연 수요 가 있을까?"

앤드루스는 남겨진 손의 검지를 바짝 치켜들어 브라이언에게 들 이댔다.

"지금 세계에서 일어나는 일들을 정확히 인식하지 못하고 있군, 브 라이언 형사. 예전에는 국가라는 틀 안에서 행하던 일들이 이제는 비 즈니스로서 추진되는 시대야. 이미 세계대전의 시대가 아니란 말이지. 90년대에 아르헨티나에서 일어난 일을 생각해봐. IMF가 개입해 시장 의 민영화를 추진하고, 문이 열린 뒤에는 시티뱅크가 그들의 은행을 깡그리 사들이면서 경제는 너덜너덜 걸레가 되었어. 만일 어느 주권국 이 전차와 헬기로 그런 일을 감행했다면 그건 침략 행위가 되겠지? 하 지만 제삼자인 기관과 기업이 하게 되면 그건 비즈니스고 합법이야. 앞으로도 그런 방식이 계속 이어질 거야."

"당신과 경제 논쟁을 할 생각은 없지만 그런 글로벌리즘도 이제 한계에 이르렀다고 뉴스에서 얘기하던데?"

무료 급식을 받기 위해 길게 줄을 선 실업자들. 예전의 패권 국가에 찾아온 사양길의 징조였다. 작은 정부에 의한 시장 우선주의가 그런 사태를 불러들였다고 텔레비전에 나온 해설자가 쉴 새 없이 떠들어댔다. 하지만 앤드루스는 코웃음을 쳤다.

"그건 상황의 일면일 뿐이야. 일단 주어진 자유에 등을 돌린다는 건 어려운 일이지. 결국 내가 말한 방식이 당분간 유지될 거야. 전미민주주의기금이라는 NGO 단체에 대해서는 들어본 적이 있는지 모르겠군."

"처음 듣는 이름이야. 포경 반대 운동이라도 하는 곳인가?"

"1983년에 설립되었고, 국가 첩보 기관을 대신해서 각국의 정치 그룹에 지원 활동을 하는 조직이야. 자금줄은 미국 국무부지만 어디까지나 NGO 단체라고 주장하고 있지. 그 자금의 움직임을 국가와는 별도의 것으로 보이게 하기 위한 것에 지나지 않아. 백악관이나 의회에서는 국가에 의한 인권침해를 허용하지 말라고 지시하고 있지만, 또 다른 루트로는 제삼세계를 컨트롤하라고 지시하고 있어. 이런 뻔한 트릭으로 세상의 눈을 속이는 게 가능한 거야."

"그런가? 하지만 당신 얘기에서는 며칠씩 갈아입지 않은 속옷 냄새가 풍풍 풍기는군."

앤드루스는 더는 웃지 않았다.

"사실이 그렇다는 얘기야, 브라이언 형사. 누군가는 제 손을 더럽혀야만 해."

눈앞의 남자는 농담을 하는 것도 아니고 거짓된 허세를 부리는 것도 아니었다. 그에게는 자기 나름의 굳건한 논리가 있고 그것에 털끝만큼의 의심도 품고 있지 않았다. 그 증거가 하얀 분가루를 뿌린 듯한 그 피부색이고 벌겋게 번득이는 눈빛이었다. 그는 왜곡된 가치관을 신봉하고 자신의 그런 직무에 한없이 충실한 사람이었다. 그 역시 뭔가에 홀린 게 틀림없다.

탄식과 함께 브라이언의 입에서 튀어나온 말은 스스로 생각해도 뜻밖이었다.

"당신은 미쳤어."

다시 한 번 크게 고개를 끄덕이더니 앤드루스는 입을 열었다.

"당신은 제삼세계를 경험한 적이 없어서 그런 말을 하는 거야. 제삼세계에서 벌어지는 처형을 본 적이 있나? 굶주린 돼지는 무엇이든 닥치는 대로 먹어치운다는 것을 내 몸으로 증명해야 했어."

앤드루스의 입에서 침이 튀어 브라이언의 이마에 뿌려졌다. 상대가 흥분했다는 것이 느껴졌다.

"이 세상에는 서로 죽고 죽이는 게 일상이 된 나라들이 많아. 당신들이 관심을 기울이지 않는 것뿐이지. 하지만 우리는 죽음과 맞닿은 이국땅에서 인생의 대부분을 보냈어. 이봐, 랭글리에서 근무하던 시절에 내 연봉이 얼마였는지 알아? 아마존에서 그럴싸한 책을 팔아치우는 이른바 양심적인 비평가 놈들의 발끝에도 미치지 못하는 돈이었어. 하지만 적어도 나는 내 조국을 지켰어."

브라이언은 차 안의 다른 사람들도 무거운 침묵 속에서 앤드루스의 말에 공감하고 있다는 것을 깨달았다. 도저히 받아들일 수 없는 말이었지만, 그들에게는 공통된 신념임이 분명했다.

그들의 표정을 본 순간, 브라이언은 그들과 자신이 같은 부류라는 것을 알았다. 제삼자의 눈에는 기이하게 보이는 일도 하루하루 되풀이하면 서서히 무감각해진다. 브라이언 역시 경찰 업무를 통해 뒷골목 세계의 인간과 관계를 맺었고, 경찰의 정보를 팔아치우는 것에 별다른 양심의 거리낌을 느끼지 않았다.

이윽고 브라이언이 입을 열었다.

"〈파리 대왕〉이라는 영화를 봤는지 모르겠군."

앤드루스가 미간을 좁혔다. 형사가 하는 말의 진의를 미처 헤아리지 못하고 있었다.

"무인도에서 야성에 들쒸운 소년들의 이야기야. 아니면 〈지옥의 묵시록〉에 나오는 커츠 대령은? 말런 브랜도가 연기한 역할이야. 당신이 딱 그거야, 앤드루스. 나선형 계단을 허덕허덕 올라가다 보니 어느새 제정신과 광기가 뒤바뀌었다는 것을 깨닫지 못하게 된 거야."

그렇게 말하면서 브라이언은 자신의 말이 자신의 가슴을 비수처럼 찌르는 것을 느꼈다. 남에게 충고하기는 너무도 쉽지만 막상 자신에게 적용하기란 어려운 것이다.

"그 광기에서 빠져나오려면 나선계단 한가운데서 뛰어내리는 수밖에 없어."

맞는 말이다. 그리고 경관의 자살률은 항상 높다.

앤드루스는 웃었다. 진짜 웃음이었다.

"마음에 드는군, 요시다 형사."

"그렇다면 나를 죽이지 말아줘."

"그건 어렵지."

곁에서 사나에가 신음하며 몸을 뒤틀었다.

아스트로 밴은 왼쪽 차선을 쌩쌩 내달려 어딘가로 향하고 있었다.

"흥, 당신도 들씌웠어. 가타나하고 똑같단 말이야."

앤드루스의 눈썹이 꿈틀 올라갔다.

"그건 나도 미처 몰랐군. 분명 흥미 깊은 지적이지만 가타나와 우리는 본질적으로 달라."

"무슨 말이지?"

"알고 싶나?"

느물느물 웃으면서 앤드루스는 긴 이야기를 시작했다.

* * *

"하나비시는 아버님을 모함하고 함정에 빠뜨렸어. 비열한 덫으로 아버님은 물론, 사오토메 가문의 명예를 무참히 짓밟았어."

피비린내 풍기는 어둠 속에서 몬도의 목소리가 먹먹하게 울렸다.

"무슨 말이야?"

"하나비시는 자신의 딸을 주군에게 바쳐 그의 후계자를 낳게 해

번 내에서의 지위를 확고하게 다졌어. 하지만 그렇게 얻은 지위였으니 당연히 가신들 사이에서 좋은 평판을 얻을 수 없었어. 특히 번 내에서 가장 강직한 무인으로 알려진 아버님께서는 하나비시를 사갈蛇蝎처럼 싫어하셨어. 그것이 눈엣가시였던 하나비시는 어느 날, 연회가 한창이던 중에 교묘히 아버님과 말다툼을 연출하여 가신 일동 앞에서 지독한 모욕의 말을 퍼부었어."

"모욕의 말……?"

"명예를 더럽히는 모욕은 무사에게는 때로는 죽음과도 같은 일이야. 그리고 그날 밤에 번 저택의 정원에서 참살된 아버님의 사체가 발견되었어. 같은 곳에서 하나비시는 부상을 당한 채 쓰러져 있었지. 그는 우리 아버님이 돌연 등 뒤에서 검을 들고 공격했으나 빗나갔고 자신은 몸을 돌리는 참에 검을 휘둘러 아버님을 베게 된 것이라고 당치 않은 말을 둘러댔어."

"몬도……."

"아버님은 이아이의 달인이었어."

그 목소리는 증오로 둔탁하게 떨려서 단련된 강철을 내려치는 듯한 소리가 났다.

"등 뒤에서 상대를 공격하는 비겁한 짓거리는 결코 하실 리 없으나, 혹시 그런 일이 있었다고 해도, 설령 말술을 마신 뒤라고 해도 검술이 흐트러지는 일 따위는 있을 리 없어."

부치는 할 말을 잃었다. 몬도의 목소리는 이미 소년의 것이 아니었다. 무덤 속에서 울리는 망령의 원한 깊은 부르짖음이었다.

"느닷없이 등 뒤에서 칼질을 한 것은 하나비시 그놈이야. 측간에 다녀오던 아버님을 정원의 나무 뒤에 숨어서 기다리고 있었어. 번 내의 모든 사람이 어렴풋이 그것을 짐작하기는 했지만 어린 주군의 외조부인 하나비시에게 대항하는 것은 자칫 대역죄가 될 수 있으니 아무도 함부로 발설하지 못했어. 게다가 등 뒤에서 느닷없이 공격한 것은 무사도에 어긋나는 일이라 하여 우리 사오토메 가문은 번의 무예 지도자로서의 오랜 직분까지 빼앗기고 칩거 폐문閉門의 조치를 받았어."

그때 비로소 부치는 자신이 어딘가 동굴 속에 있다는 것을 알았다. 그곳은 일어서기도 힘들 만큼 천장이 낮고 따스한 공간이었다.

"사오토메 가문의 장손이던 형님은 분노로 펄펄 끓는 동문들의 선동에 따라 하나비시에게 어전御前 시합을 제안하기에 이르렀어."

그 목소리는 등 뒤에서 들려왔다. 그 소리를 따라간 부치는 엷은 어둠 속, 동굴의 벽면이 물결치듯이 꿈틀거리는 것을 보았다.

"아버님의 원수를 갚고 가문의 명예를 되찾을 생각이었어."

그것은 얼굴이었다. 어둡고 축축한 동굴 벽면이 살과 그 살집을 이루는 주름이 되어 몬도의 얼굴을 그려냈다. 땅속 깊은 곳에서 울리는 듯한 몬도의 목소리를 따라 주름이 꿈틀꿈틀 움직였다.

"목검을 쓰는 시합이라고는 해도 자칫 잘못 맞으면 목숨을 잃을 수 있었어. 형님도 상당한 수련을 쌓아온 무인이라서 아버님의 원수를 갚을 절호의 기회라고 생각했어. 하지만 하나비시는 또다시 비열한 수를 썼어. 어전 시합 전날 밤, 하나비시의 모략에 빠져 아무도 모르게 독약을 마시게 된 형님은 시합 중에 잠깐의 실수로 목검에 정통으로 머리를 맞았어."

벽은 눈물을 흘리고 있었다.

"구사일생으로 목숨은 건졌지만 총명하고 선량하던 나의 형님은 불구의 몸이 되었어. 머리가 깨지는 바람에 앞뒤 분간을 못 하는 바보가 되어 어머니와 아내를 착각하고 자신의 배설물조차 처리하지 못하는 비참한 꼴이었어. 형님은 내가 누구인지도 알아보지 못했어. 입가로 침을 질질 흘리며 온종일 넋을 놓고 정원만 내다보고 있었어."

그것은 몬도의 깊디깊은 원한의 내부였다. 부치는 그것을 감지했다. 예전에 소년이 이야기해준 고담 시티의 어둠의 기사. 인간을 움직이게 하는 가장 강한 동기는 복수라는 것. 지금 몬도는 복수에 대해 말하고 있었다.

"그 어전 시합에 내가 나갔어야 했어."

두 눈에서 흘러 떨어지는 눈물이 이윽고 핏빛으로 변했다.

"형님보다 내가 더 빨리 뽑을 수 있었어. 내가 어전 시합에 나갔어야 했어. 형님은 사오토메 가문의 명예를 회복하겠다는 뜻을 이루지 못하고 바닥을 기는 벌레처럼 치욕 속에 하루하루를 보내야 했어. 나는 그 원수를 갚기 위해 동문들과 혈판장을 만들었어. 참된 명예를 중시하는 동문만을 모아 하나비시의 목을 베기 위해 떨쳐 일어섰어. 모두 합해 열여섯 명의 동문들. 혈맹의 의미를 담아 십육나한의 첨자鐵子

를 만들어 각자의 칼자루를 장식했어. 하지만 거사 전날 밤, 하나비시 측과 은밀히 내통하던 문중 사람의 배신으로 우리의 궐기는 발각되고 말았어."

몬도의 코에서도 시커먼 피가 흘러나왔다. 쿨럭쿨럭 귀에 거슬리는 소리가 나면서 목소리는 점점 알아듣기가 어려워졌다. 목구멍을 넘어 피가 솟구쳤기 때문이다. 악취를 내뿜는 핏덩어리와 함께 몬도는 말을 토해냈다.

"나는 살해되었어, 이 검을 뽑아보기도 전에."

부치는 구역질을 가까스로 참고 있었다. 원한의 고리는 썩은 냄새를 풍기며 구원할 길 없는 깊은 나락에 달라붙어 있었다. 그것은 이미 끝나버린 생명의 시작과 끝을 연결하는 고리이며, 영원히 정화되지도 잊히지도 치유되지도 않는 것이었다. 그렇다면 아무리 약한 것이라 해도 망각이란 얼마나 청정한 것인가?

"네가 수집하는 그 불상이 바로 그 열여섯 동문이 지녔던 첨자였구나."

"하나비시는 우리의 검을 빼앗아 칼날과 칼자루를 이어주는 첨자를 낱낱이 떼어내 원념을 봉해버렸어. 그자는 사오토메 가문을 무너뜨리고 후손의 대마저 끊어버렸어. 혈맹의 상징을 남겨두면 두고두고 그 가문에 재앙이 닥칠 것을 두려워한 것이야."

"그런데 그런 물건을 하나비시 일족이 몸에 지니고 다녔어?"

"구적의 원한을 봉했다는 증거이자 부적으로서 대를 이어 전해졌어. 하지만 그자들은 알지 못했어. 우리가 잡혀간 직후에 형수님께서 사오토메 가문의 비밀의 보검 '월절'을 집안 보리사菩提寺에 안치했다는 것을. 형수님의 기지 덕분에 사오토메 가문의 보검 한 자루만은 봉살封殺을 면할 수 있었어."

그 보검이 바로 기타 케이스에 감춰둔 검인 것이다. 칼집을 벗어나 광기의 춤을 출 때마다 피바다를 일으키는 요도妖刀.

한 가문의 후손까지 말살해버린 사무라이.

그 사무친 원한에 사로잡힌 사무라이.

검은 피가 찐득하게 말라붙은 원한과 복수의 이야기였다.

하지만 한 가지 알 수 없는 것이 있었다.

"근데 왜 하필 나야?"

부치는 피를 휘감은 채 부르짖었다. 그 부르짖음으로 쿨럭쿨럭 흘러넘치는 피를 억누를 수 있다는 듯이. 하지만 피는 멈추지 않았다. 이제는 탁류처럼 흘러내리는 피가 몬도의 얼굴마저 덮어버렸다. 부치는 그 피의 탁류에 저항하듯이 다시 한 번 힘껏 소리쳤다.

"왜 하필 나를 선택했느냐고!"

그때 피의 탁류 너머에서 부치의 손에 뭔가 닿으면서 서서히 그 모습이 드러났다.

그것을 목격한 순간, 부치는 숨을 헉 삼켰다.

* * *

　"가타나는 인간이 아니기 때문이야."

　앤드루스의 그 말을 이해하는 데 잠시 시간이 걸렸다. 그것이 뭔가의 비유라고 생각했기 때문이다. 하지만 앤드루스는 문자 그대로의 뜻으로 말한 것이었다.

　"그자는 300년의 원한에 사로잡힌 망령이야. 죽은 사무라이, 복수에 들씌운 망자."

　브라이언은 미간을 찌푸렸다.

　"그런 얘기가 엑스 파일에 실려 있었나?"

　앤드루스는 슬며시 미소를 지었다. 유쾌해서가 아니라 조롱이 담긴 웃음이었다.

　"내 이야기를 듣고 싶다면 잠시 입을 다무는 게 좋을 거야, 브라이언 형사."

　브라이언은 어처구니가 없어서 입을 꾹 다물고 앤드루스를 지그시 바라보았다. 앤드루스는 권태감에 찌든 눈빛을 하고 있었다. 흰자위 부분은 붉게 충혈되고 눈 밑에는 거무스레한 그늘이 졌다. 비정상적으로 하얀 피부는 버석버석 가루가 날릴 만큼 건조하다. 과부하가 걸린 일을 오랜 세월 계속해온 탓에 소진되기 직전까지 내몰린 사내의 얼굴이었다. 브라이언은 이런 얼굴의 사내들을 잘 알고 있었다. 시경에도 FBI에도 이런 자들이 득실거린다. 중요도가 높고 아무도 대신해

줄 수 없는 타입의 직무에 종사하는 사람들이다.

"우리는 남미에서 장기간 가타나를 운용해왔기 때문에 그자에 대해서라면 샅샅이 알고 있어. 얼핏 황당한 얘기로 들릴지도 모르지만, 그것 말고는 가타나를 설명할 방법이 없어."

앤드루스가 꿈틀 몸을 움직여 브라이언을 정면으로 마주 보았다.

"가타나는 월절이라는 도검에 깃들어 있어. 300년 전에 단절된 사오토메라는 사무라이 가문에 대대로 전승된 보검이야. 그것이 20세기 초에 누군가의 손에 의해 브라질로 건너왔어."

"나도 들었어. 그 월절이 가는 곳마다 가타나가 나타난다는 얘기."

앤드루스는 고개를 끄덕였다.

"당연하지. 가타나는 월절을 통해 가까운 인간에게 빙의하거든. 빙의당한 인간을 조종해서 구적 하나비시 일족의 자손을 하나하나 찾아내 살해하는 거야."

브라이언은 숨을 헉 삼켰다. 자신이 들었던 가타나의 행동 패턴을 설명하는 데 가장 합리적인 설이었다. 오컬트 적 해석이라는 점만을 제외하고는.

"예전에 사오토메 가문을 단절시켰던 하나비시 일족은 20세기 초에 브라질로 이주해 3대에 걸쳐 남미 전역으로 퍼져나갔어. 가타나는 남미를 돌며 그 일족을 한 사람 한 사람 살해하고 다닌 거야."

"300년 전부터 지금까지 계속 복수를 하고 있다고? 참으로 대단한 집념이군."

"이상할 것도 없잖아? 이스라엘과 팔레스타인은 2000년 가까이 서로 싸우고 있어. 처음에 싸움의 빌미를 만든 자들은 까마득한 옛날에 죽어 없어졌는데도 여전히 선조의 원한을 대대로 등에 짊어지고 싸우고 있지."

"하지만 그건……."

종교 문제, 라고 말하려다가 브라이언은 입을 다물었다. 듣고 보니 분명 유사한 사례로 생각되었기 때문이다.

"가타나에 대해 랭글리 쪽에 가장 먼저 보고한 사람이 나야. 하지만 그 보고가 공식 기록으로 남겨지는 일은 결국 없었지."

앤드루스는 말을 마치고 잽싸게 입술을 핥았다. 브라이언은 그 말이 뜻하는 바를 이해했다. 중앙의 관료주의는 남미에서 보고된 오컬트 이야기에 귀를 막고 모든 것을 현장에 일임해버렸다는 뜻이다. 언제라도 잘라낼 수 있는 도마뱀 꼬리. 생각해보면 앤드루스라는 인물은 아무도 알지 못하는 것들을 많이 알고 있지만 그렇다고 그리 행복했던 것도 아닌 모양이다.

그때, 달리던 차가 기우는 것이 느껴졌다. 평탄한 시내를 빠져나와 구릉지로 접어든 것이다. 앞쪽을 흘끗 바라본 브라이언은 차가 할리우드 북측을 달린다는 것을 알았다. 구불구불한 길은 놀랄 만큼 교통량이 적었다.

앤드루스가 브라이언의 시선을 따라 앞쪽을 보았다. 자신의 속마음을 들키지 않으려고 브라이언은 재빨리 다음 질문을 던졌다.

"당신을 쫓고 있는 자들, 그러니까 그 국가정보장관이라는 자는 그걸 알고 있어? 저주의 검, 일본에서 건너온 원한의 망령에 대해서 말이야."

"흥, 알 게 뭐야? 그자들은 무슨 일이든 '국가에 바람직하지 않은 위협'으로 뭉뚱그려 한 묶음에 처리해버리는 버릇이 있어. 이슬람 원리주의자도 크리스마스캐럴의 망령도 모두 똑같다는 거야."

앤드루스는 잃어버린 오른손으로 얼굴 앞의 연기를 털어내는 듯한 몸짓을 보였다.

"저주의 도검이 사람들을 마구잡이로 살해하고 다니는데 그걸 본격적으로 추적하는 건 우리뿐이야."

그 말에는 어딘가 자조적인 느낌이 있었다. 장기간에 걸쳐 더러운 일을 떠맡아온 사내의 일그러진 자긍심이 엿보였다.

"그자들은 가타나의 본질을 이해하지 못해. 그래서 할리우드 앤드 하이랜드에 총출동했으면서도 보기 좋게 헛발질을 한 거야. 설마 사무라이의 원령이 운반책 여자에게 빙의했으리라고는 상상도 못 했겠지."

브라이언은 저녁 어스름을 등지고 서 있던 가타나의 모습을 떠올렸다. 그것은 가와부치 유코, 통칭 부치라고 불리는 여자였다. 그 여자는 원수를 갚고 있노라고 말했다. 앤드루스의 말은 그 모든 것에 논리적으로 맞아떨어진다.

"당신, 진심으로 그렇게 생각하는 것 같군."

"생각하는 게 아니야. 명백한 사실로서 알고 있는 것이지."

돌연 뒷주머니에 넣어둔 휴대전화가 진동하기 시작했다.

브라이언은 펄쩍 뛸 만큼 놀랐지만 재빨리 엉덩이를 쳐들어 진동 소리가 퍼지지 않게 했다. 자신에게 휴대전화가 남겨져 있다는 것이 우선 놀라웠다. 깜빡 잊고 압수하지 않은 것이다. 이건 결코 들켜서는 안 된다. 브라이언은 엉덩이를 슬쩍 쳐든 채 앤드루스의 안색을 살폈다. 지금은 말없이 앞쪽을 쳐다보고 있지만 브라이언이 부자연스러운 몸짓을 보인다면 한순간에 알아차릴 것이다. 프로란 그런 것이다.

"이봐, 궁금한 것이 있어."

거꾸로 상대의 주의를 다른 데로 돌리기로 했다.

"뭐지?"

"야마오카를 살해한 건 당신들?"

휴대전화의 진동은 계속되고 있었다.

앤드루스는 엷은 웃음을 보였다.

"그거야말로 가타나가 한 짓이야."

"어째서?"

"일가가 참살되었잖아."

"그렇긴 하지."

"하지만 야마오카의 아들은 없었어."

"현장에 사체가 없었을 뿐이야."

"그래, 베벌리힐스의 피트니스 클럽 주차장에서 자살했지."

"역시 잘 알고 있군."

앤드루스는 피식 웃으며 수수께끼를 던지는 스핑크스 같은 목소리로 물었다.

"그럼 어째서 그 아들은 자살했을까?"

그 말을 듣고 퍼뜩 진상을 깨달은 브라이언은 할 말을 잃었다. 앤드루스가 굳이 설명해주지 않더라도 그 저택에서 무슨 일이 일어났는지 충분히 상상할 수 있었기 때문이다.

피와 광기가 뒤범벅된 살육 현장.

살덩어리라고 할 크기로 갈기갈기 토막 난 사체.

아들은 자신의 집을 나와 베벌리힐스 피트니스 클럽 주차장에서 자살했다.

브라이언은 살육 현장에 피에 젖은 검을 들고 망연히 서 있는 야마오카의 아들을 상상했다. 가타나가 빙의하여 제 손으로 가족을 죽인 소년. 코카인과 월절을 디아블로에 가져다준 뒤에야 제정신이 돌아온 그 소년은 홀로 차 안에서 무슨 생각을 했을까?

구역질이 나는 일이다. 하지만 딱 한 가지 의문점이 남았다.

"왜지? 가타나는 왜 야마오카를 죽여야 했어?"

"야마오카는 관계없어."

앤드루스는 몸을 틀어 차 밖으로 시선을 던지며 말했다.

"그자의 후처가 문제였어. 일본계 3세, 브라질 출생, 야마오카가 콜롬비아에서 사귄 여자야."

"그렇다면……."

"바로 하나비시 일족이지."

브라이언은 그제야 사건의 전모를 깨달았다. 야마오카의 저택에서 침대 옆 테이블에 사진 액자와 나란히 놓인 빈 액자가 있었다. 그때 안에 들어 있던 뭔가를 빼내 간 것으로 추측했었다. 그리고 할리우드 앤드 하이랜드에서 만났을 때, 가타나는 불상을 본뜬 브로치 같은 것을 입에 물고 있었다.

이게 여덟 번째. 앞으로 여덟 개 남았어……

"그럼 그 불상이 증표였어?"

"눈치가 빠르시군. 그건 불상이 아니라 도검의 칼자루에 다는 장식이야."

천천히 흘러가는 풍경의 오른편으로 할리우드 사인의 측면이 보였다. 구릉지를 올라가 북쪽으로 향하고 있다는 얘기다. 어디를 향해 가는지 대략 짐작할 수 있었다.

"정확하게는 첨자라고 하지. 원래 칼날과 칼자루를 흔들리지 않게 고정해주는 용도였는데 차츰 장식품으로 발달했어. 그게 부적 대신 하나비시 일족에게 대대로 전해진 거야. 가타나는 그 장식물의 소유주를 차례차례 찾아내 살해하고 있고."

휴대전화의 진동이 이윽고 멈췄다. 누군가 브라이언과 연락을 취하려 하고 있었다. 그게 누구인지 잘 아는 브라이언의 머릿속에서 한 가지 아이디어가 슬슬 모양새를 갖춰가고 있었다. 아직 확고한 형태는 아니지만 조금만 더 매만지면 꽤 괜찮은 물건으로 빚어질 것 같은 손맛이 느껴졌다.

그때 아스트로가 서서히 속도를 늦추며 정차했다. 후속 차량이 뒤에 바짝 따라붙었다. 앤드루스는 다시 한 번 차창 너머로 바깥을 내다보며 다른 차량이 없는지 확인했다.

"요시다 형사, 이쯤에서 헤어져야겠군. 나는 가타나를 추적해야겠어. 당신은 폭시 일행과 저수지 구경이나 하시지."

할리우드 북쪽 언덕 위에는 저수지가 세 군데 있다. 380만 명의 로스앤젤레스 시민에게 물을 공급하는 소중한 시설이지만, 정말로 그곳을 구경하려는 게 아니라는 것쯤은 브라이언도 잘 알고 있었다. 인적 없는 저수지에서 브라이언을 처치하겠다는 뜻이다.

예상했던 것보다 빠른 전개에 브라이언은 초조해졌다. 아직 자신을 구할 방책이 생각나지 않은 것이다. 아주 잠깐이라도 좋다, 시간이 필요했다.

목숨을 내던질 각오로 브라이언은 입을 열었다.

"이봐, 나를 살려줄 수 없을까?"

"그건 어렵다고 이미 말했을 텐데?"

"거래를 하자고."

앤드루스의 눈이 가느스름해졌다. 브라이언은 그것을 나쁘지 않은 징조라고 파악했다. 자칫 이상한 소리를 내뱉지 않도록 최대한 신경을 집중해서 주의 깊게 말을 이어나갔다.

"충분히 거래가 될 만한 재료가 있어. 지금 내 말을 무시하면 아마

따끔한 꼴을 당할 거야.”

“흠.”

브라이언의 머릿속에 기막힌 아이디어가 떠올랐다.

“나한테는 파트너가 있어. 그에게 당신들에 관한 정보를 모조리 맡겨뒀어. 만일 내게 무슨 일이 생기면 그걸 즉시 발표하라고 지시했어.”

“하하, 그럴싸한 허풍이로군. 어디, 좀 더 들어볼까?”

“리비스랜치.”

“……그게 뭐가 어떻다는 건데?”

“눈만 내놓은 그 복면을 벗은 건 큰 실수였어. 당신들의 모습이 카메라에 고스란히 담겼거든.”

그 즉시 앤드루스가 배를 부여잡고 웃었다. 재미있어서 견딜 수 없다는 웃음이었다. 카툰 애니메이션인 〈벅스 바니〉의 몸짓과 흡사했지만 유감스럽게도 눈은 전혀 웃고 있지 않았다.

“정말 재미있군, 요시다 형사.”

“증거를 보여줄까?”

웃음기 없이 브라이언을 노려보던 눈이 흉포한 빛을 띠었다. 도발에 응하겠다는 표정이었다. 브라이언은 그 시선을 피하지 않았다. 이 나이 먹도록 수없이 많은 거짓과 허풍의 연기를 해왔지만 오늘만큼 본격적인 무대는 없었다. 상대에게 주는 인상이 아주 조금 변하는 것만으로도 자신의 목숨이 오락가락하게 된다.

한 박자 뜸을 들인 뒤에 브라이언은 입을 열었다.

"복사본은 우리 집에 있어. 오리지널은 파트너에게 건네줬고."

"파트너라는 건 누구지?"

"물론 그걸 당신에게 가르쳐줄 수는 없지. 하지만 그가 내 공상의 산물이 아니라는 건 보증할 수 있어. 그는 분명하게 존재하고, 항상 나를 걱정해주고 있어."

그때 브라이언의 뒷주머니에서 다시 휴대전화가 울렸다. 줄다리기에 집중하던 브라이언은 깜빡 엉덩이를 벤치 시트에 대고 있었고 그 바람에 진동음이 차 안에 울린 것이다.

앤드루스의 눈이 번쩍 빛났다. 마치 어린아이의 부도덕한 짓을 나무라는 듯한 표정으로 브라이언을 자리에서 일으켜 세우고 뒷주머니에서 휴대전화를 빼냈다. 앤드루스는 말없이 그 전화를 들어 자신의 귀에 댔다.

전화한 사람은 패트리엇일 게 틀림없었다. 아니, 꼭 그이기를 브라이언은 기도했다.

앤드루스는 상대방의 첫 말을 듣자마자 아무 대꾸 없이 휴대전화를 끊고는 뭔가 생각에 잠긴 표정을 보였다.

아슬아슬한 순간이었다. 브라이언은 숨을 죽이고 기다렸다.

잠시 뒤, 앤드루스가 폭시 쪽을 돌아보며 말했다.

"예정을 변경한다. 요시다 형사를 데리고 그의 집으로 가야겠어."

카드가 다시 브라이언의 손에 들어왔다. 지랄 같은 카드였지만 그래도 아무것도 없는 것보다는 낫다.

앤드루스가 차가운 눈빛으로 브라이언을 바라보았다. 그리고 폭시에게 말했다.

"그의 집에 가서 자세한 얘기를 들어보도록 해."

이쪽을 흘끔 쳐다보며 폭시가 잔인한 웃음을 내보였다. 자세한 얘기를 들어보라는 말이 어떤 의미인지 생각하며 브라이언은 딱히 더위 때문만은 아닌 땀이 등줄기를 타고 주르륵 흐르는 것을 느꼈다.

자신에게 주어진 카드는 정말 지랄 같은 패였다. 카드 도박에 완전 문외한이라도 이건 그냥 내던지는 게 좋다는 것을 뻔히 알 만큼 지랄 같은 패.

하지만 여기서 게임을 포기할 수는 없다. 테이블에 놓인 것은 돈이 아니라 자신의 목숨이기 때문이다.

* * *

오토바이 뒷자리에 앉아보는 게 몇 년 만일까? 중학교 때 사귄 대학생은 항상 아르바이트를 끝내고 오는 길에 오토바이로 학원까지 마중을 왔다. 뒷좌석에서 찰싹 매달렸던 그의 등은 널찍하고 든든했다. 시큼한 땀 냄새도 났다. 부치는 그 나이 때까지 누군가의 등에 무심히 매달려본 일이라고는 없었다. 그래서 더더욱 그 추억은 잊히지 않았다. 그와 헤어지고 얼굴이며 목소리, 작은 몸짓 등은 다 잊어버린 뒤에도 그 든든한 등만은 언제까지고 생각났다.

오토바이 타이어가 울퉁불퉁한 지면 때문에 출렁 뛰어오른 순간, 오래된 추억도 몽상도 한꺼번에 날아갔다. 배 속에서 치밀어 오르는 것은 아무런 가식도 없는 스트레이트한 공포감이었다.

시속 160킬로미터. 마리사가 운전하는 오토바이는 무시무시한 속도로 직진하고 있었다. 바람을 가르고 하염없이 북쪽을 향해 달린다. 이 속도로 달리다가 장애물이라도 만난다면, 하고 상상하니 오싹 소름이 끼쳤다. 오토바이는 시속 160킬로미터로 달릴 수 있지만 인간의 몸은 그런 무시무시한 속도에 맞춰서 설계된 것이 아니기 때문이다. 그리고 지금 부치는 마리사의 허리를 껴안고 그 가녀린 등에 얼굴을 묻은 채 맞바람을 견디고 있었다. 결전의 땅으로 향하기 위해.

할리우드 앤드 하이랜드에서 일대 소란을 겪은 뒤부터 끈질기게 자신을 쫓아오는 어두운 그림자에 대해서는 잘 알고 있었다. 그것은 몬도가 사전에 예측한 일이었고 어느 시점에선가 반드시 잘라내지 않으면 안 될 사슬이었다.

게다가 그들은 사나에를 손안에 쥐고 있었다. 부치로서는 친구를 되찾기 위해 절대 피해갈 수 없는 길이었다.

들이치는 건조한 바람.

피어오르는 모래 먼지.

시속 160킬로미터의 속도로 휙휙 사라져가는 회전초回轉草.

몬도는 다시 모습을 감추었다.

하지만 부치는 알고 있었다. 몬도는 필요할 때는 반드시 모습을 드러낸다는 것. 원한과 복수로 뭉쳐진 악몽의 틀 속에서 구적의 피를 양식으로 삼아 살아가는 소년. 복수의 슬픈 원귀는 아직은 부치 편을 들어주는 존재다.

부치는 소년에게 물었다. 왜 나를 선택했느냐고. 고든에게 위험한 물건의 운반책으로 고용된 것이 계기였다. 하지만 몬도를 자신 속에 불러들인 것은 좀 더 깊은 내면에 존재한다는 것을 부치는 알고 있었다. 자신의 내면에 뻥 뚫린 큼지막한 결함을 노리고 몬도가 잠입한 것이다.

피의 분수 속에서 드러난 몬도 아닌 또 다른 얼굴이 떠올랐다.

그것은 자신의 손으로 죽인 전 남편의 얼굴이었다.

* * *

브라이언의 집은 교외에 있다. 2층 건물이고 널찍널찍해서 혼자 살기에는 제법 호사스럽다고 할 수 있는 거처였다. 브라이언은 두 번의 결혼과 이혼을 되풀이하는 동안에도 이곳을 떠난 적이 없다. 첫째로는 한적한 동네 분위기가 마음에 들었기 때문이고, 두 번째로는 부동산 비즈니스로 떠안게 된 채무 때문에 움직이려야 움직일 수가 없었기 때문이다.

집 앞의 카포트에 아스트로가 정차하자 브라이언은 허탈한 눈빛으로 자신의 집을 올려다보았다. 페인트가 희끗희끗 벗겨진 포치가 가장 먼저 눈에 들어왔다. 이 포치와 2층 베란다는 첫 아내가 열렬히 원하는 통에 무리해서 끼워 넣은 것이다. 그 열망은 예산을 초과한 것이어서 브라이언 자신은 전혀 원하지 않았다. 그 포치에 깜빡 잊고 치우지 않은 재떨이가 보였다.

"내리셔, 브라이언 형사."

폭시가 일부러 귓가에 입을 대고 속삭였다.

"그렇게 바짝 대고 말하지 않아도 다 들려."

투덜투덜 쏘아붙이고 브라이언은 자리에서 일어섰다.

브라이언이 앞장서고 폭시가 뒤를 따라왔다. 약간 거리를 두고 있었지만 소음기를 단 권총이 뒤에서 노린다는 건 잘 알고 있었다. 차에서 내리는 순간을 노려 도망칠까도 생각했는데 너무 위험한 도박이라는 판단에 일찌감치 포기했다. 허를 찔러 도망쳐봤자 기껏해야 2, 3미터나 달아날 수 있을까? 그 거리라면 노련한 폭시의 총알이 빗나갈 리없다. 아마추어라면 또 모르지만 CIA 공작원들은 노스캐롤라이나의 포트블랙 육군 기지에서 군대용 전투 훈련을 받은 자들이다.

등 뒤에 선 폭시가 브라이언을 따라 차에서 내렸다. 발소리까지도 민첩한 여자다. 이 여자가 어떤 경력의 소유자인지는 그저 상상이나 해보는 수밖에 없지만, 보통 남자가 맨발로 도망칠 경우의 대처법은 충분히 훈련을 받았을 터였다. 주차장의 어둠 속에서 일격을 당했을 때 그것을 충분히 깨달았다. 보통 여자가 메이크업이나 패션에 열중하는 시간에 이 여자는 적의 눈을 향해 모래를 집어 던지거나 단박에 쇄골을 부러뜨리는 훈련을 거듭해왔을 것이다.

"천천히 걸어. 허튼짓 했다가는 골로 갈 줄 알아."

고급 마티니처럼 차가운 목소리였다.

"내내 차에 앉아 있어서 엉덩이가 아파. 잔소리 좀 하지 말아줘."

"그런 시원찮은 엉덩이라면 반쪽은 날려줄까?"

"허 참, 좀 봐달라니까. 두 쪽밖에 없는데."

가벼운 농담을 날리는 브라이언의 등짝을 폭시가 말없이 쿡 찔렀다. 두 사람은 앞뒤로 줄을 선 모양새로 천천히 집으로 향했다. 다시 뒤에서 폭시의 목소리가 날아왔다.

"집 안에 들어가면 네가 말하는 증거가 있는 곳으로 곧장 가도록해. 괜히 빙빙 돌거나 다른 방문을 열거나 상관없는 서랍을 열었다가는 그 순간 앞니를 몽땅 부러뜨릴 거야."

"그건 안 되지. 나한테는 큰 자랑거리야, 이 나이에도 치아가 멀쩡하다는 게."

"입 다물어, 정신 사나워."

상대는 지독한 프로였다. 따라오는 보폭까지 완벽한 방어 태세여서 반격의 기회는 전혀 허용하지 않았다. 하느님이 딱 10초 동안만 시간을 멈춰준다면 좋겠지만 그런 기적이라도 일어나지 않는 한, 이렇게 알래스카까지 걸어간다 해도 빈틈은 보이지 않을 것이다. 일대일로 싸울 상대가 아니라는 건 분명하다.

현관이 바짝 앞으로 다가왔다. 평소에는 의식해서 쳐다본 적도 없는 현관문이지만 이런 기회에는 싫더라도 빤히 바라보지 않을 수 없다. 앞으로 다시 볼 일이 없을지도 모르는 것이다.

브라이언은 폭시 일행이 어떻게 나올지, 상대의 입장에서 생각해보았다. 브라이언이 말했던 사진을 찾기 위해 그들은 분명 무슨 짓이든 할 것이다. 미국의 첩보 기관 전체가 공식적으로 혹은 비공식적으로 그들을 말살하려고 뒤를 쫓고 있는 것이다. 만일 브라이언이 말한 그런 사진이 존재한다면 모든 게 끝장이다. 엔필드 쪽에서는 그 사진으로 앤드루스 팀을 공식적으로 몰아붙여 교도소 담장 안에 23세기까지 가둬버릴 수 있다. 조무래기라면 사법 거래에 따라 면제받는 자도 있겠으나 앤드루스의 부대원들은 절망적이다.

자, 혈안이 되어 그 사진인지 뭔지를 찾아 나선다.

하지만 폭시는 그것을 결코 찾아내지 못할 터였다. 애초에 그런 사진 따위, 존재하지 않으니까. 브라이언은 그다음 장면을 생각해보았다. 존재하지 않는 사진을 찾아 브라이언의 집을 휘저은 끝에 결국 그것을 찾지 못하겠다고 판단했을 때, 그다음에는 어떤 일이 벌어질 것인가?

우선 머릿속에 떠오른 것은 폭시가 거짓말을 눈치채고 분노에 휩싸여 자신을 살해하는 장면이었다. 매우 간단한 일이다. 소음기 딸린 총으로 급소를 겨냥해 쏘아버리면 된다.

탕. 끝.

하지만 이건 좋은 패턴이다.

또 한 가지 생각할 수 있는 것은 폭시가 자신의 거짓말을 깨닫지 못한 채, 증거가 있는 장소를 토해내게 하려고 고문을 시작한다는 패턴이다.

폭시가 CIA에서 어떤 교육을 받았는지는 알 도리도 없지만 그곳이 고문에는 최고 전문이라는 점에는 의심의 여지가 없다. 80년대에 CIA의 부장관이 이른바 고문에 대해 부정하는 고매한 의견을 밝히신 적이 있다. 하지만 그것이 진실이 아니라는 것쯤은 탐사 보도의 달인이 아니더라도 다들 뻔히 알고 있다.

이것이 나쁜 패턴이다.

마지막으로, 거짓말을 눈치챈 폭시가 분노에 휩싸여 자신을 고문하기 시작한다는 패턴이다. 정보를 알아내기 위해서가 아니라 상대를 괴롭히기 위해 온갖 고문 테크닉을 구사하는 것이다. 브라이언을 삶과 죽음의 경계선에 세워놓고 서서히 놀리면서 죽이는 것이다. 반나절쯤 천국의 문을 노크하다가 다시 돌아오게 하는 어리석은 짓거리를 거듭할 터였다.

생각할 수 있는 것 중에서 이건 가장 최악의 패턴이다.

등 뒤에서 폭시의 사디스트 성향의 숨소리가 들려오는 것만 같았다. 일정한 리듬을 새기는 발소리가 아우슈비츠의 가스실로 포로를 연행하는 나치 병사를 연상시켰다. 브라이언은 관자놀이에 식은땀이 흐르는 것을 의식했다. 너무도 긴장하고 공포에 질린 나머지 온몸의 세포 하나하나가 터질 듯 부어오르는 듯한 느낌이었다.

현관문 앞에서 멈춰 섰다.

등 뒤에서 폭시가 미리 빼앗아 간 현관 열쇠를 쑥 내밀었다. 그것을 받아 문을 열려던 브라이언은 열쇠가 구멍 속에서 헛도는 것을 깨달았다.

"뭘 꾸물거려?"

폭시의 목소리에 퍼뜩 정신을 차린 브라이언은 그제야 자신이 떨고 있다는 것을 깨달았다.

가슴으로 깊이 숨을 들이쉬었다.

무엇보다 침착성이 중요하다. 막다른 궁지에서 겁에 질리거나 패닉에 빠지는 것은 끔찍한 결과를 불러들이는 원인이 된다. 아무리 궁지에 몰리더라도 탈출에의 희망을 버려서는 안 된다. 그러기 위해서는 끝까지 생존할 것이라 믿으며 침착하게 행동할 일이다.

다시 열쇠를 구멍에 꽂았다. 그 짤막한 거리가 마치 몇 미터인 것처럼 멀게 느껴졌다. 이윽고 열쇠는 천천히 구멍 속에 빨려 들어갔다. 꽂아 넣은 열쇠를 돌렸다. 태어나서 지금까지 수천 번을 거듭했을 터인 그 무의식적인 동작이 오늘만은 숭고한 종교의식의 한 단계인 것처럼 생각되었다. 그리고 그것은 어떤 의미에서는 진실이었다. 이것은 일종의 영성체인 것이다.

예상했던 손맛이 느껴졌다. 열쇠가 헛도는 반응이다.

폭시는 눈치챘을까?

브라이언은 땀이 왈칵 쏟아지는 것을 느꼈다. 여기가 가장 중요한 순간이다. 만일 폭시에게 들킨다면 모든 희망이 깨져버릴 가능성이 높다. 그렇게 생각한 순간, 브라이언의 입에서 생각지 않은 말이 튀어나왔다.

"당신, 이런 일을 몇 년이나 해왔어?"

상대의 주의를 돌리기 위한 한마디를 뱉는 것과 동시에 브라이언은 열쇠를 돌리기 전에 이미 열려 있던 문을 힘껏 밀었다. 기껏해야 0.1초 내외의 짧은 순간이었지만 그사이에 브라이언의 뇌리에 떠오른 것은 현관문도 페인트칠을 다시 해야겠구나, 라는 것이었다. 여기도 페인트가 희끗희끗 벗겨져가고 있었던 것이다. 욕실 문짝이라면 지난주에 새로 칠한 참이었다.

예상대로, 활짝 열린 문 너머에는 먼저 온 손님이 있었다.

현관에서 곧장 이어진 복도. 3미터쯤 들어간 그 복도 끝의 문이 열려 있어서 아마존에서 구입한 식탁 세트가 훤히 보였다. 그곳에 브라이언의 귀가를 기다리는 한 남자가 있었다. 탱크톱 차림으로 늠름한 팔뚝을 고스란히 드러낸 흑인. 왼편 어깨에서부터 두 팔뚝에 걸쳐 수많은 별 문신이 보였다.

패트리엇이다.

브라이언에게 주어진 마지막 카드. 브라이언이 자신을 배신했다고 지레짐작하고 거친 폭력이 섞인 대화를 갈망하며 기다리던 뒷골목 세계의 흑인 얼굴마담. 브라이언에게는 내내 재앙 같은 존재였지만 이 순간만은 희망이 되어줄지도 모르는 자였다. 패트리엇은 자신이 애지 중지하는 스텀루거 사의 총을 테이블에 내려놓은 채 휴대전화를 만지작거리고 있었다.

고개를 든 패트리엇이 브라이언을 알아보았고 이어서 뒤따라오는 여자가 총을 겨눈 모습을 보았다. 그의 얼굴에 떠오른 것은 경악이었다. 물론 당연히 경악할 일이기는 했다. 줄곧 감시해온 양 한 마리가 사나운 암사자를 데리고 돌아왔으니.

자아, 패트리엇, 반응을 보여줘!

브라이언은 마음속으로 기도했다.

당신이 항상 들고 다니는 45구경 총을 시험해볼 때잖아.

"당신은 그게 문제야, 브라이언 형사."

하지만 패트리엇보다 폭시가 먼저 반응을 보였다. 말을 내뱉는 것과 동시에 폭시의 총은 패트리엇에게로 향했다. 패트리엇도 잽싸게 테이블 위의 총을 집으려고 했지만 손이 닿기도 전에 이미 총알을 두 발 맞았다. 한 방은 가슴에, 한 방은 머리에.

"뭔가 감추는 게 있으면 일부러 말을 걸지."

털썩하는 소리와 함께 패트리엇의 몸이 무너져 내렸다.

이상 끝.

아무런 감개도 없는 무기질적인 살인의 한 장면이었다. 그것이 끝나기까지 아주 잠깐의 시간 동안 브라이언은 옴짝달싹할 틈도 없었다. 눈앞의 광경이 낙인처럼 눈에 찍히고, 그 눈을 깜빡거리고, 그리고 다시 한 번 깜빡인 직후에 패트리엇을 사살한 총구가 이번에는 브라이언 쪽을 겨누었다.

"어리석은 짓을 했어, 브라이언 형사."

지옥의 밑바닥에서 울리는 듯한 목소리였다. 폭시의 총구는 브라이언의 눈에 넓고 깊은 나락의 밑바닥처럼 보였다. 빛이 닿지 않는 그 어둠 너머에 자리 잡고 있는 것은 죽음이다.

"아니, 내 얘기 좀 들어봐."

브라이언이 뭔가 말하려고 한 순간, 총성이 울려 퍼졌다.

반사적으로 몸을 웅크린 브라이언은 폭시가 고뇌하는 표정으로 무너지는 것을 보았다. 폭시에게 총을 쏜 것은 옆집과의 울타리 화단에 숨어 있던 패트리엇의 부하였다. 그자는 브라이언이 낯선 여자를 데리고 온 것에 의문을 품고 예의 감시하던 중에 두목인 패트리엇이 총에 맞아 쓰러지는 것을 보고 즉각 보복에 나선 것이다.

폭시가 쓰러지자 아스트로에 남아 있던 두 명의 대원, 마우스와 건스는 잽싸게 총을 들었다. 습격자의 위치를 파악하려고 급히 차창 너머로 시선을 굴렸다. 마우스가 백미러 너머로 화단에 숨은 흑인 남자를 발견했다. 말없이 건스의 소매를 당겨 표적의 위치를 알렸다. 이어서 슬그머니 조수석 쪽의 창문을 내렸다.

브라이언은 폭시가 총에 맞아 쓰러지는 것을 보고 즉각 현관문 안으로 뛰어들었다. 집 앞에서 총격전이 시작될 것을 예측한 것이다. 그런 상황에서 몸을 감출 차폐물이 없는 현관문 앞에 멍하니 서 있는 건 자살행위다.

긴 복도를 내달려 패트리엇에게로 다가갔다. 무기가 필요했다. 패트리엇의 부하는 성질 사나운 조직폭력배지만 엄격한 전투 훈련을 받은 전직 CIA 팀원의 상대가 될 수 없다. 자신의 목숨을 건 승부는 아직도 계속되는 것이다.

마우스는 소음기를 단 MP5 서브머신건을 겨누고 조수석 창문 너머로 총구를 내밀었다. 파트너가 표적을 노리는 동안, 건스는 슬금슬금 운전석 쪽 차 문을 열고 내려와 주위를 경계하며 걸음을 옮겼다. 마우스는 잽싸게 조준을 하고 누군가 자신을 노린다는 것조차 눈치채지 못한 상대를 향해 방아쇠를 당겼다. MP5는 서브머신건이라고는 생각되지 않을 만큼 조용한 발사음 뒤에 서브소닉 9밀리 탄을 토해냈다. 소리를 최대한 억제하기 위해 화약을 조절한 탄약이지만, 무방비한 흑인 폭력배의 몸을 너덜너덜하게 찢어놓기에는 충분한 위력을 갖고 있었다.

한편 브라이언은 패트리엇이 갖고 있던 스텀루거를 집어 들었다. 그 순간, 다리가 심하게 떨리는 바람에 그 자리에 멈춰 섰다. 다시 걸음을 내디딜 수 있었던 것은 패트리엇이 주방 테이블에 브라이언의 예비 수갑을 갖다 놓은 것이 눈에 띄었기 때문이다. 평소에 2층 침대 옆 테이블 서랍에 넣어두던 경찰 비품이다. 패트리엇도 천천히 브라이언을 괴롭히려고 미리 준비하고 있었다는 얘기다. 그것이 브라이언의 생존에 대한 욕구를 불러일으켰다. 총의 안전장치와 탄약의 장전을 확인하고 2층으로 뛰어 올라갔다.

아스트로 안에 있던 마우스도 건스의 뒤를 따라 차에서 내렸다. 두 사람은 주위를 경계하면서 쓰러진 폭시 곁으로 다가갔다. 폭시는 상반신을 총에 맞은 상태였다. 피가 초콜릿 분수처럼 줄줄 흐르고 있었다.

그때, 새로운 인물이 나타났다. 길 맞은편에 세워둔 차 안에서 뛰쳐나온 패트리엇의 부하였다. 차 안에서 몇 시간이나 따분함을 견뎌낼 수 있는지 도전하고 있던 두 사람은 총성을 듣자마자 핀볼 공처럼 뛰쳐나왔다. 둘 다 작년까지는 10대였던 젊은이들로 눈부실 정도의 배짱과 만용을 갖추고 있었다. 부족한 것은 경험과 사려였다.

발소리에 반응한 마우스와 건스는 그쪽으로 잽싸게 총을 조준했다. 차폐물 없는 도로를 두 명의 젊은이가 총을 든 채 곧장 달려왔다. 말 잘 듣는 강아지처럼. 그 정도 거리라면 백전노장의 마우스와 건스에게는 사격이라고 할 정도도 아니었다. 빗나가는 일은 있을 수 없다.

방아쇠에 힘이 들어갔다.

하지만 그 순간, 유리 깨지는 소리를 요란하게 울리며 브라이언의 집 2층 베란다 창이 산산이 부서졌다. 유리 파편이 마우스와 건스, 이 유쾌한 콤비의 머리 위로 쏟아졌다. 그것은 태양 빛을 반사하며 반짝반짝 빛나서 천사의 눈물처럼 아름다웠다.

"이런, 제기랄!"

짜증 섞인 고함과 함께 베란다 밖으로 상반신을 내민 브라이언이 발포하기 시작했다. 고함을 친 것은 제 손으로 깨버린 유리창의 수리

비가 아까워서였다.

　45구경 탄이 예전에 첩보원이었던 사내들의 머리 위에 비처럼 쏟아졌다. 세계 최고로 불행한 소낙비였다. 그중 한 발이 마우스의 왼쪽 견갑골 근처를 직격했다. 무슨 일이 일어났는지 이해할 새도 없이 탄환 파편이 그의 가슴 속을 휘젓고 다녔다.

　패트리엇의 부하 두 명은 무슨 영문인지도 모른 채 손에 든 총으로 정면의 상대를 향해 마구잡이 총질을 시작했다. 건스는 옆의 파트너가 총에 맞은 것을 의식하며 젊은이 두 명을 향해 응사했다. MP5는 무기질적인 동작 음과 함께 9밀리 탄을 토해내고 그 비스듬한 사격이 두 젊은이의 가슴팍을 차례로 관통했다.

　가장 먼저 목숨을 잃은 것은 마우스였다. 이어서 패트리엇의 부하 두 명. 건스는 자신의 파트너가 지쳐빠진 노인처럼 쓰러지는 모습을 지켜보다가 자신의 대퇴부에서도 대량의 출혈이 시작된 것을 알았다. 흑인 마약 조직원 두 놈이 마구잡이로 쏘아댄 탄환 중 한 방이 그의 대퇴골 근처의 혈관을 찢어발긴 것이다. 콸콸 흘러나오는 뜨뜻미지근한 피를 바라보며 건스는 제기랄, 하고 중얼거리려다가 목소리가 나오지 않는 것을 깨달았다. 그 대신 크르르륵 귀에 거슬리는 소리가 들려서 그제야 폐를 맞았다는 것을 알았다. 목을 부여잡으며 건스는 머리 위에서 날아온 탄환이 쇄골 옆에 침입한 것을 깨닫고 무릎을 꿇으며 숨을 거뒀다.

　살아남은 건 브라이언뿐이었다.

하늘에서 뚝 떨어진 것처럼 갑작스럽게 정적이 찾아왔다.

총알을 남김없이 쏘아버린 뒤, 브라이언은 자신의 손아귀에서 초연을 올리는 권총을 바라보았다. 감정이 격앙되어 아드레날린이 펑펑 솟구치는 게 느껴졌다. 아래를 내려다보니 오랜 세월 함께 살아온 자신의 정원이 펼쳐져 있었다. 부지를 둘러싼 화단, 도로에서 현관 앞까지 이어지는 진입로, 손질을 제대로 하지 않은 잔디. 눈에 익은 일상의 터전에 다섯 구의 사체와 낯선 자동차가 점점이 흩어져 있었다. 베란다 너머로 내밀었던 몸을 물리며 브라이언은 크게, 크게 심호흡했다. 자신이 도박에서 이겼다는 것을 이해하는 한편, 단숨에 일흔 살 노인네가 되어버린 듯한 기분에 빠졌다.

총을 내려놓은 브라이언은 양쪽 팔 안쪽에 상처가 난 것을 알았다. 경찰복 소매가 찢어지고 피가 배었다. 베란다 밖으로 몸을 내밀면서 깨진 유리에 다친 모양이었다. 자꾸만 멍해지는 머리를 애써 다독였다.

이제부터 어떻게 해야 할지 생각하면서 아래층 욕실로 향했다. 웨스트레이크, 그리고 수없이 작성해야 할 해명 서류, 어쩌면 경찰병원에서 치료를 받으라는 조치가 떨어질지도 모른다. 어떻든 경찰관의 자택 정원에 널브러져 있는 사체가 다섯 구나 된다. 당연히 한참 동안 소란스러울 것이다. 앞으로의 처신에 신중을 기할 필요가 있다.

그건 그렇고 뭔가 작은 위화감이 남아 있었다.

브라이언은 욕실에 들어가 지혈에 도움이 될 만한 것을 찾아보았다. 하지만 세면대 선반에서는 한참 오래전에 봉지를 뜯은 타이레놀 정도밖에는 눈에 띄지 않았다. 포기하고 우선 얼굴부터 씻었다. 거울 속 중년 형사의 얼굴은 피로와 흥분으로 유독 나이 들어 보였다. 어렸을 때부터 유일하게 어머니를 닮았다는 소리를 들었던 눈이 충혈되어 있었다.

마치 회색처럼 느껴지는 정적. 썩어 문드러진 일상의 끝에 나타난 처참한 목숨의 쟁탈전. 지금까지 악운과 교지狡智로 수없이 많은 아수라장을 뚫고 나왔지만 이번만은 완전히 수준이 다르다. 부동산으로 인한 막대한 대출금 따위, 웃어넘기고 싶을 만큼 사소한 문제로 생각되었다.

오늘 일을 이야기하면 지나는 어떤 얼굴을 할까? 우선 총격전의 무대가 되었으니 집값이 뚝 떨어지겠다고 잔소리부터 할 게 틀림없다. 브라이언의 부상을 걱정해주는 건 그다음이다. 실내외 청소며 베란다 수리 등에 대해 이러니저러니 한참을 떠들어댄 다음에나.

두서없이 생각을 더듬고 있던 브라이언은 조금 전에 느꼈던 위화감의 정체를 퍼뜩 깨달았다.

사체가 다섯 구라고?

물에 젖은 얼굴로 거울을 들여다보던 브라이언은 자신이 매우 단순한 덧셈을 잘못했다는 것을 알았다.

거울 너머로 암사자와 눈이 딱 마주쳤기 때문이다.

이어서 거울에 비친 자신의 얼굴이 급격히 다가왔다. 내 얼굴이 거울에 퍽 처박힌 것이라고 이해하기까지 0.1초쯤이 필요했다.

코가 깨지는 듯한 아픔과 함께 욕실 바닥에 스르르 주저앉은 브라이언은 다시 명치에 강한 충격을 느꼈다. 횡격막 근처를 걷어차이는 바람에 숨이 쉬어지지 않았다. 순간적인 산소 결핍 상태에 허덕이면서 브라이언은 욕실 문 앞에서 자신을 바라보는 피투성이의 여자를 보았다. 폭시였다.

"이 사기꾼 형사 놈!"

다음 순간, 위에서 무릎이 내려왔다. 몸무게를 실은 니 드롭knee drop이 브라이언의 안면에 명중했다. 얼굴 주위를 복잡하게 형성하고 있는 다양한 연골들이 부러지고 깨지는 게 생생히 느껴졌다. 코피가 흘러 입 주위가 온통 미끈거리는 감촉으로 뒤덮였다. 저도 모르게 훅 숨을 들이쉬다가 자신의 피가 기관지에 들어가 컥컥거렸다. 브라이언의 안면은 고속도로에서 충돌 사고를 일으킨 자동차처럼 쭈그러졌을 게 틀림없다.

"너처럼 약삭빠른 놈은 처음이야."

욕설을 내뱉으며 폭시는 브라이언을 내려다보았다. 어깨에 입은 총상으로 출혈이 멈추지 않는 상태였다. 피를 흘리면서도 그 눈 속에 이글거리는 분노의 빛은 여자가 진짜로 화가 났다는 것을 보여주었다. 총 한 방으로 끝내는 것보다 브라이언을 최대한 고통스럽게 하는 데 골몰하고 있었다.

어떻게든 일어나보려고 브라이언은 지난주에 새로 페인트칠을 한 욕실 문틀을 손으로 짚었다. 그 순간 폭시가 욕실 밖에서 문을 쾅 닫았다. 자그마한 손가락 기요틴이었다. 놀라운 건 그곳에 손가락이 끼었는데도 문짝이 틈새 없이 꼭 닫혔다는 것이다. 아픔과 경악 때문에 브라이언은 희극배우가 과장스럽게 연기하는 비명의 두 배쯤 되는 절규를 내질렀다.

다시 문이 열리고 폭시가 얼굴을 내밀었다. 브라이언은 울부짖으며 손을 움켜잡고 몸을 뒤틀어 도망치려고 했다. 오른쪽 네 개의 손가락이 우주 광선에 타버린 듯 아팠지만 굳이 어떤 상태인지 관찰해볼 용기는 나지 않았다.

"죽여버리겠어, 이 늙다리 형사."

폭시가 새삼 자신의 결심을 밝혔다. 그야 뭐, 당연한 일이겠지만 브라이언은 딱히 반론은 하지 않고 아프다는 말만 되풀이했다.

"서두를 거 없어. 서서히 레벨을 높일 테니까. 방금 그 손가락 골절은 여학교 왕따쯤으로 느껴지게 해줄게."

몸을 틀어 세면대 아래로 기어 들어간 브라이언은 겁에 질린 표정으로 폭시를 올려다보았다. 아무 말도 생각나지 않았지만 입술의 움직임만으로 '왜?'라고 물었다.

폭시의 얼굴이 일그러졌다. 그게 웃음이라는 것을 깨닫기까지 잠시 시간이 걸렸다. 사디스트의 웃음이었다.

"왜냐고? 당신이 아주 영리한 형사이기 때문이야."

그렇게 말한 순간, 폭시의 몸이 가늘게 경련했다. 뭔가 강한 자극에 반응해서 보통 이런 상황에서는 있을 수 없는 흥분과 쾌락을 얻고 있는 것이다.

그 모습을 본 브라이언은 울음이 터질 듯한 얼굴로 다시 입을 열었다. 이번에는 작은 목소리를 낼 수 있었다.

"너야말로……한 거 아니야?"

그 희미한 발언에 폭시가 눈을 희번덕거렸다. 잘 들리지는 않았지만 브라이언이 내던진, 아마도 악의가 담겼을 단어에 반응한 것이다.

"뭐라고?"

되물으면서 한 걸음 앞으로 나섰다.

"너는……야."

"대체 뭐라는 거야!"

다시 한 걸음 앞으로 나서자 폭시의 다리가 브라이언의 코앞까지 다가와 있었다. 그리 굵지는 않다. 힘찬 종아리로 이어지는 늘씬한 라인이 독특한 각선미를 만들어내서 완벽한 아름다움이라고 칭송받을 만한 모습이었다. 브라이언은 팔을 뻗어 그 발목을 아픈 쪽 손으로 단단히 움켜쥐었다.

폭시가 냉혹한 눈빛으로 브라이언을 내려다보았다. 발목을 잡혔어도 그 자세에서 상대를 공격할 기술이라면 하늘의 별만큼 무수히 알고 있기 때문이다.

하지만 브라이언은 다른 한쪽 손에 경찰서 구매부에서 사들인 비품을 쥐고 있었다. 예비 배지와 함께 사들인 그것을 오래전에 침대 옆

테이블 서랍에 넣어두었다. 패트리엇이 브라이언을 괴롭히려고 일부러 꺼내놓은 덕분에 이제 그것은 브라이언의 생명을 건져줄 희망의 동그라미로 손안에 들어와 있었다. 폭시의 발목에 그 수갑의 한쪽 동그라미를 철컥 걸었다. 다른 한쪽은 세면대 밑의 철제 배수관에 단단히 채워졌다.

폭시가 그것을 깨달았을 때는 이미 늦었다. 마지막 속임수에 걸려든 폭시가 험한 욕설을 내뱉은 순간, 브라이언은 번개처럼 일어나 어깨로 상대를 힘껏 떠밀었다. 한쪽 다리의 자유를 빼앗긴 폭시가 벌렁 나자빠졌다.

상황이 역전되었다.

브라이언은 폭시 옆을 지나 욕실 밖으로 뛰쳐나왔다. 폭시가 뻗은 손은 허공을 휘저었을 뿐이다. 암사자의 손톱은 불과 몇 밀리미터 차이로 브라이언에게는 닿지 않았다.

"이런 망할 놈의 형사!"

폭시는 여자의 목소리라고는 생각되지 않는 포효를 올렸다. 맹수와의 사이에 안전거리를 확보한 브라이언은 복도 벽에 등을 찰싹 붙이고 어깻숨을 몰아쉬었다. 피가 멈추지 않고 흘러서 이제 수십 분 뒤에는 과다 출혈로 의식을 잃을 텐데도 암사자의 눈빛은 그것만으로도 상대를 죽이고 남을 듯한 위력이 있었다.

브라이언은 고개를 내저으며 가까스로 입을 열었다.

"너야말로 지나치게 섹시한 거 아니냐, 라고 말한 거였어."

그리고 브라이언은 자리를 떴다. 폭시의 지독한 욕설은 못 들은 척
했다.

제6장

검의 행방

붕사硼砂 채굴장 유적지는 황량한 데스밸리 한 귀퉁이에 덩그러니 남겨진 폐허다. 계곡 밑바닥에 달라붙은 허름한 옛 채굴 창고는 간선 도로를 벗어나 수십 분을 달려간 데스밸리 외곽에 자리 잡고 있었다. 오래전 이곳에서 화려한 번영을 꿈꾸었던 자들의 희망의 잔해다. 창고에서 십여 미터 떨어진 곳에는 노천 채굴을 위해 사용했던 설비들을 철거해서 그 잔해들이 첩첩 쌓여 있었다. 찾아오는 이 없는 황량한 땅에 쌓인 그 잔해 더미는 선사 시대의 묘표墓標를 연상시켰다.

유적지 창고가 발아래로 내려다보이는 언덕 위에 앤드루스와 그의 대원들이 진을 치고 있었다. 줄지어 서 있는 쉐보레 서버번, 아스트로, 지붕 없는 지프차, 그리고 험비 다목적 차량. 대원들과 차량이 나란히 늘어선 장려한 광경은 마치 크리미아전쟁 때 같은 모습이다. 전 대원을 통솔하는 앤드루스는 야전복 상의의 한쪽 팔을 꿰지 못한 채 망토처럼 어깨에 걸치고 지휘 차량인 지프차 뒷좌석에 앉아 음울한 눈빛으로 폐허가 된 유적지를 내려다보고 있었다. 그곳에서 숙적의 모습을, 그리고 사라진 손목에 대한 원한과 자신들의 미래를 찾아냈기 때문이다.

그곳에 가타나가 있었다.

앤드루스는 목덜미를 타고 뭔가 큼직한 덩어리가 혈관을 역류하는 것을 느꼈다. 몸이 부르르 떨려왔다. 혈관을 역류한 그것이 모두가 공포라고 부르는 감정이라는 것을 깨달았다.

"폭시 팀을 제외한 모든 대원이 총집결했습니다."

등 뒤에서 들리는 목소리에 돌아보았다. 파이선이 충혈된 눈으로 이쪽을 보고 있었다. 내색은 하지 않았지만 지난 며칠간의 피로가 축적된 것이다. 앤드루스와 마찬가지로 파이선도 잠을 못 잤다.

"준비는 다 됐나?"

"명령만 내리시면 언제라도 공격할 수 있습니다."

앤드루스는 만족스럽게 고개를 끄덕였다. 주위에 방탄조끼를 입은 대원들이 어슬렁거리고 있었다. 동네 월마트에서는 결코 살 수 없는 고성능 총기들을 손에 든 대원들이다. 앤드루스가 눈으로 쓰윽 다시 한 번 확인한 지붕 없는 지프차 뒷좌석의 라이플도 그렇다.

그것은 배럿 M82라는 대구경 라이플이다. 중기관총과 마찬가지로 탄약을 사용하기 때문에 차량이나 헬기 등의 장갑裝甲을 뚫을 수 있다. 앤드루스는 그 투박한 총신을 슬슬 쓰다듬으며 중얼거리듯이 말했다.

"장거리 저격의 세계기록이 얼마인지 알고 있나?"

파이선이 핏발 선 눈빛으로 이쪽을 보았다. 상대가 대답할 생각이 없다는 것을 안 앤드루스는 그대로 말을 이었다.

"2475미터야. 2009년에 저 끔찍한 아프가니스탄에서 크레이그 해리슨이라는 영국인이 쏜 거야."

파이선은 조용히 고개를 끄덕이더니 이윽고 입을 열었다. 하지만 화제는 영국인 저격수에 대한 것이 아니었다.

"가타나를 저격으로 처치할 생각입니까?"

"설마."

앤드루스는 총신을 쓰다듬으며 피식 웃었다.

"가타나는 첫 총알은 반드시 피하는 놈이야."

파이선은 마주 웃는 대신 문제의 인물이 있는 창고 쪽으로 시선을 던졌다. 황량한 풍경 속에서 그 건물만 콩알만 한 크기로 두드러졌다.

"그럼 어떻게 저 괴물을 쓰러뜨릴 생각이죠?"

그 말의 이면에는 리비스랜치에서의 굴욕적인 패전의 기억이 있었다. 완전무장으로 돌입한 정예 대원들이 오히려 가타나의 검에 당한 것이다. 역시 정면으로 승부하는 건 그리 좋은 방법이라고 할 수 없다. 하지만 앤드루스는 입 끝을 일그러뜨리며 말했다.

"머리를 써야지, 머리를. 우리가 지금까지 왜 저 여자를 살려뒀는지 알아?"

그는 뒤에 서 있는 서버번 쪽을 턱 끝으로 가리켰다. 그 짐칸에 사나에가 묶여 있다는 건 이곳의 대원들 모두가 알고 있었다. 하지만 로스앤젤레스 번화가에서 위험을 무릅쓰고 납치해 온 이 여자를 무엇 때문에 계속 붙잡고 있는지 직접 물어보는 자는 없었다.

"인질로 쓰려고요?"

파이선이 미간을 좁혔다.

"사나에가 저 여자의 친구인 모양이지만, 가타나가 빙의한 상태에서도 그런 게 통할까요?"

"나한테 맡겨."

앤드루스는 다시 두 눈을 유적지 쪽으로 향했다. 그때 채굴장 창고의 낡아빠진 문짝이 천천히 열렸다. 마치 이쪽이 준비를 마칠 때까지 기다리고 있었던 것처럼.

"드디어 나오는군."

앤드루스가 나지막하게 중얼거렸다.

거리가 멀어서 희미한 모습이 확인되는 정도였지만 창고에서 나온 여자가 손에 검을 쥐고 있는 건 분명했다. 여자는 이쪽은 아예 존재하지도 않는다는 듯 무심히 걸음을 옮겨 이윽고 잔해 더미에 도착했다.

"공격할까요?"

파이선의 말에 앤드루스는 고개를 저었다. 가타나에게 검이 있는한, 섣불리 다가갈 수는 없다.

잔해 더미 위에 자리를 잡은 여자의 모습을 노려보며 앤드루스는자신의 것이 아닌 휴대전화를 손에 들었다. 승패를 결정하기 위한 아브라카다브라, 마지막 비장의 카드가 될 주문이다. 휴대전화의 통화내역을 불러내 그중 가장 최근의 번호를 눌렀다. 알아먹을 수 없는 이름으로 등록되어 있지만 그것이 실제로는 누구의 연락처인지 앤드루스는 잘 알고 있었다.

저 멀리 여자의 실루엣이 꿈틀 움직였다. 그리고 뭔가를 주머니에서 꺼내 귓가에 대는 몸짓.

"여보세요?"

여자의 목소리가 들렸다. 발음을 들어봐도 이 여자는 네이티브가아니다. 앤드루스는 자신의 입술이 저절로 일그러지는 것을 깨달았다. 웃음이 비어져 나온 것이다. 충족감. 마침내 사냥감을 포착했다.

"가타나?"

그 물음에 상대는 대답하지 않았다. 하지만 여자의 실루엣이 이쪽을 올려다본다. 그 그림자는 천천히 고개를 끄덕였다.

"자아, 거래를 해볼까? 고전적인, 매우 고전적인 거래야."

흥분으로 자신의 목소리가 뒤집히는 게 느껴졌다. 물고기가 바늘을 삼킨 분명한 감촉에 따라 낚싯대를 힘껏 당겨 올리는 순간의 흥분과 흡사하다. 이제 곧 상대는 물 위로 얼굴을 내밀 것이다. 이봐, 누구

뜰채 좀 준비해줘. 무방비한 저 어리석은 녀석을 건져 올려야지.

"우리는 너의 소중한 친구를 데리고 있다. 너에게는 몇 가지 선택지가 있겠지. 하지만 네 친구가 무사히 풀려나기를 원한다면 네가 선택할 수 있는 길은 단 한 가지뿐이야."

전화기 너머에서 여자가 물었다.

"그게 뭐지?"

"네가 들고 있는 검, 그걸 우리에게 건네줘. 그러면 너는 그 저주의 검에서 해방되고 동시에 네 친구도 풀려날 거야."

"거짓말."

여자가 차갑게 웃었다.

"그건 말뿐이고 결국 당신은 나를 죽일 거야. 그런 친절한 제안을 하는 당신이 얼마나 냉혹한 사람인지 나는 잘 알아."

"그래?"

앤드루스는 히죽히죽 웃었다. 처음 느꼈던 흥분이 두 배로 커졌다. 좋아, 재미있는 일은 이제 시작일 뿐이다. 혈류가 심장에서 힘차게 송출되어 온몸에 속속 퍼져나갔다. 부르르 몸을 떨며 앤드루스는 색깔이 좋지 않은 잇몸을 드러내고 웃었다.

"그럼 협상은 결렬인가?"

"그렇겠지."

"우리가 네 친구를 마음껏 요리하게 될 텐데, 그래도 괜찮겠나?"

여자가 입을 다물었다.

"우선은 이란 식으로 하게 될 거야. 80년대에 베이루트에서 유행하던 고문 수법인데 혹시 알고 있는지 모르겠군. 뭐, 간단히 말하자면 손톱을 하나하나 뽑아내는 거야. 인간의 손가락 끝에는 가느다란 신경이 집중되어 있어서 그야말로 격통이 내달리게 돼. 하지만 너무 걱정할 거 없어. 그다음에는 시에라리온 식이 기다리고 있거든. 손가락 제2관절까지 하나하나 잘라낼 거야. 손톱이 뽑혀나간 것 따위는 눈 깜짝할 사이에 잊어버리게 해주지."

고문하는 광경을 머릿속에 떠올리며 앤드루스는 정말로 흥분하고 있었다. 가타나가 부상당하지 않은 친구는 받아들이지 않겠다니, 그렇다면 원하는 대로 실컷 고통을 가해 돌려보낼 수밖에 없다. 좋아, 그거야말로 내 특기다.

"당신은 비열한 인간이야."

"응, 고맙군."

여자가 일방적으로 전화를 끊었다. 앤드루스는 히죽히죽 웃으며 여자의 행동을 지켜보았다. 여자는 가타나의 검을 칼집째 잔해 더미에 길게 꽂았다. 마치 사막의 묘표 같다. 그것은 가타나의 종언終焉을 알리는 것이기도 했다.

여자가 검을 가리키더니 그 자리를 떠나기 시작했다.

"저건 함정입니다."

파이선이 당연한 일이라는 듯이 말했다.

"가타나는 혼자가 아니에요. 다른 여자가 있었습니다. 창고 안을 경계해야죠. 나라면 저곳에 저격수를 배치할 겁니다."

"저격수?"

앤드루스가 눈을 희번덕거렸다.

"가타나와 함께 있는 여자는 리비스랜치의 창녀야. 남자에게 다리를 벌려주는 것 말고는 아무것도 할 줄 모르는 매춘녀라고."

파이선은 말없이 어깨를 으쓱 치켜들었다. 앤드루스는 광기에 찬 웃음을 날리며 말했다.

"물론 방심은 금물이지. 한 시간에 300달러나 받는 여자니까."

그는 옆에 서 있던 젊은 대원의 귀에 대고 속닥거렸다.

"내가 신호를 보내면 저 창고를 TOW로 날려버려."

지시를 받은 대원은 선뜻 믿을 수 없다는 표정으로 앤드루스를 멀거니 바라보았다.

"정말입니까?"

"어서 준비해!"

TOW는 뛰어난 평가를 얻고 있는 대전차 미사일로, 견고한 장갑에 둘러싸인 전차를 한 방에 날리기 위한 최첨단 무기다. 이건 원래 인간을 상대로 하는 물건이 아니다.

앤드루스의 고함 소리에 떠밀려 젊은 대원은 여전히 믿을 수 없다는 표정으로 동료와 함께 발사 준비에 들어갔다. TOW는 험비 다목적 차량의 총좌에 앉혀져 있었다. 옆에서 듣고 있던 파이선이 다시 어깨를 으쓱 치켜들었다.

"저 미사일이 한 발당 몇 달러인지 아십니까?"

하지만 앤드루스는 명령을 거두지 않았다.

다시 휴대전화가 울렸다.

"검은 당신에게 건네줄 거야."

"음, 고맙군."

"인질을 풀어줘."

"창고까지 천천히 걸어가. 인질은 그곳으로 데려간다."

거기까지 말한 뒤 앤드루스는 일방적으로 전화를 끊고 사나에를 가둬둔 밴 쪽으로 향했다. 슬라이드 도어를 열자 얼굴에 비닐 테이프가 둘둘 감기고 팔다리는 질긴 밧줄로 묶인 사나에가 몸을 웅크린 채 쓰러져 있었다. 나흘 전에 납치된 이래, 비닐 테이프 틈새로 숨을 쉬고 비닐 테이프 틈새로 꽂아준 빨대로 주스를 마시며 지내왔기 때문에 거의 극한에 이를 만큼 쇠약해진 모습이었다.

"이봐, 여자를 데려간다."

밴에 함께 있던 이름도 모르는 젊은 대원에게 사나에를 떠메 지프차에 옮기게 하고 자신도 뒤따라 탔다.

"어떻게 할 생각입니까?"

파이선의 물음에 앤드루스는 돌아보았다.

"여자가 월절에서 충분히 떨어진 참에 내가 신호를 보낼 거야. TOW로 창고를 날려버리고 월절을 회수해야지."

"가타나는?"

앤드루스는 천천히 몸을 돌리더니 어깨를 으쓱 쳐들었다.

"내 손으로 죽일 거야."

잃어버린 오른손이 욱신거리고 있었다.

* * *

지옥으로 향하는 승합 버스인가? 윤활유와 화약 냄새와 남성호르
몬이 가득 찬 곳이다.

헬기 뒷좌석에 자리를 잡은 브라이언은 마이켈스가 건네준 헤드
셋을 쓰면서 그렇게 생각했다. 마이켈스 일행이 '시코르스키'라고 부
르는 병사 수송용 헬기 블랙호크. 뒤쪽 짐칸의 마주 보는 12인용 좌석
에는 총을 멘 남자들이 타고 있었다. 전원이 오토매틱 라이플이나 권
총을 소지하고 검은 내열 소재 노멕스 플라이트 슈트로 몸을 감쌌다.
얼굴 전체를 뒤덮는 복면, 팽팽한 긴장감, 냄새가 풍길 듯한 남성호르
몬. 할리우드 앤드 하이랜드의 뒤쪽에서 목격했던 사내들.

그들이 FBI의 대테러부대 HRT라는 말을 듣지 않았다면 어딘가 전
쟁터로 향하는 헬기에 잘못 탑승한 것으로 착각할 만한 광경이었다.

"도둑고양이를 수용했다."

'도둑고양이'라는 건 브라이언을 뜻하는 암호일 것이다. 무전기를
향해 마이켈스가 말하자 지옥의 사냥개들을 태운 헬기가 힘차게 떠오
르기 시작했다. 브라이언은 잠시 저 아래로 자신의 집이 멀어져가는

것을 지켜보았다. 눈에 익은 정원 풍경이 헬기가 상승함에 따라 낯선 상자 정원 그림처럼 변해갔다. 집 건물 주위에 몰려든 긴급 차량, 경관, 구급대원 들이 순식간에 점처럼 작아지면서 현실감이 급속히 떨어졌다.

"용케 살아남았군, 터프 가이."

헤드셋을 통해 마이켈스의 목소리가 들려왔다. 브라이언은 옆자리에 앉은 그 FBI 수사관을 향해 어깨를 으쓱 치켜들었다.

"행운이었어."

마이켈스는 말없이 미소를 지었다. 브라이언은 다시금 작아져가는 발밑 풍경으로 시선을 돌리며 말했다.

"헬기로 마중을 와주다니, 이건 완전 대통령급 예우로군."

"시간이 없어서."

"놈들의 행선지를 알아냈어?"

"브라이언 형사 덕분이야. 놈들의 왜건 차에서 다음 합류 지점의 좌표가 나왔어."

"그 여자는 어떻게 됐어?"

자신의 집 방향을 바라보면서 브라이언은 내내 궁금했던 것을 물어보았다. 그 여자란 폭시다. 마이켈스는 브라이언의 눈을 빤히 들여다보며 고개를 저었다.

"과다 출혈로 사망했어. 어깨 총상으로 피를 너무 많이 흘렸어. 하지만 당신은 살았어. 그건 기뻐해야 할 일이지? 전쟁 전문가를 상대로 살아남았잖아."

"전쟁 전문가라니, 버밀리언플래닛을 말하는 건가?"

"물론이지. 놈들은 월 300만 달러를 받으며 일했어."

"한 달에 300만 달러? 우와, 엄청나군."

탄성을 올리면서도 브라이언은 적잖이 위화감을 느꼈다. 마이켈스의 입이 너무 가벼운 것이다. 지금껏 눈에 핏발을 세우고 비밀을 지키며 브라이언을 따돌리려고 했던 그들이 아닌가.

마이켈스는 실눈을 뜨고 웃으면서 말을 이었다.

"3년 전에 같은 지국에서 근무한 친구를 얼마 전에 그쪽에서 **빼내**갔어. 승진해서 워싱턴으로 간 우수한 친구야. 그 친구 얘기로는 버밀리언플래닛 쪽의 연봉은 완전히 레벨이 다르다던데?"

"흠, 그자가 했던 말이 맞군."

"뭐라고?"

고속 회전하는 날개의 폭음 때문에 헤드셋을 통한 대화는 알아듣기가 어렵다. 하지만 브라이언은 불쑥 내뱉은 혼잣말을 굳이 설명해주고 싶지는 않았다. 지금 그의 머릿속에 있는 것은 앤드루스였다. 종이 한 장 차이로 저승과 이승을 오락가락하는 사람들. 그들에게는 공통점이 있었다. 자신의 직무에는 충실하지만 일의 전체상에는 전혀 관심이 없다. 하긴 하루하루가 지나치게 긴박한 탓에 그런 대국적인 시점에 관심을 가질 여유가 없는지도 모른다.

브라이언은 다시 헬기 밖으로 시선을 돌렸다. 로스앤젤레스 시내를 벗어나 북으로 향하고 있었다. 그 끝에서는 가타나와 앤드루스 부대가 있을 터였다. 눈 아래로 395번 주도로가 보였다. 길을 가는 자동차가 겨자씨처럼 작아서 그야말로 하잘것없는 존재로 여겨졌다. 북으로 향하는 사람들, 업무를 위해, 혹은 집안일을 위해 뭔가 역할을 떠맡은 사람들, 가야 할 목적지가 있는 사람들이었다.

"나는 정말 뭐가 뭔지 모르겠어."

브라이언은 솔직한 심정을 토로했다.

"전직 CIA 요원이었던 자가 자신들을 필요악이라고 인식하고 있었어. 이 나라를 지키기 위해 더러운 일을 떠맡았다는 거야. 그리고 그들을 뒤쫓는 당신들도 조국을 위해 땀을 흘리고 있지. 그런데 왜 서로 잡아먹어야 하는 관계가 됐지?"

놀랍게도 마이켈스는 그 물음에 즉시 답해주었다.

"각자 인생에서 해내야 할 역할이 애초에 다르기 때문이야, 브라이언 형사."

평소 그 점에 대해 고민해온 사람이 아니고서는 대답할 수 없는 말이다. 마이켈스의 눈에는 진지한 빛이 있었다. 말투에서는 평소의 짓궂은 분위기가 사라지고, 뭔가 중요한 고백을 하는 인간 특유의, 상대를 빤히 들여다보는 눈빛이었다.

"인간은 누구나 신에게서 부여받은 역할이나 사명이 있어서 그것이 직업이나 살아가는 모습에 반영돼. 사람에 따라 그것이 서로 다르기 때문에 당연히 맞부딪히는 일도 있는 법이지. 맞아, 놈들의 더러운 임무도 저 높은 곳에서 내려다보면 국익에 도움이 되었을 수도 있어. 하지만 내 역할은 이 나라를 위협하는 위험 인자를 제거하는 것이야."

마이켈스의 손이 무의식중에 라이플을 잡고 폭발 방지를 위한 세이프티 클립을 만지작거리고 있었다.

"그러니 사살을 해서라도 제거하겠다는 건가? 법정에서 다툴 수도 있잖아."

"이런 일은 어느 정도 현장의 판단에 맡길 수밖에 없어. 놈들을 모조리 법적으로 처벌하는 건 불가능해."

"아니, 그보다 모든 사실이 공개되는 건 정치적으로 부담이 너무 크다고 판단했겠지."

"우리의 배후에 있는 이들이 모두 똑같은 사명을 짊어지고 있는 건 아니니까."

브라이언은 입을 꾹 다물고 마이켈스가 말한 사명이라는 것에 대해 생각해보았다. 옆자리에 앉은 마이켈스의 눈빛에서는 털끝만큼의 망설임도 느껴지지 않았다. 범죄 조직에 잠입하여 가짜 인생을 살아온 사람이다. 콜롬비아 마약 조직과 버밀리언플래닛, 그리고 가타나의 루트를 해명해내는 사명과 맞바꿔 자신의 몇 년 동안의 인생을 내던진 사람이다. 그것이 마이켈스가 말하는 신에게서 부여받은 역할이라는 것인가. 생각해보면 몹시 왜곡된 형태로나마 앤드루스 일행 역시 자신들이 맡은 역할을 자각하고 있었다.

그리고 가타나도.

어쩌면 가타나야말로 그 궁극적인 모습인지도 모른다.

하지만 나는 어떤가? 50년 가까이 살아오면서 내 인생에 그리 대단한 역할 따위, 가져본 적이 없다. 경찰 업무에 보람을 느끼기는 했지만 그건 다른 직업이었어도 별 차이가 없었을 것이다. 단속반, 강력반, 마약반으로 다양한 부서를 전전하면서도 딱히 별다른 감개는 없었다. 그저 모두가 비슷비슷했다. 죄를 저지른 자를 잡아들이고 그 보상으로 하루하루 먹고살아갈 비용을 벌어들이는 단순한 노동.

"브라이언 형사, 이걸 엉덩이 밑에 깔아."

갑작스러운 말에 생각이 중단되었다. 마이켈스가 건네준 것은 방탄조끼였다. 무슨 영문인지 모르겠다는 표정의 브라이언을 보며 그가 어깨를 으쓱 쳐들었다.

"지상에서 총알이 날아와 엉덩이가 뚫리는 건 원하지 않지? 이제 곧 놈들의 머리 위에 우리 엉덩이를 내놓게 돼."

건네준 방탄조끼를 좌석에 깔고 앉으면서 브라이언은 한 가지 마음에 걸리는 것을 물어보았다.

"그나저나 왜 내 코드 네임이 도둑고양이지?"

"아직 모르셨나? 고양이는 아홉 개의 영혼을 가졌다고 하잖아. 전쟁 전문가를 상대로 살아남은 형사님에게 잘 어울리는 호칭이지."

마이켈스가 찡긋 윙크했다.

그 말을 듣고서야 브라이언은 위화감의 정체를 짐작할 수 있었다. 어제까지 멀쩡하던 어금니가 갑자기 쑥 빠져나간 듯한 기분이다.

마이켈스가 만지작거리는 폭발 방지 클립을 흘끗 바라보았다.

고양이라고?

그렇다, 불길에 휩싸여 무너져 내리는 리비스랜치 앞에서 마이켈스가 했던 말이 벌써 세 번째로 뇌리를 스친다.

그는 말했다.

호기심이 고양이를 죽인다, 라고.

어느 정도는 현장의 판단에 맡길 수밖에 없다, 라는 말도.

거기에는 아마 알려져서는 안 될 진실을 지나치게 많이 알아버린 형사의 입을 막는 것도 포함될 터였다.

지옥으로 향하는 승합 버스.

아무래도 그것을 운행하는 자들 역시 악마인 것 같다.

* * *

지프차에 탄 앤드루스가 위를 바라본 순간, 창고 쪽을 향해 뛰어가는 가타나의 모습이 포착되었다. 허를 찔렸는데도 자신의 입 끝에 웃음이 번지는 것을 깨달았다. 천천히 손을 들어 신호를 보냈다.

"날려버려."

한순간의 망설임 끝에 TOW가 불을 뿜었다. 1단계 추진 연료로 날기 시작한 원통형 미사일은 일정한 거리에 이르면 비상 핀이 열리면서 2단계 추진 연료로 점화된다. 못생긴 주사기 모양의 그 로켓은 단숨에 초속 360미터까지 속도를 높여 바람을 가르고 표적을 향해 날아간다. TOW는 유선 유도식이어서 사격수의 스코프를 통해 정확한 위치를 향해 비상한다. 목표물이 고속으로 이동하지 않는 한, 빗나가는 일은 있을 수 없다.

미사일이 발사된 것을 깨달은 가타나가 경악하는 모습이 앤드루스의 눈에 고스란히 잡혔다. 달리던 걸음을 멈추고 그 자리에 납작 엎드린다. 나쁘지 않은 판단이다. 탄두에는 중금속 탄탈로 만들어진 관철 탄두가 두 발 탑재되어 있어서 목표물에 떨어지면 폭발과 함께 그것이 분출한다. 가까이에 있다가는 탄탈 스테이크 꼴이 될 것이다.

직격.

대전차 미사일 TOW는 채굴 창고의 썩어가던 기둥을 날리고 너덜너덜한 지붕이며 벽을 구성하던 나뭇조각들을 장작으로도 쓸 수 없을 만큼 산산조각 내버렸다. 영화의 한 장면처럼 장렬하게 창고가 사라졌다. 앤드루스는 자신이 간지럼 타는 어린아이처럼 교성을 내지르는 것을 깨달았다. 폭력에 의한 지배와 성대한 파괴를 지켜보며 아드레날린이 과잉 분비되고 있었다.

그와 동시에 파이선 팀이 아스트로를, 지프를, 험비를 몰고 잔해 더미 위에 꽂힌 월절을 향해 일제히 달려갔다. 여자는 아직 창고 잔해 옆에 엎드려 있었다. 파이선 일행보다 먼저 월절을 낚아챌 가능성은 전혀 없었다. 앤드루스는 혀로 입술을 핥으며, 쓰러진 여자를 주시했다.

저 저주의 도검을 손에 쥐지 않는 한, 그녀는 단순히 힘없는 여자일 뿐이다.

앤드루스는 운전자에게 지시를 내려 여자 쪽으로 다가갔다.

여자가 천천히 몸을 일으킨다.

시선이 마주쳤다.

아직은 거리가 꽤 있었지만 시선이 마주친 순간, 앤드루스는 표현하기 힘든 불안감에 휩싸였다. 여자의 눈빛에서 아직껏 굴복하지 않은 강렬한 정신이 느껴졌기 때문이다. 무슨 근거로 그런 눈빛을 내쏠 수 있는지는 모르겠지만 여자는 분명 승리를 확신하고 있었다.

앤드루스는 황급히 월절 쪽을 확인했다. 그것은 여자 쪽보다 더멀리 잔해 더미 위에 꽂혀 있었다. 하지만 그게 정말로 월절일까?

잠간 월절에 시선을 빼앗긴 순간, 여자가 휘익 몸을 날려 미사일로폭삭 주저앉은 창고 쪽을 향해 내달렸다. 마음속에 불길한 술렁임을느낀 앤드루스는 남겨진 한 손으로 자신의 총을 움켜쥐었다.

"서둘러. 저 여자를 반드시 죽여야 해!"

옆자리에서 인질이 신음을 올렸지만 그런 건 돌아볼 여유도 없었다. 고약한 함정에 빠져버린 기분이었다.

여자는 잔해만 남은 창고에 도착하자 주위에 흩어진 기둥이며 문짝 부스러기를 치워가며 그 밑의 뭔가를 필사적으로 찾고 있었다. 앤드루스는 너무도 흥분한 나머지 뒷골이 지끈거려서 그것을 억누르기위해 입술을 악물었다. 흔들리는 차에서 총을 겨눠봤지만 이 정도 거리에서 명중할 리도 없어서 마음만 급했다.

여자가 나무 부스러기 밑에서 뭔가를 발견했다.

지프차가 창고 바로 옆에서 모래 먼지를 흩날리며 급정차했다. 운전하던 대원이 구르듯이 차에서 내려 총을 뽑아 들었다. 앤드루스도 차에서 뛰어내렸다.

여자가 가늘고 긴 물건을 치켜든 순간, 네 발의 총성이 울렸다.

앤드루스는 익숙하지 않은 왼손으로 가까스로 한 발을 쏘았다.

젊은 대원은 연거푸 두 방을 쏘았다.

명중시킨 것은 그 대원의 총알이었다.

여자는 잠시 하늘을 우러러보았지만 이윽고 스르륵 무너져 내렸다. 그 손에는 22구경 라이플이 있었다. 총구에서 초연이 희미하게 피어올랐다. 총에 맞기 직전에 그 라이플의 방아쇠를 당긴 것이다. 안타깝게도 그 총알은 어느 누구도 꿰뚫지 못한 채 하늘을 향해 비상했다. 신화에 등장하는 이카로스처럼.

부르르 떨리는 손으로 여자에게 총구를 겨누고 있던 앤드루스는 위에서 시큼한 액체가 넘어오는 것만 같았다. 태어나서 지금까지 이런 무시무시한 공포감이 엄습한 건 처음이다. 예전에 CIA의 중동팀에서 경험을 쌓을 무렵, 헤즈볼라 일원에게 위장 잠입을 들킬 위기에 처한 적이 있었다. 무장 세력의 주요 인물로 이름을 날리던 그자의 집에 잡혀가 AK 돌격 총에 관자놀이를 짓눌리는 위협을 당했지만, 이번에는 그때의 전율보다 더한 공포감이었다.

길게 쓰러져 누운 여자와 눈이 마주쳤다. 고양이의 눈을 닮은 초록빛 눈동자였다.

"함정이다!"

고함을 지르며 앤드루스는 뒤를 돌아보았다.

유적지 잔해 더미에 꽂힌 월절을 향해 달려간 파이선 일행의 차가 그 앞에서 급정거하는 참이었다. 대원들이 앞다투어 차에서 뛰어내려 저주받은 칼, 저주받은 죽음의 검을 향해 뛰고 있었다.

그 순간, 누군가의 손이 튀어나와 월절의 손잡이를 움켜쥐었다.

희고 가느다란 손이었다.

앤드루스가 서 있는 위치에서는 확실한 것을 알 수 없었지만, 거기서 무슨 일이 일어났는지는 분명하게 전해졌다.

잔해 더미 속에 숨어 있던 가타나가 모습을 드러낸 것이다.

앤드루스는 자신의 오줌이 바지를 적시는 것을 느꼈지만 놀람도 수치심도 없었다. 사신을 마주하고 두려워하지 않을 인간 따위, 있을 리 없다. 게다가 크게 벌려진 사신의 입이 바야흐로 앤드루스의 부대 전원을 집어삼키려 하고 있었다.

가타나가 잔해 더미 속에서 뛰쳐나오는 것과 월절을 칼집에서 빼내 든 것은 거의 동시였다. 그 검이 맨 앞을 달려온 희생자를 내려친 것은 불과 0.1초 남짓한 사이의 일이었다. 피바람이 황량한 사막에 휘날리고 그것이 모래 바위에 스며들기도 전에 두 번째로 내려친 칼날이 춤을 추었다.

"함정이다!"

조금 전보다 더 강렬한 공포에 횡격막을 부르르 떨면서 앤드루스가 다시 한 번 외쳤다. 정면에서 다가온 칼날이 어깨 관절 틈새를 부드럽게 훑고 지나가는가 싶더니 라이플을 겨눈 남자의 팔이 낙하했다. 동체 부분에 세라믹 플레이트를 끼워 넣은 케블라 방탄조끼는 온갖 무기와 칼날에서 몸을 지켜줄 기사의 갑옷이었지만 가타나가 휘두르는 보검 앞에서는 아무런 가치도 없었다. 극한의 수련을 쌓은 사무라이는 유연한 발놀림과 회오리바람 같은 일격으로 묵중한 기사들을 차례차례 베어 넘겼다.

누군가의 머리가 헬멧을 쓴 채 허공을 날았다.

등 뒤에서 덮치는 상대를 역수逆手로 쥐어 잡은 칼날로 깊숙이 찔러버린 가타나와 멀리 시선이 마주쳤다. 앤드루스는 가타나의 입이 소리 없이 중얼거리는 것을 보았다. 그 입술은 비웃음과 함께 한마디 말을 내뱉고 있었다.

"너무 늦어."

그것이 바로 저 미친 듯이 내리쬐는 태양 아래, 리오라이트에서 당했던 비극과의 재회였다.

잃어버린 오른손이 욱신거렸다.

현대에 되살아난 리바이어던, 파멸을 부르는 괴수.

그를 제압할 방도는 없는 것인가? 가타나는 100미터 이상 떨어진 곳에 있으면서도 자신에게 강한 죽음을 의식하게 하는 존재였다.

앤드루스는 그대로 얼어붙었다.

그리고······.

등 뒤에서 헬기의 폭음이 들려왔다.

그 순간 앤드루스의 뇌리에 바그너의 〈발퀴레의 기행騎行〉이 울려 퍼졌다.

죽음의 전조를 알리는 여신의 등장이다.

물론 자신과 한편이 아니라는 건 분명했다. 간선도로에서 한참 떨어진 이곳까지 일부러 헬기를 띄워 날아올 자들이라면 그 정체는 뻔하다. 앞에는 늑대, 뒤에는 호랑이라고 하더니 이런 경우를 두고 하는 말이다.

"제기랄!"

욕을 내뱉으며 앤드루스는 뒷좌석의 대구경 라이플을 집어 들었다. 배럿 M82. 비상하는 헬기에 구멍을 뚫을 단 하나의 화살이었다.

* * *

눈 아래로 펼쳐진 황야는 핏물이 스며들어 불그죽죽하게 변해 있었다. 처참한 광경이었다. 페스트의 창궐로 끔찍한 죽음이 휩쓸고 간 거리를 그려낸 중세 화가의 지옥도 같았다.

십여 대의 차량이 낡아빠진 채굴장 창고의 잔해를 반원을 그리듯 둘러싸고 있었다. 차량에서 뛰어나온 자들은 저마다 원의 중심을 향해 총을 쏘았다. 하지만 중심에 서 있는 그림자는 수많은 저격수의 조준에도 잡히는 일 없이 몸을 날리며 햇빛에 번득이는 시퍼런 칼날을 휘두른다.

숫구치는 피의 붉은색과 번쩍이는 햇빛을 반사하는 칼날의 시퍼런 색이 대조적이었다. 메마른 황야에서 날뛰는 그 두 가지 색깔이 브라이언을 뒤흔들었다.

"지상으로 내려가! 되도록 가타나와 멀리 떨어진 위치에 내려줘!"

마이켈스가 파일럿에게 지시를 내렸다. 블랙호크는 부드럽게 선회하면서 사투가 펼쳐지는 둥근 원에서 벗어난 착지점을 찾고 있었다. 데스밸리는 소금과 광물이 포함된 지표면으로 요철이 심해서 헬기가 착륙할 만한 장소가 없다. 파일럿은 지면에 닿을 듯 말 듯 한 높이에서 호버링을 하고 그사이에 대원들이 뛰어내리는 것이다.

슬라이드 도어가 열리자 열풍이 왈칵 기내로 들이쳤다. 마치 사신의 숨결 같았다.

블랙호크의 자세가 안정되면서 고도를 낮추기 시작한다.

브라이언은 그제야 자신이 무기라고 할 만한 것을 갖고 있지 않다는 것을 깨달았다. 주변 1킬로미터 내에 있는 모든 사람이 완전무장 상태라는 것을 생각하면 이건 참으로 불리한 일이 아닐 수 없다.

브라이언은 옆자리의 FBI 수사관을 흘끗 쳐다보았다. 마이켈스가 노리는 게 이런 것인가? 맨몸으로 교전 지역에 내던져서 제 손을 더럽히지 않고 처리하려는 속셈인가? 아니면 유탄을 가장해 등 뒤에서 사격하려는 것인지도 모른다.

"이봐, 마이켈스."

돌아보는 수사관의 눈은 충혈되어 있었다. 브라이언의 질문 따위는 개의치 않고 먼저 입을 열었다.

"가타나가 날뛰고 있어."

상대가 바짝 긴장한 것이 느껴졌다. 브라이언은 순간적으로 말문이 턱 막혔지만 마음을 다잡고 항의했다.

"나는 내릴 수 없어. 맨몸뚱이란 말이야."

하지만 대답은 들을 수 없었다. 엄청난 총성이 울렸기 때문이다.

멀리서 울리는 발포 음과 함께 블랙호크 파일럿의 머리통이 깨졌다. 마치 높은 건물 위에서 떨어뜨린 수박처럼. 언젠가 텔레비전에서 본 〈스캐너 캅〉이라는 영화가 생각났다. 초능력자들끼리의 대결에서 어깨 윗부분이 파열하듯 터져나가는 잔학한 묘사가 있었다. 그 장면과 완전히 똑같은 광경이 바로 눈앞에서 펼쳐진 것이다.

블랙호크를 하늘에 매달고 있던 눈에 보이지 않는 실이 끊긴 것처럼 헬기는 부력을 상실했다. 천천히 지상을 향해 내려가던 기체는 조정 능력을 잃고 균형이 무너지면서 무시무시한 속도로 강하하기 시작했다. 착륙 충격으로 안전벨트를 매지 않은 대원 대부분이 좌석에서 바닥으로 굴렀다.

브라이언도 헬기 바닥을 뒹굴었다.

한순간 뒤에야 외침이 터져 나왔다.

"저격이다!"

뻔히 다 아는 소리를 외친 건 마이켈스였다. 첫 사격에 이어 몇 발의 총탄이 기체에 구멍을 뚫었다. 바닥에 나동그라진 대원들이 태세를 정비하고 헬기에서 탈출하기 시작했다. 기내에 고함 소리와 땀과 공포가 가득 찼다. 노멕스 방탄조끼로 몸을 감싼 흑기사들은 말이 되지 않는 포효를 내지르며 뛰쳐나갔다. 목숨이 오락가락하는 전쟁터로.

브라이언은 활짝 열린 슬라이드 도어 너머, 바람에 휘날리는 황금색 지평을 내려다보았다.

그곳에 가타나가 있었다.

* * *

나중에 브라이언은 그때 일을 단편적으로밖에는 기억해내지 못했다. 또렷하게 생각나는 것은 태양이 쨍쨍 내리쬐는 대지와 붉은 피의 색깔뿐이다.

헬기가 처박힌 곳은 채굴 창고에서 백여 미터쯤 떨어진 지점이었다. HRT 정예 대원들은 헬기 밖으로 뛰쳐나가자마자 총알 세례를 받았다. 브라이언은 그들이 총을 맞고 쓰러지는 모습을 고스란히 목격했다. 나중의 증언에 의하면, 그들은 헬기 근처가 위험하다는 판단에 따라 이동과 응사를 되풀이하며 유리한 지형을 확보하려고 했다. 몇몇은 부상을 당했지만 이윽고 앤드루스 부대를 중심으로 가타나와 HRT가 양쪽에서 포위하듯이 진형을 구축하는 데 성공했다.

사후 보고에서 버밀리언플래닛 측의 피해는 검에 의한 사망이 스물여덟 명, 총에 의한 사망이 네 명으로 판명되었다. 그에 비해 HRT 측은 중상을 포함한 부상자가 여덟 명, 사망자는 제로였다. 현장에서 불과 몇 분 사이에 도합 2000발이 넘는 총탄이 발사된 것으로 추정되는데 그 대부분은 가타나를 향해 퍼부어졌다. 하지만 그중 단 한 발도 가타나를 명중하지 못했다.

같은 시간, 혼자 남겨진 브라이언은 기내에서 몸을 굴려 탈출하자마자 바닥을 북북 기어 채굴장 창고의 잔해에까지 전진했다. 권총 한 자루 없이 어떻게 2000발의 총탄이 쏟아지는 그곳을 무사히 이동할 수 있었을까? 브라이언은 전혀 기억이 나지 않는다. 그저 신의 은총이라고 할 수밖에 없다.

브라이언이 채굴장 창고 쪽으로 향한 것은 그곳이 격전지에서 벗어난 위치의 차폐물이었기 때문이다. 마이켈스 일행과 함께 움직이는 것은 언제 뒤에서 총알이 날아올지 알 수 없다는 리스크가 있었다.

창고의 잔해에 도착한 브라이언은 바닥에 쓰러진 두 여자를 보았다. 라이플을 껴안고 있는 여자는 눈에 익은 얼굴이었다. 할리우드 앤드 하이랜드 인근에서 오토바이에 걸터앉아 있던 여자. 이름은 분명 마리사라고 했다. 여자는 그 아름다운 얼굴을 거친 땅에 대고 엎드려 있었다. 몸을 낮춘 채 여자 옆까지 기어가 무릎을 꿇고 그 맥을 확인해본 브라이언은 안타깝게 중얼거렸다.

"그래서 내가 말했잖아, 당신이 생각하는 그런 결말은 나오지 않을 거라고."

또 한 여자도 눈에 익었다.

비닐 테이프로 눈과 입이 가려진 채 손이 뒤로 묶여 있었다. 두말
할 것도 없이 그 저수지까지 심장에 좋지 않은 드라이브를 함께했던
여자, 사나에였다. 브라이언은 여자의 눈과 입을 가렸던 테이프를 벗
겨내주었다. 장시간 감금당했기 때문에 화장은 지워지고 초췌해져버
린 얼굴이 드러났다.

"이봐, 괜찮아?"

사나에는 여전히 두려움에 떨며 고개를 저었다. 갑작스럽게 햇빛
을 보게 되자 충격을 받은 것 같았다. 진정시키려고 어깨를 다독여주
었다.

"난 경찰이야. 당신을 구해주러 왔어."

그렇다, 노스할리우드 주차장에서는 미처 구해주지 못했지만.

"경찰요?"

가까스로 쥐어짠 목소리로 되묻더니 사나에는 눈이 부신 듯 브라
이언의 얼굴을 올려다보았다. 그녀의 눈에 믿음직스럽게 비쳤을지는
의문이었다. 브라이언의 얼굴도 폭시에게 얻어맞아 엉망진창으로 부
어 있었기 때문이다.

"당신을 납치한 자들, 어떻게 됐는지 알아?"

그 질문에 사나에가 고개를 저으며 말했다.

"난 몰라요. 내내 눈이 가려져서 아무것도 못 봤어요. 갇혀 있던 차

에서 끌려 나왔고, 이 땅바닥에 내동댕이쳐졌어요."

브라이언은 그 말을 확인하듯이 사방을 둘러보았다. 일단 주변에서 버밀리언플래닛 쪽의 대원들은 눈에 띄지 않았다.

"저 여자는 어떻게 된 거야?"

마리사를 가리키며 물었지만 이 질문에도 사나에는 고개를 저을 뿐이다.

"몰라요. 누군가 함정이다, 여자를 죽여, 라고 말한 뒤에 총성이 들렸어요. 그때 총에 맞은 거 같아요."

그 설명으로는 상황을 전혀 파악할 수 없었지만 마리사가 앤드루스 일행에게 살해된 것은 분명했다.

마리사가 믿고 따르겠다고 말했던 가타나는 저만치에서 검을 휘두르고 있었다. 상대의 피를 온몸에 뒤집어쓴 채 돌진하는 가타나는 완전 무장한 대원들을 마치 개미 떼처럼 마구 베어내고 있었다.

"헬기예요!"

등 뒤에서 사나에가 문득 던진 말에 브라이언이 돌아보았다.

"헬기를 뺏을 거라고 했어요. 여자를 죽이라고 지시한 사람이 그렇게 말했어요."

그 말의 의미를 알아차린 브라이언이 급히 헬기 쪽을 바라본 순간, 블랙호크의 메인 로터는 이미 회전을 시작하고 있었다.

* * *

파일럿의 사체를 제외하고 블랙호크 기내에 사람은 없었다. 앤드루스는 조종석 쪽의 문을 열고 머리 없는 파일럿의 사체를 밀쳐버리고 그 위로 기어 올라갔다. 캐노피에 튄 피를 닦아 시야를 확보했다. 계기판을 체크해보고 헬기가 날 수 있는 상태라는 것을 확인했다.

오래전 일이지만 똑같은 모델의 헬기를 조종하는 훈련을 받은 적이 있다. 자신이 저격해 떨어뜨린 헬기를 점거한 앤드루스는 아직도 조종법을 기억하고 있는 것에 감사하며 블랙호크를 띄우기 위해 출력을 올렸다.

"기총, 사용할 수 있습니다!"

지프차를 운전했던 젊은 대원이 큰 소리로 보고했다. 급습용으로 무장한 이 블랙호크에는 기체 측면에 대지 공격용 기총이 설치되어 있었다. 아무리 날고뛰는 가타나라도 하늘에서 1분에 850발씩 발사하는 7.62밀리 기총 세례에는 당해낼 재간이 없을 터였다. 지근거리에서 기관총을 가볍게 따돌리는 신출귀몰한 보검이라도 헬기 앞에서 과연 힘을 쓸 수 있을까?

"총좌에 바짝 붙어! 비행한다!"

앤드루스의 고함 소리와 동시에 블레이드가 굉음을 내며 바람을 가르기 시작했다. 왼손으로 조종간을 움켜쥔 앤드루스는 이륙의 순간을 기다렸다. 부력의 일정 지점을 뛰어넘어 쇳덩어리 기체가 둥실 떠오르는 순간을.

캐노피의 정면에는 자신이 쏜 총의 탄흔이 있었다. 그 구멍을 통해 정확히 가타나의 모습이 보였다. 바닥에 나뒹구는 엄청난 수의 사체들 한복판에 우뚝 선 가타나는 그야말로 야차 같은 모습이었다.

이류.

굳이 헤아려볼 것도 없이 자신의 부대원들이 거의 전멸 상태라는 건 알 수 있었다. 그에게 닥친 위기는 단지 가타나뿐이 아니다. 이 헬기를 타고 나타난 FBI 놈들까지 상대하지 않으면 안 된다. 절망적인 상태의 승부를 되돌리기 위해 이 마지막 기회에 모든 것을 걸어보는 수밖에 없다.

서서히 고도를 높이면서 기수를 정확히 가타나에게로 향하도록 했다.

일정한 거리를 유지한 채 호버링을 계속했다.

가타나가 이쪽을 알아보는 기척이 감지되었다.

미래를 꿰뚫어 보는 눈빛. 공포감도 흥분도, 어떠한 감정도 느껴지지 않는 눈빛이다.

앤드루스의 배 속에 시퍼런 불길이 지펴졌다. 분노나 격앙이라기보다 원한에 가까운 감정이었다. 아랫입술을 악물고 천천히 헬기를 선회하여 기총이 설치된 측면을 가타나에게로 향했다.

"쐐!"

기총이 불을 뿜었다. 스치기만 해도 살을 찢어발기고 정통으로 맞는다면 온몸을 가루로 만들어버릴 대구경 총알이 가타나 바로 옆의 대지를 도려냈다. 하지만 가타나는 미동도 하지 않았다. 공포라는 감정을 알지 못하는 것인가, 아니면……

"제기랄, 놈이 보고 있어."

악다문 이 틈새로 증오에 찬 말이 새어 나왔다. 첫 총알은 반드시 따돌리는 가타나는 총구의 각도를 통해 정확히 탄도彈道를 예측한다. 가타나의 눈에는 기총이 토해내는 탄환의 행선지가 훤히 보이는 것이다. 그래서 굳이 피하려고 허둥거리지도 않는다.

그때, 날카로운 금속음과 함께 엉덩이 아래쪽에서 충격이 덮쳤다.

"맞았습니다!"

굳이 보고를 들을 것도 없었다. HRT 놈들이 지상에서 헬기를 저격한 것이다. 앤드루스는 기수를 돌려 놈들이 있는 쪽으로 오른쪽 측면을 들이댔다.

"쏴!"

앤드루스의 신호와 동시에 기총이 불을 뿜었다. 운전석 창으로 내려다보는 앤드루스의 눈에 기총소사가 황야를 도려내며 일으키는 부연 모래 먼지가 잡혔다. HRT 대원이 줄줄이 쓰러졌다.

이윽고 관성에 의해 헬기가 지나치게 선회하면서 기총의 겨냥이 어그러졌다. 앤드루스는 다시 헬기를 움직여 사격 위치를 확보하려고 했다. 한 손으로 헬기를 조종하며 태세를 유지하는 것은 너무도 어려운 기술이었다. 게다가 돌연 총좌 근처에서 비명이 들렸다.

"무슨 일이야!"

고함을 치며 물어보면서도 무슨 일인지는 대충 짐작했다. 기총수가 총에 맞은 것이다. 앤드루스는 위기감에 기수를 내려 잽싸게 기체를 선회했다. 하지만 이미 때늦은 일이었다. 기총수가 균형을 잃고 헬기에서 낙하하는 모습이 보였다. 블랙호크는 화기를 사용해줄 유일한 수단을 잃었다.

이를 악물며 헬기를 선회한 앤드루스의 시야에 가타나의 모습이 들어왔다. 서버번의 루프 패널 위에 올라선 그 여자는 쓰러뜨린 적에게서 빼앗은 아랍 식 스카프로 칼날의 피를 닦고 있었다. 번쩍이는 광채를 되찾은 월절을 만족스럽게 바라본 뒤, 가타나는 블랙호크 쪽을 올려다보았다. 자신의 주위에 위험한 것 따위는 하나도 없다고 믿는 듯한 유유자적한 태도였다. 하지만 가타나를 중심으로 둥그렇게 몰려선 HRT 대원들이 조용히 포위망을 좁혀가는 것이 보였다. 마구잡이로 총알을 쏘아대는 게 아니라 각자의 사선이 교차하는 지점에 위치한 상태에서 십자 포화를 퍼부으려는 것이다.

그 모습을 보자마자 앤드루스는 불끈했다. 논리적으로 설명할 수 없는 격정이 그의 판단력을 어지럽혔다.

"내 사냥감에 손대지 말라고!"

다음 순간, 조종간을 힘껏 밀어붙였다. 기수가 앞으로 내려가면서 블랙호크는 고개를 숙인 자세로 단숨에 가타나에게로 향했다. 여자를 포위하려던 HRT 대원들이 몸을 돌려 일제히 총질을 해댄다. 하지만 상관없었다. 시야에 포착된 가타나의 모습이 점점 커진다.

이렇게 된 마당에 가타나와 함께 죽을 수 있다면 그건 바라던 바다. 헬기의 코끝으로 곧장 들이박거나 블레이드로 목을 날려줄까?

앤드루스가 자포자기의 돌격을 감행한 순간이었다.

팔랑.

가타나가 날았다.

손에 든 월절이 햇빛을 받아 번뜩이는 광채를 내뿜었다.

아름답다. 하지만 어리석음으로 가득한 도약일 뿐이다.

그 보검이 아무리 뛰어난 무기라 해도, 아무리 뛰어난 장인의 작품이라 해도, 강력한 탄성의 방탄 소재로 만들어진 헬기의 캐노피를 파괴할 수는 없다. 뇌에 아드레날린이 분출되는 것을 느끼며 저절로 앤드루스의 입에서 미친 듯한 웃음이 터져 나왔다.

"잘 가라, 사무라이!"

그 웃음소리는 블레이드가 만들어내는 폭음에 지워졌다. 블랙호크의 돌진과 가타나의 도약. 앤드루스는 가타나의 우아한 모습에, 그리고 그 손에 쥐어진 월절의 칼날에 시선을 빼앗겼다.

소리도 없이 목숨을 베어버리는 그 하얀 칼날이 똑바로 앤드루스의 눈을 향해 비상했다.

털끝만큼의 망설임도 없이.

원수를 베어내는 데 모든 것을 바치는 저주의 보검.

마지막 순간에 앤드루스는 무슨 일이 일어났는지 이해하지 못했다. 월절의 칼끝은 대구경 라이플이 캐노피에 뚫어놓은 총구멍을 파고 들어와 보기 좋게 앤드루스의 왼쪽 안와를 관통했다. 안구와 그것을 받쳐주는 안와저골을 지나 그 뒤편의 시신경 다발이며 뇌 조직이며 두개골 등을 뚫고 들어간 월절은 여전히 힘이 남아 조종석 헤드레스트에까지 도달했다. 앤드루스의 남겨진 오른쪽 눈에는 헬기 캐노피에 달라붙은 가타나의 미소가 찍혔다. 튀어 오른 피로 새빨갛게 물든 야차의 미소, 그리고 가타나는 뭔가 말을 했다.

하지만 그게 어떤 말인지, 앤드루스는 영원히 알지 못했다.

* * *

블랙호크는 지상에 격돌하여 블레이드로 땅을 파헤치면서 옆으로 쓰러져 크게 통통 튀었다. 착지의 충격으로 부러진 블레이드가 난폭한 속도로 주위를 날았다. 그중 한 조각이 가까이에 있던 HRT 대원의 무릎을 갈랐고 그 밖의 파편들이 불운한 HRT 대원들의 머리 위로 쏟아져 내렸다. 블랙호크를 탈취한 자들이 난사한 기관총으로 수많은 HRT 대원들이 이미 중상을 입은 참이었다.

지상에 내려선 부치는 입안이 피 맛으로 가득한 것을 깨달았다. 예전에 양아버지나 이름도 모르는 남자들, 그리고 남편에게서 얻어맞으며 맛보았던 그 쇳덩어리 같은 익숙한 맛, 즉 폭력의 맛이었다.

"자아, 다 해치웠지?"

그렇게 말하더니 옆에 있던 소년이 일어섰다. 그 말투에 위화감을 느낀 부치는 미간을 찌푸렸다.

"마치 내가 이런 결과를 바란 것처럼 말하네?"

"아주 틀린 말도 아니잖아?"

그렇게 말하고 몬도는 걸음을 옮기기 시작했다. 경쾌한 발걸음이었다. 몇십 미터 앞에 다시 나타난 무장 집단이 일제히 총구를 겨누고 있는데.

"이건 네가 저지른 복수극이야."

"하지만 우리 둘 다에게 떨어진 재난이기도 해."

소년의 눈은 채굴장 창고의 잔해 쪽으로 향하고 있었다. 그곳에는 꽁꽁 묶인 사나에와 예전에 한 번 본 적이 있는 흑인 남자의 모습이 있었다.

"분명 사나에를 구하게 도와달라고 부탁한 건 사실이야. 하지만 이런 엄청난 학살을 원한 건 아니야."

"글쎄, 그럴까? 실은 원하고 있었겠지, 마음속 깊은 곳에서."

"대체 무슨 말을 하고 싶은 건데?"

이윽고 사나에가 부치를 알아본 모양이다. 초췌하기 이를 데 없는 그 얼굴에 웃음이 떠올랐다. 덩달아 부치의 얼굴에도 웃음이 번졌다.

"부치는 마음속 깊은 곳에서 폭력을 통한 해결을 원하고 있었어. 상대를 완전히 때려눕히고 가능하다면 피의 축제라고 할 만한 무참한 살육이 이루어지기를 원했어."

몬도는 킬킬거리며 말했다. 나이 어린 하얀 얼굴에 잔학한 표정이 떠 있었다. 피를 보는 것을 두려워하지 않는 자의 표정이다.

"나를 그렇게 잘 알아?"

"모두 다 아는 건 아니야. 하지만 부치 안의 어둠의 깊이만은 잘 알고 있어."

"무슨 소리야?"

두 사람은 멈춰 섰다. 정적이 주변을 감쌌다. 조금 전까지 귀가 먹먹할 만큼 총성과 폭음이 주변을 지배했는데 이제는 개막 직전의 콘서트홀처럼 고요히 가라앉았다.

"부치의 내면에서는 수없이 많은 폭력과 피가 보였어. 사랑받아야 할 사람에게서 날아온 주먹, 낯선 상대로부터의 구타."

"그걸 또 생각나게 할래? 어떻게든 잊어버리려고 애쓰고 있는데."

"너무도 많은 폭력에 시달리고, 얻어맞는 게 일상이 되어버린 탓에 남을 상처 입히는 데도 별다른 느낌이 없었어. 그리고 그 결과⋯⋯."

"그래, 살인을 했어. 내가 남편을 죽였다고."

다른 사람의 입에서 그 말이 나오기 전에 내가 먼저 말해야 한다. 그러지 않으면 뭔가를 잃어버릴 것 같아 부치는 계속 말을 이었다.

"하지만 그건 정당방위였어."

첫 접견 날, 부치의 진술을 들으며 변호사가 노트에 적어 넣은 그 문자를 또렷이 기억한다. 정당방위. 얼마나 모순에 찬 말인가. 결국 소중한 것은 하나도 지키지 못했는데.

"남편은 오로지 일만 하는 성실한 사람이었어. 부모님이 모두 공무원인 집안에서 자랐고, 관청 일 외에는 아무것도 모르는 사람이야. 내가 10대 때에 사귀었던 남자들, 여자를 때리는 데서 쾌감을 느끼는 그런 천박한 남자들과는 달랐어."

"하지만 결국은 부치에게 폭력을 휘둘렀지?"

부치는 고개를 저었다. 몬도의 말은 어느 면에서는 사실이지만 진실은 아니었다. 부치의 과거를 알아낸 남편과 점점 관계가 어색해지고 서로의 마음이 엇갈리다가 마침내 폭발해버렸던 그날 밤.

"그는 내 아이를 죽였어."

경찰 취조실에서도, 재판에서도, 부치가 결코 밝히지 않았던 영원한 비밀. 남편은 배 속의 태아를 향해 수없이 주먹을 휘두르고, 저항하는 부치를 계단 밑으로 떠밀었다. 부치의 귓속에 아직도 남아 있는 저주의 말을 내뱉으며.

몬도가 입을 열었다.

"……너 따위에게 내 아이를 낳게 할 줄 알아?"

그 말을 들은 순간, 온 세상이 빛을 잃고 회색으로 변해버렸다. 부치 자신 속에 강렬한 파괴 충동이 있다는 것을 깨달은 순간이었다. 뇌에 흘러드는 혈액이 모조리 분노의 독액으로 변해 온몸 구석구석의 털구멍을 통해 발산되는 것만 같았다.

고요한 정적 속에서 부치는 자신의 깊은 밑바닥에 똬리를 튼 암흑의 정체를 지켜보았다.

"그래, 네 말이 맞아."

잠시 뒤에 부치는 고개를 끄덕였다. 파괴적인 충동은 언제나 깊은 내면에서 찾아온다. 자신도 이해할 수 없는, 너무도 깊은 저 안쪽에서.

작은 회오리바람과 함께 소리가 부활했다. 추락한 헬기가 불을 뿜고 있었다. 부치 일행을 멀리서 둥그렇게 에워싸고 총구를 겨누고 있던 자들이 천천히 이동하는 모습이 보였다.

부치는 걸음을 옮겼다.

다시 한 번 바람이 불었다. 강한 바람이다.

하늘만 압도적으로 파랗다.

* * *

아베크롬비앤드피치 입구에서 손님을 기다리던 반라의 점원이 브라이언을 바라보며 색칠이라도 한 듯한 하얀 이를 드러내며 웃었다. 매끈한 초콜릿 빛의 피부에 상반신의 근육이 조각상처럼 아름다웠다. 계획적인 식생활과 편집광적인 피트니스, 그 양쪽을 지속해야만 가까스로 유지할 수 있는 육체였다. 주말이면 번번이 엔칠라다 요리의 유혹에 넘어가는 브라이언과는 영원히 인연이 없는 아름다움이다. 그 남자는 기묘하게도 의류 매장 점원이면서도 반라의 차림새로 손님을 불러들이고 있었다. 그가 팔려는 것은 의류가 아니라 자기 자신인 모양이다. 광고나 영화 같은 매체의 피사체로서.

토요일의 파머스마켓은 아직 이른 아침 시간인데도 사람들로 북적거렸다. 아름다운 정원수로 장식한 광장 주변에는 다양한 패션 의류점이 둘러싸고 그 사이를 2층 노면전차가 천천히 달리고 있었다.

광장에는 이 지역 사람들부터 관광객까지 실로 다양한 인종이 몰려든다. 그 한 귀퉁이의 테이블에 진을 치고 앉은 브라이언은 오고 가는 사람들을 바라보며 약속한 상대를 기다리고 있었다.

피부를 갈색으로 태운 아시아계의 젊은 여자가 브라이언 앞에 멈춰 섰다. 키는 약간 작지만 볼륨감 넘치는 몸매인 데다 딱 붙는 셔츠와 면바지를 입고 있어서 라인이 선명하게 드러났다. 브라이언은 무의식 중에 그 여자 쪽을 쳐다보았다. 화려한 무늬의 티셔츠 가슴 선이 불룩하게 튀어나왔다.

"안녕하세요?"

여자가 상냥한 웃음을 던졌다. 옆으로 다가오더니 브라이언의 얼굴에 덕지덕지 붙은 반창고를 가리키며 말했다.

"어머나, 상처투성이시네?"

브라이언은 당황스러웠지만 무시할 수 없어 슬쩍 미소를 던졌다.

"용맹한 육식동물이 덮치는 바람에."

"당신, 동물원 사육사?"

"그 비슷한 거야."

여자는 다시 한 번 방긋 웃더니 브라이언에게 사인펜을 내밀었다.

"괜찮다면 당신의 고민을 내 셔츠에 적어줄래요? 그러면 고민이 말끔히 사라지거든요. 어때요?"

그제야 브라이언은 여자가 입고 있는 셔츠의 무늬가 사실은 여러 명이 사인펜으로 적어 넣은 글씨라는 것을 알았다.

"아, 그런 거였어?"

이 광장에서 주최하는 이른바 '퍼포먼스 아트'라는 것이다. 평소 같으면 콧방귀를 뀌며 거절했겠지만, 여자의 몸매에 반해버려서 오늘은 피할 수가 없었다. 브라이언이 머뭇머뭇 사인펜을 받아 들자 여자는 두 팔을 벌리며 기뻐했다. 하지만 두 가지 문제가 있었다. 한 가지는, 광장 한복판 수많은 사람 앞에서 젊은 여자의 몸에 글씨를 써넣는 행위가 아무래도 겸연쩍다는 것, 그리고 또 하나는, 써야 할 고민거리가 전혀 생각나지 않는다는 것이었다.

그 짧은 메시지는 두 시간 전에 도착했다. 여느 때처럼 짤막하게, 용건만 담긴 메시지였다.

버뱅크 부동산 거래, 20퍼센트 할인으로 성사되었음.

지나와의 관계가 끝나는 순간이었다.

안도의 한숨을 내쉬면서도 한편으로는 뭔지 모를 상실감을 느꼈다. 일주일도 안 되는 사이에 참으로 여러 가지 일이 있었다. 야마오카의 저택에서 일어난 살인 사건에서 시작하여, 정부 첩보 기관과 그전·현직 요원들과의 세력 다툼에 휘말려 브라이언도 자신의 집과 사막 한복판에서 생사의 기로를 경험했다. 그리고 도저히 현실이라고 믿기지 않는 엄청난 사건들은 돌연 끝이 나고, 동시에 브라이언의 목을 조르던 오랏줄도 사라졌다. 날이면 날마다 자신을 협박하던 폭력 조직의 두목이 죽고, 그 일의 발단이 된 대출 빚도 해결할 수 있는 길이 열렸다. 지금까지 자신을 억누르던 고민이 한꺼번에 사라지는 바람에 브라이언은 오히려 당황스러웠다. 등대 없는 어두운 밤바다에 작은 배로 추방당한 듯한 기분이다.

현재 그에게는 여자의 티셔츠에 써넣을 만한 고민거리가 없다. 고민이고 뭐고 모든 것이 사라진 것처럼 횡할 뿐이다. 잠시 망설인 끝에 브라이언은 어깨를 으쓱 치켜들었다.

"이봐요, 아가씨. 고민을 써넣지 못한 사람도 있었나?"

여자는 양팔을 내리더니 브라이언과 완전히 똑같은 포즈로 어깨를 으쓱 치켜들었다.

"물론 많았죠. 고민이 너무 많아 그중 어느 것을 써야 할지 모르는 사람도 있었어요. 또 어떤 사람은, 중요한 고객의 아내와 불륜에 빠졌는데 그 여자에게서 성병이 옮아 자기 아내에게 이혼당할 것 같다나? 그 사람, 엄청 고민한 끝에 내 티셔츠에 '성병'이라고 썼어요."

그것은 티셔츠의 아랫부분, 즉 여자의 아랫배 쪽에 적혀 있었다. 브라이언은 껄껄 웃으면서 그자가 아가씨를 놀린 거라고 알려주려다가, 자신을 따라 깔깔 웃는 여자를 보고는 그 생각이 사라졌다.

"아저씨도 고민이 너무 많아?"

브라이언은 다시 한 번 어깨를 으쓱 치켜들었다.

"아니, 그 반대야. 고민이 전혀 없어서 고민이야."

"알았어요. 행복의 절정이구나?"

"그건 아냐. 앞으로 어떻게 해야 할지, 잘 모르겠다는 거야."

"아하, 그런 사람도 있었어!"

여자는 눈동자를 빙그르르 굴려 머리 위쪽을 쳐다보았다.

"대학 졸업 후에 할리우드에서 바텐더로 일하며 영화배우의 꿈을 꾸던 인도인이었어요. 결국 영화 출연은 포기하고 신천지를 찾아 이곳 로스앤젤레스를 떠나버렸죠."

여자는 몸을 틀어 옆구리 쪽의 글씨를 가리켰다. 수많은 글자가 적혀 있는 가운데, 유난히 작은 글씨로 자신 없이 써넣은 '서쪽으로'라는 글귀가 보였다.

"그럼 인도로 돌아간 거야?"

"아니죠, 신천지를 찾아 여행을 떠난다는 문학적 표현이에요."

"흠, 그래."

알 듯 말 듯 한 심정으로 브라이언은 신음 소리를 올리며 사인펜을 여자에게 돌려주었다.

"아무튼 나는 고민거리를 못 찾겠어. 아가씨의 그 마법은 다른 불행한 누군가를 위해서 써줘."

"오케이, 그게 좋을 거 같네요."

여자는 사인펜을 받아 들고 귀여운 윙크를 날리며 다른 고민거리를 찾아 나섰다. 브라이언은 로스앤젤레스를 떠났다는 그 인도인을 생각했다. 학생 시절에 존 스타인벡의 소설을 읽은 덕분에 예전에 수많은 사람이 신천지를 찾아 서쪽으로, 즉 이곳 캘리포니아로 찾아왔다는 건 알고 있다. 예전에는 신천지였던 이 땅에서 다시 또 다른 신천지를 찾아 떠난 그 남자는 자신이 갈 곳을 찾아냈을까? 그리고 그런 신천지가 정말로 존재할까?

"여어, 터프가이 형사."

부르는 소리에 돌아본 브라이언의 눈에 마이켈스라는 이름을 쓰는 FBI 수사관의 모습이 들어왔다. 양손에 스타벅스 커피 잔을 들고 단정하게 넥타이까지 매고 있어서 이번에야말로 FBI 직원다운 차림새다. 브라이언은 말없이 자신의 맞은편 자리를 가리켰다. 마이켈스는 손에 든 잔 하나를 브라이언에게 내밀었다.

"약을 탔어. 마시는 즉시 의식을 잃고 눈이 뜨이면 강제수용소일 거야."

농담을 던지며 마이켈스가 하하 웃었다. 브라이언은 웃을 기분은 아니었지만 조용히 커피를 받아 한 모금 마셨다. 방금 사 온 것이라기에는 약간 식어 있었다.

블랙호크를 타고 데스밸리로 향했던 그때, 마이켈스는 마음만 먹으면 얼마든지 브라이언을 처치할 수 있었다. 정부 측에서 줄기차게 은폐해온 가타나라는 테러리스트의 정체, 전직 CIA의 면면으로 이루어진 민간 군사 기업이 일으킨 비합법적인 수많은 활동 등, 일개 형사가 알아서는 안 될 일들을 브라이언은 지나치게 많이 알아버렸다.

하지만 사막에서의 삼파전 결과, 가타나는 탈출에 성공했다. 그 바람에 미합중국의 인텔리전스정치적, 군사적으로 중요한 정보, 첩보 기관─옮긴이 사안에 아직은 뚜껑을 덮을 수 없게 되었다. 덕분에 그들이 해야 할 일의 목록은 대폭 추가되었을 것이고, 결과적으로 목록 말미에 있던 '로스앤젤레스 시경 형사가 데스밸리에서 사살된 일의 은폐'라는 항목은 제외되었다. 소극적인 해결로서 브라이언과의 거래를 선택했다는 얘기다.

"나에 대한 처분은 어떻게 됐지?"

브라이언의 질문에 마이켈스는 시선을 맞추지 않은 채 그저 입을 열었다.

"가장 골치 아픈 문제는 당신 집 앞에 흑인 갱들의 사체가 나뒹굴고 있었다는 잡지 표지 기사야. 직무 수행의 긴박한 상황을 빌려 개인적인 원한을 풀었다는 선에서 정리하려고 하는데, 이게 영 쉽지 않아. 결국 패트리엇과의 뒷거래에 대해 밝히고 당신을 시경에서 사직시키는 정도로 마무리될 거 같아."

"어처구니가 없군. 그럼 내 연금도 날아가는 거야? 장장 이십여 년을 근무했는데?"

"걱정하지 말라고. 기소당하지 않게 해줄 거고, 다운타운에 사무실을 가진 경비 컨설턴트 회사에 자리도 마련해줄 테니까. 그곳이라면 정년퇴직 연금보다 훨씬 좋은 연봉으로 일할 수 있어."

브라이언은 말없이 커피를 마셨다. 한마디로, 그들의 영향력이 미치는 사기업에 잡아두려는, 이른바 느슨한 감옥에 처넣으려는 작전이다. 그리고 그들은 이 작전이 성공할 거라고 예상하고 있었다. 뭉칫돈만 안겨주면 브라이언이 군소리 없이 따를 거라고 생각한 것이다.

국가 권력에 의한 비호와 금전적인 보장.

하지만 그것이 언제까지 이어질지는 하늘만이 안다.

다시 한 모금 커피를 마시며 브라이언은 마이켈스의 제안에 대해 생각했다. 설령 그들이 제시하는 조건을 받아들인다 해도 시대가 바뀌고 정권이 바뀌면 무슨 일이 일어날지 알 수 없다. 인수인계 와중에 애초의 약속은 의미를 잃고, 정부가 과거에 저지른 검은 거래로 단죄될지도 모른다. 그렇다, 그야말로 앤드루스와 똑같은 꼴이다.

"왜 그러지?"

브라이언이 무슨 생각을 하는지 이해하지 못하겠다는 듯 마이켈스가 물었다. 물론 무슨 뜻의 질문인지는 뻔했다. 두말할 것 없는 조건을 제시했는데도 덥석 물지 않는 것에 대한 의문이다. 브라이언은 어깨를 으쓱 치켜들며 대답했다.

"생각해볼 시간을 줘."

"시간이 그리 많지 않아."

마이켈스가 미간을 찌푸리며 말했다.

"여섯 구의 사체에 각각의 역할과 발포 순서를 정해주고 있어. 어떻든 놈들을 머리 위쪽에서 사살한 미스터 엑스가 반드시 필요해. 그러지 않고서는 스토리의 앞뒤가 맞지 않으니까 말이야."

"스토리……."

그 순간, 마이켈스가 자신에게 또 한 가지 거짓말을 하고 있다는 것을 깨달았다. 정원에서 본 다섯 구의 사체와 집 안에서 숨을 거둔 패트리엇.

브라이언의 집 안팎에 사체가 여섯 구였다면 역시 폭시는 죽지 않은 것이다. 어떻게든 살아남았고, 마이켈스 쪽에서 그 여자를 구속하고 있는 게 틀림없다. 다시 조용히 커피를 마시며 브라이언은 마이켈스와 자신 사이에 앞으로 얼마나 많은 거짓말이 오고 가게 될지에 대해 생각했다.

"아무튼 마음을 정하면 연락해. 서로 입을 맞출 필요가 있으니까."

그가 호주머니에서 명함을 꺼내 테이블에 올려놓았다. 브라이언은 눈앞에 놓인 그 종이쪽을 멍하니 쳐다보았다. 문득 마이켈스가 손을 내민 것을 깨달았다. 그 악수의 의도를 생각하며 브라이언은 손을 마주 잡았다.

"기다릴게."

마이켈스가 마지막 말을 남기고 떠났다.

다시 테이블에 놓인 명함을 들여다보던 브라이언은 그것이 수사국이 아니라 조금 전 마이켈스가 말한 컨설턴트 회사의 명함이라는 것을 알았다. 그리고 자신이 결코 그 번호에 연락하지 않으리라는 것도.

남은 커피를 모두 마셨다. 이 미적지근한 커피도 수없이 많은 거짓말 중의 하나일 터였다. 커피를 산 마이켈스는 곧바로 브라이언에게 오지 않고 한참 동안 멀리서 이쪽을 살펴보았다는 증거다.

그들은 항상 이쪽을 감시하고 있다. 지나치게 많은 것을 알아버린 형사는 그들에게 언제까지나 위협적인 존재고, 그들은 그것을 튼튼하고 작은 상자 속에 넣어두기를 원하기 때문이다. 은퇴한 은행가가 노후의 자금을 지키듯이.

그런 인생은 싫다.

너무 늦기는 했지만 인간의 삶에는 각자 해내야 할 역할이 있다는 것을 알았기 때문이다. 자신의 그것이 무엇인지는 아직 알 수 없으나 정부 측의 용도 불명의 자금으로 연봉을 보장받는 경비 컨설턴트 회사가 자신의 역할이 아니라는 것만은 분명하다.

잔을 내려놓고 일어서려는데 테이블에 놓인 휴대전화가 부르르 진동했다. 짧은 메시지였다. 항상 그렇듯이 짤막하게 용건만 알리는.

축하 파티, 어떻게 할 거야?

기껏 이런 메시지를 보내려고 지나가 두 시간이나 망설였다는 게 재미있었다. 브라이언은 휴대전화를 만지작거리며 자신이 빙그레 웃고 있는 것을 깨달았다.

마르가리타, 어때?

그렇게 답장을 보내고 휴대전화를 덮었다. 과연 지나와 다시 잘해볼 수 있을까, 하고 생각했지만 그럴 가능성은 아무래도 낮을 것 같다. 서로가 서로의 잘못에 대해 너무도 잘 알고 있기 때문이다. 하지만 그동안 고락을 함께해온 전우로서는 다시 만날 수 있을지도 모른다. 어쩌면 용건 이상의 깊은 대화를 나누는 것도 가능하리라.

브라이언은 '다시 잘해본다'라는 말에 대해 생각해보았다. 인생은 벌써 50년 가까이 흘러가버렸지만, 그게 꼭 불가능한 게 아니라는 것을 이제 새삼 깨달았다. 그것은 퍼뜩 떠오른 생각이었다. 지금까지 단 한 번도 그런 생각조차 해본 적이 없는데 갑작스럽게 하늘에서 뚝 떨어진 것처럼. 경관을 사직하고 50년 가까이 살아온 로스앤젤레스를 떠나는 것, 완전히 새로운 땅에서 인생을 다시 시작해보는 것.

좋아, 그것도 나쁘지 않다.

브라이언은 누가 떠민 것처럼 벌떡 일어나 조금 전의 아가씨를 둘레둘레 찾았다. 마법은 나에게도 필요하다. 그 아가씨의 티셔츠에 '서쪽으로'라고 써넣어야 한다.

큼직하게, 힘차게.

* * *

사나에가 눈물범벅이 된 얼굴로 잠이 들었다. 마치 울다 지친 어린아이처럼.

그럴 만도 하다. 나흘 동안이나 손이 뒤로 묶인 채 제대로 먹지도 쉬지도 못했다. 생사의 기로에서 타란티노의 영화에나 나올 법한 악한들의 사투를 지켜본 것이다. 부치는 조수석을 뒤로 눕혀주면서 사나에의 뺨에 얼룩진 눈물을 살그머니 닦았다.

몇 번을 씻었는데도 그 손은 여전히 피 냄새가 났다. 그 냄새에 다시 혐오감이 치밀었다. 백미러로 뒷좌석에 놓인 물건을 흘끔 쳐다보았다. 이번 여행은 부치를 구원해주지도 않았고 새롭고 화려한 미래도 열어주지 않았다. 남은 것은 피와 원한으로 범벅이 된 한 자루의 검뿐이다. 뒷좌석에 던져둔 그것과 한 쌍이었던 소년 몬도는 이제 자취를 감추었지만 이 검이 있는 한, 원귀 같은 그 사무라이와의 인연이 끊어질 리 없다는 건 알고 있었다.

부치는 차에서 내렸다. 그곳은 서해안을 따라 난 도로 '퍼시픽코스트 고속도로'의 중간쯤에 있는 광장이다. 수백 피트 절벽 위의 해안 도로를 달리는, 미국에서도 손꼽히는 드라이브 루트였다. 그리고 이 광장은 관광객들이 잠시 휴식을 취하고 사진을 찍기 위한 곳이며 특히 경치가 좋은 곳이라는 안내판이 세워져 있었다.

부치 외에는 아무도 없는 그곳에 누군가 내버린 빈 소다수 캔이 굴러다녔다. 강한 바람이 불자 캔은 데구루루 구르다가 문득 절벽 끝으로 사라졌다. 강한 바람에 얼굴을 찡그리며 부치는 차 뒷좌석의 월절을 집어 들었다. 깊이 잠든 사나에를 차 안에 둔 채, 광장 끝으로 걸어갔다. 한 가지, 각오한 것이 있다. 확신은 없지만 본능이 그녀를 이끌고 있었다. 울타리도 없고 손잡이도 없고 위험을 나타내는 표지판도 없는 절벽이다. 그 끝에 서서 아래를 내려다보니 저절로 발이 움츠러들 만큼 아찔하다. 부치는 검의 손잡이를 꽉 움켜쥐었다.

"그건 별로 좋지 않은 생각인데?"

등 뒤에서 목소리가 들렸다. 굳이 돌아볼 것도 없이 몬도라는 건 알고 있다.

"네 마음속에 깊은 어둠이 있다는 걸 알았잖아? 그게 이번 여행의 큰 수확이야."

"그래, 맞는 말이야. 내 안에는 깊은 어둠이 있어. 나 스스로 마주하지 않은 채, 그저 없던 일이 되기만을 기도했던 괴로운 과거가."

바닷새가 끼룩끼룩 울면서 부치에게로 날아왔다. 이따금 들르는 다른 여행자들처럼 먹이를 줄 거라고 생각한 것이다. 부치 옆에 다가온 순간, 바닷새는 깜짝 놀랄 만큼 급한 각도로 선회해서 날아가버렸다.

"하지만 과거를 지울 수는 없어. 그 어둠은 영원히 네 안에 똬리를 틀고 있을 거야."

바닷새가 달아난 것은 내게 빙의한 이 악령 때문일까? 하지만 부치는 자신이 이제부터 하려는 일을 생각하며 피식 웃었다.

"몬도, 너의 복수야말로 영원히 끝나지 않아. 네가 사라지지 않는 한 말이야."

"그건 안 돼, 부치."

"아니, 이미 결심했어."

부치는 손에 든 월절을 앞으로 쭈욱 내밀었다.

"안 된다니까!"

그 목소리에서는 자기 뜻대로 해주지 않아 화가 난 소년 특유의 초조함이 느껴졌다. 부치는 미소를 지었다. 검을 휘두르는 실력이 아무리 뛰어나도 어차피 어린애, 어린 유령일 뿐이다. 살아 있는 인간이자 성인인 나 자신을 언제까지나 조종하게 내버려둘 수는 없다.

부치는 미소를 지으며 조용히 절벽 아래로 몸을 날렸다. 월절을 움켜쥔 채.

낙하하는 중에 부치의 귓가에 누군가의 목소리가 들렸다.

그것은 딱딱한 느낌의 억양으로 노래하듯이 이렇게 말했다.

"부치, 중요한 것은 미래는 선택할 수 있다는 거야."

어디선가 들은 기억이 있는 말이다. 그 말을 처음 들었을 때는 선명한 인상을 받았는데도 여태까지 까맣게 잊고 있었다.

그것이 무엇이었는지 생각해내려고 한 순간, 강한 충격이 엄습했다. 뭔가 딱딱한 물건에 몸이 내동댕이쳐졌다. 부딪히는 겨를에 손에서 월절이 빠져나갔다. 충격으로 눈앞에 별이 오락가락했다. 큼직한 주먹으로 온몸을 얻어맞은 느낌이다. 부치는 격통에 신음 소리를 올렸다.

손에서 미끄러진 월절이 다시 좀 더 아래로, 아래로 떨어지는 것이 보였다. 어처구니없다는 듯한 몬도의 목소리가 들려왔다.

"이건 안 돼. 운명은 피할 수 없어!"

코와 뇌의 중간쯤 되는 자리에 쇠붙이 같은 피 냄새가 퍼졌다. 부치는 눈앞에 어른거리는 별들을 없애려고 고개를 힘껏 저었다. 어디에 부딪혔는지 보려고 몸을 버둥거렸다. 눈앞이 명료해지면서 이윽고 그 정체가 무엇인지 알았다.

절벽 중간에 뻗어 나온 굵은 나뭇가지였다.

자신의 손에서 빠져나간 월절은 이윽고 바다에 도달하여 하얀 거품에 삼켜졌다. 몬도라면 분명 욕설을 퍼부을 장면이지만 그 비꼬는 투의 목소리는 이제 들리지 않았다. 부치는 나뭇가지 위에서 가까스로 몸을 일으키며, 자신이 뛰어내린 직후에 들었던 목소리를 생각했다. 그것이 누구의 말이었는지 또렷하게 생각났다.

고양이 눈처럼 아름다운 초록빛 눈동자. 자신의 운명을 받아들인 창부.

그녀가 말했다. 미래는 선택할 수 있다고.

"마리사⋯⋯."

부치는 혼잣말처럼 그 이름을 불러보며 빙그레 웃었다.

"그래, 살아 있는 한."

작가의 말

이 작품의 원제 'Quick Draw'는 서부극 등에서 나오는 '권총 빨리 뽑기'를 가리키는 말입니다. 예전에 미국 서부에서는 총을 연달아 뽑아서 쏘는 것이 남자다움으로 여겨지던 시대가 있었는데, 일본에도 누구보다 검을 빨리 빼는 '이아이' 검법이 있었습니다. 이아이 검법이 대활약을 펼치는 이야기를 쓴다면 재미있겠다는 착상은 오래전부터 갖고 있었습니다.

그 착상이 마침내 구상으로 전개된 것은 미국의 대자연을 여행한 뒤였습니다. 렌터카에 텐트를 싣고 혼자서 데스밸리 국립공원을 찾았을 때, 생명의 기척이라고는 없는 그 죽음의 계곡에서 검의 달인이 차례차례 적을 베어 넘기는 이미지가 자리를 잡았습니다.

이 소설의 집필 동기는 그처럼 단순한 것이었습니다. 복잡한 과거, 가문의 치욕, 첩보 기관들 간의 얽히고설킨 항쟁, 그리고 등장인물들을 괴롭히는 가타나의 정체 등은 모두 나중에 만들어 붙인 설정입니다.

작품 속에서는 불과 몇 페이지에 불과한 검의 난무를 정당화하고 그 가타나의 압도적인 힘을 연출하기 위해, 등장인물들은 심술궂은 작가의 손에 의해 최악의 상황에 빠지기도 하고 어둡고 깊은 과거와 마주하기도 하고 때로는 화장실 문짝에 손가락이 끼이기도 합니다.

하지만 어떻게도 구원받기 어려운 상황 속에서도 운명에 항거하기로 결심한 몇몇 등장인물은 구원의 길을 찾아나갑니다. 사디스틱한 이야기의 마지막에는 '희망'을 담고자 한 것입니다. 결코 끝이 난 것은 아니지만 그래도 이 결말이 독자 여러분의 마음에 들기를 빌어봅니다.

이 작품이 세상에 나올 기회를 주신 골든 엘러펀트 상 심사위원 여러분, 아직 서툴기만 한 저를 도와주신 편집팀 여러분께 감사드립니다. 특히 이 이야기에서 사망한 자들의 숫자를 일일이 헤아려주신 편집자께도 따로 고맙다는 말씀을 드립니다.

또한 나의 미국 여행을 후원해준 샌프란시스코의 형님 부부에게 깊은 사랑을 전합니다. 그 여행이 없었더라면 이 소설은 탄생하지 못했을 것입니다.

마지막으로, 이 책을 읽어주신 모든 분께 감사드립니다. 작자로서 부디 책값에 걸맞은 독서 체험이 되셨기를 빕니다.

슈 에지마

옮긴이의 말

원령의 요검妖劍, 미국 첩보 기관을 농락하다

이 소설은 제3회 골든 엘러펀트 상 대상 수상작이다. 2009년에 제정된 문학상으로 아직 역사는 짧지만 그야말로 참신한 분위기의 작가를 해마다 배출하고 있다. 일본의 에이 출판사枻出版社가 주관하고, 미국의 버티컬Vertical 출판사, 중국의 상하이 역문출판사上海 譯文出版社, 한국의 소담출판사 등이 공동으로 참여하여 수상 작품은 4개 국어로 출간된다. 전 세계의 동시대인에게 오락으로서의 재미와 감동을 제공하고 공감을 얻어내고자 하는 엔터테인먼트와 월드 와이드 전개를 캐치프레이즈로 내걸고 있다.

일본의 평론가 우노 쓰네히로, 에이 출판사 편집장 네모토 겐, 프로듀서 겐주 도오루, 미국의 출판 편집장 이오아니스 멘자스, 중국의 편집인 자오 핑, 한국의 번역가 양윤옥 등이 이번에도 심사위원으로 참여했다. 전원이 도쿄의 골든 엘러펀트 상 위원회 사무실에 모여 각자 자신의 나라에 가장 걸맞은 작품을 대상으로 선정하기 위해 치열한

토론과 함께 때로는 설전을 벌이기도 했지만 결국 만장일치로 이 작품을 대상작으로 선정하였다.

대상 수상작은 4개 국어 출간과 함께 만화, 애니메이션, 드라마, 게임, 영화로 제작되는 특전을 누린다. 제1회 수상작은 『염마 이야기』, 제2회 수상작은 『그레이맨』. 특히 『염마 이야기』는 일본에서 큰 반향을 불러서 속편을 바라는 독자들의 요청에 따라 2권, 3권이 속속 출간되고 이어서 만화로도 연재되었다. 두 수상작은 중국과 한국에서도 괄목할 만한 성과를 거두었고, 특히 미국에서는 단행본에 이어 시리즈 만화로 속속 출간되기도 했다.

이번 수상작 『블러디맨』은 엔터테인먼트를 중시하는 골든 엘러펀트 상의 취지에 역대 어떤 작품보다 잘 맞아떨어진다는 평가를 받았다. 엄청난 스케일, 치밀한 구성, 속도감 넘치는 전개로 독자들은 최고 수준의 카타르시스를 느낄 수 있을 것이다.

작가 슈 에지마는 1976년생으로, 온라인 마케팅 지원 회사에서 일하는 평범한 회사원. 미스터리, 호러, SF 등을 폭넓게 읽고 할리우드 영화처럼 비일상적인 스케일의 이야기를 좋아한다고 한다. 어떤 형태로든 독자에게 '재미있다'라는 말을 듣는 스토리 창작에 힘을 쏟고 있다고 밝혔다. 꿈은 세계문화유산을 순례하는 것이고 취미는 바비큐 요리와 격투기라고.

작가의 바람처럼 『블러디맨』의 첫 번째 장점은 일단 책을 펼치면 끝나기 전에는 내려놓기 어려울 만큼 재미있다는 것이다. 무대는 미국

서해안의 로스앤젤레스와 할리우드, 데스밸리, 황량한 옛 탄광 유적지까지 자유분방하게 펼쳐진다. 처참하게 망가진 인생에 일대 반전을 꾀하기 위해 500만 달러의 마약을 운반하게 된 부치와 수수께끼의 소년 몬도의 로드 무비를 주축으로, FBI와 CIA를 비롯해 다양한 첩보 기관들 간의 내부 알력이 교묘하게 얽혀 있다. 남미에서 이른바 '더러운 전쟁'에 임했던 퇴역 장교 일가족의 참혹한 살해 사건을 파헤치는 '늙다리 형사' 브라이언, 옛 CIA 출신의 살인 용병 찰스 앤드루스, 네바다 주의 황야에서 성업 중인 매춘 호텔의 미녀 마리사, 그리고 각 마약 조직의 보스 등, 각자 뚜렷한 개성을 가진 캐릭터가 등장하여 극의 재미를 더해준다. 그야말로 독자의 예상을 보기 좋게 뒤엎는 반전의 반전이 마지막 장까지 충실하게 준비되어 있다.

특히 흑인 미녀 전사 폭시와 노련한 브라이언 형사의 처절한 대결, 이천여 발의 총알이 난무하고 TOW 미사일까지 발사되는 속에서 몬도와 앤드루스가 블랙호크의 캐노피를 사이에 두고 펼치는 마지막 대결은 그대로 독자의 머릿속에 생생한 영화 장면이 떠오를 만큼 압권이었다. 어이없을 만큼 방대한 스케일인데도 상황 설정이 리얼하고, 쫓고 쫓기는 추격의 빈틈없는 묘사가 손에 땀을 쥐게 할 만큼 박진감이 넘친다.

이 작품의 또 하나의 특징은 고도로 '번역적'이라는 데 있다. 그야말로 자연스럽게 미국에서의 라이프스타일이나 사회규범, 인간관계를 그려내고 있어서 거의 직역으로 영어로 옮긴다고 해도 무리가 없을 정도다. 문화의 세계화는 이미 큰 화두가 되고 있지만, 이렇게 영어로 번역하기 쉬운 소설 작품이 국제적으로 널리 알려지는 데 매우 유리하다는 것만은 틀림없는 사실일 것이다. 우리말 번역에 있어서도 이 점을 최대한 살려보려고 노력했다.

근엄한 무거움을 벗어던진 소설 『블러디맨』, 마치 원령에 들씌운 요검이 한없이 가볍게 날아올라 독자의 집중력을 예리하게 베어내듯이, 좀 더 많은 분이 힘든 일상의 한때를 통쾌하게 무너뜨리고 새로운 활력을 얻는 특이한 독서 경험을 즐겨주셨으면 한다.

양윤옥